金 學 叢 書
第二輯 19

吳 敢
胡衍南 霍現俊
主編

孟昭連《金瓶梅》研究精選集

孟昭連 著

臺灣 學生書局 印行

金學叢書第二輯序

　　2013 年 5 月第九屆（五蓮）國際《金瓶梅》學術討論會期間，胡衍南、霍現俊忙裏偷閒，時而小聚，漢書下酒，就中便有本叢書編輯出版一事。當時即擬與吳敢商談，以期盡快成議。只是吳敢當時會務繁多，此議終未提及。2013 年 7 月 3 日，胡衍南到徐州公幹，當晚至吳敢舍下小酌，此事即進入操作程序。此後電郵往來，徐州、臺北、石家莊三方輾轉，叢書編撰框架日漸明朗。2013 年 11 月 23 日，胡衍南再度到徐州公幹，代表臺灣學生書局與吳敢詳盡商談編輯出版事宜，本叢書遂成定案。

　　此「金學叢書」之由來也。

　　中國古代小說研究，重大課題眾多。近代以降，紅學捷足先登。20 世紀 80 年代，金學亦成顯學。明代長篇白話小說《金瓶梅》是中國文學史上一部里程碑式的重要作品，其橫空出世，破天荒打破以帝王將相、英雄豪傑、妖魔神怪為主體的敘事內容，以家庭為社會單元，以百姓為描摹對象，極盡渲染之能事，從平常中見真奇，被譽為明代社會的眾生相、世情圖與百科全書。幾乎在其出現同時，即被馮夢龍連同《三國演義》《水滸傳》《西遊記》一起稱為「四大奇書」。不久，又被張竹坡譽為「第一奇書」。《紅樓夢》庚辰本第十三回脂評：「深得《金瓶》壺奧」。魯迅《中國小說史略》認為「同時說部，無以上之」。

　　自有《金瓶梅》小說，便有《金瓶梅》研究。明清兩代的筆記叢談，便已帶有研究《金瓶梅》的意味。如明代關於《金瓶梅》抄本的記載，雖然大多是隻言片語的傳聞、實錄或點評，但已經涉及到《金瓶梅》研究課題的思想、藝術、成書、版本、作者、傳播等諸多方向，並頗有真知灼見。在《金瓶梅》古代評點史上，繡像本評點者、張竹坡、文龍，前後紹繼，彼此觀照，相互依連，貫穿有清一朝，形成筆架式三座高峰。繡像本評點拈出世情，規理路數，為《金瓶梅》評點高格立標；文龍評點引申發揚，撥亂反正，為《金瓶梅》評點補訂收結；而尤其是張竹坡評點，踵武金聖歎、毛宗崗，承前啟後，成為中國古代小說評點最具成效的代表，開啟了近代小說理論的先聲。明清時期的《金瓶梅》研究，具有發凡起例、啟導引進之功。

　　20 世紀是人類歷史上可足稱道的一個百年。對中國人來說，世紀伊始，產生了驚天動地的兩件大事：1911 年封建王朝的終結，1919 年「五四」新文化運動的興起。中國人

心裏承接有豐富的傳統，中國人肩上也負荷著厚重的擔當。揚棄傳統文化，呼喚當代文明，這一除舊佈新的文化使命，在中國用了大半個世紀的時間。觀念形態的更新、研究方法的轉變、思維體式的超越、科學格局的營設一旦萌發生成，便產生無量的影響，具有劃時代的意義。《金瓶梅》研究即為其中一例。

以 1924 年魯迅《中國小說史略》出版，標誌著《金瓶梅》研究古典階段的結束和現代階段的開始；以 1933 年北京古佚小說刊行會影印發行《金瓶梅詞話》，預示著《金瓶梅》研究現代階段的全面推進；以 30 年代鄭振鐸、吳晗等系列論文的發表，開拓著《金瓶梅》研究的學術層面；以中國大陸、臺港、日韓、歐美（美蘇法英）四大研究圈的形成，顯現著《金瓶梅》研究的強大陣容；以版本、寫作年代、成書過程、作者、思想內容、藝術特色、人物形象、語言風格、文學地位、理論批評、資料彙編、翻譯出版、藝術製作、文化傳播等課題的形成與展開，揭示著《金瓶梅》的研究方向。一門新的顯學——金學，已經赫然出現在世界文壇。

20 世紀 70 年代以來的當代金學，中國的吳曉鈴、王利器、魏子雲、朱星、徐朔方、梅節、孫述宇、蔡國梁、甯宗一、陳詔、盧興基、傅憎享、杜維沫、葉朗、陳遼、劉輝、黃霖、王汝梅、周中明、王啟忠、張遠芬、周鈞韜、孫遜、吳敢、石昌渝、白維國、陳昌恆、葉桂桐、張鴻魁、鮑延毅、馮子禮、田秉鍔、羅德榮、李申、魯歌、馬征、鄭慶山、鄭培凱、卜鍵、李時人、陳東有、徐志平、陳益源、趙興勤、王平、石鐘揚、孟昭連、何香久、許建平、張進德、霍現俊、陳維昭、孫秋克、曾慶雨、胡衍南、李志宏、潘承玉、洪濤、楊國玉、譚楚子等老中青三代，辨章學術，考鏡源流，營造了一座輝煌的金學寶塔。其考證、新證、考論、新探、探索、揭秘、解讀、探秘、溯源、解析、解說、評析、評注、匯釋、新解、索引、發微、解詁、論要、話說、新論等，蘊含宏富，立論精深，使得金學園林花團錦簇，美不勝收，可謂源淵流長，方興未艾。中國的《金瓶梅》研究，經過 80 年漫長的歷程，終於在 20 世紀的最後 20 年登堂入室，當仁不讓也當之無愧地走在了國際金學的前列。

此「金學叢書」之要義也。

本叢書暫分兩輯，第一輯為臺灣學人的金學著述，由魏子雲領銜，包括胡衍南、李志宏、李梁淑、鄭媛元、林偉淑、傅想容、林玉惠、曾鈺婷、李欣倫、李曉萍、張金蘭、沈心潔、鄭淑梅，可說是以老帶青；第二輯為中國大陸 20 世紀 80 年代以來學人的《金瓶梅》研究精選集，計由徐朔方、甯宗一、傅憎享、周中明、王汝梅、劉輝、張遠芬、周鈞韜、魯歌、馮子禮、黃霖、吳敢、葉桂桐、張鴻魁、陳昌恆、石鐘揚、王平、李時人、趙興勤、孟昭連、陳東有、孫秋克、卜鍵、何香久、許建平、張進德、霍現俊、曾慶雨、楊國玉、潘承玉、洪濤諸位先生的大作組成，凡 31 人 30 冊（其中徐朔方、孫秋克，

傅憎享、楊國玉，王平、趙興勤，因字數兩人合裝一冊），每冊 25 萬字左右。

　　天津師範學院（今天津師範大學）朱星是中國大陸金學新時期名符其實的一顆啟明星，他在 1979 年、1980 年連續發表多篇論文，並於 1980 年 10 月由百花文藝出版社結集出版了中國大陸新時期《金瓶梅》研究的第一部專著《金瓶梅考證》。朱星的研究結論不一定都能經得住學術的檢驗，但朱星繼魯迅、吳晗、鄭振鐸、李長之等人之後，重新點燃並高舉起這一支學術火炬，結束了沉寂 15 年之久的局面，這一歷史功績，應載入金學史冊。遺憾的是，朱星先生 1982 年逝世，後人查訪困難，只能闕如。

　　香港夢梅館主梅節可謂《金瓶梅》校注出版的大家，1988 年由香港星海文化出版有限公司出版《全校本金瓶梅詞話》；1993 年由梅節校訂，陳詔、黃霖注釋，香港夢梅館出版《重校本金瓶梅詞話》（該本後由臺灣里仁書局 2007 年 11 月初版，2009 年 2 月修訂一版，2013 年 2 月修訂一版八刷）；1998 年梅節再為校訂，陳少卿抄寫，香港夢梅館出版《夢梅館校定本金瓶梅詞話》。前後三次合共校正詞話原本訛錯衍奪七千多處，成為可讀性較好的一個本子。梅節由校書而研究，關於《金瓶梅》作者、傳播、成書、故事發生地等問題的認識，亦時有新見。可惜的是，梅節先生的論文集《瓶梅閒筆硯——梅節金學文存》2008 年 2 月由北京圖書館出版社出版，版權協商匪易，未能入選。

　　上海音樂學院蔡國梁 20 世紀 50 年代末即開始研習《金瓶梅》，寫下不少筆記，1980 年前後即依據筆記整理成文，1981 年開始發表金學論文，1984 年出版第一部專著[1]，累計出版金學專著 3 部[2]、編著 1 部[3]，發表論文多篇，內容涉及《金瓶梅》的思想、源流、人物、作者、評點、文化等諸多研究方向，是早期《金瓶梅》研究的主力成員。無奈聯繫不上，不得已而割愛。

　　國人研究《金瓶梅》的論著，最早是闞鐸的《紅樓夢抉微》[4]，但其只是一個讀書筆記。天津書局 1940 年 8 月出版之姚靈犀《瓶外卮言》，嚴格說也只是一個資料彙編。香港大源書局 1961 年出版之南宮生著《金瓶梅》簡說，算得上是一個原著導讀。臺北時報文化出版公司 1978 年 2 月出版之孫述宇著《金瓶梅的藝術》，可說是第一部文本研究的學術著作。該書全文收入石昌渝、尹恭弘編選的《臺港金瓶梅研究論文選》[5]。2011 年 3 月上海古籍出版社再版，增加了一篇作者自序，更名為《金瓶梅：平凡人的宗教劇》。

---

[1]　《金瓶梅考證與研究》，西安：陝西人民出版社，1984 年。

[2]　另兩部為：《明清小說探幽——明人、清人、今人評金瓶梅》，杭州：浙江文藝出版社，1985 年；《金瓶梅社會風俗》，天津：百花文藝出版社，2002 年。

[3]　《金瓶梅評注》，桂林：灕江出版社，1986 年。

[4]　天津大公報館 1925 年 4 月鉛印。

[5]　南京：江蘇古籍出版社，1986 年。

孫述宇先生本已與上海古籍出版社洽商同意編入金學叢書，並授權主編代理，忽中途撤稿，原因還是版權問題。

　　還有其他一些因故未能入選的師友：或已作仙遊[6]，或礙於本輯叢書的體例[7]，或因為版權期限，或失去聯繫等。凡此種種，均為缺憾。

　　儘管如此，第二輯連同第一輯 14 人 16 冊總計所入選的此 45 人 46 冊，已經是中國當代金學隊伍的主力陣容，反映著當代金學的全面風貌，涵蓋了金學的所有課題方向，代表了當代金學的最高水準。

　　此「金學叢書」之大略也。

　　臺灣學生書局高瞻遠矚，運籌帷幄，以戰略家的大眼光，以謀略家的大手筆，決計編撰出版「金學叢書」，實金學之幸，學術之福。主編同仁視本叢書為金學史長編，精心策劃，傾心編審。各位入選師友打造精品，共襄盛舉。《金瓶梅》研究關聯到中國小說批評史、中國小說史、中國文學史、中國文學評點史、中國文學批評史等諸多學科，是一個應該也已經做出大學問的領域。為彌補本叢書因為容量所限有很多師友未能入選的不足，特附設一冊《金學索引》[8]，廣輯金學專著、編著、單篇論文與博碩士論文，臚列學會、學刊與所舉辦之金學會議，立此存照，用供備覽。本叢書的編選，既是對過往的總結，也是對未來的期盼。本叢書諸體皆備，雅俗共賞，可以預測，將為金學做出新的貢獻。

　　此「金學叢書」之宗旨也。

　　金學已經不是一座象牙塔，而是一處公眾遊樂的園林。三百多部論著，四千多篇學術論文，二百多篇博碩士論文，既有挺拔的大樹，也有似錦的繁花，吸引著越來越多的研究者與愛好者探幽尋奇。不容置疑，傳統的金學，加上以文化與傳播為標誌的、以經典現代解讀為旗幟的新金學，必然展示著甯宗一先生的經典命題：說不盡的《金瓶梅》。

　　此「金學叢書」之感言也。

吳敢、胡衍南、霍現俊（吳敢執筆）

2014 年元旦

6　如王啟忠、鮑延毅、孔繁華、許志強諸先生等，駕鶴西去的徐朔方先生的精選集由其高足孫秋克代為編選，劉輝先生的精選集由其摯友吳敢代為編選。

7　本輯叢書乃論文精選集，字典、詞典與小塊文章結集便未能入選，《金瓶梅》語言研究的幾位專家如白維國、李申、張惠英、許仰民等因此失選。

8　吳敢編著，分上下兩編。

孟昭連《金瓶梅》研究精選集

目　次

附　錄

後　記

《金瓶梅》對中國小說思想的變革

　　魯迅先生認為中國小說發展史上有幾次重大變革。唐傳奇是第一次變革：「小說亦如詩，至唐代而一變，雖尚不離於搜奇記逸，然敘述宛轉，文辭華豔，與六朝之粗陳梗概者較，演進之跡甚明，而尤顯者乃在是時則始有意為小說。」[1]第二次變革是宋話本的出現，「實在是小說史上的一大變遷。」[2]前者相對於六朝志怪強調唐傳奇的「有意為小說」，即自覺的小說意識的覺醒，標誌著中國古代小說的成熟；後者則重點指宋元話本在描寫題材及藝術形式上由奇幻、怪異向現實通俗方面的變化，可看作古代小說發展方向的重要轉變。毫無疑問，這兩種變革都標誌著中國小說思想的重大進步。元末明初，《三國》《水滸》《西遊記》等長篇小說陸續問世，開啟了古代小說發展史上的另一個征程。《金瓶梅》的出現，再一次打破長篇章回小說的某些模式，從內容到寫法上，使中國古代小說的發展方向出現了又一次新的轉折，在小說思想上實現了又一次變革。它主要表現在：完全擺脫歷史、神魔題材的羈絆，把平凡而現實的世情生活作為審美對象，開拓了新的審美領域，完全改變了傳統的審美意識；公然以赤裸裸的性描寫衝擊「存天理、滅人欲」的宋明理學，帶有強烈的人性解放色彩；諷刺基調的形式，開中國古代長篇諷刺小說的先河。

一、開拓新的審美領域

　　在小說的史前時期，明確的小說觀念尚沒有產生，「小說」從《莊子·外物》中的「小道異說」的含義逐漸向文體轉化的過程中，所涉內容極為駁雜，史事、雜論、巫醫、術數等都成為作者的描寫對象，表現出「合叢殘小語」的特徵，說明這時的小說思想還處於一種混沌狀態。但到了六朝小說的形成期，自覺的小說觀念開始出現，不但產生了小說虛構意識，而且對小說的審美娛悅作用有了明確認識，標誌著真正的小說思想正在形成。六朝小說以「異」為美，那些非現實的虛幻、怪異的神鬼故事，是小說家關注的

1　　魯迅《中國小說史略》，北京：人民文學出版社 1973 年。
2　　魯迅《中國小說史略》附錄〈中國小說的歷史的變遷〉。

題材；另外，名人的奇言怪行，也吸引著小說家，這樣就形成了志怪、志人兩種類型的小說作品大量出現。唐傳奇除了部分作品繼承六朝小說「搜奇記逸」的傳統仍然用「奇」吸引讀者外，另外一些作品則開始把筆觸由神鬼世界移到人間，塑造了不少現實的人的形象。描寫對象的轉移，標誌著唐傳奇的作者對小說本質的認識進一步深化。文學的本質是人學，要把人、人類社會作為自己主要的審美對象。宋元話本又前進了一步，它不但寫現實的人，而且多是極普通的下層群眾，「取材多在近時」，主人公多為新興起的市民階層的人物，以他們的喜怒哀樂感動讀者，小說審美意識由獵奇變為對平凡人生的體察。

明初，在宋元話本的基礎上又陸續出現了《三國》《水滸》《西遊記》三部名垂千古的長篇。它們以宏偉的結構、眾多的人物、史詩般的容量出現於文壇，使小說審美功能實現了一次新的飛躍。長篇小說不同於志怪傳奇用一個奇異的神鬼故事或一次哀豔動人的人生遭際贏得讀者的驚詫或同情，亦非白話短篇以現實生活中的一人一事來滿足市民階層特有的審美興趣，而是以無數各具形態的人物和錯綜複雜的事件構成一幅歷史的長卷，再現了整整一個社會或一段歷史時期的豐富生活內容。讀者面對包容宏富的審美對象，不僅從審美的角度得到巨大的滿足，而且獲得哲學、政治、軍事、歷史等多方面的豐富知識。《三國》《水滸》均是如此。《西遊記》則除了審美作用外，還以龐大的象徵體系向讀者提供了深刻的哲學思考。《金瓶梅》正是在這種背景下誕生的。我們之所以認為它的出現是小說發展史上的又一次重大變革，首先是指它給予讀者的審美對象既不同於志怪傳奇，亦有異於宋元話本。簡言之，《金瓶梅》在前兩次變革的基礎上，又一次改變了中國古代小說的發展方向，它以細膩而深刻的「世情」描寫，為小說創作開拓出一片新的審美領域，為中國小說思想增加了新的內容。

比較而言，《三國》《水滸》均是在宋元話本基礎上產生的，是話本小說發展到成熟階段的必然成果。《三國》取材於歷史，以遙遠的三國故事作為描寫對象，在金戈鐵馬的征戰殺伐中塑造一大批叱吒風雲、氣勢磅礴的英雄人物，再現了一個血與火的時代。他們中有聖明的賢君，智勇雙全的忠臣，也有殘忍狡詐的霸主，背信棄義的勢利小人。但他們同是那個時代的主人，共同造就了一段獨特的歷史。作者崇敬他們、讚揚他們，把自己的審美理想凝聚在歷史英雄人物的形象塑造之中。在羅貫中看來，美存在於歷史，存在於千百年前的英雄人物身上，存在於金鼓震天的廝殺戰場上。忠勇、剛毅、智慧、力量，成為作者塑造人物的審美標準。《水滸》也是取材於歷史上的真實事件，但虛構成分更多一些。施耐庵的審美意識似有不同，他並不注重題材的歷史感，而是著重於對忠義、豪邁、悲壯性格的刻畫。他筆下的人物，缺乏《三國》人物的歷史厚重感，卻以更為強烈的傳奇色彩博得讀者的喜愛。如果把關羽、張飛稱作「古典英雄」的話，李逵、

阮小二毋寧叫作「綠林好漢」更為恰切。征戰疆場的「英雄」離讀者較遠，易激起人們的崇敬感；抱打不平的「好漢」與讀者關係較近，易使我們產生親切感。但《三國》《水滸》有一個共同點，二者對人物形象的塑造，某些情節的描寫並未完全遵循現實主義的原則，而是充滿濃烈的理想主義色彩，浸透著中國傳統的道德觀念。

《金瓶梅》則不然。《金瓶梅》雖然由《水滸》中西門慶和潘金蓮的故事引出，但容納了完全不同於《水滸》的審美內容，表現了迥然相異的審美觀念。在《水滸》裏，西門慶、潘金蓮都是次要人物，是為塑造主要人物武松的粗豪性格服務的，故事本身並不具備深刻的社會意義。與《水滸傳》描寫的以梁山好漢為中心的波瀾壯闊的社會生活相比，西門慶、潘金蓮的風流韻事祇算是一個完全不引人注意的偏僻角落。但也很顯然，這個故事卻比大碗喝酒、大塊吃肉、打家劫舍、拔樹舉鼎的英雄行為更具人間生活的色彩，更接近現實的人生。《金瓶梅》作者以一個非凡的藝術家的識見，恰恰看準了這個不起眼的角落，開掘出一個全新的審美領域。在蘭陵笑笑生看來，美不在水泊梁山，不在宋江，不在武松，而在西門慶、潘金蓮、應伯爵，在以他們為主角的現實生活中。雖然這裏既無驚天動地的大戰場面，亦無帷幄之中的遠慮深謀，有的祇是吃飯穿衣、朋來客往、打情罵俏、爭風吃醋、吹牛撒謊、逢迎拍馬，但在這種平凡而又平淡的世俗生活中同樣隱藏著深厚的審美內容。西門慶在《水滸》中不過是一個好色的生藥鋪主人，很快就成為武松拳腳之下的短命鬼，在《水滸》作者虛擬出的那種社會氛圍中，並無西門慶這種人物的生存位置，他祇能是一個來去匆匆的陪角。但在《金瓶梅》裏，他由陪角變成主角，站到了舞台的中心。他的生命力變成比武松更強，時運也更好。他不但沒有輕易死於非命，反而在商場、官場、情場裏連連得意，成為集官、商、霸於一體的頭面人物。他不擇手段地聚斂錢財，又用錢財換來政治上的權力，反過來再用權力作為進一步攫取金錢的後盾；而政治、經濟上的暴發又成為他淫靡無度的巨大資本。西門慶就是這樣一個由權欲、財欲和色欲凝聚而成的新的文學形象。這個形象不可能出現於《三國》，也不會出現於《水滸》，而祇能在《金瓶梅》所反映的特定環境裏滋生成長。如果說劉備、曹操、宋江、李逵等人物更容易激起我們對歷史的回憶和反思，對正義的讚頌和獻身的話，那麼西門慶的審美認識價值，則更多地表現在引導讀者認識新生的市民階層，在那個剛剛出現的人欲橫流的社會是如何獵取權力、金錢和女色，又是如何迅速定向幻滅，進而啟發人們從這種幻滅中體悟人生的真諦。潘金蓮也是如此。《水滸》作者沒有留給她太多的表演機會，她的性格較為單薄，至多算一個勾引姦夫害死本夫的邪惡婦人。但在《金瓶梅》裏她成了主要角色，雖然淫蕩、凶狠、自私、陰險，但也聰明、伶俐、討人喜歡；她既是一個凶惡的害人者，又是個可憐的受害者，她曾經想得到真正的愛情，但終於墮落為一個淫侈無度的蕩婦，並燒死在欲焰裏。總之，她的身上既有醜的污穢，

也有美的光點。她是一個複雜的人。其他人物大都如此。《金瓶梅》作者第一次以完全冷靜客觀的旁觀者身分觀察社會，描摹人生。既然新的時代再也不會出現曹操、劉備、宋江、武松式的英雄豪傑，不會演出赤壁大戰、三打祝家莊那樣威武雄壯的「話劇」，小說家就祇能把自己的目光轉向現實的人生，在自己的周圍尋覓新的審美對象。蘭陵笑笑生正是這樣的先行者，他把小說的描寫對象，由重大的歷史事件變成柴米油鹽衣食起居的日常生活，小說的主人公也由令人崇敬的帝王將相、傳奇英雄，變成貪官惡僕、姦夫淫婦、幫閒娼妓、尼姑道士等三教九流各色人等。一次尋常的家庭宴飲，一起因爭風吃醋而起的妻室爭鬥，幾句溜鬚拍馬的諛詞，甚或潑婦的罵街、幫閒的惡謔，都被作者賦予豐富的社會內容和審美價值。欣欣子在《金瓶梅》序中說：「雖市井之常談，閨房之碎語，使三尺童子聞之，如飫天漿而拔鯨牙，洞洞然易曉。」[3]所謂「市井常談」「閨房碎語」給人的美感不同於《三國》《水滸》，它不是以驚天動地的雄壯場面和可歌可泣的英雄業績給人剛勁、雄健、崇高、壯美的感受，而是以一個家庭的「大大小小，前前後後，碟兒碗兒」的細密描寫引發讀者親切、真實、生動、細膩的美感。這是兩種完全不同的美感，但卻同樣具有審美價值。

《金瓶梅》對中國小說思想的變革是與明代中晚期整個文學藝術領域審美意識的變化有聯繫的。明初，擬古主義文藝思潮盛行，詩文講究「文必秦漢，詩必盛唐」，主張要像「摹臨古帖」（李夢陽）一樣去模仿古人。長篇小說多以歷史為題材，可能與這種擬古主義風氣有一定關係。但到了明代中期，一批思想家、文學家在哲學、文藝領域起而反對擬古主義。李贄的「童心說」，公安派的「性靈說」，都是針對復古主義而發的，對推動文學由擬古到寫實的轉變起到至關重要的作用。李贄的前輩王艮曾以「百姓日用即道」的著名命題反對程朱理學，李贄也極力鼓吹「吃飯穿衣，即是人倫物理」，肯定普通百姓的日常生活，不僅具有哲學意義，而且也有重要的審美意義：「作生意者但說生意，力田作者但說力田，鑿鑿有味，真有德之言，令人聽之忘厭倦矣。」[4]祇要具有「童心」，表達人的真情實感，即使寫「百姓日用」也是好文章。袁宏道也說「今之詩文不傳矣；其萬一傳者，或今閭閻婦人孺子所唱擘破玉、打草竿之類，猶是無聞無識真人所作，故多真聲。」[5]他們把「百姓日用」「吃飯穿衣」「婦孺所唱」這些原本不值一提的「人情物理」都帶入文學的殿堂。《金瓶梅》正是在這種哲學和文學思潮的影響下出現的。因此，《金瓶梅》描寫內容的巨大變化不僅是小說觀念的一次飛躍，而且反映了整個文

3　欣欣子〈金瓶梅序〉，香港：太平書局 1982 年影印本。

4　李贄《焚書·答耿司寇》，北京：中華書局 1961 年。

5　袁宏道《袁中郎全集》卷一，上海：上海廣益書局 1935 年。

學思想、審美意識的空前進步。自此之後,「百姓日用」,小民的飲食起居,喜怒哀樂成為小說戲曲的普遍題材,逐漸形成一股「世情小說」的強大洪流,中國古代小說真正走上面對現實生活,反映普通人思想感情的現實主義道路。

二、欲、色欲、人性:對宋明理學的強大衝擊

《金瓶梅》問世以後,因其驚世駭俗的性描寫而被目之為「淫書」,幾百年來,屢遭劈板、刪改、查抄的命運。直到現在,《金瓶梅》仍不能以它的本來面目面世。性描寫既是《金瓶梅》的突出特點,也幾乎成了它的致命「污點」。現代的研究者們對這個敏感問題也是見仁見智,難於統一。這個關係到對《金瓶梅》作出正反兩種完全不同評價的關鍵問題,確實需要進一步深入研究。我認為,《金瓶梅》的性描寫問題不能孤立看待,必須放在整個小說發展的進程中,尤其應放到明代中後期正在巨變的整個社會思潮中去考察,才能給予正確的評價。

上面已約略提到,明代中晚期是一個在哲學、文學、藝術等領域發生重大變革的時代。宋代興程朱理學,為封建政治秩序和倫理道德尋找哲學上的根據,明初繼之。與之相適應,文學領域提倡「文以載道」,把文學納入維護封建道統的軌道,文學實際上變成了「道學」。這時,無論哲學還是文學領域,人、人性、人的價值都受到了蔑視;特別是人欲,簡直被視為洪水猛獸。但到了明代中期,隨著哲學領域進步思想流派的出現,宋明理學的一統局面受到強大衝擊。與「理學」相左的陸王「心學」之後,王艮、李贄諸人以「心即理」作為突破口,大大闡發人「心」即人的自然要求、自然欲望的合理性,認為百姓的日常生活,吃飯穿衣都是「道」,都是符合「天理」的。李贄說:「穿衣吃飯,即是人倫物理;除卻穿衣吃飯,無倫物矣。世間種種皆衣與飯類耳,故舉衣與飯,而世間種種自然在其中,非衣飯之外更有所謂種種絕與百姓不同者也。」[6]所謂「世間種種」除了吃飯穿衣之外,還包括人的其他各種欲望,比如,「好貨」「好色」「勤學」「進取」等,這些人人應有的正常欲望,既正當,又合理。這種前所未有的對人的天然之性的肯定,雖然被當時的正統派詆之為「左道惑眾」,但卻受到下層社會、知識分子和市民階層的歡迎,「四方從遊日眾,相與發揮百姓日用之學」[7]。除李贄外,其他文壇名將如徐渭、湯顯祖、馮夢龍、袁氏兄弟等也都充當了社會新思潮的主力軍,並且迅速轉化為自己的文學思想。例如徐渭的「凡利人者,皆聖人也」,湯顯祖的「主情說」,馮

---

6   李贄《焚書·答鄧石陽》。

7   王艮《王心齋全集》,南京:江蘇教育出版社 2001 年。

夢龍的「情真說」，無不針對理學的禁欲主義，要求在文學作品中渲泄人欲，順應自然。以馮夢龍的「三言」「二拍」為代表的明代短篇小說，正是這種思潮的形象反映。

如果我們把《金瓶梅》的性描寫放在上述的背景下去考察，庶幾可以獲得較為正確的認識，至少不至將這些描寫以「誨淫」的罪名一筆罵倒。很奇怪，《金瓶梅》主人公對色欲的瘋狂追求，大家都注意到了，並自然而然地目之為「誨淫」；但對書中另外兩種人類欲望──權欲和財欲的描寫，往往未加注意，或者說雖然注意到了卻得出完全不同的結論：暴露，批判。實際上，像「三言」「二拍」一樣，《金瓶梅》也是明代中後期社會現實和新思潮的形象記錄。它既以極為冷峻的寫實態度精雕細刻出人們對欲望的嚮往和追求，又以傳統儒家觀念表示對這種現象的憂慮和擔心。作者的主旨是既要讀者看到那個特定時代人欲橫流的殘酷現實，又要讀者從《金瓶梅》主人公由追求到幻滅的歷程中思索人生的真正價值。這種創作意圖其實在小說開頭的「四貪詞」中已明白無誤地告訴讀者。西門慶的一生是追求酒、色、財、氣的一生，《金瓶梅》就是為他瘋狂追求的全過程立傳。為了滿足自己的財欲，他開生藥鋪、緞子鋪、絨線鋪，到江湖上走標船，揚州興販鹽引，還勾結官府逃避賦稅，放高利貸，甚至趁姦娶李瓶兒、孟玉樓的機會侵吞她們的家產，使金錢大量集中於自己手中。但西門慶不是為了錢而斂錢，他不是守財奴，他懂得如何利用金錢去取得更大的利益。他不僅用金銀賄賂官府，逃避罪責，而且用金錢買到了一個理刑官的官位。當他掌握一部分權力之後，更是貪贓枉法無所不為，他的權欲也得到了滿足。財欲、權欲的滿足，使他的色欲變得更為膨脹，他除了一妻五妾外，丫頭、使女、僕婦都逃不出他的手掌；而且還包占王六兒，姦通林太大，甚至還有書童、王經之流的男寵。西門慶的色欲實際是一種對性的占有欲，本質上和權欲、財欲是一樣的。他對女人的占有並不以姿色作標準，他毫無審美眼光，有時甚至不加選擇，祇要能滿足他的占有欲就行。他與林太太的苟且就是如此。林太太作為一個有兒有媳的中年寡婦，本沒有什麼吸引人的地方。但他的顯赫門第引起西門慶的強烈占有欲。西門慶雖身為理刑官，但無法與招宣府的地位相比，這使西門慶的心理上產生兩種感覺：羨慕和自卑。對於一個聲稱「咱祇消盡這家私，廣為善事，就使強姦了姮娥，和姦了織女，拐了許飛瓊，盜了西王母的女兒，也不減我潑天富貴」的人來說，這顯然是不能容忍的。占有了林太太，他的心理就會獲得某種平衡和滿足。至於與奶媽如意兒、賁第傳的老婆等女傭的關係，雖與林太太有別，但無不是為了滿足自己的占有欲。在西門慶看來，作為一個要權有權，要錢有錢的人，他對女人的占有是理所當然的。西門慶顯然非常精通權、財、色三者相輔相成的關係。他利用金錢得到權力，再利用權力得到更多的金錢和女色。西門慶在追逐權欲、財欲和色欲時所表現出的瘋狂性十分驚人，可以說在以前的文學作品中還不曾見到。西門慶的種種作為也非個人行為，應視為他代表著一個

階級。資本主義經濟的萌芽使市民、商賈成為時代的驕子，像西門慶那樣集官、商、霸於一身的暴發戶自然要有恃無恐。金錢、權力變得空前重要，對色欲的追求也變得從來沒有過的強烈和公開。貪欲像一股猛烈的浪潮，把程朱理學禁欲主義的藩籬衝得支離破碎。不僅下層如此，上層統治階級內部更是如此。明神宗深居宮中享樂腐化，幾十年不接見朝臣，王公大臣多有死於酗酒與女色者。蘭陵笑笑生面對的就是這樣一個上自皇帝宰相下至市井小民「以歡宴放飲為豁達，以珍味豔色為盛禮」[8]的社會。他要「寄意於時俗」，「撥遣」自己心中的「憂鬱」，除了以真摯的「童心」把這些醜惡的東西和盤托出，又能幹些什麼呢？人們往往指責《金瓶梅》對性欲的描寫過於細膩、誇張，其實何止這一類描寫？笑笑生對西門慶權欲、財欲的描寫不也是如此嗎？如對他的吃喝宴飲，幾乎每餐必書，極盡鋪張描寫之能事，同樣使人覺得過於瑣碎、重複以至難以卒讀。但沒有人會斥之為「誨飲」「誨食」，何以對性描寫的過細以「誨淫」目之？

欣欣子在《金瓶梅》序中說「譬如房中之事，人皆好之，人皆惡之。人非堯舜聖賢，鮮不為所耽。」[9]作為人類的自然天性，祇要人類存在，這種行為就不能消失。然而很奇怪，既然性欲是一種合乎天性的要求，是「人皆好之」的行為，而且每日都在發生，但人們很忌諱談到它，特別是忌諱在書中看到它。中國描寫性欲的文學自古就有，但因時時受到壓抑，始終無法發展起來。實際上，這在一定程度上反映了「人欲」和「天理」（即封建的倫理道德）之間的矛盾。「人欲」總是無法戰勝「天理」，起碼在文學領域是如此。但到了明代中期，當存「人欲」去「天理」成為一種社會思潮和社會現實的時候，人們終於鼓起在文學作品中描寫性欲的勇氣。如果蘭陵笑笑生不是面對這樣的現實，不是受到這種人文主義思潮的影響，《金瓶梅》中的性描寫不一定出現，或許將會是另外的樣子。

我們在談到《金瓶梅》的性描寫產生的背景，並肯定它對於宋明理學具有衝擊作用的同時，還應注意到另外一個問題，即蘭陵笑笑生通過赤裸裸的性描寫所表達的憂患意識。笑笑生為何要寫《金瓶梅》？欣欣子說：「竊謂蘭陵笑笑生作《金瓶梅傳》，寄意於時俗，蓋有謂也。人有七情，憂鬱為甚。上智之士，與化俱生，霧散而冰裂，是故不必言矣。次焉者，亦知以理自排，不使為累。惟下焉者，既不出了於心胸，又無詩書道腴可以撥遣，然則不致於坐病者幾希。吾友笑笑生為此，爰罄平日所蘊者，著斯傳，凡一百回。其中語句新奇，膾炙人口，無非明人倫，戒淫奔，分淑慝，化善惡，知盛衰消

---

8   《博平縣誌》卷四「民風解」。
9   欣欣子〈金瓶梅序〉。

長之機，取報應輪迴之事，如在目前。」[10]很清楚，作者由於對「時俗」產生了「憂鬱」，
祇好以寫書來「撥遣」他對社會、人生的憂慮。他何以憂慮？現實社會的「人倫」「淫
奔」「淑慝」「善惡」等道德秩序方面的問題引起了他的不安。於是他要用西門慶的種
種惡行警醒世人，使大家知「禍因惡積，福緣善慶」「樂極生悲」的道理。似乎很矛盾：
一方面，正如上文所言，作者以驚世駭俗的露骨性描寫宣洩人欲，猛烈衝擊了宋明理學
的禁欲主義；另一方面作者卻又對道德的淪喪感到「憂鬱」，力圖正「人倫」，戒「淫
奔」。其實，這正是一個問題的兩個方面。作為一個封建文人，蘭陵笑笑生的道德倫理
觀念不能超出歷史的規定性，他絕不是一個封建倫理道德的徹底叛逆者。欣欣子的序及
作者在敘述過程中不斷介入故事表達的主觀意識都強烈說明，他的部分創作目的是為了
維護正常的倫理秩序。他既反對程朱理學「存天理、去人欲」的禁欲主義，也反對西門
慶淫欲無度的縱欲主義。為前者，他敢於進行露骨的性描寫；為後者，他不斷對主人公
的淫行加以譴責和批判。這正是劉廷璣所云「欲要止淫，以淫說法，欲要破迷，引迷入
悟」[11]的筆法。也是當時和後世的小說作家常常運用的筆法。如馮夢龍在當時的人文主
義新思潮中是一員健將，對程朱理學深惡痛絕，主張「借男女之真情，發名教之偽藥」[12]。
他的「三言」及凌濛初的「二拍」就不避性描寫，有些描寫甚至不比《金瓶梅》遜色。
但同時，作者的「喻世」「警世」「醒世」的意圖又很明顯，我們不能認為他們在鼓吹
縱欲主義。反理學的勇士李贄被人目為「狂士」「異端」，對理學進行了全面攻擊，但
對基本的封建倫理規範，如忠孝節義等，他並沒有超越。每個人都存在於一定的歷史中，
他沒有能力超越歷史。

　　當然，作為審美對象，我們希望作者的描寫都能給讀者以純美的感受。《金瓶梅》
的性描寫顯然不具備這樣的美學效果。作者不懂得，因此也不能把「性」上升到「情」
的高度。明末清初的某些才子佳人小說的一個重大進步就是看到了《金瓶梅》的這個弊
病，開始把粗惡的性欲發洩，轉變為真誠的情感表達，淨化了作品人物的靈魂和作品的
氛圍；至《紅樓夢》，粗俗的性欲已完全被淘汰，代之而起的是美好而純淨的愛情和詩
一般的韻致，小說藝術達到了完美的境界。這當然與時代生活的變遷有關，也與作家的
審美意識的提高有關。與蘭陵笑笑生的純粹寫實不同，曹雪芹在現實生活中又加入了理
想主義的亮色劑，從而使現實生活變得如此光明、美好和富有詩情畫意。

10　欣欣子〈金瓶梅序〉。

11　劉廷璣《在園雜誌》卷二，北京：中華書局 2005 年。

12　馮夢龍〈山歌序〉，北京：中華書局 1962 年。

三、諷刺的基調

　　張竹坡把《金瓶梅》稱為「一部炎涼書」，廿公稱其「曲盡人間醜態」。《金瓶梅》不僅以極為鋒利的寫實筆法再現了那個社會各種醜惡的外部現象，也以冷峻、嚴肅的態度剖開了人物的骯髒心靈，並給以尖銳的諷刺，寫盡了那個時代的人情冷暖、世態炎涼。諷刺，不僅是作者塑造人物的手段，而且成為貫穿《金瓶梅》全書的基調。筆者認為這是《金瓶梅》對中國小說思想的又一重要變革。人們往往把《儒林外史》看作中國「諷刺小說之祖」，其實第一次把諷刺作為全書基調的是《金瓶梅》，而不是《儒林外史》。

　　《金瓶梅》是部暴露的書，笑笑生目光所及除了黑暗、醜惡、無恥之外，似乎沒有一絲亮光，這就決定了他在敘事過程中的冷眼旁觀和諷刺的態度。相對而言，他在寫西門慶、潘金蓮、吳月娘等人物時，多採取較冷靜、客觀的「作者旁觀」方式；寫應伯爵之類的幫閒人物時，則運用強烈的諷刺、嘲謔口吻，修辭筆法也有不同。在以前的文學作品裏，應伯爵這類人是沒有資格充作主人公的，因為他們既不能像古代英雄那樣令人崇敬，又不像平民百姓那樣使人感到親切。蘭陵笑笑生畢竟有非同尋常的審美能力，他首次看到了解剖這類人的卑劣心靈，同樣具有巨大的審美價值和認識意義。無疑，這是具有開創意義的。

　　應伯爵之輩是一個特殊的階層。他們不事生產，卻有吃有喝；身居下位，卻又混跡於上層社會之中。他們出賣靈魂，泯滅良心，對上逢迎溜鬚，助紂為虐，無所不用其極；對下狐假虎威，落井下石。這實在是一批人類的渣滓，道德淪喪的產兒。然而，在不同的歷史階段，他們都是社會生活中不可缺少的角色。直到現代，應伯爵式的人物仍然活躍在社會的各種領域。他們像極其靈敏的晴雨錶，反映著人情的冷暖，世態的炎涼。作者運用「追魂攝魄」的白描手法，往往三言兩語就雕畫出他們的醜惡行徑和陰暗心理。

　　諷刺，如果僅僅當成製造笑料的方法那是淺薄的。蘭陵笑笑生是把諷刺作為解剖人生、透視人物心靈的武器來運用的，所以他不僅對應伯爵、韓道國這樣的小丑使用諷刺，就是對西門慶這樣的「大官人」，也同樣使用諷刺嘲弄的筆法。第三十四回西門慶和應伯爵談論衙門公事，伯爵道：

> 「哥，你自從到任以來，也和他（指夏提刑）問了幾椿事兒？」西門慶道：「大小
> 也問了幾件公事。別的倒也罷了，祇吃他貪濫蹹婪的，有事不問青水皂白，得了
> 錢手裏就放了，成什麼道理！我便再三扭著不肯：『你我雖是個武職官兒，掌著

這刑條，還放些體面才好。』」[13]

說得多麼莊重、堂皇！然而此話出自西門慶之口，實在是出人意料。乍一聽，他似乎是個清廉剛正的執法官。但仔細推想，他從一個地方豪紳、普通商人爬到交通權貴、巴結官府的官僚，到底幹了多少傷天害理的勾當？他哪裏有資格談論什麼「刑條」，什麼「青水皂白」！如此冠冕堂皇的話放在西門慶嘴裏說出，不僅產生了滑稽可笑的諷刺效果，也深刻揭示了他的虛偽本質。第六十九回也有一例。西門慶和吳月娘談起王三官，很為王招宣府生下這樣的不肖子孫而感慨：

> ……你又見入武學，放著那功名兒不幹，家中丟著花枝般媳婦兒，自東京六黃太尉侄女兒不去理論，白日黑夜，祇跟著這夥光棍在院裏嫖弄，把他娘子頭面都拿出來使了。今年不上二十歲，年小小兒的，通不成器！[14]

儼然敦厚的長者口吻！這種話出自這個嫖娼宿妓的老手口裏，尤顯得荒唐滑稽！連吳月娘都感到了這一點，所以馬上反唇相譏：「你不曾溺胞尿看看自家！乳兒老鴉笑話豬兒足，原來燈檯不照自！你自道成器的，你也吃這井裏水，無所不為，清潔了些甚麼兒？還要禁的人！」[15]讓西門慶討了一個老大的沒趣。

　　諷刺可以產生多種藝術效果，它既可以指出美好事物的不足，引起讀者的善意微笑；又能無情撕下醜惡事物的假面具，使讀者在笑聲中認清虛假後面的真實來。《金瓶梅》的諷刺多是後者而非前者。諷刺藝術的最佳境界應該是「含淚的笑」，是喜劇後面蘊含著巨大的悲劇因素，是笑過之後的痛苦沉思。人們是這樣評價《儒林外史》的，我們同樣可以在《金瓶梅》中找到這樣的片斷。蘭陵笑笑生也常常利用諷刺剖析那些受侮辱、受損害的「小人物」被扭曲了的心靈，在看似淺薄的戲謔裏埋著深沉的悲劇內容。如書中的宋惠蓮，一個與西門慶通姦的女傭，表面上看來，她的靈魂夠骯髒無恥的了。為了改善自己卑微地位，她與西門慶勾搭成姦，進而以與主子有姦作資本狐假虎威，得意忘形，做出許多與自己身分不相稱的事情。她不但打扮得花枝招展，吆三喝四，打牙犯嘴，甚至居然混入主婦們的行列說三道四，指指點點。於是，她終於受到潘金蓮、孟玉樓、惠祥等人的嫉妒、羞辱與痛罵。靠賣身於主子改善地位，並且立即顯示出自己的滿足和洋洋得意，表現了宋惠蓮的淺薄和愚蠢。然而這並不是宋惠蓮的全部。後來西門慶在潘金蓮的挑唆下要害死來旺，並最後終將他遞解原籍，宋惠蓮便顯示出她性格的另一面。

13　《金瓶梅詞話》第三十四回。

14　《金瓶梅詞話》第六十九回。

15　《金瓶梅詞話》第六十九回。

她一面大哭著為來旺兒鳴冤叫屈，一面破口大罵西門慶「就是個弄人的劊子手，把人活埋慣了，害死人還去看出殯的」，是不憑「天理」，她後悔自己上了圈套，在事實面前終於看清了西門慶的虛假面目，決絕地拋棄了幻想和用慘重代價換來的一點「特殊」地位。回過頭來看她原來的行為，我們會覺得「淺薄」的後面，還深藏著一個地位卑微的人希圖獲得與人平等資格的良苦用心，以及因此而作出的重大犧牲，不能不引人同情。鄙賤的身分並沒有泯滅宋惠蓮對自我價值的追求，但悲慘的結局使她的追求染上了濃重的悲劇色彩。宋惠蓮的悲劇顯然不僅是一個逗人發笑的噱頭，它含著令人深思的人生問題。

　　諷刺在《金瓶梅》中並不僅僅表現為一種手法，它是一種風格，一種氣氛，一種貫穿全書的基調。我們固然可以在誇張的對比和外露的冷嘲熱諷中發現諷刺，但更多的時候它是隱蔽在冷峻的寫實中。祇有作者對人間的醜惡和黑暗有了全面察覺和深刻省悟之後，祇有在作者滿腔悲憤無處發洩而祇好寄之於書的時候，這種諷刺才會產生，才會變得如此有力。《金瓶梅》開中國古代諷刺小說的先河，為《儒林外史》的出現打下了堅實的基礎。嚴格地說，祇有把握貫穿《金瓶梅》全書的諷刺基調，才能認識《金瓶梅》的全部認識價值和審美價值，深刻理解蘭陵笑笑生的創作動機，並正確評價《金瓶梅》在中國文學發展史上的地位。否則，我們祇能把它看成「美醜不分」「愛憎不明」的自然主義作品，看成「導淫宣欲」「壞人心術」的「淫書」。

論《金瓶梅》中的「大小說」觀念

一、問題的提出

　　《金瓶梅》之作為小說，它的獨特描寫內容，高度的藝術技巧，它的社會認識價值和美學價值，以及它對古代小說思想發展的貢獻，已經受到研究者的充分肯定和高度評價。《金瓶梅》正在逐步改變以往在小說史上的尷尬地位，變得越來越像是一門「顯學」，堂而皇之地成為一個專門的研究領域。隨著研究的深入，《金瓶梅》之謎正在一個個被破解，一些誤解在澄清，人們對《金瓶梅》的認識愈來愈趨深刻。比如對《金瓶梅》的性描寫，將其簡單地視「誨淫」或「低級趣味」而不屑一顧者已經不多，人們開始把這種驚世駭俗的描寫內容與當時的社會思潮、社會風氣的劇烈變動聯繫起來，與當時的文人心態、市民審美心理聯繫起來，從而得出了更為理性的新的結論。再如對《金瓶梅》的藝術成就，它對古代小說技巧的突破和貢獻，雖然相對來說研究者們對此問題花費的筆墨較少，但所涉及者，均能持以公正之心，實事求是地予以肯定性評價，像某個海外學者那樣莫明其妙地將之貶為末流作品者，畢竟少之又少。這一切，都是十分令人欣慰的。

　　然而，在我們為這些成績欣慰的同時，卻又被另外一些問題糾纏得精疲力盡，比如《金瓶梅》的作者問題，它的成書及版本問題等等。

　　關於後一個問題，近年來有不少「金學」名家已經提出了若干眾所周知的觀點，例如所謂「世代累積」說、「藝人創作」說、「聯合創作」說、「詞話」說、「評話」說等，一反前人的傳統看法，頗給人耳目一新之感。筆者亦曾在幾次《金瓶梅》學術討論會上，對這個問題略抒己見，以求教於海內外專家，但觀點卻與上述各種正好相反。這裏我仍想以這個問題作為論述的中心，從另一個不同的角度看《金瓶梅》的成書。之所以執著於這樣一個題目，一論再論而至三論，是因為我覺得《金瓶梅》的成書問題對確定其在小說史上的地位，對關於作者的探討，對《金瓶梅》美學風格的研究，都有著至關重要的作用；更進一步地說，它對我們認識整個古代小說的發展規律和歷史都是有影響的。舉例來說，如果《紅樓夢》是一部由民間藝人聯合創作，或是由某個文人再加整理而成的作品，儘管它有現在這樣相同的面貌，那麼它在小說史上的地位是應該大打折

扣的，它究竟能不能算作中國古代小說的「高峰」，也是令人懷疑的，而對曹雪芹的評價當然也應該是另外的樣子；與此同時，我們對古代小說藝術發展軌跡的認識，肯定與現在有所不同。這一系列連鎖反映的後果，要麼使我們對古代小說的認識形成變革，要麼是對我們的認識造成混亂。正因為如此，我仍願意為之花費一些筆墨。

是的，當我們將《金瓶梅》作為小說加以研究的時候，當我們在尋覓某一位神秘的作者並為他的高度才華而驚歎的時候，尤其是當我們為《金瓶梅》在小說史上確定一個恰當的位置的時候，我們也許正在受到歷史的訕笑：《金瓶梅》本來並非小說，而是一部說唱藝人的聯合創作；《金瓶梅》已在小說史上占有一定位置，但它更應該在說唱文學史上占有更重要的位置；……試想，如果事實正是如此，那麼我們對《金瓶梅》的研究，究竟還在多大程度上具有小說研究的性質和價值呢？那麼我們就該自問，是否我們一開始就步入了誤區，做著本來不該做的事情呢？真是一件不可思議的事！

可是我們得承認，上述觀點的提出，並不是沒有道理的，《金瓶梅》中確實存在著一般所認為的「非小說因素」，有些章節甚至可以說是大量存在。這些因素包括：小說中夾帶著大量詩詞韻語，說書人口吻的明顯存在，說書套語的重複運用，以曲代言的表現手法等。這些「非小說因素」既為《金瓶梅》增添了多姿多彩的藝術效果，也為認識《金瓶梅》的本來面目增加了困難。這些因素是怎樣出現的？應該怎樣認識它？它能說明什麼問題，又不能說明什麼問題？要解決這些問題，筆者認為不應該僅僅運用簡單比附的方法，而應該從一個更為廣闊的背景、更為宏觀的角度上，追根溯源，去偽存真，在比較與聯繫中找出正確的答案。為此，本文提出「大小說」的概念，想從這個角度試解《金瓶梅》的「非小說因素」之「謎」。

二、中國古代的「大小說」觀念

什麼是小說？小說應該寫什麼？小說應該怎樣寫？這些無疑是小說觀念的基本因素。儘管我國號稱小說藝術源遠流長，並且確實創作出大量堪與世界小說藝術媲美的小說作品，但在這些根本問題上，卻一直缺乏理性的認識，以致至少在明代之前，並沒有形成統一的認識。文史不分，小說與其他文學樣式的相互借鑒、滲透、融合的現象甚至一直延續到本世紀初期。中國古代的所謂「小說」，實際上是一種「大小說」，或曰「泛小說」，它的表現手法和形式實際上在某種意義上說是一種「綜合藝術」，這一點與西方小說或中國現當代小說是有本質不同的。換一句話說，中國古代幾乎沒有現代意義上的「小說」。

我的這一結論可以從古代小說理論和創作實踐兩個方面得到證實。

　　中國古代小說理論的基本形式是評點和序跋，雖然數量甚多，內容也十分豐富，但由於受到形式的束縛和限制，這些理論之間缺乏有機的聯繫，沒有形成嚴密的理論體系。對於什麼是小說這樣一個根本問題，古代竟然一直沒有形成嚴格的理論界定。先秦兩漢以迄魏晉，是古代小說的萌芽期，雖然「小說」作為一個詞已經出現，並且有「道聽塗說」「街談巷議」之類的含義，也有了某種文體的意味，但它很顯然還沒有嚴格的理論內涵，因為所謂「街談巷議」所指極泛，不可能都算作小說。唐代雖向來被認為是古代小說自覺的時代，並出現了一批堪稱文言小說精品的傳奇之作，但從理論上探討小說觀念，將小說作為一種文體與其他文體區別開來，仍是很遙遠的事情。唐代史學家劉知幾在《史通·雜述》中談到「偏記小說」時云：

> 在昔三墳五典，《春秋》《檮杌》，即上代帝王之書。中古諸侯之記，行諸歷代，以為格言。其餘外傳，則神農嘗藥，厥有《本草》；夏禹敷土，實著《山經》；《世本》辨姓，著自周室；《家語》載言，傳諸孔氏。是知偏記小說，自成一家，而能與正史參行，其所從來尚矣。[1]

既然《神農本草經》都算作「小說」，那麼他的「小說」含義之廣泛就是可想而知的了。其實，他的所謂「小說」，與外傳、雜史是相同的概念，都是指「與正史參行」的野史雜著，這裏可能會包括唐傳奇這樣的作品，但肯定不是專指唐傳奇。因此唐代也不存在嚴密的小說概念。

　　宋元時期出現了文言小說和白話小說雙峰並峙、二水分流的局面。宋代文言「既平實而乏文采，其傳奇，又多託往事而避近聞，擬古且遠不逮，更無獨創可言矣。」[2]藝術上既不如唐傳奇，理論上亦無建樹。小說與其他文體仍然混淆在一起，令目錄學家感到頭痛。宋馬端臨曾論述這種混亂局面：「古今編書，所不能分者五：一曰傳記，二曰雜家，三曰小說，四曰雜史，五曰故事。凡此五類之書，足相紊亂。」[3]文史不分的現象照樣存在。何以如此呢？說明至此時，人們仍然沒有形成具有特定內涵的嚴格的小說觀念，作家也不按照小說「應有的」特定手法去進行創作。馬端臨特指出的這五類文體所以易混淆，實乃創作手法一致或類似故也。相比較而言，宋元白話小說的情況要好一些，不致與雜史、傳記一類混淆，因為首要一點它是白話文，是當時通俗口語，這與以文言記載的史學是有明顯區別的。另外宋元話本小說是文人模仿說話藝術而成，其中加入了很

1　劉知幾《史通·言語》，上海：上海古籍出版社 1978 年。

2　魯迅《中國小說史略》。

3　馬端臨《文獻通考》卷一九五，北京：中華書局 1986 年。

多說話藝術的因素，這與直接以文字記錄的史傳、雜錄等文體不容易相混。將「話本」稱作小說，是我們後人的做法。如果以散說為主的話本尚可稱作小說的話，那麼以演唱韻語為主的話本就很難稱作小說。《清平山堂話本》中的作品雖然被統稱為「話本」，被今人理解為小說，但像〈快嘴李翠蓮〉那樣以韻語為主的也許本來並非小說。即使在以散說為主的話本裏，宋人又將之分為講史、講經、小說等四家數，從廣義上理解，這四種都是小說，而從狹義上理解，則祇有「銀字兒」屬於小說。也就是說在宋人眼裏，小說的含義比今人理解的要狹窄。如此看來，宋元時既有文言小說與白話小說之別，而在白話小說裏又有廣義和狹義兩種理解，這樣當然更不可能對「小說」在內涵上給予嚴格的界定了。在這種情況下出現的被我們泛稱為「小說」的東西，其面貌當然不會是一致的，所以劉斧的《青瑣高議》是小說，《全相三國志平話》是小說，《大宋宣和遺事》是小說，〈快嘴李翠蓮〉也是小說。

至明清，由於章回小說的形成和逐漸普及，這時人們所理解的「小說」一般是指這種分章標目、動輒數十萬言的長篇小說，以及「三言」「二拍」那樣的短篇作品。明代將歷史小說稱作「演義」，大部分歷史小說的書名都帶「演義」二字，也稱小說。〈北宋三遂平妖傳序〉云：「小說家以真為正，以幻為奇」，自稱「小說」。《喻世明言》乾脆又名「古今小說」。此時的小說概念已與現代相差無幾。清代，小說作品愈來愈多，又有《儒林外史》《紅樓夢》等傑作的出現，小說的內涵大體已經確定。雖然這時仍缺乏一個準確的定義，但提到小說，人們一般是清楚的，不會再將《神農本草經》包括進來，也不會像宋人那樣祇把「銀字兒」稱為小說。這僅是就白話小說而言。如果說到文言小說，文史不分，小說與雜史、傳說混淆的現象仍然存在。如紀曉嵐就說：「如劉敬叔《異苑》、陶潛《續搜神記》，小說類也；《飛燕外傳》《會真記》，傳記類也；《太平廣記》，事以類聚，故可並收」；並且認為「小說既述見聞，即屬敘事，不比戲場關目，隨意裝點。」[4]竟然將寫小說與記錄歷史等同起來。

如果從古代小說的創作實際來看，「大小說」觀念也許表現得更為明顯。既然古代小說理論始終沒有對「什麼是小說」這樣一個根本問題作出界定，那麼在「小說應該寫什麼」（內容）和「小說應該如何寫」（技法）這兩個問題上當然也不會作出什麼統一的規範。現在檢看古代被稱作「小說」的作品，無論內容還是寫法，真可謂五花八門，美不勝收。即使刪去那些以現代觀念來看實在不能稱作小說的作品，餘下的所謂「真正的小說」，仍然呈現著多種多樣的形態。

首先，古代小說有文言和白話之別，二者在外部形態的內部結構上均有本質之不同，

4　馮遠村〈讀聊齋雜說〉，朱一玄編《聊齋志異資料彙編》，鄭州：中州古籍出版社 1985 年。

而在文學風格和藝術功能方面自然也存在著重大的區別。一個是篇幅短小以凝煉典雅的文言講述一個人的經歷或某一奇異的事件，給人以明快、雋永的感覺。另一個則多是長篇巨制，以眾多的人物，複雜的情節結構，再現一個社會或一段歷史，給人以深沉凝重的感受。二者的寫法既不同，藝術效果亦有異，卻並不影響二者的相互借鑒和影響。這無疑擴大了古代小說的藝術表現力，豐富了小說表現技巧。研究者都認為《三國》《水滸》對主要人物的描寫相對獨立成傳，明顯是借鑒了史傳和唐傳奇的寫法；而《燕山外史》這樣的文言小說卻又借用了白話小說的章回體制，形成文言章回小說。

其次，中國古代小說與詩詞的關係也十分密切，這在世界文學中可以說是一個很獨特的現象。詩詞進入小說，在唐傳奇中就已經很常見。宋趙彥衛云「蓋此等文備眾體，可見史才、詩筆、議論。」[5]唐代正好又是我國古代詩歌的黃金時代，以詩入小說自然是極便當的。但是詩詞與小說發生密不可分的關係更主要地是在宋元說話藝術影響下出現的，並對後來形成中國古代小說的獨特體制造成了重要影響。宋元說話藝術本來是有說有唱的，唱的部分就是詩詞韻語，它可能來自前人的現成詩句，也可能由說書人自己創作。在說書人口中，詩詞的主要作用在於渲染故事氣氛，增強說書的生動性。在以白話散說的過程，突然加進一段文采斐然的詩詞歌賦，不但增加了故事內容的典雅，也會使文化水準不高的聽眾感到新奇可喜，這對於說書效果是大有益處的。但文人模仿說話藝術的形式創作小說的時候，這種散說結合的說故事方法被作為一種創作模式固定下來，成為古代白話小說的基本敘事體制之一。兩種本來完全不同的文體，一種卻被另一種吸收，甚至成為自己不可分割的一部分，這在西方小說史是大約是不曾出現的。

再次，古代小說與戲曲和說唱文學的關係也影響了古代小說體制的形成。往常研究者談論古代小說與戲曲的關係，往往祇從題材的借鑒入手，其實在表現手法、創作意識上也有著鮮明的反映。西方的小說和戲劇一開始就涇渭分明，一是所謂「模仿藝術」，一是所謂「敘事藝術」，二者絕不可相混。但在中國古代，這種差別是不存在的。因為古代白話小說是模仿說話藝術而成的，在一定意義上也可以說是書面化的說話藝術，所以同為表演藝術的說唱、戲曲的表現手法，小說家同樣可以借用。如戲曲中的楔子，人物出場時的自報家門，作品人物的自嘲意識，乃至以曲代言的人物描寫，都在後來的文人小說中不斷出現。這些表現手法的相互襲用，在口頭表演的說話藝術中應該說是很自然的，但在文人模仿的創作階段，小說中再出現說唱或戲曲的因素，便會令人吃驚，乃至無法理解。

綜上所論，我們可以得到如下的結論：

5　趙彥衛《雲麓漫鈔》卷八，北京：中華書局 1996 年。

1. 中國古代小說的概念在理論上是十分寬泛的，它除了在不同的時代有自己的特定內涵外，還具有豐富而廣泛的外延內容。即使在明代長篇章回小說形成以後，「小說」仍不是一個含義十分固定的概念，與之相近的「評話」「詞話」等均又可稱為「小說」，因此中國古代小說觀念是一種「大小說」或曰「泛小說」。

2. 中國古代小說的表現手法是多樣的，文言小說包含著大量的史傳寫法，而白話小說則充滿與說書藝術相似的表現技巧，並融合了相鄰的市井藝術的表現手法。這種對鄰近藝術表現手法的借鑒，深深地影響了後世的文人作家，以致中國古代小說藝術，在某種意義上說是一種「綜合藝術」，並因此而形成中國古代小說的獨特形式和獨特審美效果。

三、《金瓶梅》典型表現了「大小說」小說觀念

在上述背景下，讓我們再回到《金瓶梅》的小說觀念上來。

《金瓶梅》產生的時代，正是我國古代小說發展歷程中的重要時期。此前，文人模仿而成的白話小說，使口頭藝術的諸種因素書面化。宋元話本的出現，使人們進入了一個虛擬的「說書場」，其不同於文言小說的寫法以及其迥然有異的審美效果，與當時漸趨發達的出版業，形成相互促進的良性關係。元代印行的《全相平話五種》就是這樣出現的。但是很明顯，這種話本仍然處在一種相當質樸的原始狀態。《三國演義》《水滸傳》在此基礎上顯然又大大前進了一步，因為它們經過文人的統一加工處理，漸漸失去了話本的古樸，而增加了作品的文學性和文人氣。對這些問題，《三國》《水滸》的研究家們已經多有論述。即使如此，《三國》《水滸》仍然有話本小說遺痕，嘉靖本《三國》的回目與話本毫無二致，字數不等，並不押韻，且祇有卷數而無回數。這些都說明章回小說體制雖已粗具輪廓，仍然沒有最後形成。《水滸》《西遊記》雖亦經過長期的素材積累的過程，但其文人創作的成分要大大多於《三國演義》，故其在回目上表現得更為成熟，開始將有聯繫的兩段情節合為一回，以兩段標題合成對句，作為這一回的回目。這僅僅是從回目上看，如果我們深入到作品內部細細研究它的各個方面，同樣可以看到由元至治年間開始，至明代嘉萬年間中國古代長篇小說的體制正在進行著一場革命性的蛻變，這一蛻變的軌跡是如此清晰，以致人們用不著花費太多的力氣即可以捕捉到。

《金瓶梅》正是出現在此時，出現在這個舊的正在變化，新的尚未確立的時候。應該說，在這個古代小說發生變革的時代，很多問題都等待著人們去探索，去找出答案。這個時代為《金瓶梅》的作者提供了極好的契機，使他揮灑自如地表現自己的才能，不受任何約束地創造小說的新形式，他的「大小說」觀念就是這樣表現出來的。

　　小說應該寫什麼？面對這個一切小說家首先要考慮的問題，蘭陵笑笑生有自己的嶄新思路。他既不像羅貫中那樣寫「三國之盛衰治亂，人物之出處臧否」[6]，為帝王將相樹碑，又不像施耐庵那樣「身在元，心在宋；雖生元日，實憤宋事」[7]，為江湖豪俠立傳，而是以寫實的筆法繪下了一幅斑爛多彩的市井生活長卷，讓那些「大淨」「小丑」「丑婆淨婆」登台表演，使得四百年後的吾輩，仍能真切體味到明代那繪聲繪色的市俗生活，這種對傳統小說觀念的突破，直接影響到後世長篇人情小說的發展。再如笑笑生將傳統小說對美（雄壯的或神奇的）的抒寫，一下子變成對醜惡、庸俗的再現，幾乎完全改變了小說藝術功能，這也是對傳統小說觀念的偉大突破。關於這些問題，有關專家們已寫了不少，筆者亦曾有專文論及，此處不再絮煩。筆者想重點談談蘭陵笑笑生在「小說應該如何寫」上表現出來的「大小說」觀念。

　　前文已經述及，由於中國古代小說形成的獨特原因和背景，它與史傳、詩詞、說唱、戲曲等文學體裁的關係十分密切，甚至融入了自己的肌體，變成不可分割的一部分。這一點尤其表現詩詞在小說中的顯赫地位。古代白話小說，幾乎沒有一部（篇）沒有詩詞，故事尚未開始，便有詩詞提綱挈領，故事講完，還要有詩詞壓住陣腳。古代小說中的詩詞雖然也部分地擔負著情節載體功能，含有一定的故事內容的範疇，倒不如說它屬於形式的範疇更確切些。《金瓶梅》對古代小說的這一傳統無疑是全盤接受下來。這一點，大部分《金瓶梅》研究者都是理解的，祇有少數人對書中大量詩詞的出現表示大驚小怪，仿佛這是蘭陵笑笑生的發明似的。孰不知沒有詩詞的古代白話小說何曾有過？寫小說而不加進詩詞，那是本世紀初年才開始的事。

　　更引起筆者注意的是，《金瓶梅》除了詩詞，還出現了不少「以曲代言」的現象，這也是最引起人們誤解的地方。「以曲代言」本來是戲曲的說唱藝術的表演手段，也是區別於其他文藝形式的主要標誌。戲曲講究唱念做打，唱是第一位的，劇中人物語言除了簡短的念白外，全是唱出來的。說唱藝術除了劇中人物語言要用唱詞來反映，說書藝人對故事情節的敘述（相當於小說人物中的作者敘述語言）也主要通過唱詞。對戲曲而言，這些都是天經地義的。但小說中的人物語言為什麼要用以曲代言的方式呢？《金瓶梅》如此套用戲曲的說唱藝術的表演手段，是否說明它本身正是某種說唱藝術的形式呢？五十多年前，馮沅君先生談到這個問題時說：「這些以韻語代語言的例子都應與〈蔣淑真刎頸鴛鴦會〉中的十篇〔商調·醋葫蘆〕有同樣的功用或來源，雖然書中並無『奉勞歌伴，先所格律，後聽蕪詞』和『奉勞歌伴，再和前聲』等辭句。換句話說，這些代言語

6　庸愚子語。
7　李贄序。

的韻語都是用以供『說話』歌唱的,至少也是這種體例的遺跡。不然的話,一個人在罵架的時候居然會罵出一支曲子出來,不是太不近情理嗎?」近幾年又有研究者提出了「詞話」說、「評話」說、「世代累積」說等觀點,無不把以曲代言的現象作為一個重要證據。其實,問題並非如此簡單。馮沅君先生對以曲代言現象的結論有兩個:一、這些韻語是藝人用來歌唱的,所以,《金瓶梅》原本可能是說唱藝術。二、也可能祇是說唱體例遺跡,是《金瓶梅》作者模仿說唱寫法而致。有些研究者祇注意到第一個結論,而忽視了第二個結論;其實,這兩個結論不僅是程度的差別,而是本質完全不同的。筆者認為第二個結論是正確的,《金瓶梅》中的以曲代言正是模仿說唱或戲曲而形成的。

既然笑笑生正處於一個小說觀念劇烈變革的時代,既然他在「小說應該寫什麼」的問題上邁出了嶄新的一步,表現出了自己的勇氣,那麼他在「小說應該怎樣寫」的問題上,同樣不可能坐守前人成規,必然要有自己的創新和發展。事實上正是如此。眾所周知,《金瓶梅》的素材來源極為豐富,既有文言,也有白話,既有小說,也有戲曲及其他詩詞曲賦,乃至佛曲、俗唱,真是應有盡有,幾乎囊括了古代的各種文體。據不準確的估計,《金瓶梅》引用他書現成文字的地方達幾百處之多。這種現象在中國小說史上可以說是前無古人,後無來者。那麼他在引用這些文體各異的文字時,必然要自覺不自覺地將各種不同的寫法帶進《金瓶梅》。如他引用《如意君傳》,竟然完全保留了後者的文言文法;他引用戲曲,也是對照劇本完整地抄寫;他引用〈志誠張主管〉,幾乎是一字不差,祇將主人公改了名而已。如果笑笑生已經具備了現代的小說觀念,那麼他本來是應該懂得小說中是不該出現以曲代言形式的,祇要他稍作改動,也是不難統一的。然而可惜他沒有這種觀念,在他看來小說就像一隻菜籃子,買到的什麼菜都可以裝進去,並且都是提供給讀者的美味佳餚。他確實這樣做了,於是留給我們這麼一部文備眾體的《金瓶梅》!

其實,蘭陵笑笑生某些對說唱藝術手法的借鑒和模仿,更可能是間接的,而非直接的;換一句話說,是對「模仿的模仿」。即如以曲代言的人物描寫方式,固然頑強地存在於說唱和戲曲藝術中,成為永恆不變的表達手段;但另一個不容忽視的事實是,這種表達手段早已被小說藝術吸收過來,並成為自己的敘事方式之一。翻開《清平山堂話本》,我們會發現這種以曲代言的現象極為常見。《清平山堂話本》原來在《六十家小說》中,出現於明代嘉靖年間,是用來閱讀的書面語作品。那麼整理者為什麼沒有刪去或修改這些以曲代言的地方呢?這祇能說明整理加工者也沒有小說不應該運用以曲代言手法的觀念,他不認為作為書面閱讀的小說與口頭說唱的戲曲應該有什麼區別。

如果說《清平山堂話本》與說唱藝術的血緣太近,還不能說明我們所要論述的問題的話,那麼讓我們再來看其他的作品。《西遊記》雖然在素材積累方面經歷了一個較長

的過程，但作為一種結構完整的象徵體系，其成書於文人之手該是毫無疑義的；而以曲代言或以詩詞代言的寫法在這部書裏觸目皆是。尤其是人物出場，總是用自報家門的形式，如第七回：「大聖道：『我本：天地生成靈混仙，花果山中一老猿。水簾洞裏為家業，拜友尋師悟太玄。……』」共十二句七言詩。第十七回：「行者笑道：『我的兒，你站穩著，仔細聽之！我：自小神通手段高，隨風變化逞英豪。養性修真熬日月，跳出輪回把命逃。……』」竟然達 64 句七言詩。第十九回：「那怪道：『是你也不知我的手段！上前來站穩著，我說與你聽：我，自小生來心性拙，貪閑愛懶無休歇，不曾養性與修真，混沌迷心熬日月。……』」也是 64 句七言詩。第二十二回：「那怪道：『我：自小生來神氣壯，乾坤萬里曾遊蕩。英雄天下顯威名，豪傑人家做模樣。……』」七言 52句。這種以韻語自報家門的方式與《金瓶梅》中蔡老娘、趙太醫的出場可以說毫無二致。用韻語對話在《西遊記》也極常見，如第十二回唐王與菩薩的對話，第九回漁翁張稍與樵子李定的對話。這些韻語中既有詩，也有詞，也有賦文。此種方式與《金瓶梅》中西門慶與虔婆用〔滿庭芳〕對罵，西門慶臨死與吳月娘以〔駐馬聽〕對唱，如出一轍。

　　如果說《西遊記》畢竟與說唱、戲曲有些淵源關係的話，那麼讓我們再來舉一個與說唱藝術毫無牽扯的例子。《杜騙新書》，明張應俞撰，是與《金瓶梅》同時代的一部文言小說集子。其中有一篇名〈因蛙露出謀娶情〉，寫富人陳彩害死好友潘璘，謀娶其妻游氏，後被游氏發現，立誓為前夫報仇：

> 游氏指罵二子曰：「你父奸謀子豈昌，無端造惡忒強梁。險邪暗害同曹賊，天牖其衷自說揚。呈官告論清奸孽，斬他首級振綱常。我夫雖然歸黃土，九泉之下也心涼。」[8]

這種寫法顯然與西門慶用〔滿庭芳〕罵虔婆也是相同的。如果說白話小說中以曲代言有可能是說唱藝術的遺留的話，那麼文言小說中也有這種現象，又該作何種解釋呢？唯一可信的解釋祇能是這些都是作者的有意模仿，是「大小說」觀念的反映，而並不意味著這些作品都曾經歷過說唱藝術的階段。

　　以曲代言的寫法不但《金瓶梅》之前有，與《金瓶梅》同時代的小說中，及《金瓶梅》之後的小說中仍極常見。明末清初的不少才子佳人小說，人物出場、對話、表白心跡等，都常用韻語而不是散文。至於被稱作「擬話本」的「三言」「二拍」中，這種寫法也屢見不鮮。乃至到了《儒林外史》《紅樓夢》中，我們仍然可以找到這種寫法。

　　這些現象說明了什麼呢？我以為正確的結論是：以曲代言雖然原本是說唱、戲曲的

8　張應俞《杜騙新書》，天津：百花文藝出版社 1992 年。

基本藝術手段，但它早在宋元時期就已經被文人作家帶進了案頭小說話本之中；而後的文人作家創作的白話小說，既然都是說書體，都是對說書藝術的模仿，以曲代言的寫法自然也被作為一種技巧加以運用，並成為小說表現程序之一。這就是中國古代小說出現這種「非小說因素」的根本原因。

當然，以曲代言僅僅是諸多「非小說因素」之一種；事實上，《金瓶梅》中不符合現代小說觀念的東西還很多，即使在當時與其他小說相比，也有許多不「規範」的成分。如書中寫薛姑子宣卷，徑引《黃氏女卷》原文達數千字；吳月娘聽尼姑說經，也是大段引用俗講經文；敘述故事的觀戲情節，竟將劇本原文抄上去……如此粗糙地處理素材，以致《金瓶梅》某些段落的語言風格很不統一，「焊接」的痕跡過於明顯，這些不能不說是很大的的缺陷。之所以出現這些現象，仍然與作者的「大小說」觀念有關係。笑笑生似乎分不清或者是故意混淆小說與鄰近文體的界線。他常常順手處理所得到的素材，並不精心雕琢使之改頭換面或者脫胎換骨，使之更符合小說的「規範」。因為，很難說這時候已經產生了嚴密的小說規範。蘭陵笑笑生在這方面所表現出來的隨意性，常常使我們感到十分可惜。我們會想：「祇要將這些材料稍作加工，就會變成『自己的東西』，而不致落得一個抄襲、挪用的醜名！」但蘭陵笑笑生顯然沒有這樣想，所以他沒有這樣做，他將原始的《金瓶梅》以及《金瓶梅》的原始材料留給了我們。我覺得，這正是笑笑生的誠實之處，也是他的貢獻之一。非如此，我們怎能如此清晰地觀察到古代小說蛻變的痕跡呢？又怎能看到古代長篇小說在文人草創時期的原始面貌呢？在這個意義上說，《金瓶梅》中的這些缺陷，對研究古代小說的發展歷史是十分寶貴的，可以說是我們考察古代小說發展軌跡的「活化石」。

四、結語

《金瓶梅》的確是一部奇妙的書！同一部《金瓶梅》，人們站在不同的角度去看它的方方面面，竟能得到諸多不同的感受和效果，甚至得完全相反的結論！它的語言，山東人讀了說是山東話，山西人讀了說是山西話，河南人讀了說是河南話；而更有甚者，南方人又在書中發現了吳語或湘語！它的成書，有人說是文人獨創，有人說是世代累積；有人說是小說，有人又說它原本是「評話」或「詞話」；至於它的作者，更是眾說紛紜，各種新說令人目不暇給。是什麼使《金瓶梅》變得如此神奇呢？

鄙以為，除了偏愛與偏見之外，古今小說觀念的差別是一個主要原因。我們總是自覺或不自覺地以現代小說觀念去審視、評判古代小說，用今人的（並且是西方的）小說標準、小說定義、小說技巧去衡量具有獨特民族特色的中國古代小說，用狹義的現代小說

觀去考察古代的「大小說」，所以總覺得處處不盡如人意，處處有缺點，甚至簡直不像小說！其實，祇要稍微改變一下我們現有的過於「現代化」的小說觀念，著眼於中國古代小說發展的實際，不做那種以今律古、削足適履的傻事，情況便會好得多。一個明顯的反證是，《金瓶梅》問世幾近四百年，為什麼在前三百多年間，從來沒有人對《金瓶梅》的成書及文體發生過懷疑，反而是四百年後的現代研究者發現了這個「秘密」？難道當時那麼多精通小說之道的文學家，竟然分不清什麼是小說，什麼是說唱文學嗎？事實當然不是如此。《續金瓶梅》的作者丁耀亢談到《金瓶梅》時說：「小說類有詩詞，前集名為詞話，多用舊曲，今因題附以新詞，參入正論，較之他作，頗多佳句，不至有直腐鄙俚之病。」[9]他的話很有代表性，說明當時的小說家認為小說中有詩詞是極正常的現象，以曲代言也不值得大驚小怪。《金瓶梅》之名「詞話」，也正因為書中「多用舊曲」，而不是因為本來是說唱藝術。不少現代研究者對古代「大小說」觀念缺乏認識，總是用不適當的標準去衡量《金瓶梅》，以致將古代小說的固有技巧當成「非小說因素」，從而誤導出一系列錯誤結論，這是令人遺憾的。

9　〈續金瓶梅凡例〉，《古小說集成》本，上海：上海古籍出版社 1994 年。

《金瓶梅》的非道德典型觀
——《三國》《水滸》到《金瓶梅》
典型觀念的演進

　　小說史的發展不斷證明，祇有那些創造了不朽藝術典型的作品，才能保持長久不衰的生命力，與世長存。中國古代章回小說之所以能贏得在文學史上的重要地位，成為明清兩代文學之代表；《三國》《水滸》《西遊記》《金瓶梅》等所以被稱為四大「奇書」，不僅感動過千千萬萬的中國讀者，也為世界各國讀者所激賞，正在於它們寫了人，寫了不同歷史時期、不同性格的人，創造了一大批熠熠生輝的藝術典型。

一、傳統道德的化身

　　四百餘年前的李贄論《三國》，謂三國「智足相衡，力足相抗，一時英雄雲興，豪傑林集，皆足當一面，敵萬夫，機權往來，變化若神，真宇內一大棋局」[1]；金聖歎論此書，則謂「演三國者，又古今為小說之一大奇手」[2]。一個看到了三國是個英雄輩出的時代，一個讚揚作者真實再現出這一「棋局」和雲興林集的英雄豪傑。後人將《三國》《水滸》合刻為《英雄譜》，同樣也是看到兩部傑作的藝術成就，正表現在塑造了光彩奪目的英雄豪傑典型。人們熱愛這些藝術形象，在於他們身上凝結著中國傳統的道德觀念，他們是傳統美德的化身，代表著智慧、勇敢、正義，代表著光明和理想。傳統道德不僅融化在每一個人物形象上，而且貫穿於全書的大部分情節中。羅貫中、施耐庵用傳統倫理道德規範自己的人物，反過來是為了達到「知正統必當扶，竊位必當誅，奸貪諛佞必當去」的「裨益風教」的目的。所以有人說，《三國》《水滸》是藝術的、形象的道德教科書，它們對中國傳統道德的高揚和對民族道德面貌的影響，超過了封建時代任何一

1　〈三國志敘〉，明刻本《全像三國志傳》卷首。
2　〈三國志演義序〉，長沙：嶽麓書社 2002 年。

部聖賢之書。

劉備與曹操是《三國演義》的兩個主要人物，也可以說是羅貫中以傳統道德為標準塑造出來的正反兩個典型。三國故事褒劉貶曹的傾向早已形成，並不是偶然的，它代表了人心的向背。劉備有一段著名的話：「今與我水火相敵者，曹操也。操以急，吾以寬；操以暴，吾以仁；操以譎，吾以忠：每與曹相反，事乃可成。」[3]仁與暴，是羅貫中賦予劉備和曹操的基本性格，也是這兩個藝術典型最吸引人的地方。仁的核心是「愛人」，互愛互利，互相扶助。它既是衡量一般人的道德準則，也是衡量統治者個人行為和品質的最高道德標準，是區分明君和昏君、清官和貪官的根本原則。封建統治者要獲得好名聲，得到人民的擁護，就必須「愛人」，愛百姓。就是那些並不愛民的暴君，為了維繫自己的統治，也總是掛起「仁」的招牌，籠絡人心。雖然歷史上真正仁慈愛民的君主不多，但人民希望看到仁君的熱情和理想卻從來沒有消失過。劉備這樣的明君聖主形象，正是適應這種心理需要才產生的。當然，羅貫中對劉備性格的設計並非憑空杜撰，他有一定的歷史根據，並在此基礎上進行了藝術上的再創造，賦予他更加鮮明突出的性格特徵，這才形成寬仁愛民、禮賢下士的明君形象。劉備雖然有一個高貴顯赫的出身，係「中山靖王之後，漢景帝閣下玄孫」，但早已家道敗落，淪為一個家道貧寒，祇以「販履織席為業」的小民，嘗過下層生活的酸辛。這使他比那些出身高門士族的人更容易體諒到百姓們的痛苦。桃園結義時，他就立下「下安黎庶」的宏願。做安喜縣尉時，「署縣事一月，與民秋毫無犯，民皆感化」。新野百姓對他的親民政治大加謳歌：「新野牧，劉皇叔，自到此，民豐足。」劉備的親民愛民，不僅因為他來自下層社會，與平民百姓有著天然的、樸素的感情，而是還有更深刻的哲學思想作基礎，這就是孟子的人本思想。撤離新野時，成千上萬的新野百姓要隨軍而去，眾將勸劉備「不如暫棄百姓，先行為上」，備泣曰：「舉大事者必以人為本。今人歸我，何以棄之？」[4]以人為本，這是任何一個明智的統治者都應該認識到的，作為一個沒有多少資本的有志圖王者，劉備祇有贏得人民的擁護和支持，才有可能立住陣地。他確實這樣做了，而且達到了自己的目的。前往江陵的路上，各地百姓「多有乘亂逃出城來，跟玄德而去」。直到他最後入蜀，蜀中百姓「扶老攜幼，滿路瞻望，焚香禮拜」。十九回寫劉安殺妻款待劉備，三十一回寫土人在劉備危難時向他奉獻羊酒，是從另一角度深刻表現劉備與人民的關係，揭示人民與劉備「禍福共之」的深厚感情。對民如此，對待自己的部將下屬，劉備同樣誠篤寬厚，仁德為懷。無論結拜兄弟關羽、張飛，還是文臣武將諸葛、趙雲，劉備都能「知人善任」「甚相敬

3　《三國演義》第六十回。
4　《三國演義》第四十一回。

愛」，信而不疑，以德感人，充分表現了一個政治家的風度。三顧茅廬，寫他的求賢若渴；諸葛亮出山後，劉備委以重任；最感人的是白帝城托孤，他竟然以社稷相托，君臣肝膽相照，感人淚下。徐庶初至，為劉備相的盧馬，云此馬「妨主」，勸他「意中有仇怨之人，可將此馬賜之；待妨過了此人，然後乘之，自然無事。」劉備聞言變色：「公初至此，不教吾以正道，便教作利己妨人之事，備不敢聞教。」[5]使徐庶方信劉備果然「仁德及人」。當徐庶母為曹操所執，徐庶不得不辭歸時，有人密謂劉備留住徐庶萬勿放去，以激曹操「斬其母」，這樣才會使徐庶死心踏地為報母仇而「力攻操」。劉備嚴辭拒之曰：「不可！使人殺其母，而吾用其子，不仁也；留之不使去，以絕其子母之道，不義也。吾寧死，不為不仁不義之事。」（第三十六回）這與曹操、袁紹之流妒才殺人的行為是多麼強烈的對照！當然，作為一個封建君主，尤其是作為一個正在發展自我勢力的封建霸主，劉備的這些仁慈行為裏包含著重要的政治因素，甚至被作者過分誇大，「欲顯劉備之長厚而似偽」[6]，某些情節給人以虛假之感。但仁慈（即使有某些虛假成分）總比殘暴對人民有好處。傳統的道德觀念和價值標準，決定了人們還是更喜歡仁慈，更熱愛具有仁慈道德的藝術形象。這正是劉備形象魅力之所在。

　　與劉備的寬仁厚德的賢君聖主形象相反，曹操是一個殘酷暴戾的政治家典型。曹操也有一段大膽的自白：「寧教我負天下人，休教天下人負我。」[7]他正是在這一極端利己主義處世哲學指導下行事的。他為人凶殘至極，恩將仇報地殺死呂伯奢全家是一個典型的例子。為報父仇，他下令大軍洗蕩徐州，「但得城池，將城中百姓，盡行屠戮，以雪父仇。」[8]而且發掘墳墓，進行掠奪。這與劉備的攜民渡江之舉實在是天壤之別！祇要發現有人「負我」，他無不加以殘害。董承等五人因衣帶詔敗露，不僅全家老小七百餘人被處斬，連身為貴妃懷孕五個月的董承之妹都不能倖免。帝乞告「望丞相見憐」，伏皇后也告曰：「貶之冷宮，待分娩了，殺之未遲。」曹操惡狠狠地說：「欲留此逆種，為母報仇乎？」[9]硬是叱武士牽出，勒死於宮門外。曹操招降劉琮後，不但一反保奏劉琮永鎮荊襄的諾言，反而派人殺了劉琮母子。總之，曹操是一個殺人不眨眼的「狼心之徒」，凶殘肆虐的暴君。此外，曹操還集中了封建統治者其他惡德：奸詐、險惡、猜疑、詭譎。如從小就能詐作中風之狀，欺騙父親，中傷叔父；殺糧官王垕以息眾怨；割髮代首等。

5　《三國演義》第三十五回。

6　魯迅《中國小說史略》。

7　《三國演義》第四回。

8　《三國演義》第十回。

9　《三國演義》第二十四回。

他還妒才害才，史載他「諸將計畫有勝出己者，隨以法誅之」[10]。殺孔融、楊修、華佗、賜死荀彧等，都是很好的例子。除了曹操之外，《三國演義》還譴責了其他殘暴者，如作惡多端的十常侍，殺人放火的董卓，作亂害民的李傕、郭汜等。羅貫中用仁、暴兩種完全相反的道德形象作對照，強烈表現出他對傳統美德的頌揚，對種種惡行的痛恨；同時也表明他希望出現像劉備那樣的「仁慈之主」，希望出現仁者愛人，人人相親的社會的美好理想。應該說，這不僅是羅貫中的願望，也是封建時代全體人民的願望。

《水滸傳》一名《忠義水滸傳》，可見的它也是以弘揚中國傳統道德觀念為己任的，它的主人公也多是忠義的化身。當然，由於時代的不同，《水滸傳》中的忠義與《三國演義》是有所不同的。比如與《三國演義》的忠君觀念相比，施耐庵筆下的宋江的忠君思想則更多地帶有封建的愚忠色彩。他有一句名言足可概括他的愚忠思想：「寧可朝廷負我，我忠心不負朝廷。」[11]如果說曹操「寧教我負天下人，休教天下人負我」反映了這個奸雄的人生哲學的話，那麼宋江的這句話也是他的人生觀的表白。上梁山之前，他雖然也「擔著血海也似干係」送信給晁蓋，但當他聽到晁蓋等走上了反抗的道路，認為「如此之罪，是滅九族的勾當。雖是被人逼迫，事非得已，於法度上卻饒不得。」[12]他殺了閻婆惜後東躲西藏，就是不願上梁山。後來他被官府捉住，反倒慶幸：「官司見了，倒是有幸。」因為這樣反而免得「躲在江湖上，撞了一班殺人放火的兄弟們，打在網裏」。待到去江州的路上，梁山眾頭領救他上山，他還在大哭大鬧，不願留在梁山，說「便是上逆天理，下違父教，做了不忠不孝之人」[13]。對梁山事業視若危途的同時，卻對國家法度敬若神明，寧願延頸受戮，不願壞了國家法度，可謂實踐了「忠心不負朝廷」的人生格言。他迫於形勢加入梁山隊伍並取得領導權之後，把招安投降作為一項基本政策，盼望「歸順朝廷，與國家出力」「望天王降詔早招安，心方足」[14]。他對討伐梁山義軍的官軍將領呼延灼說：「小可宋江怎敢背負朝廷？蓋為官吏汙濫，威逼得緊，誤犯大罪，因此權借水泊裏隨時避難，祇待朝廷赦罪招安。」[15]後來果然不顧眾兄弟的反對，走上投降道路，落得個悲慘的結局。諸葛亮、趙雲等雖也忠君，卻令人敬仰，因為其「忠」裏包含著美好的道德；宋江的忠君卻是對朝廷、官軍的唯唯諾諾，帶著奴才相，讓人多少有點厭惡之感。當然，這兩種內涵不同的「忠」產生於不同的時代，自有其各自的合

10　《三國志·魏武帝紀》裴松之注引〈曹瞞傳〉。

11　《水滸傳》第一百二十回，長沙：嶽麓書社 2002 年。

12　《水滸傳》第十九回。

13　《水滸傳》第三十六回。

14　《水滸傳》第七十一回。

15　《水滸傳》第五十八回。

理性。在皇權衰微、群豪並起的三國時代，以愚忠為主要內容的忠君觀念受到混亂現實的猛烈衝擊，必然要加入一些新的因素，而宋江所處的時代則沒有足以向神聖皇權挑戰的力量，宋江、方臘這些被統治階級視為「群盜」的起義軍，並不足以對封建皇權構成威脅。在這一點上，羅貫中和施耐庵都是現實主義的。

相對而言，《水滸傳》寫義寫得更好。宋江之受人愛戴，最初也是由於義的好名聲：

> 平生祇好結識江湖好漢，但有人來投奔他的，若高若低，無有不納，便留在莊上館穀，終是追隨，並無厭倦；若要起身，盡力資助，端的是揮霍，視金如土。人向他求錢物，亦不推託，且好做方便，每每排難解紛，祇是周全人性命。如常散施棺材藥餌，濟人貧苦，周人之急，扶人之困。以此山東、河北聞名，都稱他做「及時雨」。[16]

魯智深三拳打死鎮關西，懲罰強娶民女的周通，殺死為非作歹的丘小乙、崔道人，大鬧野豬林等情節，充分讚揚了這個下層官吏嫉惡如仇、見義勇為的粗豪性格。魯智深總是路見不平，拔刀相助，甚至敢於痛罵仗勢欺人的高衙內，揚言：「你卻怕他本管太尉，洒家怕他甚鳥！俺若撞到那撮鳥時，且教他吃洒家三百禪杖了去！」[17]與魯智相比，李逵的義雖然也包含著濟貧扶困的低層次道德價值，但更主要的則是與對封建官府的強烈仇恨和不屈不撓的反抗精神緊緊連在一起的，具有更高的道德意義和認識價值。李逵性格最感人的地方並不在他的純真、渾厚，而在於他能自覺地把自己融匯入偉大的梁山事業中，自然而然地把自己的行動和整個梁山集體的行動看成是義。在李逵看來，江州劫法場是義，之後主動上梁山是義，上山後維護梁山利益反對招安也是義。李逵的義含義很廣，早已超出了宋江「周人之急，扶人之困」的範圍。他不斷高呼「造反」「殺去東京，奪了鳥位」，矛頭直指最高統治者，在李逵自己看，也是天經地義的大義之舉。當有人損害了梁山利益，破壞義的時候，李逵又是一個義不容辭的維護者。他誤信宋江搶了劉太公的女兒，於是「氣做一團」，並且「拿了斧，搶上堂來」，要殺掉宋江。他不能容忍這種無義之舉發生在梁山泊。他極力反對招安，扯詔書，斥御史，謗徽宗，更是為了保衛梁山的正義事業不遭斷送。

16　《水滸傳》第十八回。
17　《水滸傳》第七回。

二、形象的非道德化傾向

《金瓶梅》的出現，衝破了傳統道德倫理對作家的束縛，標誌著小說典型觀念的一次突破。主要表現為小說的主人公，不再是叱吒風雲的英雄豪傑、帝王將相，作品不再歌頌他們馬革裹屍、忠勇報國，或者路見不平拔刀相助的高尚品德和非凡行為。恰恰相反，笑笑生對那些在新的歷史條件下出現的非道德化人物極感興趣，熱衷於表現他們背叛傳統道德的邪惡行為，深入挖掘其心靈骯髒、醜惡的一面。幾百年來，人們感到《金瓶梅》缺少光明、充塞黑暗的一個原因，是書上幾乎沒有寫出一個符合傳統道德的「好人」。清代的文龍曾對笑笑生的這種寫法頗感困惑：「作者真有憾於世事乎？何書中無一中上人物也。」[18]確實，用傳統的審美觀念審視《金瓶梅》人物，不免令人感到沮喪、窒息，它缺少《三國》《水滸》人物特有的藝術感染力，那種催人奮起，叫人熱血沸騰、力量倍增的激情。笑笑生用赤裸裸的筆撕去一切虛偽的遮羞布，毫不留情地展示出人類性格的另一個真實，一個醜陋的、血淋淋的真實。這自然要引起習慣於在古典道德王國裏徜徉的讀者的震驚。

在《金瓶梅》的世界裏沒有忠、義，有的是奸詐、欺騙和掠奪。朝廷大臣已不知忠義為何物，他們懂的是賣官鬻爵，中飽私囊。西門慶這個不法之徒何以反成了執法之官？就是因為西門慶派來保兒和吳主管給當朝太師蔡京送了大批生辰禮物。作者曾詳細刻畫蔡太師見到禮物後的欣喜：

> 但見黃烘烘金壺玉盞，白晃晃減鈒仙人。良工製造費工夫，巧匠鑽鑿人罕見。錦繡蟒衣，五彩奪目；南京苧緞，金碧交輝。湯羊美酒，盡貼封皮；異果時新，高堆盤樏：如何不喜？[19]

用蔡太師自己的眼睛，展示他對金錢的貪欲。在《金瓶梅》裏，上至朝中宰輔、封疆大吏，下至府尹、知縣，以及守御、團練之類的武官，幾乎都在貪贓枉法，循私舞弊。作者評論道：

> 看官聽說，那時徽宗天下失政，奸臣當道，讒佞盈朝，高、楊、童、蔡四個奸黨，在朝中賣官鬻爵，賄賂公行，懸秤升官，指方補價。夤緣鑽刺者驟升美任，賢能廉直者經歲不除。以至風俗頹敗，贓官汙吏遍滿天下。役繁賦重，民窮盜起，天

18　文龍〈金瓶梅評〉第三十一回，朱一玄等主編《金瓶梅古今研究集成》，延邊：延邊大學出版社
　　1999 年。

19　《金瓶梅詞話》第三十回。

下騷然。不因奸佞居台輔，合是中原血染人。[20]

這樣的贓官汙吏，與為國操勞嘔心瀝血、鞠躬盡瘁的諸葛亮，濟貧救危、呼群保義的宋江等古代英雄相比，何啻千里之別！甚至連皇帝也是一樣，第七十一回有一段以調侃的語氣寫徽宗：

> 這皇帝果生得堯眉舜目，禹背湯肩。若說這個官家，才俊過人，口工詩韻，目類群羊，善寫墨君竹，能揮薛稷書，道三教之書，曉九流之典，朝歡暮樂，依稀似劍閣孟商王；愛色貪杯，仿佛如金陵陳後主。

「堯眉舜目」乃是反語諷刺，作者的本意是說他實不過一位「朝歡暮樂」「愛色貪杯」的亡國之君罷了。

不但統治階級內部是如此腐朽，市民階層內人與人的關係也是弱肉強食，爾虞我詐，完全拋棄了本來屬於下層人民特有的美德。西門慶為了滿足自己的色欲，不惜氣死「結義兄弟」花子虛，霸占了他的妻子李瓶兒，還侵吞了他的家產。反過來，這些「兄弟」對西門慶也不義。應伯爵等人充當西門慶的幫閒，受其惠甚多，但西門慶一死，便樹倒猢猻散，全都變了臉。為西門慶辦祭席，每人祇出了一錢銀子，還在盤算：

> 又討了他值七分銀一條孝絹，拿到家做裙腰子。他莫不白放咱每出來，咱還吃他一陣。到明日出殯，山頭饒飽餐一頓，每人還得他半張靠山桌面，來家與老婆孩子吃著，兩三日省了買燒餅錢。[21]

真是活畫出一幫勢利小人的醜惡嘴臉。應伯爵還攛掇李嬌兒鬧將出來，嫁入張二官做二房娘子，並且「無日不在他邊趨奉，把西門慶家中大小之事盡告訴他」，後來又向張二官獻計將潘金蓮也娶過來。如果說以幫閒為生的應伯爵之流背叛舊主投靠新主的勢利行為尚可理解的話，那麼西門慶家的夥計吳典恩恩將仇報的背義行為，實在令人痛感世態的炎涼和人心的險惡。他因西門慶而得官，還受他的經濟資助，但後來做了巡檢，反在審問因盜被拘的奴僕平安兒時，誣吳月娘與玳安有姦，要提審吳氏。

《金瓶梅》也不寫節、孝，祇寫世人的寡廉鮮恥，賣笑迎姦。笑笑生筆下的婦女幾乎都是淫欲無度、不知廉恥的淫婦，中國婦女的傳統美德，在她們身上早已蕩然無存。潘金蓮的淫蕩自不必說，就連貌似溫柔善良，令人同情的李瓶兒，不也幹出私通西門慶，

20　《金瓶梅詞話》第三十回。

21　《金瓶梅詞話》第八十回。

氣死丈夫花子虛的罪惡行徑嗎？雖然李瓶兒來西門慶家之後一直顯得善良寬厚，任勞任怨，頗叫人同情，但讀者並不會忘記她對自己的丈夫曾經是那樣狠毒與凶殘，與潘金蓮之害死武大，並沒有道德意義上的差別。這也使她的後半生一直背負著沉重的罪惡感，並在臨死時對自己的道德行為有所懺悔。她在病危時不斷做夢，夢見花子虛對著她大罵：「潑賤淫婦，你如何抵盜我財物與西門慶？如今我告你去也！」她一定覺得自己罪孽深重，對不起花子虛，冤死的前夫必定要在陰司索命。作者似乎意識到李瓶兒的性格前後懸殊過甚，所以為其留下一個臨死前進行道德反省的機會。在笑笑生看來，西門慶的眾妻妾中，祇有一個吳月娘還算有些德行的。她待人寬厚，有同情之心，口碑甚佳。西門慶死後，妻妾幾個四下走散，連有「乖人」之稱的溫良恭儉的孟玉樓也不願「傻守」，再嫁給了李衙內，吳月娘獨能為西門慶守節，看起來似乎還是有些節烈的。然而事實是，祇有她這個「正頭香主」守節才能得到實際利益。說得更清楚一些，她一直掌握著西門慶的家產，容易使人懷疑她守的不是女人的節操，更可能是這份豐厚的家產。因為人們記得，她對金錢的貪欲絲毫不比西門慶差。西門慶巧取豪奪來的錢財，包括孟玉樓、李瓶兒帶來的家私，都是交吳月娘保管的。西門慶一死，她便撕破和善仁慈的偽裝，凶相畢露地賣掉潘金蓮、春梅、孫雪娥，還把孤苦無告的西門大姐推出門外。雖然蘭陵笑笑生力圖在《金瓶梅》中塑造一二道德形象，以形成與非道德形象的衝突，但由於作者典型觀念中非道德觀念因素的制約，終於沒有出現這樣的「正面人物」。作者總是自覺或不自覺地在他的人物臉譜上抹上幾道雜亂的色彩，在他們的心靈上投上一層陰影，這反而造成人物性格的多層面、多色調，更符合生活的真實。至於孝道，在《金瓶梅》裏更談不上。陳經濟是西門慶的女婿，卻與潘金蓮調情通姦。他還痛罵吳月娘，氣死親生母親。潘金蓮對自己的母親更是無情無義。一次潘姥姥勸她不要唬了官哥兒，她居然罵道：「怪老貨，你不知道，與我過一邊坐著去。不干你事，來勸什麼醃子？什麼紫荊樹？什麼驢扭棍？單管外合裏差！」[22]

　　總之，《金瓶梅》的世界是一個道德淪喪的世界。這裏沒有一個忠臣孝子、義士節婦，更沒有一個清官能吏、才子佳人，卻充塞著世紀末病態社會的一大批畸形兒：姦夫淫婦、貪官污吏、市儈奸商、流氓篾片、婢僕娼妓。即使像傳統小說中科舉求名、文采風流的儒雅士人，在《金瓶梅》中也變成了秀才溫葵軒那樣的「早把道學送還了孔夫子」，吃裏扒外、文行卑下的無恥文痞。在作者的視野中，沒有光明，沒有希望，整個社會就是一個群魔亂舞的鬼蜮世界，黑暗醜惡就是生活的一切。

　　蘭陵笑笑生何以能寫出與《三國》《水滸》完全不同甚至相反的人物呢？首先在於

22　《金瓶梅詞話》第八十回。

現實生活為他提供了客觀基礎。作為一種調整人與人、人與社會關係的行為規範，道德隨著歷史的發展而變化，任何永恆的、終極的道德規範都是不存在的。在中國漫長的奴隸、封建社會，以農業為主的自然經濟，培育出與之相適應的道德原則，培養了人們的強烈的封建道德觀念。在生活中，人們以道德的善與惡，正義與非正義，公正與偏私，誠實與虛偽來衡量一個人的好壞；反映在文學作品中，同樣祇能以道德作為人物塑造的尺規。羅貫中、施耐庵的小說典型觀正是在此基礎是形成的。但笑笑生所處的時代，已經發生了某種質的變化，資本主義萌芽出現並因此而引起了人文主義思潮的興起，金錢在生活中的作用劇烈膨脹，猛烈衝擊了在封建生產關係土壤裏生長出來的傳統社會意識，包括人們作為行為準則的傳統道德。仁、智、禮、義、忠、孝等幾乎都經受不住金錢的衝擊，傳統道德觀念實際上出現了一場危機。史載：「……至正德嘉靖間而古風漸渺，而猶存什一於千百焉。……由嘉靖中葉以至於今，流風愈趨愈下，慣刃驕奢，互尚荒佚，以歡宴放飲為豁達，以珍味豔色為盛禮。」[23]「里中無老少，輒習浮薄，見敦厚儉樸者窘且笑之。逐末營利，填衢溢巷，貨雜水陸，淫巧恣異……」[24]「逐末營利」的商業經濟的發展不僅衝擊了自給自足的小農自然經濟，也破壞了敦厚儉樸的民風，「邇來競奢靡，齊民而士人之服，士人而在大夫之官，飲食器用及婚喪遊宴，盡改舊意。」[25]所謂「盡改舊意」，說明當時社會風氣變化之劇烈，傳統的道德再也不是束縛人們行為的規範。《金瓶梅》所反映的，恰恰是這個處於劇變中的社會；作者所面對的，正是「慣刃驕奢，互尚荒佚」的人們。他幾乎用不著專門尋找社會的陰暗角落，祇要以一個現實主義作家嚴肅而寫實的態度對待生活，他的筆下自然會出現「一群狠毒人物，一片奸險心腸，一個淫亂人家」[26]。

《金瓶梅》人物的非道德化傾向也是作者對傳統道德和小說典型觀念進行反思的結果。小說藝術形象的塑造應該遵循怎樣的原則？祇有人物性格中的道德因素才能產生美感嗎？面對「禮崩樂壞」的社會現實，一切真正的藝術家都必須對傳統小說觀念中的諸因素重新進行思考。蘭陵笑笑生選擇了一條和羅貫中、施耐庵完全不同的路徑，他不願把自己的讀者引向一個虛幻的道德理想世界，向那些虛構出來的完美道德形象頂禮膜拜，在敬慕和讚美中陶醉。他以一個真正藝術家的勇氣和良知拋棄了幻想，勇敢地面對現實，面對現實中的一切醜類，用鋒利的筆摹畫出他們的醜態和陰暗的心靈。「誰要是

23　《博平縣誌》卷四。

24　《惲城縣誌》卷七。

25　《惲城縣誌》卷七。

26　趙文龍〈金瓶梅評〉第二十七回，朱一玄等主編《金瓶梅古今研究集成》。

抱著摧毀罪惡的目的，……那麼，他就必須把罪惡的一切醜態在光天化日之下暴露出來，並且把罪惡的巨大形象展示在人類的眼前。」[27]西門慶、潘金蓮、應伯爵等正是《金瓶梅》作者為我們展示的「罪惡的巨大形象」，他們身上凝聚著這個病態社會的「一切醜態」。笑笑生要達到的，也正是「摧毀罪惡的目的」。封建社會正在像一具僵屍迅速發臭、腐爛，「古風漸渺」「流風愈下」，道德的破壞和淪喪已成為無法改變的趨勢。這一殘酷的社會現實，使蘭陵笑笑生失去了用道德形象感化讀者的信心和勇氣。既然生活中再也沒有那種令人感動的道德完人，也不再有為作家提供這些道德完人必需的生活環境，小說家何必向壁虛構，用並不存在的道德形象欺騙讀者？其實，文學典型的真正意義難道僅僅在於以正面的道德形象為讀者樹立楷模嗎？不也可以用反面的非道德形象為人們樹起一面鏡子，照出自我心靈的美和醜，善和惡嗎？這一點，幾乎沒有一個前代的小說家意識到，祇有蘭陵笑笑生以前所未有的識力和才力，認識到了，且進行了成功的實踐。

三、從類型化到性格化

古代章回小說的題材不同，成書的情況也有異，所以在人物形象性格的塑造上也有較大差別。就明代的幾部名著而言，《三國》《水滸》《金瓶梅》可以看作小說形象的三個階段，恰好也是三個類型。

對於《三國演義》的人物形象，研究界頗有爭議。傳統的看法是說《三國演義》的藝術形象是現實主義典型性格。另一種看法認為《三國》中的人物屬於類型化典型：「《三國志演義》人物的主要特徵，絕大多數是某一道德的典範的表現，例如曹操的奸、諸葛亮的忠貞、關羽的義、劉備的仁、董卓的殘暴、趙雲的勇、黃忠的老當益壯、周瑜的量窄、劉禪的孱弱等。」[28]如果不把類型化理解為單一的、靜止的、無矛盾衝突的，用類型化來概括《三國演義》中的人物形象，是大體相符的。所謂類型化，就是指人物性格的某一個方面特別突出，這一性格方面既是這一個人的個性，又代表了這一類人物的共性，這是某些學者提出「類型」說的根據之一。李澤厚認為：

> 在中國古代各種藝術裏，藝術典型多半是類型形態的。無論是文學、戲曲、繪畫，
> 無論是選擇情節，確立主題、塑造人物、表現性格、安排結構，在共性的統一中，

---

27 席勒《強盜》第一版序言，北京：人民文學出版社 1962 年。

28 傅繼馥〈《三國》人物是類型化典型的光輝範本〉，《社會科學戰線》1983 年第 4 期。

共性在現象形態中鮮明突出，個性似乎無處不直接體現共性，它很像都溶化在共性之中，不管是小說、戲曲裏的張飛、李逵、諸葛亮（人物、性格），或者是抒情詩、山水詩寫意（情感），以及各門藝術對感情形式的著意追求，追求程序化的嚴整完美，都鮮明地表現了這一點。[29]

他指出中國古代藝術中形象大多有一個主要的、突出的性格特徵，是符合實際的。雖然不能否認羅貫中也能意識到作品人物應該像現實人物一樣具有多面的性格內涵，但他在具體描寫中卻總是有意無意地抓住其中的一面進行反復的、誇張的渲染，使讀者對描寫重點產生深刻的印象，以致往往忽視了其他方面。毛宗崗把諸葛亮、關羽、曹操說成是「三奇」「三絕」，其實他們的性格內涵不僅僅是忠、義、奸，而是這幾個方面被作者高度強化，在其性格諸因素中變得尤為突出。諸葛亮除了「達乎天時，承顧命之重」「鞠躬盡瘁，志決身殲」的無限忠心之外，還有神鬼莫測之智慧，蓋世無匹的才能，以及寬容大度的仁者之心和羽扇綸巾的儒雅風致。但觀其一生，從隆中對策縱論天下大事，到秋風五丈原，為蜀漢事業耗盡最後一滴血，其最感人之處，乃在於他對劉備及蜀漢的赤膽忠心和「鞠躬盡瘁，死而後已」的精神。關羽雖集忠、義、勇於一身，作者花費筆墨最多的，則是他的義重如山、義貫千古的重義品質。

羅貫中為什麼要運用性格強化的方法突出人物性格特徵呢？筆者以為有以下幾點原因：

其一，受到史實的限制及傳統道德觀念的制約。無論是在中國古代史中，還是古代小說中，凡寫人必以傳統道德為主因，作家衡量人物的標準是傳統道德，作品的功用也在於懲惡揚善，所以他們要在藝術形象中融入道德的內容，甚至乾脆圍繞道德的概念羅織情節，創造道德的化身，以達到小說的功利主義目的。關羽的義，在史書記載中並不突出，作者卻在民間傳說的基礎上複製和虛構了很多可歌可泣的故事。羅貫中集中了八則動人情節寫關雲長從被迫降曹到辭曹歸漢的過程，把關羽的義渲染到極點。為了突出諸葛亮的智慧，作者更是不惜筆墨，幾乎把他寫成一個無所不能、無所不知的神。用這些形象鮮明，個性突出的道德化身作為楷模，當更易於實現小說道德教化的作用。

其二，受到說書藝術和戲曲的影響。說書是一種聽覺藝術，聽眾易於接受線條明快，特點突出，性格單純的人物形象。如果人物性格過於複雜多變，文化水準不高的聽眾就會捉摸不定，甚至對人物性格的把握出現混亂。因此說書藝人塑造人物具有粗線條勾勒，性格單純的特色。古代戲曲也與說書相類，在時空限制很嚴格的表演藝術裏，要求人物

29　〈典型初探〉，《美學論集》，上海：上海文藝出版社 1980 年。

性格應具有某種確定性，不能左右搖擺，前後不一。行當的明確分工，人物一出場就已定下了基調，甚至面部的化妝與衣著穿戴也要與此相應，這樣就很難表現複雜的性格結構。古代小說不但在題材上受到說書、戲曲的很大影響，在人物性格的表現方法上也不例外。尤其是《三國》《水滸》在成書之前，其故事早就活躍於元雜劇舞台，不少重要角色被羅貫中、施耐庵直接納入小說中，人物性格仍然保持了在戲曲中的形態。

其三，突出人物性格某一特徵的方法也是中國傳統的文學表現方式，在諸子散文和史傳文學中都可找到例證。魏晉六朝志人小說尤為突出，《世說新語》的分類就反映了這一特徵。雅量、豪爽、簡傲等都是人物性格的因素之一，作者就從這一點著眼，以極具典型性的片言隻語或一二行為表現之，就能產生生動、活潑的藝術效果。《三國》《水滸》作者顯然都受到這些寫法的影響。關羽溫酒斬華雄，張飛喝退十萬大軍，魯智深倒拔垂楊柳等，都以誇張性極強的描寫突現人物個性特點，有時甚至強化至極端的程度。魯迅先生曾說：「這正如傳神寫意畫，並不細畫鬚眉，並不寫上名字，不過寥寥數筆，而神情畢肖，祇要見過被畫的人，一看就知道這是誰；誇張了這人的特長不論優點或弱點，卻更知道這是誰。」[30]中國傳統繪畫中的「畫龍點睛」「頰上三毫」正是這種筆法。

說《三國》中人物是類型化的，並不意味著它是單一的，靜止的。《三國》人物雖然比不上《紅樓夢》人物性格的複雜，但羅貫中顯然也注意到在每一個人物（尤其是主要人物）性格中都有多重因素，不是那樣單純而和諧。劉備是羅貫中所敬慕的聖君形象，但長阪坡擲阿斗的情節明顯表現出劉備在仁厚之中又有幾分虛假。作者引史官詩云：「無由撫慰忠臣意，故把親兒擲馬前。」說明這不是寫劉備仁厚性格時誇張過分的敗筆，而是有意識揭示其性格的另一面。諸葛亮除了對劉備的忠貞外，還是智慧的化身，在軍事、政治等領域表現出傑出才能；他對事業的公心和鞠躬盡瘁、死而後已的精神，不也受到千百萬人的讚揚嗎？關羽和張飛的義、勇也是緊緊連在一起的。尤其是關羽，作者在描寫他大義大勇的同時，並沒有忘記在他的形象上塗一筆剛愎自用的色彩；而正是這一筆，使關羽的形象和結局都具有了濃厚的悲劇意味。至於「反面」人物曹操，作者在寫他凶暴、狠毒、奸詐一面的同時，並不諱言他們的才幹、智勇，甚至某一方面的美德。曹操性格中奸與雄的辯證統一簡直是千古未有的奇妙結合，可謂開「二重性格組合」的先河，證明羅貫中對典型塑造中的對立統一原則絕不是一無所知。而且，作者在融合人物性格的不同側面時已達到了這種程度：有時一種行為可以作不同理解，甚至完全相反的理解。曹操的不少行為既可以理解為雄，也可以理解為奸，往往是奸中有雄，雄中有奸。割髮代首的情節，可以說明曹操之奸。他違反了自己定的「凡作踐莊稼者斬首」的軍法，理

---

30 魯迅《且介亭雜文二集·五論「文人相輕」──明術》，北京：人民文學出版社 1973 年。

該伏法,但卻以「割髮代首」以了之,用他自己的話說「何以伏眾乎?」然而從另一方面來說,他制定軍法是為保護人民利益,他的馬是由飛鳥驚嚇才誤踏麥田的,如果作為一軍之長因此區區小事而自刎,實在是迂腐荒唐之舉,何以顯曹操英雄本色?所以作者巧妙以「割髮代首」處理這一矛盾,照顧到事情的兩個方面。曹操殺王垕,反映了他的陰險毒辣,無疑是奸詐至極的的行為。但他以王垕一人之命平息了眾怒,安定了軍心,保證了戰鬥的勝利,由此觀之,也有雄的因素。上面論及曹操放關羽的情節,同樣可以作如是觀。就整個人物形象來說,曹操之所以引起研究者和讀者的激烈爭論,有人肯定之,有人否定之,有人則兼而有之,正是由於形象本身的多重性格造成了理解的歧義。這是羅貫中對中國小說典型塑造的一大貢獻。後來模仿《三國》的歷史小說竟起,但沒有一部作品在人物多重性格的刻畫上達到如此高的成就,《三國》中的某些藝術典型甚至成為後世小說家「高不可及的範本」。

　　《水滸傳》雖然也體現著性格強化的特點,但在人物性格的發展與內在衝突方面,施耐庵比羅貫中給予了更多的注意和探討,他筆下的人物在逐漸向性格化的方向發展。所謂性格化,包括兩個方面:性格的發展過程及性格的多重性。閱讀《水滸》,讀者在把握人物性格特徵的同時,較容易看到性格發展的軌跡。以林沖為例,作為朝廷命官,八十萬禁軍教頭,林沖的生活一開始是平靜的,他的性格也沒有閃耀出火花。他有一個滿意的職業和地位,一個溫暖和睦的小康之家。但變故打破了生活的平靜,也把林沖的性格推向了激烈鬥爭的漩渦。當林沖初受高衙內欺侮,他是這樣想的:「自古道,不怕官,祇怕管。林沖不合吃著他的請受,權且讓他這一次。」他雖然「心中祇是鬱鬱不樂」,但為了保住眼下的平靜生活,他祇有忍耐而已。然而這一事件顯然已激起林沖性格中的忍辱負重、委屈求全和急公好義、正直豪勇兩重因素的碰撞,祇是碰撞並不是那樣激烈,而且很快前者戰勝了後者。他覺得祇要躲過了高衙內的眼睛,地位、生活一切會照舊。但高衙內並沒有放過他,又依仗高俅設下寶刀計,以「手執利刃,故入節堂,欲殺本官」的罪名將他刺配滄州,並買通薛霸、董超,欲在路上害林沖性命。林沖的職位丟失,家庭被破壞,原來的希望完全破滅了。但即便到此時,他仍然沒有想到反抗,不但阻止魯智深殺掉作惡多端的兩公人,而且還卑微地希望自己還能「掙扎得回來」。直到風雪山神廟、火燒草料場時,他才徹底認清了對手非要置他於死地不可的狼心,才明白忍讓絕不會換來安寧,終於在血的搏鬥中戰勝了自我性格中的懦弱因素,手刃了仇人,走上了反抗的道路。林沖上梁山後,他的性格繼續遵循一個封建社會叛逆者的性格邏輯發展。火拼王倫,強烈反對招安,是他作為一個堅強的農民起義者,性格愈來愈成熟的表現。林沖性格的發展軌跡如此清晰,實際上說明作者對人物性格與現實生活的關係已經有了自覺的思考和追求。施耐庵沒有豐富的歷史素材作為自己塑造人物形象的參數,他祇能

根據生活的邏輯，騰飛自己的想像，而這一點恰好成就了他。《水滸》的主題是寫逼上梁山，寫農民階級在封建官府的政治壓迫面前怎樣從忍耐走向反抗，最終聚成一股對抗封建統治的強大勢力。這一主題促使作者必須在「逼」字上下功夫。官府步步緊逼，受壓迫者步步退讓，祇是在忍無可忍的情況下，他們才下定造反的決心，實現性格上的一次飛躍。林沖性格的發展變化不但符合現實生活的邏輯，也很有層次感，由淺入深，由量變到質變，是與情節的步步深入相聯繫的。與《三國》人物相對靜止的性格相比，《水滸》人物更接近生活的真實。

《水滸傳》人物性格多重性集中體現在宋江的形象塑造中。《三國演義》中的曹操性格雖然也很複雜，但大家公認奸是主導因素。宋江的性格就更為複雜，以致我們難以說清他究竟是哪一種藝術形象。研究者們在對宋江形象的認識上存在較多的分歧，與這個形象本身的複雜性有很大關係。《水滸傳》中的宋江既非歷史傳記中的那個「勇悍狂俠」的豪傑，亦非《宣和遺事》裏那個具有豪爽性格的好漢，他的性格始終是兩種對立因素的組合，即反抗與妥協、忠和義的對立統一。他痛恨貪官污吏殘害百姓，卻不忘歌頌聖主天子的聖明；他從義出發支持、同情晁蓋等人的反抗活動，卻從忠出發認為他們的反抗是非法的；他支持別人去造反，自己卻遲遲不肯上山。他時而是一個天不怕、地不怕的英雄，時而又是一個在官軍追捕時瑟瑟發抖的膽小鬼。他一方面領導著梁山起義軍與官府進行著浴血奮戰，同時又時刻盼望並策劃著讓朝廷招安的陰謀。直到他為朝廷立下了汗馬功勞卻被賜下的藥酒毒死，他還在念念不忘：「寧可朝廷負我，我忠心不負朝廷。」宋江性格中的兩種對立因素的糾葛貫穿了他的一生，貫穿他行動的各個方面。當然，他的這種矛盾性格也有一個發展變化的過程。上梁山前，他官居小吏，重義疏財，扶危濟困，又好結識江湖上好漢，且於家大孝，素有「及時雨」「孝義三郎」之稱。此時的宋江，忠、孝、義是統一的。但在對待上梁山的問題上，他的義和忠、孝發生了矛盾衝突，而且忠、孝思想戰勝了義，他拒絕上山。後來由於形勢的逼迫，他不得不上山，但很不情願，義仍然沒有占有主導地位。上山後的一段時間裏，他在進行起義軍建設和領導義軍對官府的鬥爭中取得了一個又一個勝利，他的義才成為思想的主導因素。可惜時間不長，他的忠君思想又發展到絕對支配地位，成為走招安投降道路的思想基礎，最終導致起義軍的失敗。李卓吾認為宋江「一意招安，專圖報國，卒至犯大難，成大功，服毒自縊，同死而不降，則忠義之烈也」[31]。他把宋江的忠和義視為一體，並不符合宋江性格的實際。在筆者看來，宋江的忠與義是對立的統一，統一的時間很短，對立的時間長。二者相互交織，互為消長，一直左右著宋江的性格。總的趨勢是忠的成分呈曲線發展，

31　〈忠義水滸傳序〉。

義的成分則曲線衰退，直到逐漸蛻變為忠的附庸，為忠所吞沒。

完全的性格化人物形象的塑造是在蘭陵笑笑生手中完成的。從創作方法和審美風格上來說，《三國演義》可以說是古典主義的，而《水滸》則是比較接近現實主義的，那麼《金瓶梅》就是完全現實主義的。這種區分除了表現在題材與時代上（《三國》最遠，《水滸》稍近，而《金瓶梅》則是作者生活的時代），也表現在人物的塑造方面。就人物形象來說，如果我們打個比方的話，《三國》中的人物就像動畫片，《水滸》中的人物就像木偶片，《金瓶梅》中的人物則是一齣活的話劇。或者套用西方敘事理論，可以說《三國》人物是「扁形」的，《水滸》人物是「橢圓形」的，祇有《金瓶梅》的人物才算是「圓形」的。小說人物性格因素的多寡與是否發展，固然是人物圓扁的主要區分標準，但更主要的是其現實主義高度，是其與生活的吻合程度。《金瓶梅》是第一部真正可以稱得上寫實主義的小說作品，它記錄下了生活中的一切，美的與醜的，善的與惡的。書中的一切有時會讓人覺得作者是在複製生活，像是一部毫無加工整理的「毛片」，事無巨細地記錄下明代的市井生活。這就如張竹坡所云：「似有一人親為執筆，在清河縣內，西門家裏，大大小小，前前後後，碟兒碗兒，一一記之，似真有其事，不敢謂為操筆伸紙做出來的。」[32]書中的人物是那樣鮮活，他們的一言一行，一顰一笑，一舉手一投足，都是那樣傳神，那樣生動，就像跨越了四百年的時間距離，一下子站到了我們面前一樣。應伯爵的吹牛，潘金蓮的罵聲，宋惠蓮的哭鬧，西門自我感覺良好的心態，都讓我們感到那麼親切，根本就感覺不到我們與他們之間還有那麼久遠的時空距離。人物性格的多側面共處一體，善的與惡的，美的與醜的，往往相互勾連，以致有時很難區分。正因為《金瓶梅》的人物性格的多面性與複雜性，所以曹雪芹創作《紅樓夢》才多有借鑑，兩書的不少主要人物都很相似。這種相似並不祇是表面上的，實際上曹雪芹學到了笑笑生表現生活的方法，那就是完全真實地表現生活。所謂性格化的人物實際上也就是生活化的人物，《金瓶梅》人物所以讓人感到真實，甚至似曾相識，就在於他們來自生活。相比較而言，《三國》《水滸》中的人物更像戲劇裏的角色，或是一個傳奇故事中的主人公，而不是生活中的人。

32　〈金瓶梅讀法〉第六十三回。

論《金瓶梅》的諧謔因素及喜劇風格

一

　　全面評價《金瓶梅》的思想藝術價值，恰當地確定它在古代小說發展史上的地位，首先是通過對《金瓶梅》本體的各個方面加以深入細緻的研究分析，但更主要的，是將其放在古代小說發展的長河中，在與其他古代小說，尤其是幾部名著的比較研究中實現的。例如在同《三國》《水滸》的對比研究中，我們看到了《金瓶梅》是如何將小說的表現對象，由帝王將相、英雄豪傑們的勇武行為，轉到市井小民的平凡生活，開拓了一個新的審美領域。通過與明末清初才子佳人小說的對比，我們又認識到古代小說是怎樣經過一個藝術的淨化過程，把粗惡俗濫的人生欲望昇華為纏綿俳惻的愛情故事。而在對《紅樓夢》的研究中，有《金瓶梅》作為參照係數，使我們更準確地認識曹雪芹是怎樣的基礎上，將古代小說藝術推向一個高峰。

　　正是在同樣的比較研究中，我們還發現《金瓶梅》的另一個特點，即書中存在大量諧謔因素，並因此而形成了獨特的喜劇風格。所謂諧謔因素，是指作品中的滑稽詼諧、幽默風趣的成分。一般認為這類東西難登大雅之堂，也看不出它在故事中有什麼積極作用，甚至有的研究者認為這些成分屬「惡趣」，粗俗低級，無論對作品內容還是對結構技巧來講，都祇能是有害而無利。究竟應該怎樣認識這種文學現象，它是怎樣在小說中出現的，對小說整體藝術效果有何作用，我們應該對此作何評價？

二

　　不少研究者已經注意到《金瓶梅》與戲曲的密切關係，這也成為研究《金瓶梅》成書與作者的一個途徑。書中大量抄引的戲曲資料，以及充滿全書的濃厚「戲曲意識」，充分說明二者的這種密切聯繫確實是存在的。因此，考察《金瓶梅》的諧謔因素，便很自然地使人聯想到戲曲中的「插科打諢」以及丑角的其他表演。作為戲劇藝術的一個重要因素，「科諢」的產生是很早的，也絕非中國戲曲所獨有。代表戲劇萌芽出現的唐代

「參軍戲」的兩個角色就是插科打諢，「務在滑稽」[1]的；而標誌中國戲曲成熟的宋雜劇，則是「大抵全以故事世務為滑稽，本是鑒戒，或隱為諫諍也」[2]。我國古代的著名戲曲，幾乎都有膾炙人口的科諢表演。如《望江亭》裏的楊衙內，《救風塵》中的周舍，《秋胡戲妻》中的秋胡，《轅門斬子》中的楊延昭等，都以巧插科諢造成了喜劇效果，以引起觀眾善意的微笑。即使像《竇娥冤》那樣的悲劇主題，也穿插了楚州太守桃杌見到告狀人時下跪的喜劇情節。清初戲劇理論家李漁曾指出科諢在戲劇中實際上是不可或缺的基本因素：「科諢二字，不止為花面而設，通場角色皆不可少」[3]。戲曲界有句行話：「無丑不成戲」。這些都說明科諢在戲曲中出現，是由戲曲藝術的本質決定的，因此它帶有必然性。戲曲的目的何在？李漁說：「傳奇原為消愁設」，而科諢正是為人消愁解悶，增添歡樂的一劑良藥。所以李漁又說：

> 插科打諢，填詞之末技也。然欲雅俗同歡，智愚共賞，則全在此處留神。文字佳，情節佳，而科諢不佳，非特俗人怕看，即雅人韻士，亦有瞌睡之時。作傳奇者，全要善驅睡魔。……則科諢非特科諢，乃看戲人之人參湯也。養精益神，使人不倦，全在於此，何作小道觀乎！[4]

古時戲曲冗長，明清之際的傳奇動輒長達幾十齣，一演就是幾個小時甚至幾天幾夜，如果沒有「善驅睡魔」的良方，其演出效果是難以想像的。所以有的戲曲理論家不僅看重科諢，甚至將其視戲曲的「眼目」：「大略曲冷不鬧場處，得淨丑間插一科，可博人哄堂，亦是戲劇眼目」[5]。好的科諢除了使觀眾開顏大笑，發揮精神調節的娛樂功能外，常常使人在捧腹大笑之餘領悟到某些人生的哲理，得到思想上的啟迪和教益，起到深化主題的作用。《竇娥冤》中的桃杌太守一面給告狀人下跪，一面說「但來告狀者，就是我的衣食父母」，可稱是一個引人發笑的「噱頭」；但與竇娥臨刑前所說的「這都是官吏每無心正法，使百姓有口難言」相印證，便使人們笑過之後產生更深的悲痛和憤懣。法國古代美學家狄德羅提出「流淚的喜劇」，即用「滑稽」的表演表達一個「崇高」的主題，笑過之後要有沉痛的思索。悲、喜兩種美的形態融合為一體，無疑是科諢表演的最高境界。

《金瓶梅》何以要受到戲曲因素的影響？如果從中國古代小說與戲曲的關係考察，就

1　吳自牧《夢粱錄》亦云：「雜劇全用故事，務在滑稽。」

2　耐得翁《都城紀勝》，孟元老《東京夢華錄（外四種）》，上海：上海古典文學出版社 1956 年。

3　李漁《閒情偶寄》，上海：上海古籍出版社 2000 年。

4　李漁《閒情偶寄》。

5　《王驥德曲律》，長沙：湖南人民出版社 1983 年。

會看到這種影響並不是偶然的。眾所周知，中國古代小說的產生與西方截然不同。西方小說產生較晚，而且一開始就與戲劇藝術沒有多少共同之處。中國古代白話小說的敘事方法乃是模仿宋元說書藝術，而說書本來就是百戲中分離出來的，一開始就與戲曲發生了天然的血緣關係，有很多共通的地方。比如它們有共同的演出場所勾欄瓦舍，搬演著同一題材的歷史故事，甚至說書人也雜以歌唱的手段，並配合著適當的動作進行表演；它們的觀眾均為社會底層的市民大眾，有著共同的審美趣味和要求。這些共同點決定了早期的話本作家們一開始就沒有將小說與戲劇兩種藝術形式對立起來，而是吸收融合了某些戲曲的因素，豐富充實自己的表現手段。小說發展到明代，成熟的長篇章回小說已經出現，戲曲對小說的影響仍然存在。對於《三國》《水滸》，人們常常忽視了其中的戲曲因素。其實，這兩部傑作除了在取材上大量吸收了宋元戲曲有關三國爭戰和水泊梁山的故事之外，其長篇章回體制的形式也分明遺留著戲曲的影響。如它的分回標目的敘事方法，一般認為是由講史發展而來，「講史不能把一段歷史有頭有尾地在一兩次說完，必須連續講若干次，每講一次，就等於後來的一回。」[6]這當然是有道理的。但現存的講史話本如《三國志平話》等倒並無明顯的分回，反不如當時或之前的劇本上的「折」「齣」更為明確。王實甫的《西廂記》多達五本，全劇二十折外加五個楔子；楊景賢的《西遊記雜劇》六本二十四齣，而且每齣均有題目。戲曲劇本這種由小到大，由簡到繁的變化趨勢和結構方法，對《三國》《水滸》章回體制的形成是有重大影響的。不錯，相比較而言，《三國》《水滸》不如《金瓶梅》的戲曲因素更多，也更明顯，尤其是諧謔因素。部分原因是它們的表現題材有區別。《三國演義》表現的是嚴肅的歷史題材，是血與火的爭鬥，勇與力的拼殺。三國爭戰的歷史給了後代的政治家、軍事家和歷代統治階級多方面的經驗和營養，也給了平民百姓豐富的歷史知識和精神愉悅。但不論是誰，在回顧這段充滿傳奇色彩和英雄氣質的歷史的時候，都是懷著一種崇高的願望和肅穆的心情，沒有誰指望從三國的故事裏發現令人捧腹的「噱頭」。這種閱讀的期待要求於羅貫中的，不是戲曲意識，而是歷史意識，即用強烈的歷史責任感寫出三國歷史的真實來，而不是用廉價的笑料去沖淡嚴肅的主題。應該說，羅貫中做到了這一點。

相對來說，《水滸傳》雖然也取材於歷史，但它更貼近現實生活，所表現的人物更接近於現實的人。作品要求於作者的，是寫出梁山英雄好漢們的打家劫舍的傳奇行為，它不需要《三國演義》那樣的真實和嚴肅，所以施耐庵有可能在寫出梁山英雄富於傳奇性、刺激性事蹟的同時，不妨在某些人的臉譜上塗一層淡淡的喜劇色彩，從而形成這些人物性格的個性和全書整體風格的獨特之處。《金瓶梅》之所以更多地具有戲曲因素，

6　游國恩等《中國文學史》，北京：人民文學出版社 1963 年。

尤其是具有戲曲中的科諢因素，首先也與表現的主題有關。《金瓶梅》寫的不是什麼驚天動地的大事，而是明代中後期這段特定歷史的小民的平凡生活，是「市井之常談，閨房之碎語」，是寫「碟兒碗兒」、柴米油鹽，妻妾們的打情罵俏，幫閒們的吹牛撒謊、阿諛奉承，是要「描畫世之大淨」「世之小丑」「世之丑婆淨婆」，這樣的題材顯然更易於加進生活的「笑料」。生活中可笑的東西固然時時處處都存在，但作為現實生活的反映，小說在運用生活素材時遵循著不同的取捨原則。政治的歷史的題材，把目光集中在偉人大事上，生活的「笑料」常被忽略，也不合時宜；像《金瓶梅》這樣的作品則反其道而行之，作家衹是把筆觸指向平凡的人生，甚至專門在生活的角落裏尋覓被歷史、傳奇丟掉的「下腳料」，去構織一幅不加任何雕鑿的人生圖畫。在這裏，生活的一點一滴，人物的一顰一笑，都不會滑過作家的眼睛；而那些既具有生活的真實感又趣味橫生的「噱頭」，更會引起作家的注意。生活離不開笑，藝術更離不開笑。那些被大雅君子看不起的「笑料」，凝結著下層人們的智慧，表現了他們對生活的熱愛、信心和樂觀精神，在藝術作品中常獲得其他藝術材料所不能產生的審美效果。

當然，題材並不決定一切。同樣的題材在不同的作家手裏，可能有不同的處理。作家畢竟是文學活動中最終的和最權威的因素，他們必然要按照自己的意識，自己對人生的理解，對繁紛的生活現象進行取捨選擇，使之符合自己所要達到的文學目的。在這一點上，與羅貫中、施耐庵相比，《金瓶梅》作者蘭陵笑笑生尤其突出地表現了他的創作個性。羅貫中所關心的是如何用嚴謹的歷史態度，盡可能真實地再現出三國爭戰的歷史，以說明「分久必合，合久必分」的社會進化規律；施耐庵則以較為輕鬆的筆調虛構出那麼多大快人心的場面，去證明「官逼民反」的古老真理。蘭陵笑笑生似乎缺乏兩位先輩的歷史責任感和對政治的關心。雖然我們也可以在作品中發現他對封建政治的尖銳揭露和在倫理道德方面的強烈憂患意識，但他對社會人生的態度確與施、羅二公有很大區別。他雖然對政治的黑暗和人性的種種弱點也有憤激的抨擊，更多的則是採取辛辣的冷嘲熱諷態度，並夾雜著玩世不恭、遊戲人生的色彩。笑笑生是用一種灰暗的悲觀的心理看待世間的一切，他覺得眼前的一切是那樣黑暗、醜惡、污穢不堪，實在是無可救藥，甚至根本不屑以一種嚴肅的政治批判態度去對待，而代之以尖銳的嘲諷和滑稽的諧謔手段百般戲弄之。《金瓶梅》何以既無《三國》《水滸》中的帝王英雄形象，又無人們傳統觀念中的「好人」？其實，蘭陵笑笑生早已超脫了尋常的「好」「壞」觀念，他看不到世間還有什麼「好人」，目光所及之處，無非是「西門慶」「潘金蓮」「應伯爵」諸色人物，無非是一個又一個「大淨」「小丑」「丑婆淨婆」。所以他用不著也沒打算塑造出明君賢臣、忠將良民，而是用他那支犀利無比的筆「曲盡人間醜態」（廿公〈跋〉），使那些「妝矯逞態，以欺世於數百年間」的諸般丑類「一旦潛形無地」（謝頤〈序〉）。作

者批判嘲諷的對象極廣，不是某些人，而是對整個世界、整個社會，表現出極大的憤嫉態度。清代文龍謂「是殆嫉世病俗之心，意有所激，有所觸而為是書也。」[7]是為確論。他還在對《金瓶梅》的批評中讓讀者對書中的一切都要「冷眼觀之」，正在於他看到了作者冷眼觀世界的憤嫉態度，要讀者深刻領會作者的良苦用心。

三

　　戲曲和小說是兩種不同的藝術，二者的表現方式有很大差異；這在西方文化中表現得更為明顯。雖然中國古代小說、戲曲有很多共通之處，但二者相互借鑒吸收也必須遵循各自的藝術規律，經過一番慎重的改造功夫。《金瓶梅》對戲曲科諢的吸收，既非生硬的抄襲模仿，也不是隻言片語的套用，嚴格地說，笑笑生是學到了古代戲曲的喜劇意識，將插科打諢的表演手段運用到敘事藝術中，成為批判諷刺的武器，並使全書形成了整體性的喜劇風格。而且，《金瓶梅》中的諧謔因素比戲曲中的科諢有更多的表現形式和藝術功能。

　　利用敘事者介入故事表現作者政治的、道德的批判態度，是中國傳統小說的一大特色。在章回小說裏，往往是以說書人口吻，以「看官聽說」作為標誌引起對情節或人物的褒貶態度。這在《金瓶梅》中亦是隨處可見。如第三十回寫蔡太師接受了西門慶送去的生辰禮物後，便奉送他一個理刑副千戶的官職，這時作者便由客觀敘述轉入主觀評論，批判「徽宗天下失政，奸臣當道」「賣官鬻爵，賄賂公行」的黑暗現實。第八十四回寫西門慶死後應伯爵馬上投靠新主子，作者對幫閒子弟、勢利小人也有一番尖刻的評論等。但在作者敘述或主觀評論中加入諧謔因素，卻是《金瓶梅》首開先河。第七十回寫西門慶隨何千戶進朝，作者先用一段長達六百餘字的韻文描寫了朝儀的整肅，接著又以說書人口氣介紹宋徽宗：

> 這帝皇果生得堯眉舜目，禹背湯肩。若說這個官家，才俊過人，口工詩韻，目類群羊。善寫墨君竹，能揮薛稷書。道三教之書，曉九流之典。朝歡暮樂，依稀似劍閣孟商王；愛色貪杯，仿佛如金陵陳後主。從十八歲登基即位，二十五年倒改了五遭年號；先改建中靖國，後改崇建，改大觀，改正和。[8]

　　雖然對皇帝的描寫未免有誇張之嫌，但以之表達一個卑賤文人對天子的尊重，也還

7　朱一玄編《金瓶梅資料彙編》，天津：南開大學出版社 2002 年。
8　《金瓶梅詞話》第七十一回。

算恰當的。然而有意思的是，作者的描寫並未到此為止，他又插入一句：「朝歡暮樂，依稀似劍閣孟商王；愛色貪杯，仿佛如金陵陳後主。」孟商王是五代後蜀君主孟昶，他與南朝陳的國君陳叔寶，都是以酒色而聞名於世的亡國之君。這裏作者將宋徽宗比成孟商王、陳後主，說成一個酒色之徒，可謂十二分的不恭。前後兩種態度是如此矛盾，描寫的卻是同一個人物，這本身就形成了一個帶有滑稽意味的情勢對立。那麼究竟何者為真，哪一個是假？很明顯，先比作堯舜禹湯，不過是貌似恭敬；後說成是酒色之徒，才是作者真正的嘲諷態度。作為古代的君王，堯舜禹湯和孟商王、陳後主代表了兩種本質完全不同的類型，前者是人民理想中的賢君形象，後者則是誤國殃民的昏君典型，二者根本不可能統一於一體。考之史上的宋徽宗，昏庸暴虐，窮奢極欲，哪裏有半點堯舜湯的影子，倒比孟商王、陳後主有過之而無不及。所以儘管有對徽宗天子的諸多褒揚之詞，那實在不過是對他的莫大諷刺，暗寓著作者冷峻的批判態度。第六十九回寫林太太也是用的同樣的筆法。作者通過西門慶的視覺觀點先寫王招宣府的輝煌氣象，又用一段華麗的文字寫盡了林太太的貴夫人派頭，但最後筆頭一轉，竟說她「就是個綺閣中好色的嬌娘，深閨中合秘的菩薩」。情勢的轉換是如此突然，莊重在不知不覺中滑入了輕薄，不能不令讀者啞然失笑。不過與上例不同的是，對林太太的前後描寫雖然對立，但在本質上卻有其統一性。高貴的門第、尊貴的派頭、漂亮的長相，祇是外在的、表面化的，淫蕩才是作者給她規定的真實性格。這是對立的統一。笑笑生打破了中國古代小說寫英雄虎背熊腰，寫小人尖嘴猴腮的簡單化程序，真正遵循了現實主義的邏輯，敢於寫出真實的人物，複雜的性格。作者正是在這種表與裏的對立中實現自己的諷刺意圖，在莊重與輕薄，美好與醜惡的巨大反差中給讀者一個滑稽的笑。

中國是一個較少幽默感的民族，尤其是儒家思想孕育出的歷代文人，他們在「文以載道」信條的指導下，無不將自己的作品看成政治或道德的教化工具，很難想像會在其中加入引人一笑的諧謔成分。雖然小說不比詩文正統，但在《三國》基本沒有笑料，《水滸》也很少。《西遊記》則不同，作為一部神魔小說，諧謔、調笑是貫穿全書的主線。所以魯迅就說《西遊記》「出於作者之遊戲」；胡適也說《西遊記》是一部「滑稽小說」。《金瓶梅》既非「作者之遊戲」，亦非專事「滑稽」，但蘭陵笑笑生顯然是要衝破正統觀念的束縛，將戲曲中的科諢作品，使其成為敘事藝術的新因素。這對於那些早已養成善惡、美醜、忠奸涇渭分明的欣賞習慣的讀者，確實會產生某種不協調的感覺。比如第八十回寫了西門慶死後，應伯爵等幫閒祭祀的情節，有人便認為「作者的玩笑開得太大，但他如嘲弄他的主角，同時他也是在嘲弄自己，因為他已費了很大氣力把西門慶寫成一

個我們信得過的人物。」[9]應該承認，這並非是他一個人的感覺。究竟應該如何理解《金瓶梅》的這種「低級喜劇」[10]呢？筆者認為，重要的不在於以既成的審美習慣對它進行過多的指責，而是要從笑笑生的人生觀與小說創作觀念上去尋找它出現的原因，進而對它在小說中的地位及全部美學價值作出中肯的評價。如前所論，《金瓶梅》作者是一個看透人生的人，他寫《金瓶梅》基本上是站在一個憤嫉的「過來人」的立場上，對經歷過的一切進行尖銳的諷刺，百般的嘲弄。他雖然寫出了西門慶性格的真實性，使其成為「我們信得過的人物」，但何曾使西門慶改變過被無情嘲諷的地位？作為作品的第一主人公，他既是個稱霸一方的封建統治者的一員，又是個千古未聞的第一色狂形象，這本身就是一個尖銳的諷刺。試觀他的一生，從勾引潘金蓮始到葬身潘金蓮的身下終，作者何曾放過對他加以嘲弄的機會？當他死後，作者借水秀才的一篇祭文，把他作為欲念的代表，生殖器的化身加以「讚頌」和「悼念」，不正是抓住人物形象本質的神來之筆嗎？不錯，「西門慶之死是整部小說中極可怕的一景」，但絕不是令人悲痛的一景，事情本身不可能引起任何一位讀者的同情。因此，這段隱寓極為明顯的調侃文字，絕不會令讀者「討厭」和「不安」。對西門慶是如此，對李瓶兒也應作如是觀。李瓶兒常常被人認為是作者十分同情的人物，有損於這種同情心的諧謔文字被認為是不合時宜的。例如李瓶兒病危時請來的趙太醫以一段打油詩作自我介紹，便使有的研究者「不安」，認為：「在寫了這段滑稽文字之後，又如何希望讀者再同情垂死的李瓶兒和她心煩意亂的丈夫呢？」[11]問題是，李瓶兒是不是一個令人同情的角色？回答應該是否定的。雖然李瓶兒的懦弱個性和遭遇不無悲劇的色彩，但從作者的整體構思來看，她仍然是一個被嘲諷的對象。如果不是這樣，作者在前幾十回將她寫成一個無恥淫蕩的悍婦，那樣凶殘地對待自己的丈夫，以使他「因氣喪身」，便是無法理解的；而一次又一次將那些不堪入目的性交場面放在她與西門慶之間進行，也應該是作者有意識的行為。更何況，作為「金、瓶、梅」三個主角之一，她是淫婦的形象，而不是受損害被同情的角色。作者這種創作意圖在全書結束時說得很明白：「樓月善良終有壽，瓶梅淫佚早歸泉。可怪金蓮遭惡報，遺臭千年作話傳。」在笑笑生看來，瓶兒的病和死，是其性格的必然，是她自作自受，壓根兒便不願贏得讀者同情的眼淚，所以即使在她病危時，仍不放棄對她的嘲諷。

通過作品人物之口進行「自我嘲弄」，以刻畫人物性格，產生滑稽效果，也是笑笑生常用的一種方式。利用插科打諢進行諷刺，是戲曲中丑角的基本功能，這在古今中外

9　夏志清〈金瓶梅新論〉，朱一玄等主編《金瓶梅古今研究集成》。

10　夏志清〈金瓶梅新論〉。

11　夏志清〈金瓶梅新論〉。

概莫能外，但能否「自嘲」，則被戲曲研究者認為是中外丑角的一個重要差異。中國古代戲曲中的丑角，尤其是那些代表受遣責的「反面人物」的丑角，除了擔負嘲諷他人的職能外，總是適時地進行自我嘲弄，從而顯示出獨特的審美功能。如《清忠譜‧創祠》中一個陰陽先生出場念道：「在下本姓趙，小峰是我賤號。祖居世代蘭溪，一向江湖走跳。起先算命嚼蛆，近習堪輿之數。……日日假忙，說道某鄉紳叫管家來邀；時時搗鬼，說道某官府著農民相召。止不過油嘴花唇，無非要騙人錢鈔。」[12]以驚人的坦率作夫子自道式的自我揭露。這往往成為戲曲丑角扮演的貪官、劣紳、庸醫、媒婆、惡僧等出場即念的「定場詩」。《金瓶梅》作者顯然受到這一戲曲表現方式的影響，也把自嘲納入作品的人物塑造中，成為諷刺的一個有力手段。

《金瓶梅》中的自嘲，一種是完全模仿戲曲。除了太醫趙搗鬼出場時念的那一類打油詩，還有接生婆蔡老娘的一段念白。第三十回寫李瓶兒要生孩子，全家一片忙亂。西門慶叫來安兒去請接生婆。過了半日，蔡老娘才姍姍來遲。月娘剛一搭話，這婆子便道：

> 我做老娘姓蔡，兩隻腳兒能快。身穿怪綠喬紅，各樣鬆髻歪戴。……橫生就用刀割，難產須將拳揣。不管臍帶包衣，著忙用手撕壞。活時來洗三朝，死了走的偏快。因此主顧偏多，請的時常不在。[13]

一般來說，在戲曲中這種程序化的定場詩由於違反生活的邏輯，其作用主要是用來表達作者的諷刺意圖並引起觀眾的愉悅，與人物性格的關係不一定十分密切。它的諷刺對象與其說是某個戲劇人物，倒不如說是某些類型的人物更恰當。像蔡老娘的自嘲詩，主要諷刺的是那些愚昧無知、不負責任的收生婆，不一定就是指蔡老娘。從下文的描寫來看，她為李瓶兒接生按部就班，有板有眼，母子均告平安，並沒有發生她自己所說的那些可怕情景。趙太醫的「自嘲」相對來說與其性格較為接近。他進門先以「我做太醫姓趙」一首自嘲詩表白了自己醫術的庸劣，之後在給李瓶兒診脈的過程中進一步表現出剛才的自嘲並非完全胡說，他確實是個不通醫術的江湖騙子。他先是「全憑嘴調」，胡猜一氣，又將瓶兒的病症診為男症，最後竟開出了毒性極強的藥方來。他缺乏基本的醫術，更沒有起碼的醫德。他進得門來，便一直「死」呀「活」呀亂說一氣，不顧一點病人的忌諱。瓶兒認出他是太醫，他便說：「不妨事，死不成，還認的人哩。」何老人對他的藥方提出異議，他又說：「自古毒藥苦口利於病。若早得撚手伶俐，強如袛顧牽

12　《清忠譜》，北京：中華書局 1959 年。

13　《金瓶梅詞話》第三十回。

經。」結果引起西門慶的暴跳，罵他「這廝俱是胡說，教小廝與我扠出去！」結果他祇得了二錢銀子，飛奔而逃。這一段原在李開先《寶劍記》中，被作者挪用到小說中來，祇有少量改動，但仍保留了強烈的喜劇效果。在有些人看來，趙太醫的出場，就像在一個十分典雅尊貴的沙龍裏，或是一群溫文爾雅的紳士中，突然跑進一個庸俗的小丑，作了一番惡作劇之後又匆匆離去，不免有點煞風景。尤其是對於那些抱著西方或現代的小說觀念，欲在《金瓶梅》中尋找認同的「嚴肅」讀者來說，書中這類「鬧劇」般插曲常常使他們感到失望。但對於習慣了戲曲中這類噱頭的中國古代讀者來說，能在小說中得到戲曲般的享受，自會產生一種我們難以理解的藝術美感。

以西方敘事理論觀之，趙太醫、蔡老娘這類人物相對於作品主角來說，祇屬於「半戲劇化人物」。他們缺乏獨立的、完整的性格，作者設置他們，在某種意義上說，祇是為了表達某種意識，當這一職能完成後，便宣告退場，甚至不再重新出現。《金瓶梅》中還有不少諧謔因素是作品中的「戲劇化」人物發出的，一般都與人物個性緊密相關，既能產生戲謔效果，又能深化讀者對藝術形象的理解和認識。像應伯爵等幫閒的插科打諢，說笑話，講繞口令，以及作者的漫畫式描寫，都屬於這一類。第十二回寫西門慶梳籠李桂姐，應伯爵、謝希大等人跟著飲酒奉承，集中表現了他們如何憑著機智和幹練的口才贏得主子的歡心。先是應伯爵說了一曲〈朝天子〉，單道各色茶的好處，最後一句是「醉了時想他，醒來時愛他，原來一簍兒千金價」。謝希大緊接著利用諧音的方法將話岔開去，說：「大官人使錢費力，不圖這『一摟兒』，卻圖些甚的？」話說得粗一些，好在沒有文化的西門慶並沒有過高的審美趣味，偏偏喜好聽這類笑話。下面謝希大又講了一個泥匠墁地的笑話，罵妓院老鴇「有錢便流，無錢不流」，把矛頭指向李桂姐。李桂姐也不示弱，馬上回敬了一個老虎請客的故事，揭露應伯爵一幫人「祇會白嚼人，就是一能」。應伯爵似覺下不來台，順勢要做東道請客，幾個幫閒們馬上鬧劇般地湊份子，也有出一錢的，也有兌八分的，當下就請西門慶和桂姐吃酒。下面作者又用誇張的漫畫式筆法，塗抹出他們貪婪不堪的吃相，一桌席不消一刻便風捲殘雲般地「吃了個淨光王佛」。整個場面確實像一幅諷刺性極強的漫畫，通過他們的自身表演為每個人塑像。作者使用了極其刻薄的語言，把眾幫閒說成「猶如蝗螞」「好似餓牢」「食王元帥」「淨盤將軍」，以入木三分的形象刻畫表現他們的貪饞心理。到了應伯爵的時代，食客早已失去古代馮諼那樣的政治見識與才能，墮為專門幫閒湊趣的乞食者。不過他們都很機智伶俐，能見風使舵，會觸情生情，知道怎樣討主子歡心。他們的目的其實卑微得很，祇不過賺頓吃喝，以求果腹；至多不過再掙上幾兩銀子，養活家小而已。總的來說，他們雖有很拙劣的表現，心境也應該是悲涼的；靠出賣靈魂求生，畢竟是不能心安理得的事。笑笑生既然對整個人生都是抱著諷刺的態度，對這批人當然更不會放過。一方面，作者

無心隱瞞他們都有一個聰明的腦瓜和能幹的嘴巴，常常在笑聲與哄鬧中顯示自己的機智和幽默；但更沒有忘記他們性格中的劣根性，總是不失時機地摹畫出他們的種種醜態，讓讀者在笑聲中看他們卑污的靈魂。正是在這一點上說，《金瓶梅》的諧謔因素不僅僅是逗人一樂的笑料和噱頭，笑聲背後往往有更深一層的意蘊，有令人思索的東西。

古今的美學家都認為悲喜劇的結合乃藝術的最高境界，它比純粹的喜劇或悲劇更具有震撼人心的力量。喜劇當然首先應該給人以笑，但這並不是它的全部。優秀的喜劇作家從來不滿足於自己的觀眾「一笑了之」，他們總是不懈地追求悲喜劇的完美融合，追求喜劇的悲劇性效果，追求「含淚的笑」。《金瓶梅》當然還算不上這樣的佳構，但書中確實不乏「含淚的」「笑料」和令人心酸的「噱頭」。當我們看到應伯爵跑到西門慶家蹭飯吃，卻被主人以一個惡作劇搞得狼狽不堪的尷尬相時，究竟感到的是好笑還是悲涼？「常時節得鈔傲妻兒」既有可笑之處，不也包含著可恨可痛的內容嗎？再以另一個被作者嘲弄的對象水秀才為例。第五十六回寫西門慶要找個有才學的人寫寫算算，應伯爵隨即推薦了自己的朋友水秀才，並向西門慶作了介紹。整個介紹過程一直充滿戲謔的語氣，表現出作者對這個人物的諷刺態度。應伯爵先以幾分幸災樂禍的口吻說出水秀才的困頓境遇：胸中才學賽過班、馬，卻屢試不中；家中本小有田產，如今已賣光當盡；兩個孩子先後病死，老婆偷漢又棄他而去。為了說明他的才學，應伯爵接著又念了他的一篇祭頭巾的詩文。這一詩一文據查是引自明末的笑話集《開卷一笑》。作者把它放在應伯爵口中說出，其諷刺態度是不言自明的。詩文是夫子自道式的第一人稱語氣，哭訴了大半生陷於科舉泥淖不能自拔的痛苦遭遇。主人公自幼就學，意氣風發，飽嘗寒窗之苦，受盡了多少驚嚇，一心在科舉仕途上大展宏圖。誰知到頭來「兩隻皂靴穿到底，一領藍衫剩布筋」，一生的艱難悽楚都是白費，多少年的冷淡酸辛並沒有換來一官半職，仍沒改變盡人欺侮的卑微地位。無可奈何之際，主人公將滿腔的悲憤轉嫁到頭巾之上，怒斥它「後直前橫，你是何物，七穿八洞，真是禍根」，下決心「就此拜別，早早請行」。行文中雖有強烈的調侃嘲諷意味，但它更能震撼人心的是，一個白髮滿頭的封建儒生對吞噬了他青春的科舉制度的控訴！應伯爵是把它作為一個笑話講給西門慶聽的，而我們從笑笑生那裏得到的，除了一個「笑話」之外，更主要的是一個舊時代知識分子的悲劇故事，它不但能引起我們巨大憐憫和同情，更能激起我們對中華民族的知識分子悲劇命運和歷史的沉痛思索和無限感慨！水秀才在《金瓶梅》中是個不起眼的人物，甚至都沒有正面出場，作者沒有更多的直接描寫說明對這個形象究竟是嘲諷多於同情，還是同情多於嘲諷？但更可能是兩種態度兼而有之。水秀才除了以祭頭巾詩文進行自嘲，同時又受到西門慶、應伯爵的嘲笑外，後來又做了一次辛辣的嘲諷者，就是前面已經提到的在西門慶死後，他為西門慶撰寫了一篇令人啼笑皆非的祭文，名為悼念死者，實為

死者的生殖器大放悲聲。我總覺得在蘭陵笑笑生的創作觀念裏,存在著難以說清的矛盾和衝突。他總是把莊重與詼諧、崇高與滑稽、善良與邪惡混淆起來,使人無法分辨。他用嚴肅的態度書寫著詼諧,又在詼諧的背後隱含著悲劇的內容。他憎恨虛假和偽裝,不允許自己的筆粉飾人生,要麼在那些道貌岸然的達官貴人臉上塗上幾道雜亂的色彩,要麼在莊嚴崇高的氛圍裏加入一些滑稽的「佐料」,使全書既體現出典型的寫實主義風格,又有濃厚的喜劇色彩。

四

　　《金瓶梅》的諧謔因素既是作者諷刺批判的武器,也造成了全書的喜劇性風格。這種嬉笑怒罵的寫法,對後世小說,尤其是諷刺、譴責小說產生了重要影響。吳敬梓受惠於《金瓶梅》才寫出了諷刺小說的傑作《儒林外史》,早已為人看破;清代的《醒世姻緣傳》《歧路燈》等人情小說以及晚清的譴責小說也從中吸取了豐富的營養。一方面是這些小說在取材上都與《金瓶梅》有相近之處,即以平凡的現實生活作摹本,以描寫人生的醜惡為目的,冷靜的譏諷和無情的嘲罵是絕好的手段;但更主要的,是這些作家都從《金瓶梅》中學到了諧謔嘲諷的意識,從而構成了他們創作觀念中的新因素。他們大多不再拘泥於前輩作家那種對社會、道德的強烈責任感和嚴肅的「參與意識」,而是與生活拉開了一定的距離,盡可能作為一個清醒的「旁觀者」,對人生社會進行細緻入微的觀察和精雕細刻,對醜惡的東西加以冷峻的嘲諷。他們發現醜、塑造醜的能力大大增強,諷刺技巧有長足的進步。至吳敬梓出,終於使小說諷刺藝術達到「感而能諧,婉而多諷」(魯迅語)的境界,樹起了《儒林外史》這座高峰。諷刺貴含蓄,作者要有能力使讀者與諷刺對象保持適當的「諷刺距離」。清末譴責小說的作者便不懂得這個道理,往往是「筆無藏鋒」,攻擊不留餘地,實際上是取消了讀者與作品人物間的「諷刺距離」,這正是他們的作品給人以「形同謾罵」之感的根本原因。以此標準來衡量,《金瓶梅》也有類似的不足,作者有時玩笑開得太大,也不分場合,未免給人以啼笑皆非之感。就像孫述宇先生所說的,有時人的嘴巴笑常了便很難合得攏。《金瓶梅》作者的嘴巴雖比吳趼人、李伯元等人更易收得攏,但像第五十四回所寫「應伯爵隔花戲金釧」那樣的低級趣味還是有的。這些不同於性描寫,作者的本意是在製造「笑料」,卻實在讓人笑不起來。當然對此我們不必過多指責,作為第一部文人創作的題材迥異的開創性長篇作品,他的一切都處在摸索和試驗之中,不可能一下子達到很高的境界。況且與譴責小說相比,祇就諷刺技巧與諧謔效果來說,仍然是高出後者一大截的。笑笑生的可貴之處在於一開始就發現了客觀描寫比主觀介入更含蓄,更具諷刺諧謔效果。而清末小說家則由於強烈的政

治責任感和批評精神，過多地用主觀色彩強烈的誇張、比喻等修辭手段對待作品人物，有時甚至作者直接出面進行嘲諷、譏誚、謾罵，剝奪了屬於讀者進行想像的那部分權利，使被諷刺的作品人物失去了起碼的真實性，作為審美對象，自然要變得索然無味了。

《金瓶梅詞話》的「敘事結構」能說明什麼？

——再論《金瓶梅》的成書兼與梅節先生商榷

　　《金瓶梅》的作者和成書，是兩個相連帶的問題；在一定程度上，也可以說是一個問題的兩個方面。近些年研究者們對此已經發表了很多宏論，我亦有幸忝列其中，略抒己見。近時又讀到「金學」大家梅節先生的論文〈論《金瓶梅詞話》的敘事結構〉，獲益良多。確實，近年考論《金瓶梅》的作者和成書問題，大部分論文都屬於「外部研究」，就是從《金瓶梅》與相關資料的聯繫中去尋找線索，再加以推論；而梅先生則力圖以《金瓶梅》文本的敘事方法所表現出來的特徵，去論證其必為口頭作品，而非文人創作。如果我們能更多地著眼於《金瓶梅》的「內部研究」方面，也許對成書問題的研究會更深入一步。

　　研究路子無疑是對的，也令人感到新鮮。遺憾的是，梅先生的結論很難令人贊同。他說：「根據小說的內容、取材、敘述結構、語言特徵，傾向於認為金瓶梅原先是聽的平話，作為中、下層知識分子，今本詞話是『民間說書人的一個底本』。」他從三個方面論證了自己的觀點：人物對話的分解、書束「下書」的應用、敘述人稱的轉換。恰好我在近年的研究中，對其中的兩個問題稍有心得；而且梅先生的論文也牽扯到我在〈論《金瓶梅》的「大小說」觀念〉[1]中提出的觀點，那麼我也就從這三個方面提出自己的看法，就教於梅先生。

一、「人物對話的分解」並非口頭創作的特徵

　　梅先生說他在校點《金瓶梅》的過程中發現了一個現象，即小說人物的說話常被分成幾段處理，而不是一氣呵成地講下來。為了說明問題，我們得把梅先生引過的幾個例

1　《金瓶梅研究》第四輯。

子再簡略地引述一遍：

1. 玉樓道：「怪狗肉，唬我一跳！」因問：「你娘知道你來不曾？」（「道」＋「因問」）

2. 婦人道：「有倒好了。小產過兩遍，白不存。」又問：「你兒子有了親事？」（「道」＋「又問」）

這兩個例子是一種類型，說話人由陳述轉為提問。第二種類型是說話內容有較大的變化，即由此事轉向彼事。如：

3. （王婆）歡天喜地收了，一連道了兩個萬福，說道：「多謝大官人佈施！」因向西門慶道：「這咱晚武大還未見出門，待老身往他家推借瓢，看一看。」（「道」＋「因道」）

4. 薛嫂打發西門慶上馬，便說道：「還虧我主張的有理麼？寧可先在婆子身上倒，還強如別人說多。」（孟按：後一句似應斷為：「寧可先在婆子身上，倒還強如別人說多。」）因說道：「你老人家先回去罷，我還在這裏和他說句話。咱已是會過，明日先往門外去了。」（「說道」＋「因說道」）

5. 薛嫂進去，說道：「奶奶這咱還未起來？」放下花箱便磕下頭去。春梅道：「不當家花花的，磕什麼頭？」說道：「我心裏不自在，今日起來的遲些。」問道：「你做的那翠雲子和九鳳鈿兒，拿了來不曾？」（「說道」＋「說道」＋「問道」）

最後一個例子是一種更複雜的類型，說話內容先有變化，再由陳述轉為發問。

如何看待這種現象？梅先生從「說」與「聽」和「寫」與「讀」的關係上進行分析對照，認為這應該是說書人講說故事所特有的，而案頭文學則不需要將一個人說的話分成幾段敘述。我認為情況恰恰相反。

我們知道，小說與戲劇的主要區別是前者為敘事藝術，後者為表演藝術。戲劇之稱為「代言體」，不是說它沒有人物語言，而是說它沒有作者敘述語言。在小說中要由作者敘述的情節，在戲劇中是由劇中人表演出來的。戲劇演出中的兩個人對話，觀眾既能看到對話的主體，也能聽到雙方對話的內容，這裏用不著插入「張三說」「李四道」之類的作者敘述語言。但在劇本中就不同，一般必須標明說話主體。小說與此相仿，不但說話內容要明確告訴讀者，而且說話主體是誰亦要標明，否則難免要引起誤會。這一點在中國古代小說中尤其明顯，因為不使用標點，又不分行，不把說話主體明白告訴讀者，會引起理解的混亂。而西方小說和中國現代小說有所不同，在特定的語境中，對話的主體可以略去，祇要利用引號將說話內容區分開，讀者不會誤解。西方敘事理論稱這種方法為小說的「戲劇化」。在戲劇表演時，當劇中人說的話太長，且由陳述變為問話，或說話內容有較大變化時，說話人會有語氣的停頓，或助以特殊的形體動作，以示將說話的兩部分內容「隔開」，不會語氣連貫地說下來。戲曲的這種表現方法，是對現實生活

的模仿，因為現實生活中的實際情況正是如此。但在古代小說中，這種情況一般必須以作者敘述語言區別清楚，《金瓶梅》中「××道」後面緊跟著「問」「因問」「又說」就是屬於這種情況。

說書藝術介於小說與戲曲之間，它的敘事方法兼有戲曲和小說的雙重因素。藝人在表現故事人物對話時，他既要告訴聽眾說話的內容，也要將說話的主體告訴聽眾。那麼，說書藝人用什麼方法呢？他可以有兩種選擇。首先，他可以選擇用小說的方法，用敘述語言直接告訴讀者「張三說」「李四又說」。這種方法顯得比較簡便，敘述的味道更濃一些。他也可以選擇戲劇的方法，用語調的變化（比如男女聲音的變化，聲音的高與低、尖銳與嘶啞等變化）區分說話主體，用語氣的停頓表示說話內容的變化。這種方法表演的味道更濃一些。如果是一個表演才能很強的藝人，比如他的聲音可以有多種變化，他可能更傾向於選擇後一種方法。相反，表演能力差的藝人就衹能用敘述的方法了。

但是，當口頭說書藝術變成案頭讀物的時候，某些表現方式也隨著起變化。因為戲劇的方法在小說中無法表現，所以上述的兩種方法衹可能保留一種，即衹能是小說的方法。在說書場上可以運用模仿的方式表現的內容，在小說中就必須變成作者的敘述語言來表現。現存宋元話本小說中的人物對話，一般是張三說完，李四再說；一人問話，另一個答話，一人一句，秩序井然，條理十分清楚。我們同時還可以發現，話本中的人物對話，說話內容都很單純，衹有一個主題，從來沒有《金瓶梅》中出現的說完一個意思稍作停頓再接著說另一個意思，或剛說完一句話緊接著再提問的情況。如果《金瓶梅》的這種敘述方式確如梅先生所云，是「說」──「聽」的關係所決定的，體現了說書藝術的特點，那麼與說書藝術關係更為密切的宋元話本小說中為何沒有這種寫法呢？

相反，在人們公認的文人獨創作品《紅樓夢》中，這種敘述方法卻俯拾皆是。試舉幾例：

1. 「道」＋「因問」

恰值士隱走來聽見，笑道：「雨村兄真抱負不淺也！」雨村忙笑道：「不過偶吟前人之句，何敢狂誕至此。」因問：「老先生何興至此？」[2]

2. 「道」＋「又道」

王夫人道：「有沒有，什麼要緊。」因又說道：「該隨手拿出兩個來給你這妹妹去裁衣裳的。等晚上想著叫人再去拿罷，可別忘了。」[3]

2　《紅樓夢》第一回。
3　《紅樓夢》第三回。

3. 「道」＋「又道」＋「又道」

　　鳳姐把袖子挽了幾挽，趾著那角門的門檻子，笑道：「這裏過門風倒涼快，吹一吹再走。」又告訴眾人道：「你們說我回了這半日的話，太太把二百年頭裏的事都想起來問我，難道我不說罷。」又冷笑道：「我從今以後倒要幹幾件克毒事了。抱怨給太太聽，我也不怕。……」[4]

4. 「道」＋「問」＋「又問」

　　這熙鳳聽了，忙轉悲為喜道：「正是呢！我一見了妹妹，一心都在他身上了，又是喜歡，又是傷心，竟忘記了老祖宗。該打，該打！」又忙攜黛玉之手，問：「妹妹幾歲了？可也上過學？現吃什麼藥？在這裏不要想家，想要什麼吃的，什麼玩的，祇管告訴我；丫頭老婆們不好了，也祇管告訴我。」一面又問婆子們：「林姑娘的行李東西可搬進來了？帶了幾個人來？你們趕早打掃兩間下房，讓他們去歇歇。」[5]

　　這種被梅先生稱作「人物對話的分解」的寫法僅在《紅樓夢》的第一回和第三回兩回裏就有四處，可見在全書中是一種極常見的敘述方式。如果「人物對話的分解」祇為說書藝術所特有，為什麼文人創作中卻又如此常見呢？《紅樓夢》難道也是什麼藝術的「底本」嗎？答案恐怕祇能是，這種寫法與說書藝術並無關係，而是一種文人案頭創作的手法。正因為說書藝術是「說」與「聽」的關係，說書人一面要面對著場上的廣大聽眾，時刻注意著他們的情緒的場上的氣氛；一面還要對故事進行想像編織，這種特定環境制約著他不可能進行十分細緻的形象思維。同樣的原因，聽眾注重的是故事情節的行進過程，人物的命運，並不喜歡聽過於細緻瑣碎的細節，也沒有時間作更多的思考。所以說書人不得不以更簡潔明快的語言進行敘述，不允許太過細緻；其實這也正是古代小說敘述多於描寫，尤其缺少細節描寫的遠因之一。就人物對話而言，說書人為了讓文化水準不太高的聽眾聽明白，對話主體愈少愈好，對話內容愈簡練愈好。文人創作就不同了，他有充足的時間對故事情節進行更為細緻的構思和編織，讀者同樣有充足的時間對這些細緻的描寫加以思考、體味、鑒賞。中國小說的藝術發展史表明，真正的細節描寫是在文人小說中出現的。《金瓶梅》可以說比較典型地體現了這個特點。如第七十九回有這樣一段描寫：「到次日起來，頭沉，懶待往衙門中去，梳頭淨面，穿上衣服，走到前邊

4　《紅樓夢》第三十六回。
5　《紅樓夢》第三回。

房中，籠上火，那裏坐的。祇見玉簫早晨來如意兒房中，擠了半瓶子奶，逕到廂房，與西門慶吃藥，見西門慶倚靠在床上，有王經替他打腿。王經見玉簫來，就出去了。打發他吃藥，西門慶叫使他拿了一對金裏頭簪兒，四個烏銀戒指兒，教他送來爵媳婦子屋裏去。」不但描寫細膩，而且視點的變換十分活躍。這種細緻的甚至是略顯瑣碎的敘述方式，無論是對於說書人的講說，還是對於聽眾的接受來說，都是相當困難的。但文人創作就不同了，他有充足的時間和廣闊的想像空間，可以對生活的每一個場景，每一個細節進行豐富的虛構想像，多角度地進行描寫。

二、「下書」是「應用」，還是誤刊？

《金瓶梅》中寫了不少來往書柬，包括潘金蓮等人寫的情書。後一種多是引自他書的現成的曲子。對此，梅節先生及陳益源先生在前人研究的基礎上又有很多新的發現，可謂功莫大焉。但梅先生因書柬中署名有「下書」二字，便斷定這是說書人講說故事時加上去的，以說明《金瓶梅》係說唱文學，亦讓人不敢苟同。說書人在講說到書信的時候，固然需要以「上書」「下書」標明書信的內容及書信的署名，但並不影響文人創作也使用。這牽扯到一個敘事成分問題。

在說書場上，說書人向聽眾講說故事，要身兼兩種身分：說書人與劇中人。當他敘述故事的情節時，他是說書人，用第三人稱講述。當他講到人物的說話或書信一類內容時，他就會變成說話的主體或書信中的「我」，要用第一人稱講述。說書人在整個講說活動中，就是這樣不地變換身分。仍以《金瓶梅》第十二回潘金蓮寫給西門慶的〈落梅風〉為例，信的正文是「黃昏想，白日思，盼殺人多情不至。因他為他憔悴死，可憐也繡衾獨自！燈將殘，人睡也，空留得半窗明月。孤眠衾硬渾似鐵，這淒涼怎捱今夜？」署名是「愛妾潘六兒拜」（祇是前面多了「上書」二字）。說書人在講說這封情書時，應該如何處理呢？很顯然，為突出講說效果，增加真實感和生動性，說書人在講說情書的內容時，一定要採用第一人稱；說不定還要裝扮出女性聲音，以酸溜溜的聲調講述出來。當把這封信講說完之後，說書人還要再變回第三人稱，以繼續下文情節的講述。這時，他可能有兩種處理方式：一種是把情書的正文和署名視為一個整體，在全部念完情書的署名後再變為第三人稱，這樣署名前就不必加上「上書」二字；第二種處理方式是把信的正文與署名視為兩個有區別的層次，把署名以第三人稱講說出來，這樣署名之前就必須加「上書」二字。

在這個問題上，文人創作與說書人的講說並無不同，他也面臨著這兩種選擇。無論《金瓶梅》是說書變來的，還是文人創作出來的，在書信的署名問題上處理的方法是相同

的，用這個問題根本不能說明《金瓶梅》是說書話本。既然書中的書信署名前有「上書」二字，我們祇能理解為作者採用的是第二種處理方法。那麼《金瓶梅》在刊印時，為什麼要按照書信的格式刻板，仍帶「上書」二字呢？其實，它不過是刻印人的誤解造成的。再如第六十七回雷兵備回錢主事的帖子，原書的刻印格式是：

> 來諭悉已處分。但馮二已曾責子在先，何況與孫文忿毆，彼此俱傷；歇後身死，又在保辜限外，問之抵命，難以平允。量追燒埋錢十兩，給與馮二。相應發落，謹此回覆。
>
> 下書年侍生雷起元再拜[6]

實際上「下書年侍生雷起元再拜」一句是作者的敘述語言，是第三人稱敘述，將之刻入帖子的正文，顯然是理解的錯誤。正確的做法是將這一句另一起一行頂格刻印，與下面的文字刻在一起。按照現代的整理方法，「年侍生雷起元再拜」一句還要加引號。梅先生論文中所舉《十粒金丹》中出現的作者敘述語言與作品人物語言混刻的現象，是出於同樣的原因，並非是「本應該如此」。簡言之，這是刻印者的錯誤，而不是作者的錯誤。作為現代的整理者，我們的責任是糾正這個錯誤，而不是重複它，更不能據此推論出其他的錯誤。

梅先生也承認《清平山堂話本》中的宋元話本〈簡帖和尚〉中的書束並無「下書」的用法。原因何在？難道《金瓶梅》比〈簡帖和尚〉更具說唱文學的性質嗎？當然不是。那是因為〈簡帖和尚〉的作者選擇了上述的第一種方法。〈新橋市韓五賣春情〉也採用了第一種用法，所以也沒有「下書」。但《金瓶梅》在借用這篇小說的情節時，卻變成了第二種用法，即將書束中的署名變成了第三人稱，所以加上了「下書」。這本是極合情合理的事情，卻不成想被刻印者誤解，更不成想也為今人誤解。如果確如梅先生所云「『下書』祇應存在於『聽的』說唱文學之中」，但在被大家認為是說話「底本」的宋元話本中也找不出這類例子，這是不符合邏輯的。相反，在文人創作的小說中，兩種類型的寫法都可以找見。

《儒林外史》第十五回：

> 頃刻，胡家管家來下請帖兩副：一副寫洪太爺，一副寫馬老爺。帖子上是：「明日湖亭一厄小集，候教。胡縝拜訂。」[7]

6　《金瓶梅詞話》第六十七回。

7　《儒林外史》第十五回，北京：人民文學出版社 1977 年。

第五十三回：

> 陳四爺認得他是徐九公子家的書童，接過書子，拆開來看，上寫著：「積雪初霽，
> 瞻園紅梅次第將放。望表兄文駕過我，轉爐作竟日談。萬勿推卻。至囑！至囑！
> 上木南表兄先生。徐詠頓首。」[8]

　　這兩例都是上述第一種用法，不加「下寫」者。第四十七回：「送唐三瘓去了，叫
小廝悄悄在香蠟店托小官寫了一個紅單帖，上寫著：『十八日午間小飯候光』，下寫『方
朸頓道』」。這一例既有「上寫」，亦有「下寫」，所幸校點者沒有將兩個層次混淆在
一起，沒有犯《金瓶梅》那樣的錯誤。《紅樓夢》第九十九回寫賈政在書房看書，簽押
送來一封信：「賈政拆封看時，祇見上寫道：『金陵契好，桑梓情深。……』」而信的
最後署名是「世弟周瓊頓首」，沒有「下書」字樣。但同一回中寫賈政又看了一個刑部
的奏本：「據京營節度使咨稱：緣薛蟠籍隸金陵，行過太平縣，在李家店歇宿………將
薛蟠依〈鬥殺律〉擬絞監候，吳良擬以杖徒。承審不實之府州縣應請……」緊接著下文
是這樣一句話：「以下注著『此稿未完』」「此稿未完」四字為原奏本所有，表示還有
下文，意思如同報紙上的「下轉第×版」。但「以下注著」四字顯然是作者敘述語言，
這與「下書」起到的敘事作用是相同的。《紅樓夢》的校點者當然也沒有犯《金瓶梅》
式的錯誤。

　　另外，梅先生在論述這個問題時還有一個邏輯上的矛盾。他說：

> 我們推想，適應「說話」的延續性，在《詞話》的原始底本上，書牘柬帖和正文
> 是接連抄在一起的。打談的滔滔如流水，遇到信箚之屬，便加上「上寫」「下書」
> 一類指示詞。

　　按照這種說法，似乎《金瓶梅》先有一個「原始底本」，而在這個「原始底本」上
本來並沒有「上寫」「下書」之類詞；說書人在按照這個「底本」講說時，才臨時加上
了「上寫」「下書」。依此說法，《金瓶梅》的最後成書可能有兩個途徑，一個是依據
「原始底本」進行整理的（我們姑且假定有一個整理者），這樣《金瓶梅》中就不會有「上書」
「下書」；除非整理者也像說書人那樣臨時加上去，不過他似乎沒有必要，因為按照梅先
生的說法，這不符合案頭閱讀的習慣。第二個途徑是現場記錄說書人的講說，如果記錄
得很準確，當然可以把說書人臨時加上去的「上寫」「下書」記下來，這樣《金瓶梅》
的最後定本中自然也會出現「上寫」「下書」的字樣。若如此，則問題就更複雜了：

8　　《儒林外史》第五十三回。

1. 我們討論的《金瓶梅》成書問題，究竟是指的這個「原始底本」呢，還是經過「打談的」講說之後的本子呢？如果是指這個「原始底本」，而且原來並沒有「上寫」「下書」，那麼這個底本是說書人自己創作的呢，還是由文人創作的呢？

2. 如果是指經過說書人講說之後的本子，那麼「整理者」為什麼不依據用文字創作的「原始底本」，而偏要跑到說書場上現場記錄說書人的講說？因為根據文學創作的規律，在文字資料的基礎是再進一步虛構想像，顯然更方便。

三、敘述人稱的轉換問題

《金瓶梅》中存在敘述人稱的轉換問題。作品人物在談及另一人物時，按照古代白話小說的傳統，應採用第三人稱敘述，但有時卻突然轉變為第二人稱，或以第二人稱與第三人稱加雜起來，使敘述產生獨特的效果。如第二十回吳月娘發洩西門慶的不滿，她對孟玉樓說：

> 他背地對人罵我不賢良的淫婦，我怎的不賢良的來？如今聳六七個在屋裏，才知道我不賢良？自古道：順情說好話，戇直惹人嫌。我當初大說攔你，也祇為你來。你既收了他許多東西，又買了他房子，今日又圖謀他老婆，就著官兒也看喬了；何況他孝服不滿，你不好娶他的。誰知道人在背地裏把圈套做的成成的，每日行茶過水，祇瞞我一個兒，把我合在缸底下。今日也推在院裏歇，明日也推在院裏歇，誰想他祇當把個人兒歇了家裏來。端的好個「在院裏歇」！他自吃人在他跟前那等花麗狐哨、喬龍畫虎的兩面刀哄他，就是千好萬好了。[9]

吳月娘話中一開始的「他」是指西門慶，敘述中卻轉成「你」，後來又重新變為「他」。這種敘述方法很生動，能產生真實感，更貼近生活本身。因為在實際生活中，當兩個人對話牽扯到第三個人時，往往出現這種情況；尤其是當談到與第三者的對話或爭論時，談話人常常會不自覺地改變敘述人稱。可以說，在生活中這是一種很自然的表達方式，算不上什麼高超的技巧。在說書藝術中，說書人為了使自己的故事更吸引人，常借用這種方法。宋元話本中尚可見到其遺留，如在〈錯斬崔寧〉中，作者敘完崔寧與陳氏被冤殺之後，評論道：「看官聽說：這段公事，果然是小娘子與那崔寧謀財害命的時節，他兩人須連夜逃走他方，……誰想問官糊塗，祇圖了事，不想捶楚之下，何求不得？冥冥之中，積了陰騭，遠在兒孫近在身，他兩個冤魂，也須放你不過。」最後的「你」字，就

9　《金瓶梅詞話》第二十回。

是指的「糊塗問官」。說書人不用「他」，而用「你」，是一種模仿技巧，讓人感覺到說書人好像正面對著那個「糊塗問官」指著他的鼻子質問他，義正詞嚴地為兩個冤魂叫屈。

敘述人稱的轉換來自生活，雖然在說書藝術中曾被應用，但不能說這是說書所特有的。事實上，這種敘述方法在後來的擬話本更為常見，而且比在《金瓶梅》中表現得更為複雜。如《醒世恆言》卷二十七〈李玉英獄中訟冤〉，當作者敘完焦氏之子取名亞奴後，接著寫道：「你道為何叫這般名字？元來民間有個俗套，恐怕小兒養不大，常把賤物為名，取其易長的意思，因此每每有牛兒狗兒之名。」這裏的「你」是指讀者。作者模仿與讀者的對話，先向讀者提出問題，然後自己再解答出來。這實際上是作者模擬的一種與讀者的交流方式。有時「你」不指讀者，而是指作者。如《醒世恆言》卷二十五〈獨孤生歸途鬧夢〉：

> 說話的，我且問你：那世上說謊的也盡多，少不得依經傍注，有個邊際，從沒見你怎樣說瞞天謊的祖師！那白氏在家裏做夢，到龍華寺中歌曲，須不是親自下降，怎麼獨孤遐叔便見他的形象？這般沒根據的話，就騙三歲孩子也不肯信，如何哄得我過？[10]

這裏作者模仿讀者向自己提問，對自己敘述的情節表示懷疑。「我」是指讀者，「你」是指作者。《拍案驚奇》卷一〈轉運漢遇巧洞庭紅〉中的情形與上例相類：「說話的，你說錯了。那國裏銀子這樣不值錢，如此做買賣，那外慣漂洋的，帶去多是綾羅緞疋，何不多賣了些銀錢回來，一發百倍了？看官有所不知，那國裏見了綾羅等物，都是以貨交兌。……說話的，你又說錯了。依你說來，……」還有更複雜的情況，「你」可以有雙重所指。《醒世恆言》卷三十七〈杜子春三入長安〉：

> 你想那揚州乃是花錦地面，這些浮浪子弟，輕薄少年，卻又盡多，有個杜子春怎樣撒漫財主，再有那個不來。雖無食客三千，也有幫閒幾百。相交了這般無藉，肯容你在家受用不成？少不得引誘到外面遊蕩。[11]

第一個「你」字是指讀者。作者以親切的「你」招呼讀者，和讀者一起評論杜子春的豐厚家產，揮霍的性格，必然會招來浮浪食客。第二個「你」卻是指杜子春。作者模仿教訓的口氣，似乎在對杜子春說：「既然你招來了這幫無賴，還容你蹲在家裏自己受用嗎？」

與上述例子相比，《金瓶梅》中的人稱轉換其實是比較簡單的，一般祇在作品人物

10　《醒世恆言》卷二十五，北京：人民文學出版社 1956 年。

11　《醒世恆言》卷三十七。

轉述與第三者的爭吵或對話時出現，「你」祇指第三者。其實，如果我們在校點理時能靈活運用標點，這個問題原本是不存在的。仍以上引《金瓶梅》第二十回吳月娘的一段話為例，可以這樣標點：

> 他背地對人罵我「不賢良的淫婦」，我怎的不賢良的來？如今聳六七個在屋裏，才知道我不賢良？自古道：順情說好話，戇直惹人嫌。我當初大說攔你，也祇為你來：「你既收了他許多東西，又買了他房子，今日又圖謀他老婆，就著官兒也看喬了；何況他孝服不滿，你不好娶他的。」誰知道人在背地裏把圈套做的成成的，每日行茶過水，祇瞞我一個兒，把我合在缸底下。

按照原來的標點方法，吳月娘對西門慶說的話祇能作為間接引語理解，而間接引語中卻又出現了應該在直接引語中出現的第二人稱「你」，所以讓人覺得奇怪。若將吳月娘對西門慶說的話加上引號，使之變成直接引語，便容易理解了。當然，這種標點方法祇是便於理解，並不能說比原來的標點方法更高明。事實上，按照原來的方法標點，第三人稱與第二人稱穿插結合起來運用，反而使敘述更嫌生動活潑，不拘一格，增加了人物語言的表現力。

四、結語

關於《金瓶梅》的作者及成書問題的研究，近年雖然有不少文章發表，但真正具有說服力者甚少。一個重要的原因是，有些研究者不是站在整個小說發展史的宏觀立場上看問題，他們的目光總是局限在《金瓶梅》一本書裏，或是在很狹窄的範圍內，看到一些現象後就急急忙忙地下結論，好像是有了新的發現；或是把一些浮淺的表面現象當成本質規律。梅先生在自己的論文裏也說：「迄今為止，研究者所著眼於《金瓶梅》敘述特點的，祇是一些表面的東西，而沒有觸及它的本質，它的整個敘述結構。」那麼《金瓶梅》的「敘述結構」究竟能說明什麼呢？以上分析表明，它根本不能說明《金瓶梅》原是說唱底本，梅先生舉出的這幾個證據，根本無法證明自己的論點。相反，在公認的文人作品中我們倒可能輕易地找到反證。

我的結論是，說書藝術的敘事方式深深影響了宋元話本及長篇章回體制的形成，它的影響是如此深遠，以至其後數百年間沒有一部長篇小說完全擺脫了說書體的基本體制。作為第一部文人獨創的長篇小說《金瓶梅》是這樣，即使是號稱小說藝術「高峰」的《紅樓夢》也是如此。但這種影響祇表現在文人對說話藝術敘事方式的模仿上，《金瓶梅》雖然有模仿說書人的濃重痕跡，但其本質仍是文人創作。

《金瓶梅》是「世代累積型」作品嗎？

在近幾年的《金瓶梅》研究中，有人提出了一個頗受注意的觀點，即《金瓶梅》不是個人創作的長篇小說，而是像《三國》《水滸》一樣，是一部「世代累積型」的作品。此觀點最早出現於五十年代，由潘開沛先生提出，當時並未受到太多注意。但近年來經過幾位先生的反復論證，已成為《金瓶梅》成書問題上一個頗有勢力的說法。筆者在研究了有關文章之後，感到論者提出的論據雖有數十條之多，但有說服力者尚無一條。本文擬對其中的幾個觀點談談自己的看法，作為向幾位先生的商討意見。

一、何謂「世代累積型」？

「世代累積型」的提出是基於這樣一種文學現象：

> 中國小說戲曲史的另一引人注目的現象是相當多的作品在書會才人、說唱藝人和民間無名作家在世代流傳以後才加以編著寫定。文人的編寫有時在重新回到民間、更為豐富提高之後才最終寫成。[1]

毫無疑問，論者指出的這種現象確實是存在的，以「世代累積型」來概括某些作品的成書方式也是很恰當的。

但筆者覺得要把「世代累積」作為與「個人獨創」相區別的一種基本創作模式和小說基本類型來認識，對其內涵應該給予嚴格的規定。如果沒有理解錯的話，「世代累積」理應包括以下幾點：1、小說中的主要人物是世代流傳的；2、小說中的主要情節是世代相延的；3、「世代」是一個較長的歷史過程，比如說，要經過朝代的更替；4、更重要的，這一切必須有史料根據。

據此而言，《三國演義》顯然是符合這幾個條件的。書中的主要人物均是歷史上的真實人物，有關他們的記載可以說史不絕書，不但正史有傳，民間流傳亦既廣且長。即使是一些次要人物，也是於史有徵的歷史人物。至於三國故事，遠自隋唐，直至元代，

1　　徐朔方《論湯顯祖及其他‧前言》，上海：上海古籍出版社1983年。

經過各種藝術的演繹，內容愈來愈豐富、愈來愈完整，為羅貫中創作《三國演義》提供了大量素材。《三國志平話》已為我們展示出《三國演義》的大致輪廓，而元雜劇中的眾多三國戲，則使《三國演義》的基本情節更為豐富，人物性格更為豐滿，使它更具備了引人入勝的藝術效果。云其「世代累積」，應該說是名符其實。當然，這並不影響作者運用增刪、移植、更改乃至張冠李戴的手法，對世代累積的素材加以改造，以符合自己的創作需要；也不影響作者運用想像，虛構出一些東西加入作品中。《水滸傳》的情況與此相仿，祇是《水滸》的主要人物除宋江、方臘等及其事蹟正史有載外，大多數人物與故事都是民間創造的。至元代，這些流傳的傳奇人物和故事也初具規模，《大宋宣和遺事》和有關水滸故事的說書、戲曲可為明證。與《三國》相比，施耐庵創作《水滸》雖也以世代流傳的人物、故事作框架，但其虛構的東西更多，在現實生活中的取材更多，「史」的味道則遠遜於《三國》。所以人們才一稱為「演義」，一稱為「傳奇」。儘管如此，《水滸》的主要人物、故事，宋、元以來就廣泛流傳，並為施耐庵所運用，視為「世代累積型」的小說仍可成立。

二、《金瓶梅》的人物是世代流傳的嗎？

答案是否定的。原因很簡單，沒有絲毫史料可以說明這一點。即使從作品人物的具體分析中，我們也不能得出這種結論，而祇能得出相反的結論。

(一)關於西門慶、潘金蓮

《金瓶梅》兩個最主要的人物西門慶和潘金蓮，雖在《水滸》中已經出現，而且前幾回的情節也是全襲《水滸》，但大家都承認，《金瓶梅》中的西門慶、潘金蓮，絕不是《水滸》中的西門慶、潘金蓮。不但作者賦予他們的生活內容有多寡之別，更重要的是他們的性格本質是根本不同的，分別體現著完全不同的時代特徵。西門慶在《水滸》中祇不過是一個好色的生藥鋪主人，而且很快成喪命於武松的拳腳之下。但在《金瓶梅》中，他卻躲過武松的懲罰，又過了很長一段豐富多彩的人生，成為新時代的主人公，最後才死於自己燃起的欲火熾焰之中。潘金蓮也由一個好淫的短命婦人，變為性格複雜的小說主人公。他們在《金瓶梅》中所做的一切，都是《水滸》所不曾有的，也是不可能有的。如果二人在《水滸》成書之前就是世代流傳的人物，那麼他們在《水滸》中的生活內容不可能如此貧乏，經歷不可能如此簡單，性格也不可能如此單薄。難道《水滸》的作者願意捨棄他們原有的豐富故事，祇安排為《水滸傳》中轉眼即逝的次要人物嗎？如果是這樣，那麼施耐庵就太愚蠢了，根本不配一個小說家的稱號。事實是，我們在《水滸》

之前的正史、說書、戲曲中，並未發現西門慶、潘金蓮的任何蹤跡。在《水滸》有限的歷史痕跡中，也並不包括西門慶和潘金蓮這兩個人物。更可能的倒是，西門慶與潘金蓮的姦情，是《水滸》作者作為表現武松的剛直性格而臨時虛構的。施耐庵創作《水滸傳》，既有對世代累積素材的運用，又有自己的虛構創作，西門慶、潘金蓮及茶坊王婆的故事，顯然應屬於後者。

雖然持論者「設想」：「與其說《金瓶梅》以《水滸》的若干回為基礎，不如說兩者同出一源，同出一系列《水滸》故事的集群，包括西門慶、潘金蓮的故事在內。」[2]但面對《金瓶梅》前幾回對《水滸》幾乎是原封不動的抄襲，以及充滿西門慶、潘金蓮身上的明代生活氣息，這種「設想」是沒有說服力的。如果真有那個「故事的集群」，它必然是分散於若干故事中，何以都沒有保存下來？另外我們還需注意，據沈德符記載，《金瓶梅》作者還寫過一部《玉嬌李》，亦為西門、金蓮、武大故事，然寓意正與《金瓶梅》相反：「武大後世化為淫夫，上烝下報。潘金蓮亦作河間婦，終以極刑。西門慶則駿憨男子，坐視妻妾外遇，以見輪回不爽。」[3]如果「世代累積」說能夠成立，那麼與《水滸》並行流傳的非僅《金瓶梅》，勢必還要有一個《玉嬌李》；而後二者在《金瓶梅》成書前均無絲毫信息，這是不符合民間流傳故事的一般邏輯的。道理很簡單，前人不可能祇著錄《水滸》故事，而放掉與之相聯繫的《金瓶梅》故事和《玉嬌李》故事。更何況，後者對聽眾的吸引力比《水滸》還要強烈。在沒有證據的情況下，我們祇能認為《金瓶梅》故事是「從《水滸傳》潘金蓮演出一支」（袁中道）而成的，西門慶、潘金蓮是從成書後的《水滸》中化出，不會有其他可能。

(二)孟玉樓的命名

如果說西門慶、潘金蓮尚與《水滸》有所牽連，能使人作出與《水滸》並行的「設想」的話，那麼我們再來看另一個主要人物孟玉樓。孟玉樓是一個貫穿全書的人物，與西門慶、潘金蓮、陳經濟等人物關係密切，是整個故事不可缺少的人物，在作品結構中的重要作用自不待言。孟玉樓的命名來自兩句詩：「金勒馬嘶芳草地，玉樓人醉杏花天。」而西門慶為孟玉樓打的簪子上，就刻著這兩句。這支簪子曾被陳經濟撿到，後來拿著到嚴州欲圖訛詐玉樓，聲稱這簪子上刻著你的名字，如何卻到我手裏？結果陰謀沒有得逞，卻被官府抓住痛打了一頓。這兩句詩出自《清平山堂話本》中的〈西湖三塔記〉，原文寫奚宣贊被西湖白蛇精捉去，險喪性命，歸來後「尋得一間房，在昭慶寺彎，選個吉日

2　徐朔方《論湯顯祖及其他》。
3　沈德符《萬曆野獲編》，北京：中華書局 1959 年。

良時，搬去居住。宣贊將息得好，迅速光陰，又是一年，將遇清明節至。怎見得：家家禁火花含火，處處藏煙柳吐煙。金勒馬嘶芳草地，玉樓人醉杏花天。」《金瓶梅》祗錄後兩句，並以「玉樓」作為孟玉樓的名字。當然，「金勒馬嘶芳草地，玉樓人醉杏花天」兩句亦見於其他話本小說，我所以肯定《金瓶梅》是抄自〈西湖三塔記〉，是因為與此首緊挨的另一首詩亦為《金瓶梅》借用，原詩為：「百禽啼後人皆喜，唯有鴉鳴事若何？見者都嫌聞者唾，祗為從前口嘴多。」本為奚宣贊出門打獵，聽到的烏鴉叫聲。此詩被《金瓶梅》作為回後詩用在第九十一回，寫李衙內的妾玉簪兒見新娶玉樓，心中不快，常常吵鬧；以「鴉鳴」喻之，寫其不得人心。〈西湖三塔記〉收在《清平山堂話本》，是宋元作品還是明人作品難以肯定。一般認為應為宋元作品，因元代鄭經有同名雜劇，雖已不傳，內容應該大體相同。也就是說，當〈西湖三塔記〉與〈武行者〉〈花和尚〉等《水滸》故事同時流行的時候，孟玉樓這個人物尚未「出世」。而與之相聯的諸多人物和情節當然也就不會存在。既然如此，怎麼可能有一個與《水滸》同時流行的《金瓶梅》故事呢？更何況，即便是《水滸》，在宋元時也還沒有形成一個完整的故事，而祗是以互不關聯的散篇流行，〈武行者〉〈花和尚〉〈青面獸〉等在元羅燁的《醉翁談錄》中仍分屬「公案」「朴刀」「桿棒」，屬於不同題材的作品；將這些散篇串連在一起而成《水滸》，是後來的事情，有施耐庵的創作之功。另外，作為《金瓶梅》的一個骨幹人物，孟玉樓的命名竟是來源於一首文人氣十足的詩，也說明她不可能是一個長期流傳於民間的人物。在現存的宋元小說中，我們還找不到一個作品人物是以這種方式命名的。換句話說，這是典型的文人作家的虛構創作方式。

(三)《金瓶梅》中的人名諧音

《金瓶梅》中的人物，除部分襲自《水滸》，部分來自正史或以當代人物入書，部分移自稍前的話本或戲曲，而更多的是出於作者虛構。與《三國》《水滸》不同的是，《金瓶梅》中的虛構人物，多有於命名中寓深意者，這一點早為張竹坡看破。他在〈金瓶梅寓意說〉中云：「稗官者，寓言也。其假捏一人，幻造一事，雖為風影之談，亦必依山點石，借海揚波。故《金瓶》一部，有名人物不下數百，為之尋端竟委，大半皆屬寓言。庶因物有名，託名披事，以成此一百回曲曲折折之書。」[4]張竹坡論《金瓶》人物及其意義，雖不免有牽強附會之處，然亦不乏真知灼見。如他對書中某些人物全以諧意命名，就認為大有深意。他舉出的人物比較合理者有如下一些：

車淡─扯淡、管世寬─管事寬、游守─游手、郝賢─好閑、應伯爵字光侯─硬白嚼

4　朱一玄編《金瓶梅資料彙編》。

字光喉、謝希大字子純—謝攜帶字衹唇、祝日念—住十年、孫天化字伯修—孫天話字不羞、常時節—常時借、卜志道—不知道、吳典恩—無點恩、賁第傳—背地傳、傅自新—負自心、韓道國—韓搗鬼、謝汝諤—向汝諤、李外傳—裏外傳，另外尚有白來創（味）、溫必古（屁股）、錢勞（癆）、胡琹（談）、胡慥（造）、張西材（希財）等。

這些人物命名的寓意有的比較明顯，一望便知；另一些則較隱晦，需稍加思索。儘管對這些人物命名隱含的具體意義尚有不同看法，但其均有寓意則是毋庸否認的事實，古今研究者都是承認的。更引起筆者注意的是另外一個問題，即這種命名方式除見作者的「狡猾之才」（竹坡語）外，是否還能說明其他問題？比如這種現象與《金瓶梅》的成書是否有關係？我們注意到，《金瓶梅》之前的小說，無論文言還是話本，以諧音方法為人物命名的現象還沒有見到。《水滸》人物雖多有綽號，但與諧音命名是不同的兩回事。雖然二者都對塑造人物性格產生諷刺效果有作用，但二者的本質不同在於起綽號既可出現於口頭文學中，也可出現於文字作品中；而諧音命名衹能出現於文字創作中。換句話說，《金瓶梅》這類人物的命名方式說明該書衹能是一部文人作品，沒有經過說唱文學的階段。原因在於所謂「諧音」是利用漢字讀音相同或相似而進行的一種文字遊戲，其作用是根據漢字一字多音或一音多字的特點，言此意彼，在讀音相同或相似的前提下造成字面上的差異，並由此形成既不同又有聯繫的雙層意義，以達到含蓄又深刻的諷刺。說到底，這衹是一種文字技巧，而非語言技巧。也就是說，它衹能在文字創作中運用，而不能在講說藝術中運用；它產生的獨特諷刺性，衹能在書面閱讀中為讀者所領會，而不會在說書藝術中為聽眾所領會。

當然，諧音所能表達的不僅僅是諷刺，也可能有另外的情感，這裏我們可以先以古代詩歌為例。熟悉文學史的人都知道，南朝樂府民歌的一大藝術特色是利用諧音以表達愛情。如「千葉芙蓉，照灼綠水邊。餘花任郎摘，慎莫罷儂蓮。」其中的「蓮」有「蓮蓬」和「憐愛」的雙關意義，表面是前者，實際上是後者。再如「婉妾不終夕，一別周年期。桑蠶不作繭，晝夜長懸絲。」其中的「絲」亦雙關「思」，即「思念」。其他尚有以「碑」雙關「悲」，以「縫」雙關「逢」，以「藕」雙關「偶」等手法。唐代劉禹錫的〈竹枝詞〉也為大家所熟悉：「楊柳青青江水平，聞郎江上唱歌聲。東邊日出西邊雨，道是無晴卻有晴。」其中的「晴」字乃諧「情」。這種諧音達情的方式是利用漢字一音多字的特點，以一個讀音表明兩種含義。要理解這類詩歌的真正含義，必須有一個前提，即讀者應該瞭解作者的這種修辭習慣，充分運用聯想。在口耳相傳的民歌中，當發出「sī」的讀音時，馬上應該引起「絲」和「思」的聯想；當發出「lián」的讀音時，應引起「蓮」和「憐」的聯想，再根據上下文作出確切的選擇。而當形成文字的時候，由於受到字面含義的影響，反而會增加理解的困難。如高迪的〈竹枝詞〉中有一句：「春

衣未織機中錦，祇是長絲那得縫。」「絲」諧「思」，「縫」諧「逢」，後一句的實際
含義是「長相思，難相逢」。這層意思在閱讀這兩句詩的時候，隨著讀音的發出就可以
領會。但在書寫下來後，則要透過「絲」和「縫」的表層意義，理解為「思」和「逢」，
相對來說，需要更多的聯想，不是每個讀者都可以做到的。不過詩歌的含蓄、蘊藉也正
表現在這裏，如果直接寫成「祇是長思那得逢」反而顯得過於直露，了無餘韻。

《金瓶梅》的諧音命名不是為了表達愛情，而是為了諷刺，為了表達含蓄而深刻的獨
特效果。其「獨特」之處正在於這種諷刺既刻骨入髓又含而不露，醜惡和卑賤掩飾在莊
重和文雅的表像下面。比如應伯爵字光侯，「伯爵」是何等莊重，然實際意義是「硬白
嚼」，是「光喉」，亦即厚顏無恥地混飯吃！作者早在其剛出場時就規定了他的性格核
心是「專一跟著富家子弟幫嫖貼食」，是一個實實在在的「食客」。溫必古，作為一個
破落儒生，其名字溫文爾雅，古色古香，實在很貼切；但聯繫他「好南風的營生」，則
「溫必古」原來是「溫屁股」！作者在第七十六回借玳安之口已揭穿了「溫必古」的真正
含義：「他有名的溫屁股，一日沒屁股也成不的。」他也正是因為有這種不良嗜好砸了
自己的飯碗，被主人罵作「狗背石的東西」趕了出去。《金瓶梅》這類人物的命名既巧
妙，又無不與其性格密切聯繫。這是作者煞費苦心創造出來的一種諷刺方式，而且也祇
能是一種書面文學的諷刺方式！正因為這種諷刺方式能產生雙重的藝術作用，所以屢為
後來的文人作家所效法，甚至連曹雪芹這樣的高才都沒能例外。

諧音命名作為一種諷刺方式，其諷刺效果來源於字面含義與實際寓意之間的強烈反
差，也可以說來源於人物名字與其實際行為之間的強烈反差；而且反差愈強烈，諷刺愈
深刻。因此，它與詩歌中的諧音雙關又是有區別的。詩歌中的諧音雙關雖一個讀音可以
產生兩種含義，但這兩種含義並不一定是對立的，所以它不含諷刺。如上舉「絲」與「思」，
「蓮」與「憐」，「藕」與「偶」等。《金瓶梅》的巧妙之處在於這兩種含義在讀音上有
聯繫，但在字面上的含義又是截然對立的。「伯爵」與「白嚼」，「必古」與「屁股」，
雅俗分明，貴賤自見；而這兩種對立祇有在形成文字的情況下才能夠出現。也就是說，
要靠文字對人的視覺形成一種刺激，如僅僅停留在口頭上，其諷刺效果是不會出現的。
試想，如果《金瓶梅》是藝人在講說過程中一直以「硬白嚼」「溫屁股」「不知道」「白
來唻」稱呼自己的人物，不成體統且不說，聽眾又怎樣能想到「硬白嚼」、「溫屁股」
這些滑稽的人物其實還有一個十分體面的名字呢？諧音命名所獨具的婉而多諷的藝術效
果又怎能為人所領會？說書豈不成為一場流於粗俗的惡作劇？

為了增加本文的說服力，我們不妨做一次假設，即假設《金瓶梅》原本是藝人口頭
創作的說唱文學，看看情況將會怎樣。如果是這樣，說書藝人在講說到應伯爵時，其發
音應該是「Yìng bái jué」，山東方言裏則應為「Yìng bēi juē」。聽眾所接收的意義應為

「應白嚼」或「硬白嚼」，因為故事情節已為聽眾提供了足夠的參考係數，應伯爵的種種行為衹能使聽眾認為他的名字是「應白嚼」或「硬白嚼」，而不是其他。而當講說到溫必古時，藝人的發音應該是「wēn pì gu」，故事中說他「一日沒屁股也不成的」，所以聽眾會理所當然地認為他的名字衹能是「溫屁股」，而不是其他。那麼我們要問，這兩人的雅號「應伯爵」和「溫必古」究竟如何為聽眾所領悟？因為衹從發音上來接受，「Yìng bái juē」可以構成的漢字很多，如「應北撅」「應柏覺」「硬擺腳」「硬拜角」……為什麼《金瓶梅》中偏偏是「應伯爵」而不是另一些呢？「wēn pì gu」，當然也可以是「溫皮古」「瘟皮鼓」「文批故」……《金瓶梅》中為什麼恰恰是「溫必古」而不是其他呢？合理的解釋衹能是，《金瓶梅》作者一開始就是用文字創作的。「應伯爵」「溫必古」等，一開始就被文字限定了應有的含義。冠冕堂皇的名字是用以與其行為相對照而特設的，而不是後來的什麼人附會而成的，含蓄而強烈的諷刺諧謔效果正產生於這種對照中。類似的對照手法在《金瓶梅》中隨處可見，並不限於人物的命名。其目的都是在對照中造成諷刺。如果《金瓶梅》原本是一種口頭文學，則「伯爵」與「白嚼」「必古」和「屁股」之間莊與諧、雅與俗的對立便不復存在，由此而產生的諷刺及其含蓄蘊藉的風格便也蕩然無存，諷刺變成了謾罵，藝術墮落成鬧劇，這難道就是《金瓶梅》嗎？

諧音命名雖然僅是作者的諸多技巧之一種，但它作為一種文字技巧而非語言技巧，卻意外地為我們認識《金瓶梅》的成書問題提供了一條鐵的證據，即《金瓶梅》絕非藝人創作的口頭說唱文字，而是一部文人創作的案頭小說作品。

(四)關於狄斯彬等明人

《金瓶梅》中還出現了不少明代真實人物，據有關研究者考證，這樣的人物有十六人之多。如明正德三年進士韓邦奇，六年進士尹京，十六年進士王煒；嘉靖八年進士任貴，十一年進士何其高，十四年進士王燁，二十六年進士曹禾、狄斯彬、凌雲翼，二十九年進士黃甲，三十八年進士趙吶等。甚至西門慶的親家陳洪和陳經濟也是明代實有的人物。既然是「世代累積」故事，為何加入了這麼多離作者年代很近的現實人物？如嘉靖時的狄斯彬，在書中充當苗天秀一案的審官，此案貫穿第四十七、四十八、四十九三回。是揭露西門慶貪贓枉法罪行的一個重要關目。苗天秀故事借用流傳很廣的包公案，主人公本為包公，《金瓶梅》卻換成狄斯彬。如何理解這種現象？全為巧合似不可能，如果說是某個「整理寫定者」成書時加入，他粗疏得連書中的明顯漏洞和重複之處都未來得及改正，卻又不厭其煩地做這種移花接木的工作，究竟有什麼必要呢？但作為獨創之作，他要借宋事寫明代社會，書中出現明人不但是可能的，而且是必然的。

三、《金瓶梅》的情節是世代相延的嗎？

與《三國》《水滸》《西遊記》不同，《金瓶梅》既未寫驚天動地的歷史大事，又沒寫英雄豪傑的傳奇行為，更沒有狐妖神怪的奇異故事。它寫的是「市井之常談，閨房之碎語」，妻妾之爭風，優人之賣俏，幫閒之吹牛，全屬不起眼的小事，似乎很難分出情節的主次。相比較而言，像「西門慶與喬大戶結親」「潘金蓮共李瓶兒鬥氣」「西門慶迎請宋巡按」「李瓶兒痛哭官哥兒」「西門慶東京慶壽旦」「西門慶大哭李瓶兒」之類，應該說是較為主要的情節；而這些情節，在《金瓶梅》成書之前從不見著錄。事實上，前人不可能著錄，因為《金瓶梅》本來寫的就是明人明事。「世代累積」論者有一個很奇怪的邏輯：既承認「《金瓶梅》是一部假託宋朝、實寫明事的長篇小說。無論是典章制度、人物事件，還是史實習俗、方言服飾，無一不打上明代社會生活的鮮明印記。」[5]卻又堅持《金瓶梅》故事是「世代累積」而成的。實在很難令人明白，明人明事怎麼可能在明代之前就「世代累積」呢？怎麼可能在《水滸》故事流傳時期就與之並行呢？具體到作品內容，書中除了出現不少明代人，還有大量明代歷史事件及社會生活，如太僕寺馬價銀、皇莊、皇木、太廟、佛教與道教、商業、世俗等，正是這些才構成了《金瓶梅》的全部內容。如果說這些內容都是入明之後才在原有故事基礎上加上去的，且不說這還能否算作「世代累積」，而被人「設想」出來的《金瓶梅》說書故事，在宋元時期還能剩下多少可資講說的內容呢？至於說這些全是某位「寫定者」改寫某一「祖本」而成，也無可能。因為他需要改動的並不是某幾個人物或某幾個情節，而是從「典章制度、人物事件」到「史實習俗、方言服飾」都要加以改變。如此大規模的改動，究竟是一次「整理」呢，還是重新創作？

對於《金瓶梅》中出現的大量他書情節及詩詞歌賦，「世代累積」論者認為不是抄襲借用，而是在說書階段的相互「蹈襲」，不但與《水滸》的關係是「彼此滲透，相互交流」，與其他話本、曲集的關係也「難以區分孰先孰後」。如《金瓶梅》與〈志誠張主管〉的關係，論者認為「既不是《金瓶梅》抄襲〈志誠張主管〉，也不是〈志誠張主管〉摹仿《金瓶梅》。兩者來源都很早，難以分清先後。」筆者認為並非如此，其實二者先後關係十分清楚。〈志誠張主管〉見於《京本通俗小說》，一般認為是宋元舊作，曾被馮夢龍《警世通言》收入，題為〈小夫人金錢贈年少〉，一作〈張主管志誠脫奇禍〉。在〈志誠張主管〉裏，主人公為小夫人、張主管（張勝），在《金瓶梅》裏，這篇話本小說被一分為三，前半部插入第一回，小夫人變成了潘金蓮；後半部分安插在第一百回，

5　劉輝〈《金瓶梅》研究十年〉，《中國社會科學》1990 年第 1 期。

小夫人又變成了春梅，張主管換成了李主管；而小夫人帶出來的一百單八顆西洋珠，則又與李瓶兒有聯繫。也就是說，〈志誠張主管〉的小夫人，在《金瓶梅》中一變而為金、瓶、梅。如果《金瓶梅》在先，號稱將「宋元舊種，亦被搜括殆盡」（凌濛初語）的馮夢龍，在收入此篇時，作品女主人公理應是潘金蓮，或李瓶兒，或春梅，而不該是小夫人。因這三個人中的任何一位，其故事都要比小夫人豐富，也更吸引人。況在《金瓶梅》中，張勝還有尋找陳經濟，殺死陳經濟的不少情節，馮夢龍收入時沒有必要全部刪去，而且將其名字換成李慶。不僅如此，〈志誠張主管〉中的多首詩詞亦出現在《金瓶梅》的不同回目中，如「烏雲不整，唯思昔日豪華；粉淚頻飄，為憶當年富貴。秋夜月蒙雲籠罩，牡丹花被土沉埋。」本為張主管見到的小夫人形象，在《金瓶梅》第一百回變成韓愛姐江南尋父時的形象描寫。這就是說，〈志誠張主管〉中的小夫人，起碼與《金瓶梅》中的四個女主人公有聯繫。這究竟是《金瓶梅》作者將〈志誠張主管〉拆開分別插入有關情節呢，還是民間藝人將《金瓶梅》有關情節收攏在一起合編為一篇〈志誠張主管〉呢？我覺得結論是十分明顯的。當然，如果我們將《金瓶梅》與其他話本的關係也稍作分析，就會看出全是這種情況而無一例外。因此，可以有把握地說，是《金瓶梅》抄襲了這些話本，而非相反，亦非「相互」；《金瓶梅》在個人創作的基礎上，又移用了嘉靖、萬曆時期流行的話本小說情節而成。

有人說：「個人創作出現明顯的抄襲現象，那是不名譽的事」[6]。「祇有當作品能給作者帶來精神或物質的報酬，或兩者兼而有之的情況下，才會出現抄襲。」[7]筆者認為不能以今人的名利觀念去衡量古代文人，尤其是古代小說家。古代小說的地位歷來十分卑下，為正宗文人、正人君子所不恥；即使到了明代，小說地位已有所改變，靠創作小說以求名利的人也還沒有。以刻書漁利那是出版商的事，也沒聽說他們付給作者稿酬。明清的那麼多小說（包括《紅樓夢》）連作者的真實姓名都不願署（或不敢署），怎麼會有名利？而以《金瓶梅》這類小說求名利，更無異於緣木求魚。至於說到「不名譽」，對古代小說家來說不存在這個問題。曹雪芹如果懂得這是「不名譽的事」，何必抄用《金瓶梅》的那麼多情節，有時連原話都不變？李開先可謂正宗文人，如果他就是那個「寫定者」，在別人的作品中大段大段地塞入自己的《寶劍記》以及同時代的他人著作，豈不是「不名譽的事」嗎？再如《金瓶梅》抄錄了大量他書上的詩詞曲，有人便斷言這是「說唱藝術的特有手法」，祇有民間說唱藝人才會這樣做，文人創作不會有這些東西。事實根本不是如此。這裏我們可以用凌濛初為其創作的《初刻拍案驚奇》所寫的「凡例」來

6　徐朔方〈《金瓶梅》成書新探〉，中華文史論叢 1984 年第 3 輯。

7　徐朔方〈再論《水滸傳》和《金瓶梅》不是個人創作〉，《徐州師範學院學報》1986 年第 1 期。

說明：「小說中詩詞等類，謂之蒜酪，強半出自新構，間有採用舊者，取一時切景而及之，亦小說家舊例，勿嫌剿竊。」[8]凌濛初無疑是位文人作家，他用自己的創作體會表明：

1. 文人創作的小說亦是要有詩詞的；

2. 這些詩詞有一部分是抄襲別人的，因為這是小說家的「舊例」，故不要認為是「剿竊」。

這就有力地說明，抄襲借用不是說書藝人的「專利」，文人作家出現這種情況也是正常的，談不上什麼名譽不名譽，也與作者「精神或物質的報酬」沒有什麼關係，完全不值得大驚小怪，更不應該據此推斷《金瓶梅》為藝人之作，是「世代累積型」作品。事實上，我們有更多的證據證明《金瓶梅》絕非「世代累積」之作，限於篇幅，祇能留在另文中論述。關於書中的某些漏洞和重複之處，我同意這樣一種觀點，即《金瓶梅》作為第一部個人獨創的長篇小說，是「倉卒成書」（周鈞韜語），很可能是創作出一部分，便傳抄出來一部分，以至他沒能就全稿進行統一的整理。有關《金瓶梅》的最早資料，如袁宏道的「後段在何處？抄竟當於何處倒換？」袁中道的「見此書之半」，沈德符的「遇中郎京邸，問『曾有全帙否？』」薛岡的「友人關西文吉士以抄本不全《金瓶梅》見示」等等，都顯示了《金瓶梅》不是一次成書，見到全書是以後的事情。在一段較長的創作過程中，寫出部分被傳抄出來，後面的創作出現某些不接隼甚至小有重複之處，應該說是在情理之中的；而其對他書的模仿、抄襲也正是文人初創時應有之舉。

8　《初刻拍案驚奇·凡例》，北京：人民文學出版社 1991 年。

《金瓶梅》與
「三言」「二拍」情欲觀之異同

在中國文學史上，還沒有一部小說像《金瓶梅》這樣引起研究者們如此懸殊的評價。褒者讚其為「天下第一奇書」，是刺時嫉世之作，「純是一部史公文字」；貶者誣其是「穢書」，誨淫宣欲，壞人心術。產生分歧的焦點是《金瓶梅》內有大量驚世駭俗的性描寫。《金瓶梅》問世之初，這一點就曾引起人們的恐慌，被說成是「壞人心術」「猥瑣淫媒，無關名理」的「穢書」。自此之後，《金瓶梅》被視為「淫書」，幾百年來屢遭劈板、查禁、刪改的厄運，直到現在，它仍然不能以自己的全貌面世。性描寫既是《金瓶梅》的突出特點，也成了它致命的「污點」。這個關係到對《金瓶梅》作出完全不同評價的問題，確實需要進一步深入研究。重要的是不要以孤立的、簡單化的辦法將之視為「淫書」，或其相反，而是要把此問題作為一種獨特的文學現象，放在整個小說發展的歷史進程中，尤其應放到明代中後期正在巨變的整個社會思潮中，運用歷史的、比較的、聯繫的觀點去考察，庶幾可以得出更為準確的評價。

一

首先應該看到，文學中的性描寫並非始自《金瓶梅》，在此之前早已出現，甚至史書中也不乏此類描寫。《史記》為正史之典範，但〈呂不韋列傳〉就有如下一段記載：

> 始皇帝益壯，太后淫不止。呂不韋恐覺禍及己，乃私求大陰人嫪毐以為舍人，時縱倡樂，使毐以其陰關桐輪而行，令太后聞之，以啖太后。太后聞，果欲私得之。呂不韋乃進嫪毐，詐令人以腐罪告之。不韋又陰謂太后曰：「可事詐腐，則得給事中。」太后乃陰厚賜主腐者吏，詐論之，拔其鬚眉為宦者，遂得侍太后。太后私與通，絕愛之。有身，太后恐人知之，詐卜當避時，徙宮居雍。嫪毐常從，賞

> 賜甚厚，事皆決於嫪毐。嫪毐家僮千人，諸客求宦為嫪毐舍人千餘人。[1]

　　這段描寫可以說不亞於小說，所以它的歷史真實也很值得懷疑。當代史學家唐德剛先生就曾著文質疑這個情節，認為與其說是歷史不如當成小說。其後《漢書》也有類似記載，如下文：

> 五鳳中，青州刺史奏終古使所愛奴與八子及諸御婢奸，終古或參與被席，或白畫使裸伏，犬馬交接，終古親臨觀。產子，輒曰：「亂不可知，使去其子。」[2]

西漢其他諸王也多有與父姬、弟婦乃至姊妹相通的淫亂現象。古代文人喜以帝王作為自己的描寫對象，這些帝王宮闈內的淫亂之事，當然更易成為小說家筆下的寫作素材。現存署漢伶玄所著的《趙飛燕外傳》當為最早的一篇性欲小說。此書寫飛燕及其妹昭儀得幸漢成帝，及漢成帝縱欲身亡的故事，雖篇幅較短，然文詞頗佳，特別是有關房中術的描寫，實開後世性欲小說的先河。《金瓶梅》或直接或間接地受到此書很大的影響。如《外傳》云：

> 帝嘗蚤獵，觸雪得疾，陰緩弱不能壯發，每持昭儀足，不勝至欲，輒暴起。昭儀常轉側，帝不能長持其足。樊嫕謂昭儀曰：「上餌方士大丹，求盛大，不能得；得貴足一持暢動，此天與貴人大福，寧轉側俾帝就邪？」昭儀曰：「幸轉側不就，尚能留帝欲；亦如姊教帝持，則厭去矣，安能復動乎？」……帝病緩弱，大醫萬方不能救，求奇藥。嘗得春恤膠，遺昭儀。昭儀輒進帝，一九一幸。一夕，昭儀醉，進七九。帝昏夜擁昭儀，居九成帳，笑吃吃不絕。抵明，帝起御衣，陰精流輸不禁，有頃絕倒。裹衣視帝，餘精出湧，沾汙被內，須臾帝崩。[3]

另有《趙飛燕別傳》，與《外傳》大同小異。如寫成帝窺浴：

> 昭儀方浴，帝私窺之。侍者報昭儀，昭儀急趨燭後避。帝瞥見之，心愈眩惑。他日昭儀浴，帝默賜侍者，特令不言。帝自屏罅覘，蘭湯灩灩，昭儀坐其中，若三天寒泉浸明玉。帝意思飛揚，若無所主。[4]

這一段描寫雖然還算不上淫穢，但也為後世小說家提供了進一步誇張的啟示。《金瓶梅》

1　《史記》卷八十五〈呂不韋列傳〉，北京：中華書局 1982 年。

2　《漢書》卷三十八〈高五王傳〉第八，北京：中華書局 1962 年。

3　《趙飛燕外傳》，北京：中華書局 1991 年。

4　《趙飛燕別傳》，長春：時代文藝出版社 2001 年。

中就有西門慶和潘金蓮「同浴蘭湯，共效魚水之歡」的情節（第二十九回）。在同一回裏，潘金蓮因西門慶「誇獎李瓶兒身上白淨，就暗暗將茉莉花蕊兒攪酥油定粉，把身上都搽遍了，搽的白膩光滑，異香可掬，使西門慶見了愛他，以奪其寵」的描寫，也可以在《趙飛燕外傳》裏找到一些影子。飛燕與其妹昭儀爭寵，分別「浴五蘊七香湯，踞通香沉水坐，燎降神百蘊香」和「浴豆蔻湯，傅露華百英粉」，然而帝卻對別人說：「后雖有異香，不若婕妤體自香也。」

歷史上帝王的淫亂生活，史書的簡略記載，無疑為後世小說家提供了性欲描寫的客觀基礎，這是性欲描寫出現的首要條件。當然，小說家們在史書記載及野史傳說的基礎上，又進行了大膽的想像。如晉惠帝之后賈南風荒淫放恣的故事就見諸正史，隋煬帝楊廣的風流韻事更是史不絕書。宋代出現了一批專寫隋煬帝豔事的小說，如《大業拾遺記》（一名《南部煙花錄》）、《迷樓記》《海山記》等。值得注意的是，這幾部小說除了寫房中術及以春藥助陰外，比《趙飛燕外傳》更注重對性交動作的描寫，有些完全出乎情理之外，使性欲描寫的色情成分更為濃重。如《迷樓記》寫隋煬帝用御童女車行淫的情節。後世小說如《金瓶梅》《肉蒲團》等，受到這種影響，恰恰在性行為的描寫上有了進一步發展，變得更為細緻，也更誇張。至於那些等而下之的淫穢作品，「則著意所寫，專在性交，又越常情，如有狂疾。」[5]

明代嘉靖萬曆年間出現了一部較為著名的「性欲小說」《如意君傳》。欣欣子在〈金瓶梅詞話序〉中曾提到它：「……其後《如意傳》《于湖記》，其間語句文確，讀者往往不能暢懷，不至終篇而掩棄之矣。」此書前有署「甲戌秋華陽散人」的序，甲戌是萬曆二年（1574年）。後有庚辰（萬曆八年，1580年）春陽柳伯生的跋文。跋云：「史之有小說，猶經有注解乎？經所蘊，注解散之。乃如漢武、飛燕內外之傳，閨閣密款猶視之，於今而足以發史之所蘊，則果猶經有注解耳。傾得則天后《如意君傳》，其敘事委悉，錯言奇敘，比諸諸傳，快活相倍。因刊於家，以與好事之人云。」跋文作者承認《如意君傳》是《飛燕傳》之類，但又將其作用攀附於經史。考此《傳》內容，可謂《金瓶梅》之前性欲描寫之最著者。此書現存萬曆間的版本，但其最早當出現在嘉靖時。全書近萬字，寫武則天「強暴無紀，荒淫日盛」的故事。武則天登上皇后高位後，不但殺子廢王，在政治上篡奪權力，實行酷政，而且生活上「逞欲恣淫」，極為靡亂。她在七十餘歲的高齡，竟然「春秋雖高，齒髮不衰，豐肌豔態，宛若少年。頤養之餘，欲心轉熾，雖宿娼淫婦莫能及之」。不少人以善淫得幸，得到高官厚祿。滿朝文武皆爭相向武后獻計獻策，以足其淫欲。後由宦官年晉卿的推薦，覓到一個善淫的薛敖曹。武后將其置於宮中，

5　魯迅《中國小說史略》。

日夜淫樂。與前面提到的幾部小說相比，《如意君傳》在性欲描寫上表現出如下幾個新的特點：

1. 反復對生殖器進行詳細誇張的描繪。

2. 對性交動作的鋪張描寫變得更為細緻、複雜。如寫武后與薛敖曹第一次行淫，多達一千餘字，占全部篇幅的十分之一強，與《金瓶梅》最著名的一段淫穢描寫「潘金蓮醉鬧葡萄架」的字數基本相同。其中包括行淫的各種姿勢，自始至終的全過程，每一個細小的動作，可謂不厭其煩。

3. 性交是全書的主線，也是最基本的情節。其他情節很少，而且敘述非常簡略，顯然並非作者的著重點。

《金瓶梅》之前能真正稱之為「性欲小說」者，首推《如意君傳》。至於《趙飛燕外傳》之類，只不過有若干性欲描寫的場面而已，並無如此露骨、毫無顧忌；而且這種描寫在整部作品中的比例很小，至多算是「點綴」而已，還稱不上名副其實的「性欲小說」。

值得注意的是，《金瓶梅》與《如意君傳》存在著明顯的承襲關係，這為我們解釋《金瓶梅》何以出現大量性欲描寫提供了證據。《如意君傳》描寫生殖器和性交動作的寫法，被《金瓶梅》照搬過來，而且有了進一步的發展。如西門慶與潘金蓮第二次發生性關係時，作者就用了兩首詩分別描繪雙方的生殖器。對性交動作的描寫，《金瓶梅》也是全襲《如意君傳》。《金瓶梅》第三十七回在對西門慶與王六兒性交場面的描寫中，有「一個鶯聲歷歷，猶如武則天遇敖曹」語，正是取自《如意君傳》的內容。《金瓶梅》中繁多的行淫名目，也多取自《如意君傳》。如西門慶有一種性欲狂的變態行為，每當行淫過後常在女人身上「燒香」，林太太、奶媽如意兒身上都有這種香痕，其實最早也是發端於《如意君傳》：「后謂敖曹曰：『我聞民間私情，有於白肉中燒香疤者，以為美談。我與汝豈可不為之？』因命取龍涎香餅，對天再拜設誓訖，於敖曹麈柄頭燒訖一圓，后亦於牝顧上燒一圓，且曰：『我與汝以痛始，豈不以痛終乎？』」官哥兒的奶媽叫「如意兒」，顯然也是取自《如意君傳》。《金瓶梅》篇幅漫長，性欲描寫總量當然超過了《如意君傳》，但由於過於重複，描寫千篇一律，在規模和深度上並沒有超過《如意君傳》。《金瓶梅》甚於《如意君傳》者，是在描寫生殖器或性交動作的同時，常常配以詩詞韻語，大肆進行鋪張敘寫，使得這些段落的色情色彩更濃。如第七十八回西門慶與林太太的性愛場面，竟用一首長達五百多字的詞加以渲染。

文學作品為什麼會出現性描寫？這是一個極為複雜的問題，甚至超出了文學的範疇，要從社會、心理、生理、道德等多種角度進行探討，才能找出真正的原因。上面我們對古代小說中的性描寫作一簡單的歷史回顧，目的只是為了說明《金瓶梅》中出現性欲描寫，並不是偶然的，它像其他文學現象一樣，有一個發生、發展的過程。在這個問

題上，《金瓶梅》的作者只不過站在前人創作的基礎上，繼承了他們的衣缽；當然，他又影響了後代的作者。實際上，《金瓶梅》中的性描寫，只是這種文學現象自身發展過程中的一個階段。認識到這一點，無論對其作出肯定還是否定的評價，都不至於把功勞或罪責歸到蘭陵笑笑生一個人的頭上。

二

儘管中國古代文學中的性欲描寫源遠流長，但其興盛則是在明代。初具規模的性欲小說《如意君傳》出現於明萬曆年間，緊接著出現了集大成者《金瓶梅》。之後又有《繡榻野史》《閒情別傳》《祈禹傳》《浪史》等，更是變本加厲，專寫風流猥褻情事。《肉蒲團》也產生於明清之際。至於偶而以此類描寫「點綴」作品者，就更多了。即如「極摹人情世態之歧，備寫悲歡離合之致」[6]的「三言」「二拍」，儘管作者聲稱不滿於「一二輕薄惡少，初學拈筆，便思污蔑世界，廣摭誣造，非荒誕不足信，則褻穢不忍聞，得罪名教，種業來生」[7]的創作傾向，仍然出現了不少性欲描寫，而且某些段落絕不遜色於《金瓶梅》。我們固然應該看到，前代作家影響是出現性欲描寫的原因之一，但其興盛於明代，當有更為現實的原因。

魯迅先生在論述《金瓶梅》「時涉隱曲，猥黷者多」的原因時說：

> ……而在當時，僧繼曉已以獻房中術驟貴，至嘉靖間而陶仲文以進紅鉛得幸於世宗，官至特進光祿大夫柱國少師少傅少保禮部尚書恭誠伯。於是頹風漸及士流，都御史盛端明布政使參議顧可學皆以進士起家，而俱借「秋石方」致大位。瞬息顯榮，世俗所企羨，僥倖者多竭智力以求奇方，世間乃漸不以縱談閨幃方藥之事為恥。風氣既變，並及文林，故自方士進用以來，方藥盛，妖心興，而小說亦多神魔之談，且每敘床笫之事也。[8]

這一段著名論述常被研究者引用，茅盾、鄭振鐸等先生也均持此觀點[9]。現實生活是文學藝術的基礎，是一切文學現象產生的首要條件；性描寫當然也應該是現實社會「時尚」「風氣」的反映。然而，這只是一般原因。對於封建統治階級、達官貴族來說，荒

6　笑花主人〈今古奇觀序〉，北京：人民文學出版社 1957 年。

7　凌濛初〈拍案驚奇序〉，北京：人民文學出版社 1991 年。

8　魯迅《中國小說史略》。

9　見沈雁冰〈中國文學內的性欲描寫〉、鄭振鐸〈談《金瓶梅詞話》〉。

淫無恥的生活作風是他們的共同特徵，是各個朝代的普遍現象，非為明代所獨有。例如唐玄宗和楊貴妃的艷聞，顯然可以成為小說家們盡情發揮的題材。但在唐傳奇中，完全沒有這類污穢的描寫。唐傳奇寫男女之情纏綿悱惻，哀艷動人，生動曲折，足稱言情佳作。唐代陳鴻的〈長恨歌傳〉和宋代樂史的〈楊太真外傳〉寫李楊愛情充滿詩情畫意，生動感人，絕不涉淫。武則天的風流艷事不也是到了明代才寫成《如意君傳》嗎？因此，性欲描寫盛於明代，應該有更直接的原因，這個直接原因就是明代中後期興起的人文主義思潮。

明代是一個思想開放的時代，也是一個人欲橫流的時代。現實生活如此，文學作品也是如此。哲學領域內人們反對程朱理學「存天理，滅人欲」的反人性謬論，導致文學領域內出現了新的道德觀念和審美觀念。小說家改變了「文以載道」，小說人物只能以傳統道德作為準則的陳腐觀念，為小說藝術增加了新的特質。例如「三言」的作者馮夢龍繼承李贄的「童心說」提出了「情真說」。他評價自己的作品：「子猶諸曲，絕無文采，然有一字過人，曰真。」[10]主張「發於中情，自然而然」。他的「真」「情」其實都是由「欲」引發而來的。人欲是自然而生的，只有順從人欲，寫出的作品才會真，才有情。若按照封建倫理道德規範去創作小說，不敢越「文以載道」的雷池一步，就不會產生情真意切的藝術作品。所以他表示「借男女之情真，發名教之偽藥」[11]。「三言」中確實寫出了社會的真實，男女之真情，實現了作者的文學主張。《金瓶梅》也是如此，它實際上是明代中後期人欲橫流的社會現實和高揚人欲的哲學思想的形象反映。作為與「理」相對的哲學範疇，「欲」的含義是十分豐富的，並不單指性欲。早在朱熹那裏，欲就包括「或好飲酒，或好貨財，或好聲色，或好便安」[12]，因此，「欲，只要窒。」[13]。泰州學派所鼓吹的人欲，同樣包含人類物質的和精神的兩種欲望。何心隱所說的「性而味，性而色，性而聲，性而安逸」之「性」，也含這兩個方面。《金瓶梅》所表現的，正是商業經濟剛剛萌芽這個特定歷史時期，人們對物質欲望和精神欲望瘋狂追求和實現的現實。

人們往往注意到《金瓶梅》主人公對色欲的追求，並自然而然地目之為「誨淫」；但對另外兩種欲望——權欲和財欲的描寫，卻未加注意，或者說雖然注意到了，卻得出了正面的結論：暴露、批判。其實，這是不公正的。對於《金瓶梅》作者蘭陵笑笑生來

10　《太霞新奏》，上海：上海古籍出版社 1993 年。

11　《敘山歌》。

12　《朱文公全集》卷十二。

13　《朱子語類》卷十二。

說，色欲與權欲、財欲在作品中的作用是相同的，都是為了表現人欲橫流的殘酷現實，同時又出於傳統的儒家觀念，表示對這種現象的憂慮和擔心。這個看似矛盾的創作意圖在小說開頭的「四貪詞」中已明白無誤地告訴讀者。西門慶的一生是追求酒色財氣的一生，《金瓶梅》就是為他瘋狂追求的全過程立傳，同時從反面為讀者提供鑒戒。人們往往指責《金瓶梅》對性欲的描寫過於細膩、誇張，其實，作者對西門慶權欲、財欲的描寫同樣如此。我們只有將性欲描寫作為全部人欲描寫的一部分來看待，才可看出它的真正含義，得出較為公允的結論，至少不至將這些描寫以「誨淫」的罪名一筆罵倒。

《金瓶梅》一直把對財的追求，作為西門慶性格的主要方面，不惜筆墨予以表現。雖然西門慶同時又是個無惡不作的官僚惡霸，縱欲無度的淫棍，但他的主要身分是商人，是個以聚斂錢財為職業的新興資產者。他首次出場，作者就特地介紹他「近來發跡有錢，專在縣裏管些公事，與人把攬說事過錢」（第二回），以後也不斷強調他的錢財。至於他聚財的方式花樣之多，令人吃驚。他坐賈行商，開各種鋪面，放高利貸，把攬訟詞，「說事過錢」，還進行長途販運。韓道國到杭州一次就購一萬兩銀子緞絹貨物，來保到南京買貨「連行李共裝了二十六車」。他還利用非法手段巧取豪奪，花子虛一次官司就被西門慶騙了「六十錠大元寶，共計三千兩」，「四箱櫃蟒衣玉帶，帽頂條環，都是值錢珍寶之物」。他還利用提刑官的職權貪賄徇私，損公肥己。直到他臨死時，還記掛著金錢，把家產資財的交待作為自己的遺囑。僅從這個遺囑推算，他的商業資本就達數萬兩之巨，全部資產有十萬兩左右。這筆巨額財富除了用作商業投資和賄賂官府外，就是滿足西門慶在物質和精神兩方面的欲望。對西門慶花天酒地生活的描寫，作者也花費了大量筆墨，可謂不厭其詳。如對其吃喝宴飲，幾乎每宴必書，書則必細。西門慶一頓平常的下酒菜，就是「一碟鴨子肉，一碟鴿子雛兒，一碟銀絲鮓，一碟搯的銀苗豆芽菜，一碟黃芽韭和的海蜇，一碟燒髒肉釀腸兒，一碟黃炒的銀魚，一碟春不老炒冬筍，兩眼春楄」。正餐就更複雜了。第三十四回寫一次午飯：「先放了四碟菜果，然後又放了四碟案酒：鮮紅鄧鄧的泰州鴨蛋，曲彎彎王瓜拌遼東金蝦，香噴噴油煠的燒骨，禿肥肥乾蒸的劈曬雞。第二道又是四碗嗄飯：一甌兒濾蒸的燒鴨，一甌兒水晶膀蹄，一甌兒白煠豬肉，一甌兒炮炒的腰子。落後才是裏外青花白地磁片，盛著一盤紅馥馥柳蒸的糟鰣魚，馨香美味，入口而化，骨刺皆香。」飯後飲茶則是「濃濃豔豔，芝麻、鹽筍、栗系、瓜仁、核桃夾仁春不老海清拿天鵝，木樨玫瑰潑鹵，六安雀舌芽茶」。全書共寫了十七種茶。《金瓶梅》寫酒也名目繁多。西門慶常飲的金華酒和麻姑酒都是當時名酒。此外還有茉莉花酒、木樨荷花酒、河清酒、竹葉清酒、菊花酒、透瓶香荷花酒等。如第六十一回：「西門慶旋叫開庫房，拿去一壇夏提刑家送的菊花酒來，打開碧靛清，噴鼻香。未曾篩，先攪一瓶涼水，以去蓼辣之性，然後貯於布甌內篩出來，醇厚好吃，又不說葡萄酒。教王經用

小金鍾兒斟一杯兒，先與吳大舅嘗了，然後伯爵等每人嘗訖，極口稱羨不已。」其他點心雜食名目就更多了。有些研究者認為「《金瓶梅》很不善於剪裁，對日常生活的描寫，總是過於瑣屑，幾乎每頓酒飯，都要詳記其名」[14]。其實，《金瓶梅》的這個特點恐非單純的技巧問題，它與作家的創作觀念有密切關係。《三國演義》《水滸傳》沒有這類描寫，主要的也不在於羅貫中、施耐庵比蘭陵笑笑生更善於剪裁，而在於他們沒有生在高揚人欲的時代，他們的創作目的不是寫人欲而是寫「天理」，所以他們筆下的人物多是大忠大義、大智大勇，近乎不食人間煙火的「神人」，人類的飲食起居被摒棄於作者的視野之外。《金瓶梅》正好相反，它寫現實的人，寫他們不可遏制的人生欲望，「天理」卻被拋到了一邊。實際上這兩種寫法反映了兩種不同的哲學思想和道德觀念。

西門慶當然不滿足於對錢財的追求，他對權力的追求，同樣表現出新興階級特有的自信心和強大力量。明代再也不是門閥觀念占統治地位的魏晉隋唐時期，金錢不但在經濟領域內流通，滿足人們物質的欲望，也侵入了政治領域，成為精神生活的主宰。「四貪詞」中的「氣」云：「莫使強梁逞技能，揮拳裸袖弄精神。」當西門慶的錢財已多到酒、色都不能揮霍淨盡的時候，他又用金錢打開了一條通往權力的路徑，他要在政治舞台上「逞技能」「弄精神」。果然，他在政治領域同樣表現出了才能，在很短的時間內便由一個普通商人爬上了統治階級的隊伍。其實，他的所謂「才能」也頗為簡單，就是懂得金錢的妙用。書中有這樣兩句詩：「富貴必因奸巧得，功名全仗鄧通成。」西門慶既不需要十年寒窗之苦，也不需要疆場征戰之勞，卻輕而易舉地得到了「功名」，滿足了自己的權欲。有了官職，他更為神氣。書中寫他每日冠帶上街，排軍喝道，上媚達官貴戚，下壓黎民百姓，真是權勢逼人，炙手可熱！但正在他飛黃騰達之際，卻縱欲而亡，落得個「一時怒發無明穴，到後憂煎禍及身」的下場。蘭陵笑笑生之所以為這個生藥鋪主人增加了一段官場的生涯，一方面固然有現實生活作依據，但更主要的，像大肆鋪敘他對錢財的追求一樣，是為了表現他對人生的另一欲望——權欲的瘋狂追求和實現。

如果把《金瓶梅》中的性欲描寫與對財欲、權欲的描寫結合起來研究，而不是孤立地看待，就不會簡單機械地對其僅作出道德評價，誣之為「誨淫」。在看似淫穢不堪的性欲描寫的背後，深藏著豐富的社會內容，涵蘊著作者對人生價值的深邃思考。這裏該引用廿公的話：「不知者竟目為淫書，不惟不知作者之旨，並亦冤卻流行者之心矣。」[15]

14　北京大學中文系《中國小說史》，北京：人民文學出版社 1978 年。
15　《金瓶梅詞話》。

三

男女之欲，自然之道，但《金瓶梅》寫性欲卻有自己的特點。如果將其與「三言」「二拍」《紅樓夢》相比，可以看出男女之欲在不同的作家筆下，表現出不同的層次，因而產生迥然相別的審美價值。最低層的乃《金瓶梅》之色欲，它帶著某種動物性，表現得是那樣強烈、露骨、肆無忌憚，又顯得那樣粗惡、鄙俗、不堪入目。這種性欲毫無「情」可言，它只是生理需要和占有欲的混合物，當然也毫無美可言。西門慶在追求色欲時所表現的特點，其實也是他全部性格的特點。他的一生所作所為，處處表現出原始動物的凶猛和新興資產者的貪心。

在「三言」「二拍」裏，雖然也不乏赤裸裸的性欲描寫，但大部分反映了市民階級，更嚴格地說，反映了下層市民的情趣。《初刻》卷三十二「喬對換鬍子宣淫，顯報施臥師入定」寫胡生與鐵生友善，一日忽發奇想，商定互換妻子。鐵生主動調戲胡生不成，自己的妻子狄氏卻被胡生勾引上手。後來胡生淫欲過度，染病喪身，鐵生又把胡妻弄到手。雖然作者的主觀意圖是表現「一報還一報，皇天不可欺」，但客觀上反映了當時「慣習驕吝，互尚荒佚」的流風已漫淫到下層市民之中。這種滅倫背理的換妻行為在傳統的倫理觀念看來，是不可饒恕的罪惡。但對新興的市民階級來說，舊的倫理道德已不再成為制約其行為規範的枷鎖，他們需要新的生活，需要完全不同於以往的精神享受。在這種惟樂原則的指導下，沒有什麼不可能，尤其在傳統觀念視為最神秘、森嚴的性領域。既然「聲色、臭味……盡乎其性於命之至焉者也」，「性而味，性而色，性而聲，性而安逸，性也」[16]，何必對男女之欲遮遮掩掩？何不光明正大而為之？所以他們對性欲的追求往往表現得極為大膽，理直氣壯。《醒世恆言》第二十八卷〈吳衙內鄰舟赴約〉中的吳衙內與賀小姐一見鍾情，「吳衙內看了，不覺魂飄神蕩，恨不得就飛到他身邊，摟在懷中」；而賀小姐「看見吳衙內這表人物，不覺動了私心，想到：『這衙內果然風流俊雅。我若嫁得這般個丈夫，便心滿意足了。』……左思右想，把腸子都想斷了」。市民階級對男女之欲的嚮往和追求，已基本擺脫了封建的男女大防思想的束縛，顯示出在新思潮催動下新的情欲觀念的覺醒。雖然「三言」「二拍」中的市民情欲意識仍帶著不同程度的低級、庸俗乃至粗惡的情趣，但它作為下層社會人性覺醒和解放的一部分，與西門慶那種物質與精神的貪欲和瘋狂占有，是有本質差別的。如果說前者顯示出市井小民對性、人性、自身價值的肯定，那麼西門慶對女色的貪欲則導致自身的否定和毀滅。

16　《何心隱集》卷一、卷二，北京：中華書局 1960 年。

「三言」「二拍」中還有一部分描寫男女愛情的作品，如〈賣油郎獨占花魁〉（《醒世恆言》第三卷）、〈杜十娘怒沉百寶箱〉（《警世通言》第三十二卷）等，表現出較高層次的情欲觀，這更是《金瓶梅》所無法相比的。雖然作品的主人公仍然是小市民，但他們顯然比胡生、鐵生甚或高衙內具有更高的精神境界，對男女之欲的理解和追求更多地偏重於豐富的精神內容，而非生理的、肉體的快感，生理上的「欲」上升為精神的「情」。賣油郎秦重結識莘瑤琴，最初亦是出於低級的性欲，覺得「人生一世，草生一秋。若得這等美人摟抱了睡一夜，死也甘心」，所以辛辛苦苦攢了十兩銀子，以一個狎客的身分跨進了妓院。同為嫖客，賣油郎與那些公子王孫不同的是，他有一顆善良忠厚之心，這決定了他與其他嫖客對待莘瑤琴的態度有本質的區別。吳八公子不把花魁娘子當人看待，當不能滿足他的欲望時，肆意凌辱，橫加摧殘；他對莘瑤琴當然沒有什麼情可言，只是粗俗醜惡的生理欲望。賣油郎秦重對莘瑤琴則不然，尤其是秦重悉心照料醉後的花魁娘子而毫無怨言，表明他已從開始的肉體要求轉變為在尊重人格基礎之上的真心愛戀，粗俗的欲化為純潔的情。正是這一點感動了花魁娘子，使她初步看到秦重的忠厚老實性格，並產生了對他的同情之心。受到吳八公子的凌辱後，她更認清了「豪華之輩，酒色之徒，但知買笑追歡的樂意，那有真情實意的愛慕」，完全拋棄了原有的「若是衣冠子弟，情願委身事之」的幻想，終於對秦重表示了真心愛慕之情。他們的愛情基礎是人格的平等和相互尊重，而不是金錢、門第，更不是占有。其實，這也恰恰是欲和情的根本區別。杜十娘的愛情最後以悲劇告終，關鍵在於李甲沒有擺脫封建地主階級的傳統觀念，沒有建立起對杜十娘人格的信任和尊重；而這一點是杜十娘極為重視並全力追求的。杜十娘性格的核心與其說是對愛情的忠誠，倒不如說是對自身人格的重視。她對李甲產生愛情，是「見李公子忠厚志誠」，對愛情「海誓山盟，各無他志」，值得託付終身。她需要的不是金錢、地位，只求跳出火坑，獲得自由的人格和自由自在的生活權利。為此她不惜拿出自己用屈辱的血淚掙來的積蓄，自贖自身。故事中的柳遇春曾感歎：「此婦真有心人也。既係真情，不可相負。」但杜十娘沒想到李甲中途負心，以千金之資將她賣於孫富。當她看透了李甲的骯髒靈魂，她震驚了，絕望了，只好懷著滿腔悲憤，抱著無價之寶，跳入滔滔江水之中，表示了對李甲對社會的抗議。如果杜十娘儘早亮出自己的財寶，李甲將她轉賣的事肯定不會發生，她獲得平等人格的希望也會順利實現。但她知道那是金錢的力量，她不需要用金錢換來的「人格平等」。李甲覺得金錢最重要，為了金錢可以出賣靈魂和良心；杜十娘以為人格、感情最寶貴，金錢買不到真正的感情。杜十娘的認識其實反映了作者馮夢龍的觀念。他曾這樣說過：「六經皆以情教也。……豈非以情始於男女？凡民之所必開者，聖人亦因而導之，俾勿作於涼，於是流注於君臣、父子、兄弟、朋友之間而汪汪然有餘乎！異端之學，欲人鰥曠以求清淨，其究不至，無

君父不止，情之功效亦可知已。」[17]他甚至認為情是萬物發展的起因與動力，是維繫萬物的內在線索。「天地若無情，不生一切物。一切物無情，不能環相生。……萬物如散錢，一情為線索。……無奈我情多，無奈人情少。願得有情人，一齊來演法。」[18]杜十娘就是馮夢龍著力塑造出來的「有情人」，她對愛情的堅貞實際上反映了作者的情欲觀念和美好理想。但現實是殘酷的，故事的結局就充分表現了「無奈我情多，無奈人情少」的尖銳矛盾和巨大衝突。貪欲吞噬了感情，美好被醜惡毀滅，這是杜十娘的悲劇命運產生震撼人心的力量的真正原因。在《金瓶梅》中，我們能找到這樣動人的情節嗎？李瓶兒之死雖然花費了作者不少筆墨，但我們並沒有從中發現動人的情感。

如果說男女之欲在《金瓶梅》中表現為動物性，在「三言」「二拍」中表現為人性，那麼在《紅樓夢》中就成為更加理想化的精神追求。欲和情既是程度上的差別，更是本質上的差別。馮夢龍在〈赫大卿遺恨鴛鴦絛〉曾對「好淫」與「好色」加以區別：「論來好色與好淫不同。假如古詩云：『一笑傾人城，再笑傾人國。豈不顧傾城與傾國，佳人難再得！』此謂之好色。若是不擇美惡，以多為勝，如俗語云：『石灰布袋，到處留跡。』其色何在？但可謂之好淫而已。」[19]以此觀之，西門慶是好淫，「三言」「二拍」中的人物則多為好色。好淫者，欲而已；好色者，方可談情。然而並非一切好色者都是真情，所以馮夢龍又把好色分為正色、傍色、邪色、亂色。正色者，「假如張敞畫眉，相如病渴，雖為儒者所譏，然夫婦之情，人倫之本，此謂之正色。」在馮夢龍的情欲觀裏，正色是最高尚、最可貴的。因而在他的作品裏，最理想的愛情就是正色。然而，正色也好，傍色也好，邪色也好，都沒有完全斷絕與「欲」的聯繫，實際上仍然是以自然的人性作為基礎的。曹雪芹認為這樣的情仍然不是真情。他借警幻仙姑之口道：「更可恨者，自古來多少輕薄浪子，皆以『好色不淫』為飾，又以『情而不淫』作案，此皆飾非掩醜之語也。好色即淫，知情更淫。是以巫山之會，雲雨之歡，皆由既悅其色，複戀其情所致也。」他認為這些都是「皮膚之淫」；而賈寶玉則是「天分中生成一段癡情，吾輩推之為『意淫』。『意淫』二字，惟心會而不可口傳，可神通而不可語達」[20]。「三言」「二拍」中的大部分愛情故事，以曹雪芹的觀點論之，自然屬於「皮膚之淫」。寶黛愛情則是「意淫」的形象化。曹雪芹筆下的「意淫」既無「偷寒送暖」，更無「淫情浪態」，男女之間只能以「惟心會而不可口傳」的方式進行感情的交流；而這種感情又

17　詹詹外史〈情史敘〉。

18　〈情史敘〉。

19　《醒世恒言》第十五卷，北京：人民文學出版社 1956 年。

20　《紅樓夢》第五回。

是那樣純潔無瑕，一塵不染！固然，寶黛式的愛情比「淫情浪態之小說」具有更高層次的審美價值，讀者的感情或許會在欣賞過程中得到某種程度的淨化和昇華；然而，嚴格說來，這樣的愛情帶著更多的理想色彩，或者不妨說，它不是現實生活中人的愛情，而是近乎神的愛情！

論《金瓶梅》的細節描寫

一、從武松殺嫂說起

　　研究者都認為魏晉六朝的小說祇能算成古代小說的形成期，而唐代傳奇則發展到成熟階段。那麼二者的區別何在？魯迅先生曾有如下論述：

> 單從上述這些材料來看，武斷的說起來，則六朝人小說，是沒有記敘神仙或鬼怪的，所寫的幾乎都是人事；文筆是簡潔的；材料是笑柄，談資；但好像很排斥虛構……唐代傳奇文可就大兩樣了：神仙人鬼妖物，都可以隨便驅使；文筆是精細，曲折的，至於被崇尚簡古者所詬病；所敘的事，也大抵具有首尾和波瀾，不止一點斷片的談柄；而且作者往往故意顯示著這事蹟的虛構，以見他想像的才能了。[1]

其中，文筆的「簡潔」與「精細」是二者的重要區別之一。

　　無論讀者還是研究者，都把細節描寫作為成熟小說的一項重要標準。小說不是以抒發作者個人感情為目的，而是以真實再現社會生活為宗旨，所以，生活的細節愈多才愈真實。應該承認，與西方小說相比，模仿說書藝術敘事方法的中國古代白話小說，在細節描寫和心理描寫上，稍遜一籌。但隨著小說藝術的發展，細節與心理的作用逐漸被作家認識。到了《金瓶梅》，白話小說的細節描寫已經有了長足的進步。這裏我們對照一下《水滸傳》與《金瓶梅》對武松殺嫂這一情節的不同處理方式：

> 那婦人見頭勢不好，卻待要叫，被武松腦揪倒來，兩隻腳踏住他兩隻胳膊，扯開胸膛衣裳，說時遲，那時快，把尖刀去胸前祇一剜，口裏銜著刀，雙手卻斡開胸膛脯，取出心肝五臟，供養在靈前。肐查一刀，便割下那婦人頭來，血流滿地。[2]

1　〈六朝小說和唐代傳奇文有怎樣的區別？〉，《漢文學史綱要　外一種》，上海：上海人民出版社 2011 年。

2　《容與堂刻水滸傳》第二十六回，上海：上海人民出版社 1975 年。

相同的情節，《金瓶梅》的描寫就有不同：

> 那婦人見頭勢不好，才待大叫，被武松向爐內搣了一把香灰，塞在他口，就叫不
> 出來了，然後腦揪番在地，那婦人掙扎，把鬆髻簪環都滾落了。武松恐怕他掙扎，
> 先用油靴祇顧踢他肋肢，後用兩隻腳踏他兩隻胳膊，便道：「淫婦，自說你伶俐，
> 不知道你心怎麼生著，我試看一看！」一面用手去攤開他胸脯，說時遲，那時快，
> 把刀子去婦女白馥馥心窩內祇一剜，剜了個血窟礲，那鮮血就邀出來。那婦人就
> 星眸半閃，兩隻腳祇顧登踏。武松口噙著刀子，雙手去幹開他胸脯，撲拕的一聲，
> 把心肝五臟生扯下來，瀝瀝供養在靈前。後方一刀，割下頭來。血流滿地。[3]

《水滸傳》89 字，《金瓶梅》則擴充為 213 字，把武松手刃潘金蓮的過程寫得更為
細緻。其不同主要表現在武松的動作增多了（塞香灰、踢肋肢、罵）。《水滸傳》祇把視點
落在武松身上，《金瓶梅》則在二者之間遊動，也寫出了潘金蓮被殺時的掙扎苦相（鬆
髻簪環滾落、鮮血冒出、星眸半閃、兩腳登踏）。《金瓶梅》和《水滸傳》的著重點是不同的，
《水滸》重在寫武松，《金瓶梅》則是將潘金蓮作為敘事的焦點人物。在笑笑生的筆下，
潘金蓮的一舉一動、一顰一笑，都是細加刻畫的；那麼當她的生命行將結束時，作者當
然更不願吝惜筆墨。試想美麗而凶狠的潘金蓮，她的鬆髻簪環，她的皓齒明眸和「白馥
馥」的胸膛曾引得多少狂蜂亂舞。但如今卻是「簪環滾落」，「星眸半閃」，白馥馥的
心窩上「剜了一個窟礲」！這是多麼強烈而又可怕的對照！作者把這個血淋淋的殺人場
面展示給讀者，細細地玩味著潘金蓮的痛苦，顯然包含著對這個邪惡女人的仇恨，似乎
祇有用這種慘不忍睹的結局方式方可使她贖回自己一生的罪過。武松在這裏再也不是梁
山泊的起義英雄，作者祇把寫成一個普通的殺人劊子手。殺嫂場面的細緻刻畫，將其性
格中殘忍的一面推向極致。

精彩的細節描寫，在《金瓶梅》中俯拾皆是，對表現人物的獨特性格起到畫龍點睛
的藝術效果。張竹坡對蘭陵笑笑生的這一成功的藝術手法給予很高評價：「文筆無微不
出，所以為小說之第一也。」[4]「千古稗官家不能及之者，總是此等閒筆難學也。」[5]所
謂「閒筆」者，正是在一些具有獨特作用的細節描寫。再如第五十九回寫官哥兒死後，
李瓶兒傷痛欲絕：「李瓶兒見不放他去，見棺材起身，送出到大門首，趕著棺材大放聲，

3　《金瓶梅詞話》第八十七回。
4　第一奇書本第三十九回夾批。
5　第一奇書本第三十七回回批。

一口一聲祇叫：『不來家虧心的兒嚛！』叫的連聲氣破了。」[6]作者似仍嫌不足，接寫李瓶兒「到了房中，見炕上空落落的，祇有他耍的那壽星博浪鼓兒還掛在床頭，一面想將起來，拍了桌子，由不的又哭了。」[7]壽星博浪鼓兒，是官哥滿月時薛太監送的喜禮。此時官哥兒已死，作者卻偏偏從這個博浪鼓兒入手，寫出李瓶兒睹物傷情的無限悲痛，可謂奇絕筆法！所以張竹坡在此批道：「小小物事，用入文字，便令無窮血淚，皆向此中灑出。真是奇絕文字。」[8]

像這類看似「閒筆」的細節，其實涵蘊著作者的藝術匠心，在故事中起著不可替代的作用。再如作者寫潘金蓮有一個習慣動作：趷著東西磕瓜子兒。每一次出現這個動作，都包含著不同的含義，反映著主人公的不同心境。第十五回，潘金蓮嫁給西門慶後，與孟玉樓等登樓觀燈：

> 那潘金蓮一徑把白綾襖袖子摟著，顯他那遍地金掏袖兒，露出那十指春蔥來，帶著六個金馬鐙戒指兒，探著半截身子，口中磕著瓜子兒，把磕了的瓜子皮都吐下來，落在人身上，和玉樓兩個嘻笑不止。[9]

一副輕佻、賣弄的心理！新婚燕爾，身入溫柔富貴之鄉，她又怎能壓抑住內心的得意和滿足？在這個「看燈的人挨肩擦背，仰望上瞧」的難得場合，不趕急炫示誇耀自己的虛榮，還要更待何時呢？但當她的強硬對手李瓶兒就要為西門慶生下貴子的時候，潘金蓮雖然表面上「用手扶著庭柱兒，一隻腳趷著門檻兒，口裏磕著瓜子兒，」似乎顯得悠閒自得，毫不在意，但當聽到孩子生下來時，終於掩飾不住內心的嫉妒和仇恨，跑進房內關起門失聲痛哭起來。此時「趷著門檻兒磕瓜子」的細節，實際上正表現了她的虛弱不堪的心理。李瓶兒母子相繼死後，潘金蓮成為勝利者，實現了她專寵的目的，這時，她又重新恢復了昔日的自得：

> 那玳安引他進入花園金蓮房門首，掀開簾子，王婆進去。見婦人家常戴著臥兔兒，穿著一身錦緞衣裳，搽抹的如粉妝玉琢，正在房中炕上，腳登著爐台兒，坐的嗑瓜子兒。房中帳懸錦繡，床設縷金，玩器爭輝，箱奩耀日。[10]

對於封建時代的婦女來說，有「趷門檻」「登爐台」之類的動作，是不雅的行為，祇有

6　《金瓶梅詞話》第五十九回。
7　《金瓶梅詞話》第五十九回。
8　第一奇書本第五十九回夾批。
9　《金瓶梅詞話》第十五回。
10　《金瓶梅詞話》第七十六回。

潑婦和凶狠的女人才會有。《紅樓夢》中的王熙鳳也常有這個動作。如：

> 寶玉吃了茶，便出來，一直往西院來。可巧走到鳳姐兒院門前，衹見鳳姐蹬著門
> 檻子拿耳挖子剔牙，看著十來個小廝們挪花盆呢。[11]

按照老北京的規矩，大姑娘小媳婦絕對不許跐門檻兒，因為跐門檻兒不是良家婦女
所為。曹雪芹對北京習俗當然很清楚，但他為什麼要把這個動作安到王熙鳳身上呢？我
們衹能認為，這絕不是曹雪芹的疏忽，而是有意為之。曹雪芹在《紅樓夢》中借僧人之
口，主張小說要記述「家庭閨閣中的一飲一食」，要描寫那些「瑣碎細膩」的生活細節，
反對小說「衹傳其大概」。曹雪芹顯然注意到《金瓶梅》中的「跐門檻」「嗑瓜子」這
樣的細節，對刻畫潘金蓮的獨特性格有重要作用，這才移用到王熙鳳身上，塑造出另一
個心狠手毒的「冷美人」形象。這也是他對自己的寫「瑣碎細膩」生活主張的實踐。

細節描寫既是現實主義文學的標誌之一，也是模仿藝術的一個重要的組成部分。細
節描寫的大量增加和迅速成熟，並不單純是小說技巧問題，它反映了古代小說觀念的一
個變化，即中國傳統的偏重「敘事」的小說正在向「模仿」體小說轉化。這是古代說書
體小說向現代小說體小說發展的一個重要步驟。模仿是西方美學思想的一大支柱，來源
於亞里斯多德的「文學起源於模仿」說。亞里斯多德說：「首先模仿是人的一種自然傾
向，從小孩時就顯出。……人一開始學習，就通過模仿。每人都天然地從模仿出來的東
西得到快感。」他認為文學的審美價值就在於它是客觀存在的模仿物：「人們看到逼肖
原物的形象而感到欣喜。」[12]而要達到模仿的逼真、生動，細節的真實描寫就是必不可
少的。因此，在這種意義上說，細節描寫的成功就意味著整個小說藝術的成功。《金瓶
梅》既沒有令人崇拜、敬畏的英雄人物，又沒有引人入勝的傳奇故事，衹是寫了一群道
德淪喪的男女，一些平凡的家庭生活，為什麼能產生巨大的藝術力量呢？部分原因正在
於它以一個又一個令人信服的細節描寫「再現」了生活的「原物」，人們從這些藝術化
了的「原物」上獲得了「快感」，即藝術的美感。

二、「耳目」中的細節

以模仿宋元說話藝術而形成的白話小說，是典型的「敘述」體文學。作者從來不隱
瞞自己的真實身分，不斷以「看官聽說」的形式介入作品，進行公開的理性說教或對人

11　《紅樓夢》第二十八回。
12　《詩學》第四章，北京：人民文學出版社 2008 年。

物、情節進行闡釋、評論、說明，故事中的一切都是經過作者之口轉述，而非自動的展現。《三國》《水滸》體現了這種敘述體小說的基本特徵。《金瓶梅》雖然並未完全擺脫說書體小說的形式，但其運用戲劇化手法模仿生活的成份大大增加。讀者對作品中的虛構世界更多的是通過作品人物的「自我表現」直接觀察，而不需由作者的轉述間接領會。顯然，模仿比敘述更具生活的真實感。

張竹坡曾指出《金瓶梅》的一個重要藝術手法：

> 《金瓶》有節節露破綻處。如窗內淫聲，和尚偏聽見；私琴童，雪娥偏知道；而裙帶葫蘆，更屬險事；牆頭密約，金蓮偏看見；蕙蓮偷期，金蓮便撞著；……燒陰戶，胡秀偏就看見。諸如此類，又不可勝數。……此所以為化筆也。[13]

實際上，張竹坡指出了《金瓶梅》的一個重要敘事技法，這就是利用人物的感官作為一個獨特角度，既作為生活細節的展示方法，又為情節的進展埋下伏筆。張竹坡說的「窗內淫聲」是指第八回「潘金蓮永夜盼西門慶，燒夫靈和尚聽淫聲」中的情節：

> 原來婦人臥房，正在佛堂一處，止隔一道板壁；有一個僧人先到，走在婦人窗下水盆裏洗手，忽然聽見婦人在房裏，顫聲柔氣，呻呻吟吟，哼哼唧唧，恰似有人在房裏交姤一般。於是推洗手，立住了腳，聽勾良久。祇聽婦人口裏嗽聲呼叫西門慶：「達達，你休祇顧搗打到幾時，祇怕和尚來聽見，饒了奴，快些丟了罷！」西門慶道：「你且休慌！我還要在蓋子上燒一下兒哩！」不想都被這禿廝聽了個不亦樂乎。[14]

正在為武大燒靈超度的時候，西門慶又與潘金蓮行淫，當然是在極私密的狀態下進行的。作者認為如果像「醉鬧葡萄架」那樣正面描寫，顯然與超度場面反差太大，有違情理。於是祇從聽覺的角度，表現二人「顫聲柔氣，呻呻吟吟，哼哼唧唧」的聲音，並讓和尚聽到，而且因此傳揚開來，以致眾僧都「不覺都手之舞之，足之蹈之」起來。這種手法收到一石二鳥的效果，既表現了西門慶、潘金蓮的淫蕩無行，又表現了僧人的「鬼樂官」和「色中餓鬼」的本質。類似的寫法書中很多，潘金蓮之所以被作者賦予「專一聽籬察壁」的習慣，在很大意義可以說，是作者賦予了她更多的敘事功能，以她的聽覺來表現情節。如第二十七回西門慶與李瓶兒在翡翠軒內行事，潘金蓮便「回來悄悄躡足，走到翡翠軒槅子外潛聽」，結果「聽見西門慶向李瓶兒道：『我的心肝，你達不愛別的，

13　〈金瓶梅讀法〉十四，朱一玄《金瓶梅資料彙編》。
14　《金瓶梅詞話》第八回。

愛你好個白屁股兒。』……李瓶兒道:『不瞞你說,奴身中已懷臨月孕。』」潘金蓮這一聽,不但第一時間得知李瓶兒懷孕,馬上對西門慶和李瓶兒冷嘲熱諷,而且深恐瓶兒威脅她的專寵地位,從此立下了害李之心。張竹坡認為這種寫法是以險筆寫「人情之可畏」,自然有道理;但從作者敘事的角度而言,除表現了潘金蓮的陰險性格,也是推動情節發展的手法。

把敘事任務交給作品人物,巧妙利用各種感官功能作為獨特的敘事觀點,也是作者的一種模仿技巧,比作者親自敘述更顯得客觀真實。說書體的中國白話古代小說,這種寫法很多。自然風景,社會場面,人物的容貌服飾,都可以用「祇見」「但見」之類的套語,通過人物的眼睛來展示。如話本小說中就有很多這樣的寫法:

> 相如舉目看那園中景致,但見:徑鋪瑪瑙,欄刻香檀。聚山塢風光,為園林景物。山疊岷岷怪石,檻栽西洛名花。梅開庾嶺冰姿,竹染湘江愁淚。春風蕩漾,上林李白桃紅;秋日淒涼,夾道橙黃桔綠。池沼內魚躍錦鱗,花木上禽飛翡翠。[15]

> 祇見一個著白的婦人出來迎接,小員外著眼看那人,生得:綠雲堆鬢,白雪凝膚。眼描秋月之明,眉拂青山之黛。桃萼淡妝紅臉,櫻珠輕點絳唇。步鞋襯小小金蓮,十指露尖尖春筍。若非洛浦神仙女,必是蓬萊閬苑人。[16]

利用人物的眼睛作為一個特殊的敘事角度,這是古代白話小說作者早已純熟運用的技法。話本小說及《三國》《水滸》中都可以找到大量例證,蘭陵笑笑生也深得個中三昧。如潘金蓮初入西門慶大官人之家,她和吳月娘諸人相互對看,就寫得很精彩。《金瓶梅》第九回有如下一段描寫:

> 月娘在坐上,仔細定睛觀看:這婦人年紀不上二十五六,生的這樣標緻,但見:眉似初春柳葉,常含著雨恨雲愁。……看了一回,口中不言,心內暗道:「小廝每家來,祇說武大怎樣一個老婆,不曾看見。今日果然生的標緻,怪不得俺那強人愛他。」

這邊潘金蓮也在看吳月娘:

> 這婦人坐在旁邊,不轉睛把眼兒祇看吳月娘,約三九年紀,因是八月十五生的,

---

15 《清平山堂話本·風月瑞仙亭》,上海:古典文學出版社 1957 年。
16 《清平山堂話本·洛陽三怪記》。

故小字叫做月娘。生的面若銀盆，眼如杏子。……這婦人一抹兒多看到心裏。[17]

　　這一場景是潘金蓮嫁到西門慶家後的第一幕。一邊是「仔細定睛觀看」，另一邊是「不轉睛」地看，組成一幅饒有興味的畫面。雙方的相貌都由對方的視覺中映出。吳月娘何以要「仔細定睛觀看」？僅僅是為證實小廝們對金蓮長相的讚賞嗎？非也。雖然作者把吳月娘寫得寬宏大度，但這個「仔細定睛觀看」，正說明她在用心探究「俺那強人」為什麼要愛她；起碼要在金蓮的容貌上證實一下是否值得「俺那強人」的愛。結果承認金蓮確實「生的標緻」，弄清了西門慶愛她的原因。對於剛到陌生環境的潘金蓮來說，最迫切的是對這個新環境的瞭解；而最直接的方法，莫過於親眼觀看。作者將吳月娘和李嬌兒等眾婦人的長相放在潘金蓮的眼中看出，是充分體會她亦急於見到這些人的心情。雖然雙方都急於見到對方，瞭解對方，但目的卻不盡相同。月娘難道僅僅是為了探討西門慶愛潘金蓮的原因嗎？當然不是。我們從她的口氣裏可以發現，她是受到一股妒火的驅使。而金蓮則是在謀求對策，她本能地感覺到，幾個強勁的對手早已在這裏等著她，她必須儘快地找出對策來，否則便難有立足之地。像潘金蓮這樣有心計的女人，她很清楚自己面對的這幾個女人，不僅是自己的夥伴，更是對手。張竹坡又云：「內將月娘眾人俱在金蓮眼中描出，而金蓮又重在月娘眼中描出。文字生色之妙，全在兩邊掩映。」[18]對讀者來說，等於利用雙方的眼睛看到對方的相貌，易產生身臨其境之感，比由作者口中敘出更具藝術效果。

　　對景物和場面的描寫，《金瓶梅》也多用人物視覺觀點，並多有「祇見」「但見」作前導詞。如「吳月娘在家整置了酒肴細果，後同李嬌兒、孟玉樓、孫雪娥、大姐、潘金蓮，眾人開了新花園門，……但見：正面丈五高，心紅漆綽屑；周圍二十板，砧炭乳口泥牆……」「但見：萬里彤雲密佈，空中祥瑞飄簾，瓊花片片舞前簷……」有時還可以利用人物視覺觀點的不斷變換，映出一連串的動作行為，使情節內部的各種因素緊密地連繫在一起。如第七十九回：

> 到次日起來，頭沉，懶待往衙門中去，梳頭淨面，穿上衣服，走到前邊房中，籠上火，那裏坐的。祇見玉簫早晨來如意兒房中，擠了半甌子奶，逕到廂房，與西門慶吃藥，見西門慶倚靠在床上，有王經替他打腿。王經見玉簫來，就出去了。打發他吃藥，西門慶叫使他拿了一對金裹頭簪兒，四個烏銀戒指兒，教他送來爵嫂媳婦子屋裏去。

17　《金瓶梅詞話》第九回。
18　《金瓶梅回評》第九回。

　　這一段寫得很細，可以說全由不起眼的細節構成。如果把這一連串動作分割一下，則是：①敘述人見西門慶在書房裏坐的。②西門慶見玉簫兒如意兒房中擠奶。③玉簫兒見王經替西門慶打腿。④王經見玉簫兒打發西門慶吃藥。⑤敘述人見西門慶使玉簫送東西。①是敘述人的視角，②③④的場面都放在作品人物的視覺中寫出，到了⑤又回到敘述人的視點上來。

　　從人物視覺的角度反映描寫對象，這種寫法的長處在於更容易造成模仿的「幻覺」，更接近生活本身的真實。就生活的實際情形來說，任何事情的發生都必須親眼看到或親耳聽到，人們才易於承認這件事確曾發生過，也即是說，必須有見證人。而小說中的事件，多是由敘述人（作者）反映的，讀者承認敘述的真實要有一個前提，即敘述人必須是誠實的。敘述人固然是一位「全知的神」，但比較而言，人們寧願相信作品中戲劇化了的人物，更相信他們的眼睛或聽覺。

　　由作品人物眼睛所看出的東西，不僅具有客觀真實性，同時也不可避免地蒙上人物的主觀色彩，有時這種主觀色彩比客觀性更重要。在我們所舉的吳月娘和潘金蓮對看的例子裏，兩人眼中看到的一切，實際上已染上一些她們個人的情感。再如第二回潘金蓮和西門慶初次相見：

> 婦人便慌忙陪笑，把眼看那人，也有二十五六年紀，生的十分博浪：頭上戴著纓子帽兒，金玲瓏簪兒，金井玉欄杆圈兒，長腰身穿綠羅褶兒，腳下細結底陳橋鞋兒，清水布襪兒，腿上勒著兩扇玄色桃絲護膝兒，手裏搖著灑金川扇兒，越顯出張生般龐兒，潘安的貌兒，可意的人兒，風風流流從簾子下丟與奴個眼色兒。

西門慶眼中的潘金蓮則是：

> 黑鬒鬒賽鴉翎的鬢兒，翠彎彎的新月的眉兒，清泠泠杏子眼兒，香噴噴櫻桃口兒，直隆隆瓊瑤鼻兒，粉濃濃紅豔豔腮兒……[19]

　　作者巧妙運用了兒化韻的修辭手法，細緻地描寫二人的衣著、長相，共用了二十六個「兒」字。勿庸置疑，這種細密的刻畫有介紹出場人物外表的作用，但更主要的，特別是一連串兒化韻的運用，與其說是描繪二人的形貌，不如說是二人相互挑逗、吸引的感情流露，正是這富有彈性的感覺中，透出他們輕佻、浮蕩的性格。

19　《金瓶梅回評》第二回，朱一玄《金瓶梅資料彙編》。

三、人物語言作為一種敘事角度

利用作品人物的言語敘事，也是一種模仿的方式；亦即柏拉圖所云「詩人竭力造成不是他本人在說話」，而是由別人在講話，擔當敘事任務的假象。言語作為一種傳達信息的工具，在生活中無時無刻不在發揮重要作用，在小說中，祇把言語作為一種敘事觀點，即作家反映現實生活的獨特角度，而不僅僅充當故事人物之間的交際工具，它才顯得更有意義。張竹坡對《金瓶梅》的言語觀點敘事甚為稱讚，在第三十五回批道：「此回單為書童出色描寫也，故上半篇用金蓮怒罵中襯出，下半篇用伯爵笑話中點醒也。」書童是個供人玩樂的男寵，與西門慶有曖昧關係，對這個特殊人物，作者不正面描寫，而放在「金蓮怒罵」和「伯爵笑話」中敘出，確是奇絕筆法。張竹坡還對崇禎本《金瓶梅》將武松打虎情節放在應伯爵口中說出大為讚賞：

> 《水滸》上打虎，是寫武松如何踢打，虎如何剪撲，《金瓶梅》卻用伯爵口中幾個怎的怎的，一個就像是，一個又像，致使《水滸》中費如許力量方寫出來者，他卻一毫不費力便了也，是何等靈滑手腕。[20]

不同敘事角度的運用，與作者要達到的藝術目的密切相聯。《水滸》寫的是武松，對能表現其豪勇性格的每一個細節都不願放過，所以採取作者旁觀的寫法，對武松的一招一式，一拳一腳，虎的一撲一掀，一剪一吼都細加刻畫，增加細節的真實感，以造成驚心動魄的氣氛。《金瓶梅》是以西門慶、潘金蓮等作為主要描寫對象，將武松放在應伯爵口中敘出，就使情節變得更加精煉、集中。從這一點來說，崇禎本《金瓶梅》確實比詞話本更懂得人物言語觀點的妙用。

利用人物轉述故事內容，有時是情節的需要，不得不如此。如第六十四回李瓶兒死後，傅夥計與玳安有一段對話。當傅夥計閒話中說起西門慶發送李瓶兒之事，玳安說道：

> 一來是他福好，祇是不長壽。俺爹饒使了這些錢，還使不著俺爹的哩。俺六娘嫁俺爹，瞞不過你老人家知道，該帶了多少帶頭來？別人不知道，我知道。把銀子休說，祇光金珠玩好、玉帶絛環鬏髻、值錢寶石，還不知有多少。為甚俺爹心裏疼？不是疼人，是疼錢！

玳安是西門慶的心腹小廝，對主子侵吞花家財產之事知之甚詳，而且肯定還知道更為隱秘的事，由他來道西門慶心中的秘密，揭示他與李瓶兒關係的另一個側面——金錢

20　《金瓶梅回評》第一回。

與愛情，顯然具有較強的說服力。作者無意使讀者對西門慶的性格實質與李氏關係產生誤解，所以將玳安的話偏偏放在西門慶對李氏葬禮如何不惜錢財，對李氏如何傷悼的種種虛偽表演之後；假象與實質的強烈對照，也產生了明顯的諷刺效果。

　　還有一種情況是以作品人物的言語表現自身，有時還配以動作；比較而言，這種寫法的戲劇化味道更濃一些。如李瓶兒要生孩子，潘金蓮妒火中燒，十分惱怒，就有一段相當精彩的戲劇化表演。她對孟玉樓說孩子不是西門慶的骨血：

「我和你恁算，他從去年八月來，又不是黃花女兒，當年懷入門養？一個後婚老婆，漢子不知見過了多少，也一兩個月才生胎，就認做是咱家孩子！我說差了，若是八月裏生孩子，還有咱家些影兒；若是六月的，蹀小板橙凳糊險道神——還差著一帽頭哩。失迷了家鄉，那裏尋犢兒去？」正說著，祇見小玉抱著草紙、繃接並小褥兒來。孟玉樓道：「此是大姐姐預備下他早晚臨月用的物件兒，今日且借來應急兒。」金蓮道：「一個大老婆，一個小老婆，明日兩個對養，十分養不出來，零碎出來也罷。俺們是買了母雞不下蛋，莫不殺了我不成？」又道：「仰著合著，沒有狗咬尿胞虛歡喜。」玉樓道：「五姐是什麼話！」以後見他說話出來，有些不防頭腦，祇低頭弄裙子，並不作聲應答他。潘金蓮用手扶著庭柱兒，一隻腳趿著門檻，口裏磕著瓜子兒。祇見孫雪娥聽見李瓶兒前邊養孩子，後邊慌慌張張，一步一跌走來觀看，不防黑影裏被台基險些不曾絆了一交，金蓮看見，教玉樓：「你看獻勤的小婦奴才，你慢慢走，慌怎的？搶命哩？黑影子絆倒了，磕了牙也是錢！姐姐，賣蘿蔔的拉鹽擔子，攮鹹嗜心，養下孩子來，明日賞你這小婦一個紗帽戴？」良久，祇聽房裏呱的一聲，養下來了。……這潘金蓮聽見生下孩子來了，闔家歡喜，亂成一塊，越發怒氣生，走去了房裏，自閉門戶，向床上哭去了。[21]

　　這一段寫得極細，幾乎全由人物言語和動作組成，「鏡頭」的轉換相當快，表現了潘金蓮、孟玉樓、孫雪娥等幾個人對李瓶兒生孩子的微妙態度，十分形象生動。特別是對潘金蓮在一瞬間的心理變化，很有層次地展現給讀者。一開始，她在李瓶兒懷孩子的時間上做文章，以證明大家不該盲目為這個「失迷了家鄉」的「犢兒」高興；繼而又罵西門大姐是西門慶的小老婆，並惡毒地詛咒「十分養不出來，零碎出來也罷」；再下來罵孫雪娥；最後，孩子下地了，潘金蓮卻在一片喜洋洋的氣氛中，「向床上哭去了」。這一連串的鏡頭，完整而清晰地映照出潘金蓮這個邪惡女人由嫉妒到惱怒，由惱怒到詛咒，由詛咒到絕望而痛哭的陰暗心理的整個活動過程。這裏還夾著兩處動作描寫，是作

21　《金瓶梅詞話》第三十回。

者觀察視點。一個是寫潘金蓮氣急敗壞地罵東罵西時「用手扶著庭柱，一隻腳跐著門檻，口裏磕著瓜子兒」，像一幅人物特寫鏡頭，照出一個色屬內荏的潑婦形象。此時的潘金蓮雖又氣又惱，卻故意裝出一副毫不在意的樣子，想用表面的平靜掩飾心中的不安和妒火；二是寫金蓮「越發怒氣生，走去了房裏，自閉門戶，向床上哭去了」，反映了她在事實面前終於絕望，暴露出一個「失敗者」無奈的心理狀態。

《金瓶梅》方言研究及其他

　　《金瓶梅》是我國古代白話小說發展史上的一部「奇書」，它的「奇」除了表現在以高超的文學手法，極為真實地反映了那個時代的社會生活，讓我們真切感受到文學的魅力外，還表現在語言上，作品中的人物是那樣生動，與它的這種語言特點是密切相關的。可以說，它是我國小說史上第一部真正以口語寫作的作品，在近代漢語的發展史占有重要的地位。自上個世紀八十年代之後，《金瓶梅》研究進入了一個新的時期，方言研究成為其中的一個熱點，一直延續到現在還是方興未艾。我們注意到，研究者當中雖然不乏語言學者，但更多的則是文學研究者，有的甚至衹是文學愛好者。研究隊伍良莠不齊，直接導致研究水準頗為參差。本文擬對此前一二十年《金瓶梅》方言研究的狀況作一簡括，對存在的諸多問題略表一己之見，有得罪方家之處，尚祈諒察為盼。

一

　　《金瓶梅》在語言運用上的特色，其實早在它剛剛問世之際就被發現了。較早透露出《金瓶梅》信息的明代萬曆年間的沈德符在他的《萬曆野獲編》中說：「原本實少五十三回至五十七回，遍覓不得。有陋儒補以入刻，無論膚淺鄙俚，時作吳語，即前後血脈，亦絕不貫串，一見知其贋作矣。」所謂「時作吳語」，顯然是指補刻的這五回，言下之意大部分原作則非以吳語創作，此理甚明。此外，這段話還告訴我們，《金瓶梅》在語言上的地方特色是很明顯的，否則，沈德符不會特地將「吳語」作為後補的這五回與原作的重要區別。不過，他為我們留下了懸念，既然不是吳語，那是以何種方言而作呢？

(一)主流——山東方言說

　　《金瓶梅》問世百餘年後，陳相在為第一奇書本《金瓶梅》作跋時就發現書中有山東土白[1]。到了近代，黃人確認《金瓶梅》中用的是山東話：「小說固有文俗二，然所謂俗者，另為一種言語，未必儘是方言。至《金瓶梅》始盡用魯語，《石頭記》仿之，而盡

---

[1]　張鴻魁《金瓶梅語音研究》，濟南：齊魯書社 1996 年。

用京語。」[2]他不但認為《金瓶梅》用的是山東話，而且肯定它是最早以方言進行創作的古代長篇小說。進入現代，鄭振鐸先生對《金瓶梅》的方言問題提出自己的看法：「有許多山東土話，南方人不大懂得的」「但我們祇要讀《金瓶梅》一過，便知其必出於山東人之手。那末許多的山東土白，絕不是江南人所得措手其間的。」[3]他在解放後出版的《插圖本中國文學史》中仍然堅持這個觀點：「《金瓶梅詞話》的欣欣子序云：『蘭陵笑笑生作《金瓶梅傳》，寄意於時俗，蓋有謂也。』蘭陵為今山東嶧縣；和書中之使用山東土白一點正相合。」[4]吳晗先生也說：「《金瓶梅》用的是山東方言，便知其必出於山東人之手。」[5]魯迅先生也說：「還有一件是《金瓶梅詞話》被發見於北平，為通行至今的同書的祖本，文章雖比現行本粗率，對話卻全用山東的方言所寫，確切地證明了這絕非江蘇人王世貞所作的書。」[6]此後，一直到上個世紀的六七十年代，「山東說」一直是主流觀點[7]。頗耐人尋味的是，魯、鄭、吳都是浙江人，但他們都堅持《金瓶梅》用的是山東方言。但也應該看到，他們的結論都缺乏具體的求證過程，祇能算是閱讀後的一種直感。

　　進入八十年代，又有趙景深先生仍堅持山東方言說：「這部書絕大部分是山東嶧縣話，而不是常州話。」[8]吳曉鈴先生也說：「書中大量出現山東方言（包括語音、語法和辭彙），至於南方方言，經分析均由《水滸傳》轉引而來。」[9]而後張遠芬先生用力最勤，他在推出《金瓶梅》作者「賈三近說」的同時，以多篇論文論證《金瓶梅》中的方言是山東嶧縣方言。他首先承認有些詞語如胡博詞、走百病兒、沒腳蟹、不伏燒埋、鬼胡油等，嶧縣人並不懂，這樣的詞約不到 200 個，在他選出的 800 個方言詞中不到 1/4。但更多的如大滑答子貨、咭溜格剌兒、涎纏、戳無路兒、迷溜摸亂、嘗嘗磕磕、繭兒、摑混、格地地、獵古調兒等 600 多個詞語，則是嶧縣人都懂的。為了進一步證明這些方言

2　朱一玄《金瓶梅資料彙編》。

3　鄭振鐸〈談金瓶梅〉，《文學》1933 年創刊號。

4　鄭振鐸《插圖本中國文學史》，北京：人民文學出版社 1957 年。

5　吳晗〈金瓶梅的著作時代及其社會背景〉，《文學季刊》1934 年創刊號。

6　魯迅《且介亭雜文二集》。

7　五十年代有趙景深：「書中山東話不少。」（〈談《金瓶梅詞話》〉，1957）李西成：「《金瓶梅》是用山東方言寫的。」（〈《金瓶梅》的社會意義及其藝術成就〉，1957）張鴻勳：「書中多用山東土語。」（〈試談《金瓶梅》的作者、時代、取材〉，1958）中國科學院文學研究所《中國文學史》也認為：「作者十分熟練地運用山東方言。」（1963）

8　趙景深〈評朱星同志〈金瓶梅三考〉〉，《上海師範學院學報》1980 年第 4 期。

9　吳曉鈴〈金瓶梅作者新考──試解四百年來一個謎〉，《大公報》1982 年。

是嶧縣所獨有的，他甚至還挑出十幾個詞念給嶧縣鄰近的人聽，據說他們都聽不懂[10]。

此後，陸續有張鴻魁、傅憎享、鮑延毅、王瑩、張鶴泉、許進等支持山東方言說。在這種觀點的內部也有分歧，有的主張是魯南話（張遠芬、鮑延毅、許進），有的主張是魯西話（張鴻魁、王瑩、張鶴泉）。

需要說明的是，持山東方言說者大多並不否認書中也有少量吳語，並認為這些吳語是在傳抄、添補、刊刻過程中後加上去的，不為原始抄本所有。

(二)次主流──吳語說

比較早提出《金瓶梅》所用語言為吳語者為清末陳蝶仙，他在《檇邊錄》中謂：「《金瓶梅》及《隔簾花影》等書有呼『達達』字樣。『達達』二字，不知所出，友人嘗舉以問余。余笑曰：此二字蓋越諺，今猶習聞之。越人笑罵，嘗有『媽同我達達』之語，是其『達達』之意，即猶『云云』之謂也。」[11]到了四十年代，姚靈犀在他的《瓶外卮言》中就也對山東說提出懷疑，他說：「……茲有質疑之處，全書用山東方言，認為北人所作，實不儘然。既敘述山東事，當然用當地土語。京師為四方雜處之地，仕官於京者多能作北方語，山東密邇京師，又水陸必經之路，南人擅北方語者所在多有。《金瓶》之俗語，亦南人所能通曉。為南人所作抑為北人，此可疑者一。」[12]

進入八十年代，朱星先生重提王世貞作《金瓶梅》的舊說，為了支持自己的論點，也涉及書中的方言問題，認為山東方言說並不準確。他說：「魯迅先生、鄭振鐸先生、吳晗都被蒙過了」，「《金瓶梅》祇有潘金蓮等人在口角時才多用山東方言。西門慶說話就用北方官話，有的官場客套話還用文言。至於一般敘事，都是用的一般的北方話，即所謂白話文」；「山東方言也很複雜，膠東、淄博、濟南就有顯著差別，因此籠統說山東方言，實是外行話。應該說《金瓶梅》中寫婦女對罵用的是清河縣方言。」[13]他同時還舉出一些詞語如達達、鳥、忒、倘忽、一答裏等，認為這些都是「吳方言」。

戴不凡先生也明確持吳語說，認為：「改定此書之作者當為一吳儂。此可於小說中多用吳語詞匯一點見之。」所舉詞語有「掇、杌子、床、事物、黃湯、挺覺、花黎胡哨、小後生、勞碌、事體」等；不過，他也承認有些吳語詞如「達達、安置、摺、嘩哩礴剌」等，蘇州人並不使用，所以他「頗疑為此書潤色加工之作者並非蘇州一帶之吳儂，而是

10　張遠芬〈《金瓶梅詞話》詞語選釋〉，《中國語文通訊》1981 年第 2 期。

11　黃霖〈《金瓶梅》作者屠隆考續〉，《復旦學報》1984 年第 4 期。

12　姚靈犀《瓶外卮言》，天津：天津書局 1940 年。

13　朱星《金瓶梅考證》，天津：百花文藝出版社 1980 年。

浙江蘭溪一帶之『吳儂』」。[14]

其後，黃霖在比較了《忠義水滸傳》和《金瓶梅詞話》的文字異同後指出，《金瓶梅》的作者「習慣於吳語」[15]，「《金瓶梅》的語言相當駁雜，其方言俚語並不限於山東一方，幾乎遍及中原冀魯豫以及蘇皖之北，甚而晉陝等地，都有相似的語言與音聲，中間又時夾吳越之語。」他舉出的「小頑、吃（茶、酒）、家火、呆登登、饞勞痞、鴨、不三不四、陰山背後、洋奶、合穿褲、做夜作」等，認為「似乎都是吳語」[16]。張惠英在〈《金瓶梅》用的是山東話嗎？〉一文中首先指出有些日常用語，雖然山東話裏常用，但河南、河北話裏也有，所以這些祇能算是北方話通語。如達達、花裏胡梢，這咱晚、那咱晚、多咱、扯淡、拾掇、餛飩等；她還認為另外的一些日常用語，可能也不是山東話，如庫、拔步床（白步床、八步床）、毛司、黃芽菜、肉圓子、卵、廚下、老娘、抹牌、鬥牌等。她還舉出的吳語詞並不太多：田雞、常時、丁香、人客、房下、原舊、膀蹄、白潔煤、下飯等。她的結論是：「《金瓶梅》的語言是在北方話的基礎上，吸收了其他方言，其中，吳方言特別是浙江吳語顯得比較集中。我們不妨稱之為南北混合的官話。」[17]

應該說明的是，所謂「吳語說」的持論者大多祇是證明《金瓶梅》中有吳語，並不認為此書主要是以吳語寫成的，這與「山東說」的觀點有所不同。如戴不凡、張惠英都是如此。

除上述幾種主要說法，其他還有山西方言說、河北方言說、河南方言說、江淮次方言說、東北方言說、徽州方言說，乃至遠至陝西、蘭州、內蒙西部、福建、湖南平江、江西臨川、雲南、伍家溝等。

綜觀諸家說法及其爭論，筆者有如下印象：其一，大都將方言研究與作者研究結合起來，研究方言的目的或隱或顯地帶著功利的目的，說白了就是要為提出作者新說找根據。其二，這些研究大都缺乏科學的方法，沒有嚴密的考證而輕率地下結論，且各說各話，互不服氣，頗有點「混戰」的味道。當然我們也看到，與這種「瓶外學」研究形成鮮明對照的是，確也有部分語言研究者，以嚴謹的態度和科學的方法，以《金瓶梅》方言為對象，進行著真正的語言學研究。

14　戴不凡《小說聞見錄》，杭州：浙江人民出版社 1980 年。
15　黃霖〈《忠義水滸傳》與《金瓶梅詞話》〉，《水滸爭鳴》1982 年。
16　黃霖〈《金瓶梅》作者屠隆考續〉，《復旦學報》1984 年第 4 期。
17　張惠英〈《金瓶梅》用的是山東話嗎〉，《中國語文》1985 年第 4 期。

二

面對如此眾說紛紜的局面，讓人喜憂參半。一部四百年前的小說，還能激起後世如此多的共鳴，引起大家如此熱烈的爭論，這顯然是一件好事，表明《金瓶梅》在創作上的成功，體現了文本自身的藝術生命力。人們對《金瓶梅》的巨大興趣，固然與其獨特的內容有關，更與它的寫法，尤其是在語言上創新有關。試想，我們竟然在一部數百年前的古代小說裏「聽到」了熟悉的「鄉音」，「看到」了一個個似陌生又熟悉的面孔，這是一種多麼奇特的感受啊！但從另一方面來看，我們的研究似乎進入了一個循環的怪圈，照此下去永遠也不會有實質性的研究結果。我們不得不思考：我們的研究方法是不是出了問題？如何走出目前的困境？

作為古代小說研究的一部分，把方言研究與文學研究結合起來，並為解決某些文學研究的課題服務不是不可以，事實上，如果運用得好，它會在某些問題上顯示出很強的科學性來，其結論也是具有說服力的，起碼對人是有啟發性的。但就目前的《金瓶梅》方言研究的狀況而言，顯然是熱情有餘，科學性不足；外行人太多，專業人士不足。

(一)方言的語音如何確定？

那麼多人興趣十足地進行著有關方言的爭論，那麼什麼是方言？如何確定一種方言？我想這個最基本的問題可能不少研究者並沒有搞明白。我們不妨重溫語言學家的說法：

> 方言是一種語言的地方變體，是共同語的分支。……一個大的區域方言，包括大體上近似的而有個別差異的許多地點方言。例如，官話方言是個區域方言或叫地區方言，天津話、濟南話、武漢話、成都話等就是地點方言。[18]

這種方言與那種方言之間是什麼樣的關係？它們的差別表現在哪裏？

> 近人研究漢語方言，著重語音系統的分析和比較，雖然不夠全面，但在草創階段還是切實可行的，因為長期的書面語言的統一對各方言有很大的約束力，方言間的辭彙語法差異往往是細微的，不是十分顯著的。[19]

所謂語言的要素是指：語音、辭彙、語法。就是說，一種語言與另一種語言的差別

---

[18] 黃景湖《漢語方言學》，廈門：廈門大學出版社 1985 年。
[19] 袁家驊等《漢語方言概要》，北京：文字改革出版社 1983 年。

要從這三個方面表現出來，雖然三個方面的表現不是完全均衡的。方言作為共同語的一個分支也是如此。就漢語的各地方言而言，最一致的方面是語法。有的語言學家甚至認為，除了某些小差別，例如在吳語方言和廣州方言中把間接賓語放在直接賓語後邊（官話方言裏次序相反），某些南方方言中否定式可能補語的詞序稍微不同外，漢語語法實際上是一致的[20]。至於辭彙，它的變化雖然比語法快一些，也還是基本一致的。這就是說，漢語各地方言之間的差異主要表現在語音上。比如吳方言與北方話，尤其是同屬北方方言的山東話、河北話、天津話、北京話等，它們在辭彙和語法上都大同小異，所不同的主要是語音。山東人學普通話，並沒有多少新的辭彙要學，一般來說主要在聲調上作相應的變化，如「我們」在山東話裏是第二聲和第一聲（wómēn），祇要變成第三聲和第二聲（wǒmén）就行了。所以，判斷方言的主要根據應該是語音，而非辭彙。

令人遺憾的是，大部分所謂《金瓶梅》方言「研究者」都不明此理，功夫恰恰都用在辭彙的搜集與解釋上，祇要發現一個「面熟」的辭彙，不論「口音」對不對，就毫不客氣地歸入自己的方言內，將之視作自己的「研究發現」。顯然，這是很荒唐的，當然也是非科學的。這也是造成同一個辭彙，有人說是山東話，有人說是河北話，還有人說是吳語的混亂局面的根本原因。比如「一抹兒」這個辭彙，在山東、山西、河北、北京、天津等地口語中都存在，而且含義也大同小異，但讀音並不相同，當我們在《金瓶梅》中發現它的時候，我們有什麼根據把它說成是山東話、河北話或者山西話呢？雖然在字面上我們似乎「認識」它，但它的聲調是北京話的兩個陰平呢，還是山東話的兩個上聲呢？這無從判斷，所以也就無法確定它到底是哪一種方言。

這種望文生「音」的毛病有時連語言學家也免不了。《金瓶梅》中有一個常用詞「合氣」，如《金瓶梅》第九回「你可備細說與我：哥哥和甚人合氣？……」第六十四回：「如今春梅姐又是個合氣星，天生的都出在他一屋裏。」這個詞中的「合」應該如何讀？我翻檢了多部辭書，幾乎無一例外地都注為「hé」。但從現在仍然存在的語言現象看，並非如此。「合氣」，吾鄉徐州及周圍地區讀作「géqì」，而不是「héqì」。李申先生著的《徐州方言志》就收入了這個詞，但他寫成了「格氣」，釋為「因鬧意見而生氣」。其實「格氣」即「合氣」。《西遊記》第八十三回：「你那索兒頗重，一時捆壞他，閣氣。」這裏把「合」寫成「閣」，正說明二者應是同音。蒲松齡在《聊齋俚曲集》裏則把這個詞寫成「咯氣」，可見清代山東地區也是這個讀音。吳振清〈河北、天津方言中元曲詞語例釋〉謂河北部分地區也有「合氣」一詞，「合」亦讀為「gě」，聲調有小異。事實上，口語中根本就沒有「héqì」這個發音，這說明辭典編撰者不是在進行方言調查

---

20 趙元任《漢語口語語法》，北京：商務印書館 1979 年。

基礎上注的音。

(二)此方言與彼方言

　　實際上，對某一方言的確定必須具有排他性，確定《金瓶梅》的方言當然也是如此。就是說，你除了要證明《金瓶梅》中的語言與某方言相符，還必須證明它與其他方言都不符。但直到如今，沒有一個研究者可以做到這一點。當然，也有人力圖做到，最終還是無法說服人。如有的學者為了證明《金瓶梅》語言確屬山東嶧縣方言，曾找了十幾個方言詞讀給鄰縣人聽，據說他們都不懂。而反駁者馬上說，這些詞語「看起來很有挑戰性，但筆者請專門研究語言的同志協助調查，發現這些詞語不僅和嶧縣同屬淮北土語群的嶧縣鄰邑如徐州人懂得，甚至不屬於淮北土語群的其他華北次方言區的同志也懂得不少」[21]。有人從《金瓶梅》中找出一百個詞語，當成所謂「東北方言詞」加以釋義[22]，卻被別人指出在這一百例中，至少有四十六例並不是東北方言，而是廣泛通行於北方的詞語，且在《現代漢語詞典》上都是可以查得到的[23]。《金瓶梅》方言的研究者們似乎都在不斷重複著這個錯誤，這也正是他們的結論難以服人的根本原因。試想，當你不厭其煩地以自己的理解為那些各地都有的常見詞語釋義，並說這是你們家鄉方言的時候，人們如何能相信你？

　　這種情況不止《金瓶梅》研究存在，其他古代小說的研究中也出現過不少。如王古魯先生注《初刻拍案驚奇》，就常注某詞某詞為「吳語」，如「轉來、轉去」注云：「吳語，同回來、回去。」「後生」注云：「吳語稱年輕人做『後生』或『後生家』。」後來語言學家李榮先生就此指出：「其實閩語、客家話、贛語、湘語、皖南也說『轉來、轉去』。晉語、粵語、閩語、客家話、贛語、皖南也說『後生』。」[24]像這樣一些使用範圍頗廣的詞語，本來就是通用語，不能衹根據它們在吳語中使用，就稱之為「吳語」。再如《紅樓夢》的方言，公認是北京方言。但也有人提出《紅樓夢》是「京白蘇白夾雜」，「純粹京語和地道吳語並存」的作品。所舉吳語有憊懶、狼抗、物事、事體、事務、挺屍、下作、人客、黃湯、小菜、滾水、面湯（洗臉水）、麵子（粉狀物）、杌子、齊整、癡子、獃子、鬧黃了、老貨、灌喪[25]。反駁者馬上將這二十個所謂「吳方言」詞加以分析，證明這些詞也廣泛應用在其他古代戲曲小說中，如元曲、《醒世姻緣傳》《兒女英雄傳》

21　李時人〈賈三近作《金瓶梅》說不能成立〉，《徐州師院學報》1983 年第 4 期。

22　李鳳儀〈《金瓶梅》東北方言詞一百例〉，《大慶高等專科學校學報》1995 年第 1 期。

23　李雪〈〈金瓶梅東北方言 100 例〉指誤〉，《大慶高等專科學校學報》1996 年第 1 期。

24　蔣紹愚《近代漢語研究概況》，北京：北京大學出版社 1994 年。

25　戴不凡〈揭開《紅樓夢》作者之謎〉，《北方論叢》1979 年第 1 期。

中就有儱懶、物事、人客、黃湯、小菜、齊整;《儒林外史》中也有事務、下作、灌喪、挺屍;《水滸》《西遊記》《金瓶梅》中也有狼犺、事體、滾水、麵湯、杌子、老貨;直到現在,「面子」「鬧黃了」還在北方口語經常使用[26]。看來某些還保留現代吳語中的辭彙,明清時很可能是通語,是小說家們所共用的辭彙。

語言學界有一句名言:「說有易,說無難。」僅知道某個辭彙在自己熟悉的方言裏有還不行,還要進一步知道它是否還存在於其他方言裏;而要知道後一點,不進行全面的方言調查,不掌握豐富的方言資料是做不到的。正因為是方言詞,其中不少在官話中沒有相對應的詞,所以小說的作者常常信手拈來,它究竟應該如何讀,如何解,這是一個令人十分頭疼的問題。但往往有人不懂裝懂,自以為是,結果就不免出笑話。比如最早的一位「吳語說」主張者陳蝶仙,把書中極常見的「達達」釋為吳語的虛詞,作「云云」解,就很可笑。「達達」在《金瓶梅》全書中出現極多,是書中最活躍的辭彙之一。其實這個稱呼通行的地域十分廣,西至陝西,南到江浙一帶都有把爸爸稱作「達達」的,祇是讀音稍有變化而已;若作「云云」解,會使書中的很多內容難以講得通。

還應該指出,一些人研究《金瓶梅》方言帶有強烈的功利目的,祇是把它當成作者研究的一部分,為了支持自己的論點,常常先入為主,望文生義,甚至不懂裝懂,強作解釋,結果是南轅北轍,離題萬里。如《金瓶梅》第六十四回寫了玳安的一段話,極言李嬌兒、潘金蓮之吝嗇:「祇是五娘和二娘,慳吝的緊。他當家,俺每就遭瘟來。會勝買東西,也不與你個足數,綁著鬼一錢銀子祇稱九分半,著緊祇九分,俺每莫不賠出來!」有人把「會勝」解為「划算」的借字,「綁著鬼」解為「碰著鬼」,「綁」是「碰」的音轉,然後斷言這是安徽徽州方言,別人都不懂的。然而「綁著鬼」在書中出現了四五次,以「碰著鬼」來解釋就使語感很強的句子完全不通,本來很生動的口語變成了病句。再如第六十二回有這樣一句:「遞了三鍾酒與韓先生,管待了酒飯。江漆盤捧出一疋尺頭、十兩白金與韓先生,教他攢造出半身。」句子本來也很通順,有人自己讀不懂,卻故作曲解,把「江」說成「端」的徽州讀音,是動詞[27]。明代方以智《物理小識》載「漆不取液則自斃,⋯⋯種宜臘月。朝鮮國有黃漆樹,似棕,六月取汁,漆物如金。今廣漆則黃,江漆則黑。」[28]此處「江漆」與「廣漆」相對,很明顯是指一種漆,「江漆盤」即用江漆髹塗的盤子。若把「江」理解為動詞,後面還有一個動詞「捧」字,此句還成

26　陳熙中、侯忠義〈曹雪芹的著作權不容輕易否定〉,《紅樓夢學刊》1979 年第 1 期。

27　程啟貴〈金瓶梅研究奇人苟洞〉,《江淮文史》2004 年第 2 期。

28　《廣東新語》卷二十五曾引此句,謂「宓山謂廣漆黃,江漆黑。予謂黃者火之神也。南方火盛,漆得火之神多,故黃也。」頃見網上有散文〈姑蘇賞雨〉也寫到「江漆」:「洗得烏黑發亮的瓦和江漆斑斑的高檔,使她有種詩意的美麗,而這樣的美麗,唯有雨天我才得一見。」

什麼話？像這種點金成鐵般的「研究」，我看還是不要的好。

(三)今方言與古方言

語言學家有過這樣的忠告：印證方言要採取慎重態度，不能隨意地說古代的某詞就是現代某方言中的某詞。由於語音歷史演變的原因，即使那些字面上看起來與現在完全相同的辭彙，它的讀音與含義也未必與現在完全相同，必須運用比較的方法找出對應規律。在這方面，要防止主觀臆斷的毛病，而這恰恰也是《金瓶梅》方言研究者經常犯的一個毛病。

即使我們在《金瓶梅》中發現了自己很熟悉的辭彙，甚至「感到非常熟悉的鄉土氣息」，但在興奮之餘你也得靜下心來，理性地看待你的這些「發現」，不能一廂情願地把書中的一切都看成自己家鄉發生過的舊事。雖然某些辭彙至今還活在你的家鄉父老的口語中，但你如何證明這些辭彙四百年前就已經存在於你的方言中？反過來說，儘管某些辭彙現在已經不屬於某方言，但四百年前是否也是如此？這些問題都必須拿出充分的證據來回答。我們知道，語言是隨著時代的發展不斷變化的，而語言三要素中，數辭彙的變化最為活躍，試想最近十幾年新辭彙的出現，真有令人目不暇給之感；而回過頭去看四五十年前的辭彙，又不免生恍若隔世之歎！幾年幾十年尚且如此，那麼百年幾百年辭彙的變化又該如何？當然，考慮到現代科技、交通等因素的發展，古代的變化顯然不如現代如此迅疾，但受到朝代的更替、人口的遷移、風俗習慣等多種因素的影響，一個地方的方言也是在不斷變化著的。可以肯定的一點是，某地的現代方言絕對不會與四百年前的方言完全對應，多多少少要有所變化。

比如《金瓶梅》中第二十四回詳細描寫了走百病，主山東說的學者承認「走百病」這個詞嶧縣人是不懂的，因為現在的嶧縣沒有這種習俗了；那麼這是否意味著明代的山東也不存在走百病的習俗呢？那可不一定。明人謝肇淛《五雜俎》卷二明明載「齊魯人多以正月十六遊寺觀，謂之走百病」，嶧縣正是齊魯之鄉，想來也不會例外。事實上，明清時期走百病之俗遍佈大江南北，南到廣東、湖南[29]，西至陝西[30]，所在地域十分之廣。生活中存在著這個習俗，文學作品及方志中又常常寫到它，所以明清時人們對「走百病」這個詞不會覺得陌生，當時恐怕連方言詞都很難算得上。再如有人針對張惠英在

29　《廣東通志》卷五十一：「十六夜，婦女走百病，擷取園中生菜，曰采青。」《瓊台志》云：「十六夜，男子稍避，婦女聚出，或探親、拋橋、揭廟，名曰走百病。」嘉靖《常德府志》云：「婦女相邀，成隊宵行，名曰走百病。」

30　《陝西通志》卷四十五引《臨潼縣志》：「十六夜婦女出遊謂之走百病。」

〈《金瓶梅》用的是山東話嗎？〉中所列的「吳語詞」指出：「《蒲松齡集》和《醒世姻緣傳》反映了十七世紀的山東話。」而張文認為《金瓶梅》中非山東話的一些詞語，在這兩書中有。例如：丁香、廚下、八步床、式、太、卵、帖、下飯、老娘、堂客、田雞、黃芽菜、撾、礅、房下、韶刀、不消、走百病[31]。可見，這些詞語在十七世紀的山東話中是存在的，我們不能根據它們現在的方言歸屬就斷言明代也是如此。

三

與古代小說中的方言研究相類似的是，也有人以故事中的某個表示官職、地名的詞語，作為考證作者或作品成書年代的主要證據。其基本方法是根據史書上的記載的職官或地名，與小說作品作相應的對照，以確定小說作者生年或成書的上下限。從理論上說，這當然也不失為一個考證的方法，但要想使結論科學準確，有相當的難度。你必須在占有大量資料的基礎上，把這些地名或官職的來龍去脈搞得一清二楚，到底始於何時終於何時，其變化情況如何，而要做到這一點其實是相當困難的。在進行這個工作時，尤其應該強調「說有易，說無難」的原則，否則便會產生明顯弊病。我們可以舉幾個以職官、地名進行古代小說考證的例子：

（一）《水滸》第六十三回說關勝是「漢末三分義勇武安王嫡派子孫」。據清代孫承澤《清明夢金錄》（注：此處所引書名有誤，應作《春明夢餘錄》。）所載：「公（關羽）於（蜀）後主景耀二年追諡壯繆侯，⋯⋯（宋）大觀二年，加封武安王，宣和三年（注：原文作五年）又封義勇武安王，高宗二年加封壯繆武安王。」下結論說《水滸》中稱關羽為「義勇武安王」應是宋南渡前後的用語[32]。但據明陳耀文撰《天中記》卷四十六引〈吳郡關祠宋刻〉：「宋真宗祥符間，解州鹽池減水。帝遣使持詔至州祈禱。使至，夜夢城隍告曰：『鹽池涸者，患在主鹽池之神蚩尤也。昔蚩尤與軒轅帝爭戰，帝殺之，至今遺跡尚存。聞朝廷創立祖殿，蚩尤懷懼，故竭鹽池耳。』使者聞神語，覺，回奏於帝。既而⋯⋯鹽池如故。帝遣王欽若齎詔至王泉山，致享祠下，以謝神貺。復新其廟，賜額曰『義勇武安王』。徽宗朝加封崇寧至道真君。」又明陸伸〈太倉關王廟記〉亦云：「伸嘗考之，公在漢末封為漢壽亭侯，至宋祥符以來，始有義勇武安王之號。迄於元之延佑，則並諸號為一，多至八十餘字，而濫極矣。」[33]按照這兩處說法，關羽封義勇武安王早在宋祥符

31　劉鈞傑〈〈金瓶梅用的是山東話嗎〉質疑〉，《中國語文》1986 年第 3 期。

32　陳登原〈《水滸》事語所知錄〉，《文學遺產》1962 年增刊。

33　〔明〕錢穀《吳都文粹續集》卷四十，四庫全書本。

（1008-1016）年間，比《春明夢餘錄》所說宣和五年（1123）早了一百多年。如果此說成立，則「『義勇武安王』是宋南渡前後的用語」這個結論也就不成立了，而《水滸傳》的這段描寫的創作時間也要大大提前。那麼究竟是哪一種說法更可信，顯然還需要再作進一步的考證，不能匆忙地下結論。

（二）《水滸》第三回：「魯達看見眾人看榜，……祇聽得眾人讀道；『代州雁門縣，依奉太原府指揮司該准渭州文字，捕捉打死鄭屠犯人魯達……』」。有人據《明會要》卷四十二謂明洪武三年始設各地都指揮使司，太原都指揮位司設於同年，認定《水滸》這段文字寫在洪武三年以後。他還就《水滸》第五十回「我這個賢弟孫立……今奉總兵府對調他來鎮守此間鄆州」一語，引《萬曆野獲編》卷二十二「國初武事，俱寄之都指揮使司。其後漸設總兵，事權最重」而斷言《水滸》這段文字寫在明代中葉以後[34]。今查「指揮司」《元史》中凡八見，如卷十「癸未，增置五衛指揮司。」卷四十二：元順帝至正十年十月，「是月大名、東平、濟南、徐州各立兵馬指揮司以捕上馬賊。」那麼說《水滸》的這段描寫成於明中葉的結論，顯然就難以成立了。

（三）有的學者為證某些所謂「宋話本」實乃元人作品，引〈柳耆卿詩酒玩江樓〉中的「保舉耆卿為江浙路管下餘杭縣宰」一語，認為這是元代人的說法，「因為宋代祇有兩浙路，不但沒有江浙路，甚至沒有『江浙』這樣的說法」，「元人習慣於把縣說成是『××路管下』」。論者又據《元史·百官志七》謂元代設立江浙行省在至元二十二年（西元1285），斷言這篇小說當出於至元二十二年後[35]。那麼，宋代究竟有沒有「江浙路」的說法呢？小說作者是「想當然」，還是有所根據呢？查《宋史》卷七，有「己亥，遣使巡撫江浙路」之語，卷一百七十五又有「先是江浙路折帛錢，歲為錢五百七十三萬餘緡」之語，另外宋李燾《續資治通鑑長編》和宋李心傳《建炎以來繫年要錄》也都有「江浙路」的說法。至於「江浙」的簡稱，早在《北史》中就出現了，其後新舊《唐書》、舊《五代史》中也屢見不鮮；到了宋代更是普遍，僅《宋史》中就有一百九十五處，《建炎以來繫年要錄》中一百五十處，《續資治通鑑長編》中一百二十三處。而「××路管下」的說法在宋代亦甚普遍，如宋張嵲《紫微集》卷十九：「未敘間，又為奏本路管下州軍，多有待闕官員寄居」，宋綦崇禮《北海集》卷二十八：「契勘浙東一路管下州縣，憑依山谷，邊臨江海」等[36]。除了「××路管下」的說法之外，還有「××州管下」「××司管下」「××縣管下」及「××管下」的說法，《宋史》中有十四處，《續資治通鑑

34 胡竹安〈《水滸》中的明代用語〉，《語文園地》1983年第4期。
35 章培恒〈關於現存的所謂「宋話本」〉，《上海大學學報》1996年第1期。
36 另外還有宋真德秀《西山文集》卷九及《歷代名臣奏議》卷二百四十七中的兩處。

長編》中有五十九處（僅第五百十九卷中就有四處），恰恰是《元史》中一處也沒有，我們怎能反說這是「元人習慣」「不符合宋人的習慣」呢？

《風月瑞仙亭》開頭介紹男主人公乃「四川成都府一秀士」，論者也認為「這是元、明人的說法；……因宋代並沒有四川路」[37]。查宋孫覿《鴻慶居士集》卷三十八：「上曰：『無以逾王某矣。』進左朝奉郎、龍圖閣待制，制置四川成都府事。」宋周必大《文忠集》卷一百四十一：「臣昨任兵部，見四川成都府利州路經制買馬司舊賞，如本務馬……」由此可見，宋代沒有「四川成都府」的說法是不能成立的。

論者又指《警世通言》卷三十七〈萬秀娘仇報山亭兒〉亦非宋人作品，謂宋代祇有「京東路」而無「山東」的地名，「所以，說話人如果說出『山東』這樣的地名來，一定把聽眾弄得莫名其妙」[38]。但「山東」無論是作為行政區或是地名，在《宋史》中出現了多達二百多次。從《宋史》中多次出現「山東京東路」「山東京東招撫使」的說法來看，「山東」應係地名，不是指行政區，與「京東路」並不矛盾。

地名問題比較複雜，某一地名在長期的沿革、演變過程中，因受到各種因素的影響，變化極多[39]，有些地名雖經官方改過了，但民間是否就不用了呢？民間藝人在使用地名時是否與正統文人一樣呢？通俗小說是否與正史能保持一致呢？如果把這些可能都考慮進去，我們在下一個結論時就更要非常小心才行。

四

把語言學研究與文學研究結合起來不但是可能的，也是提高文學研究科學性的一個途徑。事實上，語言學家已經為我們做出了榜樣，他們通過考察古代文學作品中的語言規律，為作品的斷代提供了一個比較科學的方法。筆者以為，無論在研究的態度還是採取的方法上，語言學研究者都為文學研究者提供了寶貴的借鑒。

比如從辭彙的角度看，近代漢語中的時間副詞「便」出現得早，「就」出現得晚。梅祖麟先生考察了共 250 年間（西元 1200-1450）的十幾部包括多種文體的作品中的「便」和「就」的使用情況，得出的結論是：隨著時代的變遷，用「便」的比例逐漸下降，用「就」的比例逐漸升高，大致可分為三期：(1)1200-1300 年，副詞「就」不見或罕見，《孝經直解》中祇有 1 個副詞「就」。(2)從 1300-1400 年，「就」字少見，如《水滸》《老

37　章培恒〈關於現存的所謂「宋話本」〉，《上海大學學報》1996 年第 1 期。

38　章培恒〈關於現存的所謂「宋話本」〉。

39　如北京從西周至今有過十幾個名字。

乙大》《朴通事》中，平均至少要碰上四五個「便」字才會碰上一個「就」字。從1400-
1440年朱有燉創作時期，有時「便」與「就」之比為3：1。(3)從《正統臨戎錄》中可
以看出，1450年以後，「就」的出現頻率已超過了「便」。另外他還統計了幾種戲曲不
同版本之間賓白中的「便」與「就」的使用比例，結論也很相似。於是作者得出如下的
斷代標準：(甲)「便」「就」比例超過6：1（比如5：1，4：1等）的作品一定是寫在1300
年以後；超過2：1比例一定是寫在1350年以後。(乙)「便」「就」比例等於或超過1：
1（如1：1.5，1：2等）的作品一定是寫在1400年以後。(丙)以上標準祇能用來確定某篇
晚出，不能用來確定某篇早出（即：「就」的比例大可以說明作品晚出，但「便」的比例大不一
定說明作品早出，因為後代的作品可以仿古而多用「便」字）[40]。

日本學者佐藤晴彥首先比較《平妖傳》二十回本和四十回本入手（《平妖傳》二十回
本為羅貫中所作，四十回本為馮夢龍所增補），尋找馮夢龍的語言使用特點，然後再根據這些
特點去考察「三言」中的作品，以確定哪些作品是宋元舊本，哪些經過了馮的修改，哪
些是馮的新作。比如他總結出在表示「難道」「怎能」時，馮夢龍使用「難道」「終不
然」，不用「不成」「終不成」；在「恁般」「恁地」中，常用「恁般」；在表示「也
許」「是否」之意時，在「莫、莫不、莫非」三個詞中常用「莫非」，絕不用「莫」等，
一共有十三項。以這些標準來衡量「三言」，《古今小說》的第四十卷〈沈小霞相會出
師表〉很可能是馮夢龍創作；而第三十六卷〈宋四公大鬧禁魂張〉，很可能是宋元話本，
馮夢龍略作修改[41]。

朱德熙先生〈漢語方言裏的兩種反復問句〉用語法研究的方法考察古代小說中的方
言，相對於大多數望文生義式的方言研究，顯得更為科學。論文作者在對漢語的不同方
言進行綜合分析和比較的基礎上，發現漢語方言裏的兩種反復問句。第一種是「VP 不
VP」的形式，如「去不去？」「喝水不喝？」北方官話、大部分西南官話、粵語、閩語
以及大部分吳語裏的反復問句採取這種形式。第二種形式是「可VP」，如「你可相信？」
吳語的部分地區、西南官話的部分地區和下江官話的部分地區採取這種形式。作者還進
一步發現，這兩種形式有相互排斥的特性，就是說，二者不在同一種方言裏共存。作者
又以此結論驗之古代小說，取《西遊記》《金瓶梅》《儒林外史》《紅樓夢》《兒女英
雄傳》五部書為例。在考察「可VP」的時候，作者利用的是《西遊記》和《儒林外史》，

40　蔣紹愚《近代漢語研究概況》，北京：北京大學出版社1994年。
41　蔣紹愚《近代漢語研究概況》。

從二書中收集了大量例證，證實二書作者所用的反復問句與他們所在的方言點（淮安[42]、全椒）相一致，即採取「可 VP」的形式。考察「VP 不 VP」形式時，用的是《金瓶梅》《紅樓夢》和《兒女英雄傳》，結果發現《金瓶梅》中的反復問句大部分是「VP 不 VP」形式，說明作者用的是北方官話；但也發現少量「可 VP」形式，且絕大部分集中在第五十三至五十七回裏，恰符合沈德符《萬曆野獲編》中所云這幾回係陋儒補入，「時作吳語」的情形。而《紅樓夢》《兒女英雄傳》則較複雜，兩種反復問句形式都存在，而且《紅樓夢》裏的「可 VP」形式比《兒女英雄傳》多，《紅樓夢》前八十回裏的「可 VP」形式比後四十回多，這反映了二書作者語言運用上的複雜性，還需要進一步研究[43]。

筆者認為，就《金瓶梅》方言的研究來說，張鴻魁先生的方法是目前最具科學性的，可為其他研究者提供啟發與借鑒。張先生的研究成果除了幾篇有關論文，主要集中在他的《金瓶梅語音研究》一書中。如前所說，漢字不是拼音文字，所以對於語音研究者來說，除了那些專門的韻書韻圖（而這些書又常常有因襲前人而掩蓋語言現實的毛病），歷史文獻所能提供的語音材料是很少的。但《金瓶梅》一書似乎是個例外，它的獨特寫法為語言研究者提供了大量活的語音材料，祇是大多數研究者沒有發現它們。張鴻魁先生巧妙地利用了書中大量存在的諧音、通假、詞曲材料，整理出大量同音字，再跟《切韻》《中原音韻》反映的語音系統進行分析比較，構制了《金瓶梅》聲韻調系統的框架，推測當時的輕聲、兒化等音變現象，不但被業內專家贊作「為近代漢語語音研究開闢了一條新路」[44]（李序），而且令人信服地解決了某些文學研究者爭論不休的問題。如他通過對書中的諧音修辭、俗字的運用及詞典用韻情況的細緻分析，總結了作者用詞的語音特點，如入聲輔尾的消失、m 尾 n 尾的合併、ng 尾的獨立等，據此得出結論說：「《金瓶梅》的語言反映了當時魯西方言的特點」，「《金瓶梅》作者不可能是操吳語的南人。作者的方音發展到今天，儘管可能有相當大的變化，但絕不會再恢復濁音，恢復輔間韻尾，等等。就是說，不會發展為今天的吳語。」另外他還經過進一步觀察，根據書中入聲字脫落輔音韻尾的韻類分化走向，如：「郝賢」諧指「好閑」，「鶴、學」和「桃」押韻，「腳」和「跑」押韻，「落」和「趙、叫」押韻等特點，審慎地下結論說：「《金瓶梅》的作者的方音更像今天的冀魯官話，即河北和山東接界地區的方音。」[45]應該說，這樣

42　關於《西遊記》的作者問題學界還有爭論，此處姑採傳統說法。朱德熙先生的結論，至少說明吳承恩位於《西遊記》所用的方言區內。事實上，本文祇推崇這種研究方言的方法，並不認為方言的確定會對確定作者有多少作用。

43　朱德熙〈漢語方言裏的兩種反復問句〉，《中國語文》1985 年第 1 期。

44　張鴻魁《金瓶梅語音研究》，濟南：齊魯書社 1996 年。

45　張鴻魁《金瓶梅語音研究》。

的研究態度是嚴謹的，方法是科學的，所以得出的結論也是有說服力的。也因此，筆者以為《金瓶梅》方言的南北之爭應該畫上句號了。

作為古代小說史一部獨具特色且極有價值的作品，《金瓶梅》的研究必然還要繼續下去，它的語言研究也不會止步。但是，像前些年那種群說蜂起，瞎子摸象式的研究再也不要繼續下去了，因為它徒費筆墨卻解決不了任何問題。不少人總想為找到《金瓶梅》作者作貢獻，而且自覺不自覺地總想把方言問題作為一個證據，其實這是一個很大的誤解。退一步說，即使我們確定了書中是何種方言（隨著研究的深入，這是可以做到的），也不會對確定作者有多少幫助。與其花費那麼多精力做無用功，不如乾脆把《金瓶梅》方言研究與作者研究脫離開來，組織以語言學者為主的研究隊伍，對《金瓶梅》語言的語音、辭彙、語法進行系統的分析，建造一個《金瓶梅》方言的自足體制，庶可對其在近代漢語發展史的重要價值的認識更進一步。

崇禎本《金瓶梅》詩詞來源新考

　　詞話本《金瓶梅》創作的一大特色是借用了不少他人的資料，尤其是書中的詩詞部分，大部分都是來自他書，對此，研究者已經進行了深入的研究，成績斐然[1]。有意思的是，詞話本的這個特點，似乎也被崇禎本繼承了下來。我們知道，崇禎本與詞話本的一個很大區別，就是進行刪繁就簡工作，包括大量更新原本中的詩詞。後來發現，這些代舊的「新作」，其實亦非自創，仍是移用別人的作品。日本荒木猛先生撰有〈關於崇禎本《金瓶梅》各回的篇頭詩詞〉一文，對此問題給予了詳細的考證。根據荒木猛先生的對照，崇禎本對詞話本每回開頭的詩詞，祇有八回沒動，其餘九十二回都改變了。他在此文中考證出三十六首詞的出處及作者。本文旨在考證餘下詩詞的出處，以期對探討崇禎本《金瓶梅》的改編情況及改編者有所幫助。據初步翻檢，共稽得三十八首。其中兩首祇標明與之有關的材料，仍不能確定其原始出處。

　　第一回回首　豪華去後行人絕，簫箏不響歌喉咽。雄劍無威光彩沉，寶琴零落金星滅。玉階寂寞墜秋露，月照當時歌舞處。當時歌舞人不回，化為今日西陵灰。

　　此首為唐代程長文所作，原題為〈銅雀台〉。見《才調集》卷十，以及《文苑英華》卷百四、《樂府詩集》卷三十一、《唐詩品匯》卷三十一、《石倉歷代詩選》卷一百十三、《全唐詩》卷十九等。首句「豪華」本作「君王」，「簫箏」本作「簫竽」或「簫笙」。「寶琴」或作「寶瑟」。

　　第四回回首　璚閨繡戶斜光入，千金女兒倚門立。橫波美目雖後來，羅襪遙遙不相及。聞道今年初避人，珊珊鏡掛長隨身。願得侍兒為道意，後堂羅帳一相親。

　　唐畢耀七律，題為〈古意〉。見《石倉歷代詩選》卷四十六、《全唐詩》卷二五五。「羅襪」本作「羅被」或「羅袂」，「鏡掛」本作「掛鏡」。

　　第八回回首　紅曙卷窗紗，睡起半拖羅袂。何似等閒睡起，到日高還未。催花陣

1　筆者《金瓶梅詩詞解析》（長春：吉林文史出版社 1991 年版）一書，亦涉及詞話本詩詞出處問題。

陣玉樓風，樓上人難睡。有了人兒一個，在眼前心裏。

此詩又見於《巫山豔史》第六回，亦為回首。此回題目是「真屬意無端將桃認李，假撇清有識暗就明偷」。字句標點稍有異：「紅曙卷窗紗，睡起半拖羅袂，何似等閒，直睡到日高還未。　催花陣陣玉樓風，玉樓人難睡，有了人兒一個，在眼前心裏。」

第十五回回首　樓上多嬌豔，當窗並三五。爭弄遊春陌，相邀開繡戶。轉態結紅裙，含嬌入翠羽。留賓乍拂弦，托意時移柱。

陳後主所作，原題作〈舞媚娘三首〉，或作〈舞媚娘二首〉，此為第一首。另一首為「淇水變新台，春爐當夏開。玉面含羞出，金鞍排夜（一作暗）來。春日（一作好）多風光，尋觀向（一作戲）市傍。轉身移佩響，牽袖起衣香。」見《樂府詩集》卷七十三、《古樂府》卷十、《古詩紀》卷一百八、《古樂苑》卷三九、《漢魏六朝百三家集》卷一百二等。《樂府詩集》卷七十三注云：「《樂苑》曰：『〈舞媚娘〉〈大舞媚娘〉，並羽調曲也。』《唐書》曰：『高宗永徽末，天下歌〈舞媚娘〉。未幾，立武氏為皇后。』按陳後主已有此歌，則永徽所歌，蓋舊曲云。」「入翠羽」原作「拾翠羽」。

第十七回回首　早知君愛歌，本自無容妒；誰使恩情深，今來反相誤。愁眠羅帳曉，泣坐金閨暮；獨有夢中魂，猶言意如故。

唐袁暉所作〈長門怨〉，《樂府詩集》卷四十二、《石倉歷代詩選》卷三十一、《全唐詩》卷二十、卷一百十一。「無容妒」本作「無縈妒」。

第十八回回首　有個人人，海棠標韻，飛燕輕盈。酒暈潮紅，羞蛾一笑生春。　為伊無限傷心，更說甚巫山楚雲！鬥帳香銷，紗窗月冷，著意溫存。——右調柳梢青

周邦彥〈柳梢青〉詞，見《增修箋注妙選草堂詩餘》餘卷下、明毛晉補《片玉詞補遺》、明陳耀文編《花草粹編》卷八。原詞「羞蛾」下有「凝綠」二字。
又見《巫山豔史》第八回回首，亦闕「凝綠」二字。

第十九回回首　人靡不有初，想君能終之。別來歷年歲，舊恩何可期。重新而忘故，君子所猶譏。寄身雖在遠，豈忘君須臾。既厚不為薄，想君時見思。

三國徐幹所作，題為〈室思〉，見《玉台新詠集》卷一。或題作〈雜詩六首〉之六。原詩六十句，此處祗取最後十句。「所猶譏」原詩為「所尤譏」。

第十九回回末　碧玉破瓜時，郎為情顛倒。感君不羞報，回身就郎抱。

見《玉台新詠集》卷十，題孫綽〈情人碧玉歌二首〉，此為第二首。第一首是「碧玉小家女，不敢攀貴德。感郎千金意，慚無傾城色。」另見《藝文類聚》卷四十三、《古樂苑》卷二十四、《古詩鏡》卷九、《樂府詩集》卷四十五、《石倉歷代詩選》卷五、《百三家詩》卷六十一等。作者亦有題宋汝南王者。第二句或作「相為情顛倒」。

第二十一回回末　不一時，春梅拿茶來吃了，李瓶兒告辭歸房。金蓮獨自歇宿，不在話下。正是：空庭高樓月，非復三五圓。何須照床裏，終是一人眠。

見《玉台新詠集》卷十，題為〈蕩婦高樓月〉，作者署為王台卿。另見《古詩紀》卷一百三。王台卿，南朝梁人，雍州刺史蕭恪的門客，其詩多與簡文帝倡和。

第二十二回回中　當下約會已定，玉簫走來回西門慶說話。兩個都往山子底下成事，玉簫在門首與他觀風。正是：解帶色已戰，觸手心愈忙。那識羅裙內，銷魂別有香。

此詩出自遼王鼎《焚椒錄》，陶宗儀《說郛》卷一百十下有載；明周嘉胄《香乘》卷二十七載有〈十香詞〉，注出《焚椒錄》。《四庫提要》云：鼎字虛中，涿州人。清寧五年進士，官至觀書殿學士，事蹟具《遼史·文學傳》。是書紀道宗懿德皇后蕭氏為宮婢單登構陷事，前有大安五年自序，稱待罪可敦城，蓋謫居鎮州時也。又據《遼史拾遺》卷十一，耶律伊遜與蕭太后有隙，誣其與令官趙惟一淫通，「欲乘此害后，以為不足證實，更命他人作〈十香淫詞〉，用為誣案」。所謂「十香」分別詠髮香、乳香、腮香、頸香、吐氣香、口脂香、玉手香、金蓮香、裙內香、滿身香。此為第九首，詠裙內香。

另，《春染繡榻》第十三回亦載有此詩。

第二十三回　正是：顛狂柳絮隨風舞　輕薄桃花逐水流。

此為杜甫〈漫興九首〉之一。原詩四句，此為後二句，前二句為「腸斷春江欲盡頭，杖藜徐步立芳洲。」《白孔六帖》卷十四、《補注杜詩》卷二十二、《全唐詩》卷二百二十七等均有載。

第二十六回回首　與君形影分吳越，玉枕經年對離別。登台北望煙雨深，回身哭向天邊月。　又：夜深悶到戟門邊，卻繞行廊又獨眠。閨中祇是空相憶，魂歸漠漠魄歸泉。

前一首唐姚月華所作，題為〈古怨〉，或〈怨詩寄楊達〉。「天邊月」原作「寥天

月」。見《石倉歷代詩選》卷一一三。「經年」或作「終年」。

後一首是集唐人詩句而成。前二句出唐元稹所作〈憶事〉，原詩四句，後二句為「明月滿庭池水綠，桐花垂在翠簾前」。見《才調集》卷五、《唐音》卷十二、《唐詩品匯》卷五二、《山堂肆考》卷一一二等。「閨中」句出岑參〈題苜蓿峰寄家人〉詩，原詩為「苜蓿峯邊逢立春，葫蘆橋上淚沾巾。閨中祇是空相憶，不見沙場愁殺人。」見《才調集》卷七、《石倉歷代詩選》卷四十。「魂歸」句出唐朱褒〈悼亡奴〉詩，原詩為「魂歸冥漠魄歸泉，祇住人間十五年。昨日施僧裙帶上，斷腸猶繫琵琶弦。」見《山堂肆考》卷一百一十二、《淵鑑類函》卷二五八。

另，《浪史》第二十六回亦載後一首，並明示「集唐七言律」：「夜深悶到戟門邊，卻繞行廊又獨眠；明月滿庭池水綠，疏簾相伴宿風煙。夜來玩月人何在，風景依稀似去年；閨中祇是空相憶，魂歸冥漠魄歸泉。」

> 第二十八回回首　幾日深閨繡得成，看來便覺可人情。一灣暖玉凌波小，兩瓣秋蓮落地輕。南陌踏青春有跡，西廂立月夜無聲。看花又濕蒼苔露，曬向窗前趁晚晴。

《歡喜冤家》第十八回亦載此詩，「西廂立月」作「東廂步月」，「春花」作「看花」，「窗前」作「西窗」。

關於這首詩的作者有兩種說法。一謂明蘇平所作，見明曹安撰《讕言長語》卷一：「詠物詩亦難。唐人池鷺鷓鴣，無以加矣。……蘇平〈繡鞋〉云：『幾日深閨繡得成，著來便覺可人情。半彎暖玉凌波小，兩瓣秋蓮脫蒂輕。南苑踏青春有跡，西廂待月夜無聲。摘花又濕蒼苔露，曬向西窗趁晚晴。』」一謂明沈愚所作，見明徐應秋撰《玉芝堂談薈》卷八：「沈愚〈繡鞋詩〉：『幾日深閨繡得成，著來便覺可人情。一彎暖玉凌波小，兩瓣秋蓮落地輕。南陌踏青春有跡，西廂立月夜無聲。看花又濕蒼苔露，曬向窗前趁晚晴。』」清姚之姻撰《元明事類鈔》卷二十四「立月無聲」條引「元沈愚〈繡鞋詩〉：『南陌踏青春有跡，西廂立月夜無聲。』」清吳景旭撰《歷代詩話》卷十五對此有所考證：「通理博覽羣籍，不樂仕進，以業醫終其身。或勸之仕，曰：『吾非籠絡中物也。』詩餘、樂府尤為人所傳。一云蘇秉衡少時作〈繡鞋詩〉，人呼為『蘇繡鞋』。觀通理〈次義山無題〉五首，則知〈繡鞋〉是通理擅場。」《明史·文苑傳》謂「張溥……與湯允績、蘇平、蘇正、沈愚、王淮、晏鐸、鄒亮、蔣忠、王貞慶，號景泰十才子」。明王鏊《姑蘇志》卷五十四：「沈愚字通理，號岵峒生，崑山人。世業醫，至愚讀書工詩，與劉溥諸人稱十才子。其詩清美圓熟，尤長於古風。有《篔籟集》二十卷、《吳歈集》五卷。」

第二十九回回首　新涼睡起，蘭湯試浴郎偷戲。去曾嗔怒，來便生歡喜。奴道無心，郎道奴如此。情如水，易開難斷，若個知生死。

《巫山豔史》第十二回亦載此詞。

第三十六回回首　既傷千里目，還驚遠去魂。豈不憚跋涉？深懷國士恩。季布無一諾，侯贏重一言。人生感意氣，黃金何足論。

此為節選唐魏徵五古〈述懷〉，見《唐文粹》卷十八、《樂府詩集》卷二十一、《唐詩紀事》卷四、《增修詩話總龜後集》卷十七等。原詩共二十句，此處祇節選了最後八句。「遠去魂」原作「九逝魂」，「無一諾」原作「無二諾」，「黃金」原作「功名」。

第三十八回回中　春梅把鏡子真個遞在婦人手裏，燈下觀看。正是：羞對菱花拭粉妝，為郎憔瘦減容光。閉門不管閒風月，任你梅花自主張。

此詩亦是集句而成。第二句出自歐陽修〈浣溪沙·春半〉（據宋黃升《花庵詞選》卷二），原詞是：「青杏園林煮酒香，佳人初試薄羅裳，柳絲搖曳燕飛忙。乍雨乍晴花自落，閒愁閒悶日偏長，為誰消瘦減容光。」但據《草堂詩餘》卷一，此詞題〈春閨〉，作者則題為秦觀。明陳耀文《花草粹編》卷三又將作者署為晏同叔。

三、四句最早出自宋陳世崇《隨隱漫錄》卷一：「水驛荒寒天正霜，夜深吟苦未成章。閉門不管庭前月，分付梅花自主張。」後出現於多種戲曲小說中，如《琵琶記》（第十七齣）、《五美緣》（第九回）、《青樓夢》（第十三回）、《蝴蝶媒》（第二回）、《浪史奇觀》（卷二）等，後句或作「一任梅花」。

第五十二回回首　春樓曉日珠簾映，紅粉春妝寶鏡催。已厭交歡憐舊枕，相將遊戲繞池台。坐時衣帶縈纖草，行處裙裾掃落梅。更道明朝不當作，相期共鬥管弦來。

此為孟浩然〈春情〉詩。見《孟浩然集》卷四、《石倉歷代詩選》卷三七。「春樓」原作「青樓」，「舊枕」原作「枕席」，「行處」原作「行即」。

第五十六回回首　清河豪士天下奇，意氣相投山可移。濟人不惜千金諾，狂飲寧辭百夜期。雕盤綺食會眾客，吳歌趙舞香風吹。堂中亦有三千士，他日酬恩知是誰。

此為節選唐李白〈扶風豪士歌〉，原詩甚長，此為中間部分。見《李太白文集》卷

五、《文苑英華》卷三百五十、《唐音品匯》卷二十六、《石倉歷代詩選》卷四十四下、《古詩鏡》卷十九等。「清河」原作「扶風」，「相投」原作「相傾」，「濟人」兩句原作「作人不倚將軍勢，飲酒豈顧尚書期」，「亦有」原作「各有」，「他日」原作「明日」。「吳歌」句之後遺漏「原嘗春陵六國時，開心寫意君所知」兩句。

> 第五十七回回首　野寺根石壁，諸龕遍崔巍。前佛不復辨，百身一莓苔。惟有古殿存，世尊亦塵埃。如聞龍象泣，足令信者哀。公為領兵徒，咄嗟檀施開。吾知多羅樹，卻倚蓮花台。諸天必歡喜，鬼物無嫌猜。

此為杜甫〈山寺〉詩。原詩為五言古風，二十八句，此為前二十句。見《九家集注杜詩》卷九、《全唐詩》卷二百二十等。「惟有」原作「雖有」，「領兵徒」原作「顧兵徒」。

> 第五十九回回首　楓葉初丹槲葉黃，河陽愁鬢恰新霜。鬼門徒憶空回首，泉路憑誰說斷腸？路杳雲迷愁漠漠，珠沉玉殞事茫茫。惟有淚珠能結雨，盡傾東海恨無疆。

此詩前六句本為宋陸游所作，原題甚長，作〈禹跡寺南，有沈氏小園。四十年前，嘗題小詞一闋壁間。偶復一到，而園已三易主，讀之悵然〉，見《齊東野語》卷一、《劍南詩稿》卷二十五、《宋詩紀事》卷五十三等。但此處引用時多有改動。「鬼門徒憶」原作「林亭感舊」，五六兩句本作「壞壁醉題塵漠漠，斷雲幽夢事茫茫」。明林鴻《鳴盛集》卷四〈挽沙楊朱氏九首〉之二的首句作「珠沉玉殞兩茫茫」，第六句與此句祇差一字，可能係改動此句而成。另明徐熥《幔亭集》卷八〈無題〉詩有「祇有夢魂能結雨」，第七句「惟有淚珠能結雨」似是化用此句而成。最後兩句原詩本作「年來妄念消除盡，回向蒲龕一炷香」，但這裏換作「惟有淚珠能結雨，盡傾東海恨無疆」。

> 第六十二回回首　玉釵重合兩無緣，魚在深潭鶴在天。得意紫鸞休舞鏡，傳言青鳥罷銜箋。金盆已覆難收水，玉軫長籠不續弦。若向靡蕪山下過，遙將紅淚灑窮泉。

關於此詩作者有兩說，一說為唐劉禹錫所作。《太平廣記》卷二七三「李逢吉」條引〈本事詩〉，謂丞相李逢吉性強愎而沉猜多忌，恣行威福。劉禹錫有妓甚麗，為李所奪。劉計無所出，惶惑吞聲，憤懣而作四章，以擬〈四愁〉云爾。此即為第一首。「傳言」原作「寄言」，或作「能言」；「長籠」原作「長拋」。《才調集》卷十亦載此詩，「玉釵」作「折釵」，「鶴在天」作「月在天」，「休舞鏡」作「辭舞鏡」，「傳言」作

「墮松」，「罷」作「斷」，「金盆」作「金瓶」，「已覆」作「永覆」，「若向」作「若到」，最後一句作「空將狂淚滴黃泉」。

又據明楊慎《升庵集》卷六十「呂用之」條，謂唐呂用之在維揚日，佐高駢專權擅政。有商人劉損妻裴氏，有國色，用之以陰事構取。損憤惋，因成詩三首。此即為第一首。然字句多有不同：「寶釵分股合無緣，魚在深淵日在天。得意紫鸞休舞鏡，斷蹤青鳥罷銜錢。金杯傾覆難收水，玉軫傾欹嬾續弦。從此麓蕪山下過，祇應將淚比流泉。」

第六十三回回首　香杳美人違，遙遙有所思。幽明千里隔，風月兩邊時。相對春那劇，相望景偏遲。當由分別久，夢來還自疑。

此詩為陳後主〈有所思〉三首中的第二首。首句原作「杳杳與人期」，第三句原作「山川千里間」，第四句「相對」原作「相待」。見《樂府詩集》卷十七〈鼓吹曲辭〉二、《石倉歷代詩選》卷十、《古詩苑》卷九等。

第六十五回回首　湘皋煙草碧紛紛，淚灑東風憶細君。見說嫦娥能入月，虛疑神女解為雲。花陰畫坐閒金剪，竹裏游春冷翠裙。留得丹青殘錦在，傷心不忍讀回文。

元傅汝礪所作，據《傅與礪詩文集》卷五，題為〈過故妻墓〉，《母音》卷八、《石倉歷代詩選》卷二百五十七同。或作〈憶內〉（瞿佑《歸田詩話》）。傅名若金，字汝礪，後改字與礪，江西新喻人。據陶宗儀《輟耕錄》卷十三，知此詩為傅悼念亡妻孫蕙蘭所作。「碧紛紛」或作「綠紛紛」，第二句多作「每恨姮娥工入月」，「殘錦」或作「殘繡」。

第六十八回回首　鍾情太甚，到老也無休歇。月露煙雲都是態，況與玉人明說。軟語叮嚀，柔情婉戀，熔盡肝腸鐵。岐亭把盞，水流花謝時節。——右翠雲吟半

此詞為明代林鴻所作。據清徐九《詞苑叢談》卷十二：「張紅橋，閩縣良家女，常曰：『欲得才如李青蓮者事之。』福清林鴻投詩，稱意，遂侍巾櫛。鴻有金陵之遊，作詞留別云：『鍾情太甚，人笑吾，到老也無休歇。月露煙雲都是恨，況與玉人離別。軟語丁寧，柔情婉戀，鎔盡肝腸鐵。岐亭把酒，水流花謝時節，應念翠袖籠香，玉壺溫酒，夜夜銀屏月。蓄喜含嗔多少態，海嶽誓盟都設。此去何之，碧雲春樹，晚翠千千，疊圖作羈思，歸來細與伊說。』」

第七十回回首　帝曰簡才能，旌賢在股肱。文章體一變，禮樂道逾弘。芸閣英華

人，賓門鵷鷺登。恩筵過所望，聖澤實超恒。

此詩為唐代詩人蕭嵩作，題為〈奉和聖制送張說上集賢學士賜宴賦得登字〉。見《唐詩紀事》卷十四、《文苑英華》卷一百六十八、《全唐詩》卷一百零八等。原作共十二句，此為前八句。

第七十四回回首　富貴如朝露，交遊似聚沙。不如竹窗裏，對卷自趺跏。靜慮同聆偈，清神旋煮茶。惟憂曉雞唱，塵裏事如麻。

「富貴如朝露」句見《江湖小集》卷五十四引《俞桂漁溪乙稿》，《兩宋名賢小集》卷三百九引《漁溪詩稿》。

後四句見唐詩人李中〈宿青溪米處士幽居〉：「寄宿溪光裏，夜涼高士家。養風窗外竹，叫月水中蛙。靜慮同搜句，清神旋煮茶。唯憂曉雞唱，塵裏事如麻。」見《全唐詩》卷七百四十九。

第七十六回回首　相勸頻攜金粟杯，莫將閒事繫柔懷。年年祇是人依舊，處處何曾花不開？歌詠且添詩酒興，醉酣還命管弦來。尊前百事皆如昨，簡點惟無溫秀才。

據《唐摭言》卷十二、《唐詩紀事》卷四十九，此詩為唐詩人元稹所作；《白氏長慶集》卷二十、《全唐詩》卷四百四十三則謂白居易所作。原詩為「馬上同攜今日杯，湖邊還折去年梅。年年祇是人空老，處處何曾花不開。歌詠每添詩酒興，醉酣還命管弦來。樽前百事皆依舊，點檢惟無薛秀才。」「莫將閒事」句係化用唐詩人羅隱「莫將閒事繫升沉」句而成。

第七十八回回首　鳳髻金泥帶，龍紋玉掌梳。去來窗下笑來扶，愛道畫眉深淺入時無？　弄筆偎人久，描花試手初。等閒含笑問狂夫，笑問歡情不減舊時麼？

此為歐陽修〔南歌子〕詞，見《文忠集》卷一百三十三、《樂府雅詞》卷上、《詞綜》卷四。後二句原為「等閒妨了繡功夫，笑問鴛鴦兩字怎生書？」

第八十回回首　倚醉無端尋舊約，卻因惆悵轉難勝。靜中樓閣深春雨，遠處簾櫳半夜燈。抱柱立時風細細，繞廊行處思騰騰。分明窗下聞裁剪，敲遍欄杆喚不應。

此為唐代詩人韓偓詩，題為〈倚醉〉，見《全唐詩》卷六百八十三、《瀛奎律髓》卷七。

　　第八十一回回首　燕入非旁舍，鷗歸祇故池。斷橋無覆板，臥柳自生枝。遂有山陽作，多慚鮑叔知。素交零落盡，白首淚雙垂。

　　唐代詩人杜甫作，題為〈過故斛斯校書莊二首〉，此為第二首。見《全唐詩》卷二百二十八、《歷代詩話》卷四十。

　　第八十四回回首　一自當年拆鳳凰，至今情緒幾惶惶；蓋棺不作橫金婦，入地還從折桂郎。彭澤曉煙歸宿夢，蒲湘夜雨斷愁腸；新詩寫向空山寺，高掛雲帆過豫章。

　　據傳說，這是明成化年間揚州盧穿的妻子李妙惠所作，題於金山寺壁。盧穿應試京師，久不歸，李父母見女婿音信全無，逼其改嫁江西鹽商謝啟。李難違父母之命，祇好隨新夫離揚西去。至金山寺，妙惠思念丈夫，以壁作紙，寫此詩以明志。事見鎮江地方誌，及《中國歷代名女》。

　　第八十七回回首　悠悠嗟我里，世亂各東西。存者問消息，死者為塵泥。賤子家既敗，壯士歸來時。行久見空巷，日暮氣慘淒。但對狐與狸，豎毛怒裂眥。我有鐲鏤劍，對此吐長霓。

　　此為節選改動杜甫五古〈無家別〉而成。「悠悠嗟我里」原作「我里百餘家」，「問消息」原作「無消息」，「家既敗」原作「因陣敗」，「壯士歸來時」原作「歸來尋舊蹊」，「行久」原作「人行」，「日暮」原作「日瘦」，「裂眥」原作「我啼」，最後二句為原詩所無。見《全唐詩》卷二百一十七、《唐詩品匯》卷七、《古詩鏡》卷二十一。

　　第八十八回回首　夢中雖暫見，反覺始知非。輾轉不能寐，徒倚獨披衣。淒淒曉風急，曖曖月光微。空床常達旦，所思終不歸。

　　北朝裴讓之作，題為〈有所思〉。見《文苑英華》卷二百二、《樂府詩集》卷十七、《古詩紀》卷一百二十。「空床」原作「室空」。

　　第九十回回首　菟絲附蓬麻，引蔓原不長。失身與征夫，不如棄道旁。暮夜為儂好，席不暖儂床。昏來晨一別，無乃太匆忙。行將濱死地，老痛迫中腸。

　　此詩為改作杜甫五古〈新婚別〉而成。前八句為杜甫原詩的前八句，字句多有改動。原詩為「兔絲附蓬麻，引蔓故不長。嫁女與征夫，不如棄路旁。結髮為君妻，席不暖君

床。暮婚晨告別，無乃太匆忙。」後兩句為杜甫原詩的第十七、十八句，原作「君今往
死地，沉痛迫中腸」。見《九家集注杜詩》卷三、《杜詩詳注》卷七、《石倉歷代詩選》
卷四十五、《唐詩品匯》卷七等。

第九十二回回首　猛虎憑其威，往往遭急縛。雷吼徒咆哮，枝撐已在腳。忽看皮
寢處，無復睛閃爍。人有甚於斯，足以勸元惡。

此為杜甫〈遣興五首〉中的第四首。見《九家集注杜詩》卷五、《杜詩詳注》卷七。

第九十三回回首　階前潛制淚，眾裏自嫌身。氣味如中酒，情懷似別人。暖風張
樂席，晴日看花塵。儘是添愁處，深居乞過春。

此為唐李廓所作，題為〈落第〉。「階前」原作「榜前」。見《才調集》卷一、《唐
詩紀事》卷六十。

第九十四回回首　骨肉傷殘產業荒，一身何忍去歸娼。淚垂玉箸辭官舍，步蹴金
蓮入教坊。覽鏡自憐傾國色，向人初學倚門妝。春來雨露寬如海，嫁得劉郎勝阮
郎。

第九十八回回首　教坊脂粉洗鉛華，一片閒心對落花。舊曲聽來猶有恨，故園歸
去已無家。雲鬟半挽臨妝鏡，兩淚空流濕絳紗。今日相逢白司馬，樽前重與訴琵
琶。

此二詩為明鐵鉉之女所作，原無題。《古今說海》卷一三六云：「鐵鉉，鄧州人也。
為山東布政，抗禦靖難師甚力。文皇即位，擒至闕下，不屈而死。二女入教坊，終不受
辱，後赦出之，皆適士人。」前首為其次女所作，後首為長女所作。事又見《石倉歷代
詩選》卷三六四、《元明事類鈔》卷十七等。《今古奇觀》第五十四卷〈高秀才仗義得
二貞〉中曾引用過第二首，《濟公全傳》第二十六回則二詩全引。
魯迅在《且介亭雜文·病後雜談》中對這兩首詩有過如下議論：

我這回從杭世駿的《訂訛類編》（續補卷上）裏，這才確切的知道了這佳話的欺騙。
他說：「……考鐵長女詩，乃吳人范昌期〈題老妓卷〉作也。詩云：『教坊落籍
洗鉛華，一片春心對落花。舊曲聽來空有恨，故園歸去卻無家。雲鬟半馨臨青鏡，
雨淚頻彈濕絳紗。安得江州司馬在，尊前重為賦琵琶。』昌期，字鳴鳳；詩見張
士淪《國朝文纂》。同時杜瓊用嘉亦有次韻詩，題曰〈無題〉，則其非鐵氏作明
矣。次女詩所謂『春來雨露深如海，嫁得劉郎勝阮郎』，其論尤為不倫。宗正睦

木訐論革除事，謂建文流落西南諸詩，皆好事偽作，則鐵女之詩可知。……」《國朝文纂》我沒有見過，鐵氏次女的詩，杭世駿也並未尋出根底，但我以為他的話是可信的，——雖然他敗壞了口口相傳的韻事。況且一則他也是一個認真的考證學者，二則我覺得凡是得到大殺風景的結果的考證，往往比表面說得好聽，玩得有趣的東西近真。

首先將范昌期的詩嫁給鐵氏長女，聊以自欺欺人的是誰呢？我也不知道。但「浮光掠影」的一看，倒也罷了，一經杭世駿道破，再去看時，就很明白的知道了確是詠老妓之作，那第一句就不像現任官妓的口吻。不過中國的有一些士大夫，總愛無中生有，移花接木的造出故事來，他們不但歌頌升平，還粉飾黑暗。關於鐵氏二女的撒謊，尚其小焉者耳，大至胡元殺掠，滿清焚屠之際，也還會有人單單捧出什麼烈女絕命，難婦題壁的詩詞來，這個豔傳，那個步韻，比對於華屋丘墟，生民塗炭之慘的大事情還起勁。到底是刻了一本集，連自己們都附進去，而韻事也就完結了。[2]

2　魯迅《且介亭雜文》。

〈《金瓶梅》詞語選釋〉辨誤

張遠芬同志《金瓶梅》作者賈三近說提出以後，引起國內外金學界的注目，產生了不小影響。其說的一個重要論據是說《金瓶梅》使用的語言是山東嶧縣方言。他在《金瓶梅新證》「方言考」中認為：「《金瓶梅》中的方言，凡外地人看不懂的，幾乎全部是嶧縣一帶所獨有的語彙」，「無論是人物對話，還是作者敘述在表達方式、句子結構、口吻語氣等方面，也都符合嶧縣人民的語言習慣，明顯地表現出這一地區人民的獨特的語言風格。」同時還選釋了八百餘個詞語。之後，張遠芬同志又發表〈魏著《金瓶梅詞話注釋》辨正〉一文[1]，對臺灣魏子雲教授解釋的一百餘條詞語加以辨正。首先應當肯定，張遠芬同志的絕大部分解釋都是正確的，對詞義的理解很深刻，表達也較準確。特別對一些山東方言詞特殊含義的體味把握，精細入微，多別家所未能言，所不能言者。相比之下，陸澹安、魏子雲諸先生對不少詞的解釋，實在是望文生義，與原意差之甚遠。這說明他們對山東方言並不熟悉；而缺少這一條件，就無法對《金瓶梅》中的大量辭彙作出準確的解釋。張遠芬同志的不足則在於囿於「嶧縣方言」這個先入為主的框框，對一些並非「嶧縣方言」的詞語加解釋，不免有牽強附會之嫌。本文試從張遠芬同志的〈《金瓶梅》詞語選釋〉和〈魏著《金瓶梅詞話注釋》辯正〉兩文中選出若干條，提出自己的不同看法，就教於遠芬老師和其他方家。

例：這婦人**一抹兒**多看到在心裏。（九回）

張釋：全部。在魯南一帶，有時把「這一回」或「這一次」也叫做「這一抹兒」。此外則作「全部」講。

孟案：「一抹兒」祇作「一回」「一次」講，沒有「全部」的意思。如「這一抹兒你可跑不了啦」。有時與「都」連用，如「我的錢一抹兒都丟了」。其中「一抹兒」與「一下子」意通，以強調次數之少，時間之短。姚靈犀《金瓶小劄》解為「一概」，陸沼安《小說詞語匯釋》解作「一齊」，均誤。但口語有一近似的詞「一抹子」或「一抹子一」，則是「全部」之意。

1　《徐州師範學院學報》1985 年第 2 期。

例：這天殺，原來連我也瞞了！嗔道路上賣了這一千兩銀子，**乾淨要起毛心**。（十一回）

張釋：簡直就……，乾脆是……

孟案：「乾淨」在此處是語氣副詞，應作「原來」「居然」講，原文意為「無怪乎他賣了一千兩銀子，原來要起壞心逃走。」

例：人拿著氈包，你還**匹手**奪過去了。（四十七回）

張釋：一手。匹，單獨。

孟案：「匹手」即「劈手」，形容用手奪東西動作之迅疾。「匹」此處無「單獨」之意；雙手奪東西亦可稱為「匹手奪過來。」諧音字的使用，《金瓶梅》中甚為常見。

例：不知涎纏到**多咱時候**。（二十一回）

張釋：什麼。專用於時間。

孟案：「多咱」不是「什麼」，其中「咱」為「早晚」的合音連讀。這種合音字在方言裏甚多。如「什麼」二字連讀即成「啥」；「怎麼」連讀為「咋」，亦即音韻學上反切之道理，「多咱」就是「多早晚」指「什麼時候」；「這咱」即「這早晚」「這時候」。另據〈辨正〉：「咱晚」是「早晚」的諧音，亦不確。其實書中這句話有重複，祇用「多咱」即可，不必再用「時候」。如「你多咱來的？」

例：大娘，你看他好個沒來由的**行貨子**，如何吃著酒，看見扮戲的哭起來。（六十三回）

張釋：方音讀作熊黃子，即熊東西。多用來罵人。

孟案：此解將「行」讀為「熊」，「貨」讀為「黃」，不妥。此處之「行」古音讀為「杭」，而非「形」音，因此不可能轉讀為「熊」音。第二十七回潘金蓮不斷罵西門慶「行貨子」的同時，又曾說：「……你不知使甚麼行子……」《三俠五義》：「認了一個乾兄弟，名叫殷顯，更是個混賬行子。」現在山東淄博以北，一直到京津一帶口語中仍將「行貨子」讀為「行（杭）子」。如將「行」讀為「熊」，「行子」就成了「熊子」，顯然不成話。魯語中「黃子」之「黃」，當為「行（杭）貨」二字連讀而成，「行貨子」合音為「黃子」，而非「熊黃子」。至於「熊」字，則為加重語氣另加的，如「熊東西」「熊玩意兒」等等，幾乎可以加到任何一個用來罵人的名詞前面。《紅樓夢》第四十回有：「下作黃子！沒幹沒淨的亂鬧。」第五十七回又寫為「混賬行子」，亦可證

「行子」即「黃子」也。

> 例：他三娘也說的是，不爭你兩個**話差**，祇顧不見面，教他姑父也難，兩下裏都不好行走的。（七十六回）

張釋：鬧矛盾。

孟案：不能統解為「鬧矛盾」，祇能因言語不合引起的不和睦方可稱為「話差」。

> 例：他**佯打耳睜**不理我，還拿眼兒瞟我。（五回）

張釋：假裝沒聽見。

孟案：「佯打耳睜」意為漫不經心、揚揚不睬。如「別佯打耳睜踩著我的腳！」姚靈犀釋為「佯佯如無事」較近原意。

> 例：我不信你這**搣溜子**，人也死了一百日來，還守什麼靈！（七十二回）

張釋：虛假的行為。

孟案：姚靈犀《金瓶小劄》以為「故謂就為鯽溜，凡人不慧者即曰不鯽溜」；陸澹安釋作「藉故掩飾」，均誤。「搣溜」又說成「搣咧」，指無事生非，沒事找事於，故意找彆扭，如小孩子不安生，好找事，大人即說他「是個小搣溜」，北方現在仍常用此語。

> 例：他若**放屁辣騷**，奴也不放過他。（十七回）

張釋：說不乾不淨的話。

孟案：以「胡說八道」釋之最為確當。祇要認為別人說的話不中聽，即可罵為「放屁辣騷」，不單指「不乾不淨的話」。元曲和明清小說中多見此語。又據〈辯正〉云：「放屁辣騷」，不單指狐狸，有時也用來形容人，但主要是比喻人說難聽的話，較確；但並不指狐狸。

> 例：祇見書童出來，與西門慶**舀**水洗手。（三十四回）

張釋：舀，嶧縣人把舀水說成舀水，讀舀作瓜。

孟案：「舀」實為「舀」字的形近誤刻，並不能讀作瓜。魯語中的「瓜水」，特指容器中或水坑裏祇剩下一點水的時候，用東西把水弄乾淨。水多時祇稱「舀水」，不能叫「瓜水」，嶧縣人似亦不應例外。「瓜水」之「瓜」，實應寫為「刮」，即刮除之義。

例：怪強盜，三不知多咱進來，奴睡著了就不知道。奴睡的甜甜的，**摑混**死了我。
（二十九回）

張釋：聲音驚擾。

孟案：「摑混」即「鬼混」。魯語中「國」「摑」都讀作「鬼」，而不是「聒」，當然亦不含「聒」（聲音驚擾）的意思。如「韓道國」即諧「韓搗鬼」，其弟則為「二搗鬼」。《金瓶梅》中多次出現「摑混」和「鬼混」，其實是一個詞的兩種寫法。如第二十二回：「一回，都往對過東廂房西門大姐房裏摑混去了」。第五十六回：「西門慶笑道：『恁地說的他好都是鬼混，你且說他姓甚麼？』」。第五十三回：「西門慶被他鬼混了一場，那話兒又硬起來。」

例：胡知府已受了西門慶、夏提刑囑託，無不做**分上**。（四十九回）

張釋：盡責任。

孟案：「分上」指人情或求人情而送的禮物；「做分上」即做人情、送禮。再如：「西門慶道：拿兩個分上，齊對楊府尹說，有個不依的？」（第十四回）「李瓶兒祇說：『家裏無人，改日再奉看列位娘，有日子住哩。』孟玉樓道：『二娘好執古，俺眾人就沒些分上兒？』」（第十四回）「盡責任」顯與文意不通。

例：我見他早時兩把摑去，**喃**了好些。（六十八回）

張釋：往嘴裏塞。

孟案：「喃」的含義較為狹窄，特指大口吞食粉狀或散狀食物，如「喃炒麵」「牛把料喃完了。」往嘴裏塞饅頭、蘋果就不能叫「喃」。

例：頭裏**騗嘴**，說一百個二百個，才唱兩個就要騰翅子，我手裏放你不過。（第三十三回）

張釋：吹牛。

孟案：「騗嘴」意為說嘴、炫耀口才、賣嘴皮子，與「吹牛」有別。此處「騗」的正確寫法是「諞」，《說文》釋之為「便巧言也」。字典解釋「顯示、誇耀」，是。

例：你休**稀裏打哄**，做啞裝聾，自古蛇鑽窟洞蛇知道，各人幹的事，各人心裏明白。（第八十六回）

張釋：稀裏湖塗。

孟案：意為心裏很清楚，卻故作不知。與例中「做啞裝聾」同義。

例：不上一年，韓道國也死了。王六兒原與韓二舊**有楂兒**，就配了小叔，種田過日。（第一百回）

張釋：男女之間的不正常關係。

孟案：舊有的矛盾和關係都可稱為「有楂兒」，不單指男女關係。如「他倆原來就有楂兒，今天又打起來了。」「楂」應作「茬」。

例：口內喃喃吶吶說道：「也沒見這浪淫婦，刁鑽古怪，**禁害老娘**！」

張釋：拘害。

孟案：禁，老是、總是，與「禁轉」之「禁」同義；「禁害」即老是害，也就是此例句下文中「兩番三次刁蹬老娘」的意思。有的詞典引《舊唐書》「性禁害，果於推劾」釋之，其實這不是同一個詞。玉簪兒是李衙內的妾，性格愚笨，不可能說出文言詞來。

例：我去時還在廚房裏**雌著**，等他慢條絲禮兒才和麵兒。（十一回）

張釋：等待。

孟案：賴著不動為雌。這個詞的感情色彩很濃，就如說一個人「杵在那裏」一樣。僅釋為「等待」就失去了它的感情色彩，比如說在家等待客人到訪，豈能說「雌」？

例：那李瓶兒聽了，微笑了一笑兒，說道：「這媽媽子單管祇**撒風**。」（第六十二回）

張釋：發瘋。

孟案：撒風指言語、行為輕狂無節制。天津有「人來瘋」之語，近似。

例：倒沒的倡揚的一地裏知道，平白**臊剌剌**的抱什麼空窩，惹得人動唇齒。（第三十三回）

張釋：亂糟糟。

孟案：「臊」乃「臊」字的誤刻。「臊剌剌」，羞答答之意。原文說吳月娘小產後，孟玉樓勸她好好養幾日，因為「小產比大產還難調理」。但吳月娘恐怕抱空窩惹人恥笑，方有此語。母雞孵小雞謂之「抱窩」，窩裏不放雞蛋則為「抱空窩」，這裏喻吳月娘沒生出小孩卻要調理。

例：原來是那淫婦使的**勾使鬼**，來勾你來了。（第十三回）

張釋：在嶧縣，祇說「勾使鬼」，不說「勾死鬼」。「勾使鬼」，嶧縣人用此話來稱勾引人的人，沒有定遭劫難的意思。

孟案：魏子雲先生所解較確，應為「勾死鬼」。傳說人該死時，閻王爺派小鬼將其魂勾走，領他到陰間報到。《紅樓夢》中的秦鐘死時，那兩個前來勾魂的小鬼就是勾死鬼。但例中是謔語。

例：金蓮接過來道：「進他屋裏去，尖頭醜婦蹦到毛司牆上——**齊頭故事**。」（第二十回）

張釋：「尖頭醜婦李瓶兒，碰到西門慶這個毛司牆上，變成齊頭的，也就了事了。」

孟案：此歇後語的本義是說尖頭醜婦碰到牆上，「尖頭」自然變成「齊頭」了。用「齊頭」諧男女交並時的齊頭，暗指西門慶與李瓶兒同床共枕；並不是用「尖頭醜婦」暗指李瓶兒，「毛司牆」暗指西門慶。所謂「變成齊頭的，也就了事了」云云，亦不合原文意思。其實，魏子雲先生「此一歇後語，意指西門慶與李瓶兒並頭睡在一起了」倒是正確的；祇是他對謎面解釋錯了。歇後語主要是用謎底諧音，不是用謎面進行比喻。再如金蓮罵春梅「雲端裏老鼠——天生的耗」，是用「耗（老鼠）」諧「好（愛好）」，以諷刺春梅有在西門慶面前獻殷勤的嗜好，不能說老鼠是暗指春梅。

例：我若不把奴才淫婦臉打的脹豬，也不算。俺每閑的聲喚在這裏，你也來**插上一把子**，老娘眼裏卻放不過。（第二十二回）

張釋：「插上一把子」是指西門慶在來旺媳婦身上「插上一把子」，意為通姦。潘金蓮責怪西門慶說：「你家有六個老婆，還要跑妓院，押書童，俺們在家守空房，閑得直叫喚。不想，你還跑到這裏（藏春塢）在來旺媳婦身上插上一把子」，沒有什麼難明之處，沒有「來一腳」的意思。

孟案：其實魏子雲先生釋為「插一手，或來一腳」是正確的，即如今「插足」之義。張遠芬同志的理解與原意甚不符。將「插一把子」的主語理解為西門慶，是沒有搞清作者人稱變換的寫法。「你也來插一把子」中的「你」是指來旺媳婦，而非指西門慶，因此也就不可能是「西門慶在來旺媳婦身上插上一把子」。潘金蓮對西門慶說的一通話，前半部分中的「你」，是指西門慶，至「你也來插上一把子」，「你」就轉指來旺媳婦了。雖然來旺媳婦並不在面前，潘金蓮是故意模擬面對面斥罵來旺媳婦的樣子，將話說給西門慶聽。這種用法在《金瓶梅》和其他說書體小說裏極為常見，日常口語中更是普

遍。如同一回，春梅罵跑李銘之後，將李銘欲調戲她的事告訴潘金蓮、孟玉樓、宋惠蓮等人，宋惠蓮道：「論起來，你是樂工，在人家教唱，也不該調戲良人家女子，照顧你一個錢……」，金蓮道：「……你問聲家裏這些小廝每，那個敢望著他雌牙笑一笑兒……」其中「你」都是指不在現場的李銘。例句中的意思是說：「我們幾個人尚且閑得直叫喚，你這個淫婦卻又來插上一腳，老娘不能放過你」。

　　例：「他是恁不是才料的**處窩行貨子**，都不消理他了，又請他怎的？」（第二十三回）

　　張釋：「處窩」是魯南方言，群眾讀作「揣歪」，和「腲膿」同義。

　　孟案：「處窩」不能讀作「揣歪」，含義亦不同。「處窩」是指一個人遇事不敢出頭，上不了台盤，或不敢登大雅之堂，這種人俗謂「處窩子」。孫雪娥正是這類人，所以吳月娘罵她是「處窩行貨子」。

　　例：**這陳經濟老和尚不撞鐘——得不的這一聲。**（第二十五回）

　　張釋：這個歇後語的意思是，老和尚接到長老不讓撞鐘的命令——早巴望著這一聲了。「得不的」是「巴不得」的意思。

　　孟案：「得不的」有兩個含義：一是「得不到（聽不到、看不到等）」，二是「巴不得」。例句中的歇後語是以第一個含義諧第二個含義。老和尚撞鐘，人們可以聽到鐘聲；老和尚不撞鐘，人們自然聽不到（得不的）鐘聲。以「得不的」諧「巴不得」。「接到長老不讓撞鐘的命令」云云，是增字解釋，既繞圈子，又不合原意。

　　例：月娘道：「那裏看人去？恁小丫頭，原來這等賊頭鼠腦的，倒就不是個**殆咳**的」。（第十四回）

　　張釋：在嶧縣，「殆咳」讀「殆孩」，形容小孩善良老實，如：「這孩子長就的一副咳孩樣子」。

　　孟案：「殆孩」一般指小孩長得健壯、俊俏，偏指外表，引申為有出息，但與「善良老實」有異。如上舉「這孩子長就的一副咳孩樣子」或「這小孩哈孩孩多喜人」就是說小孩長得好，討人喜歡，並不是說他善良老實；其實一般倒認為不言不語的「老實」小孩並不算「殆孩」。在元曲裏，這個詞也用來形容大人。

　　例：**小賊歪刺骨，把我當什麼人兒，在我手內弄判子！**（第七十五回）

　　張釋：「判」為「刺」之誤刻。「刺子」是魯南一帶兒童的一種玩具，木頭刻成，

兩頭尖，大小粗細如中等的胡蘿蔔。剌子放在地上，兒童用棍敲其一端，視其飛出遠近和撿回來投中目標決輸贏，稱為「打剌子」。「弄剌子」喻指耍手段。

孟案：張對「打剌子」這種遊戲的解釋無可非議；但說「弄剌子」喻指耍手段，則大可懷疑。原書中「判」確屬誤刻，但非「剌」之誤，而是「剌」之誤。理由是：①第二十五回潘金蓮和孟玉樓議論西門慶與宋惠蓮的好事，說：「……落後正月裏，他爹要把淫婦安托在我屋裏過一夜兒，乞我和春梅折了幾句，……好嬌態的奴才淫婦，我肯容他在那屋裏頭弄砑兒？」很明顯，「弄砑兒」是指西門慶和宋惠蓮的姦情。②第二十二回，潘金蓮發現西門慶與宋惠蓮藏春塢首次交歡後，當即罵西門慶：「你既要這奴才淫婦，兩個瞞神虎鬼弄剌子兒，我打聽出來，休怪我了，我卻和你每答話。」此例與上例談的同一件事，「弄剌子兒」顯為「弄剌子兒」之誤。「弄剌子兒」和「弄砑兒」雖有一字之差，但讀音相同，含義一致，同指西門慶和宋惠蓮的不正當關係。③第七十五回，西門慶要到如意兒房中去睡，潘金蓮又罵道：「……小賊歪剌骨，把我當什麼人兒，在我手內弄判子。」潘金蓮又是說的西門慶與如意兒的不正當關係。於是我們發現有兩個值得注意的共同點：①說話人都是潘金蓮。②這三個詞都是暗指同一件事。那麼很自然可以推出第三個共同點：弄砑兒＝弄剌（剌）子兒＝弄判（剌）子。也就是說，這三個詞是讀音相同、含義相同、寫法稍異的同一個詞。這種同一詞語卻不同寫法的現象在《金瓶梅》中不勝枚舉。「弄砑兒」，《金瓶小劄》釋曰：「今故都猶有此俗語，曰弄查兒，言作弄也。」「弄砑兒」即弄查兒，是；但云「作弄」，則不確。陸澹安解為「做醜事」尚近原意。「弄砑兒」的含義並不太具體，泛指做留下話柄、受人指責的事情。

例：**等子獅子街那裏替你破幾兩銀子買下房，你兩口子亦發搬到那裏住去吧？**（第三十八回）

張釋：在魯南一帶，「等著」「虧著」「看著」「吃著」等等，在口語中皆變讀為「等子」「虧子」「看子」「吃子」。

孟案：「子」顯係「了」字誤刻。第三十五回：「你休虧子這孩子」，其中「虧子」亦係「虧了」的誤刻。因為就在同一回中，「虧了」一詞還出現了一次：「……你說我不造化低？我沒攔他，又說我沒攔他；他強自進來坐著，不虧了？管我腿事，打我？」「了」「子」相互誤刻的情況在書中並不少見。也是在這一回，西門慶罵車淡等人：「……且饒你這一道。若犯子我手裏，都活監死。」「犯子」也顯為「犯了」之誤。說魯南一帶把時態助詞「著」均讀為「子」，恐與魯南語言實際不符，也與書中的語言使用情況相左。僅在出現「等子」「虧子」的三十五回和二十八兩回裏，「等著」「看著」「吃著」「提著」「拉著」等帶「著」的用法就有四五十次之多，何以絕大部分都寫為「著」，

而這兩次卻寫成「子」呢？

另外，張遠芬同志所注明的那些「嶧縣辭彙」，並非是嶧縣所獨有的，而是在山東、蘇北、皖北、豫東、冀南、乃至山西等廣大地區流通使用。即以他舉出的十個最有代表性的「嶧縣方言詞語」為例，絕大部分是上述廣大地區都懂的，甚至有的早在元曲中就已是常用詞。如「迷留摸亂」，〈馬陵道〉：「我見他自推自跌自得憾，迷留摸亂地雙眉皺。」〈魯齋郎〉：「空教我乞留乞良，迷留沒亂，放聲啼哭。」《水滸》：「過了三兩日，眾多閑漢都來伺候，見衙內心焦，沒撩沒亂，眾人散了。」「迷留摸亂」「迷留沒亂」「沒撩沒亂」都是同一個詞，指百無聊賴、無情無緒、若有所失那樣一種精神狀態。在徐州方言中，這個詞讀作「沒樓沒摸」。像這種詞，很難說是別人都不懂的「嶧縣獨有辭彙」。《金瓶梅》的語言現象十分複雜，雖然大部分像現在的山東方言，但在四百多年前，則是很普遍的北方話，這在元曲和其他小說中可以找到例證。特別是考之方音，同一個詞這個地區和那個地區讀音就有差別，而《金瓶梅》中恰恰存在很多這一類詞，因此，《金瓶梅》使用的是否地道的山東話，難以下結論；更不能將它說成是「嶧縣方言」。

通過對《金瓶梅》詞語的考釋，以探討其作者問題，顯然是正確途徑之一；但絕非是唯一途徑，祇靠這一條，作者之謎未必會解開。

《金瓶梅》的
「合氣」與「兒」該怎麼讀？

一、合氣

　　《金瓶梅》中有一個比較常見而看起來也很簡單的詞：「合氣」。如第九回「你可備細說與我：哥哥和甚人合氣？……」第六十四回：「如今春梅姐又是個合氣星，天生的都出在他一屋裏。」這個詞在其他古代小說中也經常出現，如《醒世姻緣傳》第八十七回：「張樸茂老婆道：『奶奶，你消消氣罷。兩口子合氣，是人間的常事，那裏放著就要跳河？』」《三俠五義》第三十九回：「公孫先生在旁聽得明白，猛然醒悟道：『此人來找大哥，卻是要與大哥合氣的。』展爺道：『他與我素無仇隙，與我合什麼氣呢？』」這幾處「合氣」的含義完全相同。

　　「合氣」是什麼意思？根據上下文來考察，都是生氣、慪氣、吵架一類意思。白維國《金瓶梅詞典》釋為「鬥氣；為意氣相爭。」《辭源》釋為「慪氣，生氣」，龍潛庵《宋元語言詞典》釋為「生氣，慪氣」，《漢語大詞典》釋為「慪氣；賭氣」，陸澹安《戲曲詞語匯釋》釋為「賭氣」。據筆者瞭解，這個詞在魯南、蘇北、豫東一帶的口語中還是一個相當活躍的詞，使用頻率極高。其含義即「（與別人）生氣」「吵架」。甚至兩人打起架來，別人也可以說他們「合氣」。但並無「賭氣」之意。

　　其實這個詞在早在元曲中就已經多次出現，如元代關漢卿《金線池》：「祇為杜蕊娘他把俺赤心相待，時常與這虔婆合氣，尋死覓活，無非是為俺家的緣故。」楊顯之《瀟湘雨》：「怎麼我這眼裏連跳又跳的，想是夫人又來合氣了。」李行道《灰闌記》：「員外，我今日為孩兒張林不孝順，與老身合氣，你討些砂仁來送我，做碗湯吃。」用法與在小說中毫無二致。

　　「合氣」中的「合」應該怎麼讀？我翻檢了多部辭書，幾乎無一例外地都注為「hé」。按照這些辭書所注，「合」字有二音：一讀為「hé」，這是最常見的讀音，在以「合」構成的詞語（如「合作」「合口」「合適」等）中都讀為「hé」；一讀為「gě」，十「合」

等於一升。所有詞典都說，祇有作度量單位的時候才讀「gě」。但從現在仍然存在的語言現象看，並非如此。以「合」字構成的詞語裏，有幾個在口語中不是第一個讀音，而是第二個讀音。

「合氣」，吾鄉徐州及周圍地區讀作「géqì」，而不是「héqì」。李申先生著的《徐州方言志》就收入了這個詞，但他寫成了「格氣」，釋為「因鬧意見而生氣」，意義與《金瓶梅》的用法完全相同。其實「格氣」即「合氣」。還有別的寫法，如《西遊記》第八十三回：「你那索兒頗重，一時捆壞他，閣氣。」這裏把「合」寫成「閣」，正說明二者應是同音。蒲松齡在《聊齋俚曲集》裏則把這個詞寫成「咯氣」，可見清代山東地區也是這個讀音。又見吳振清〈河北、天津方言中元曲詞語例釋〉一文，謂河北部分地區也有「合氣」一詞，「合」亦讀為「gě」，聲調有小異。

另一個詞「合夥」，現在大多數人讀作「héhuǒ」，但在老年人的口語中讀作「géhuǒ」的更多。《徐州方言志》裏寫作「敆夥兒」。敆，《康熙字典》引《集韻》作「葛合切」，即「gé」。這個讀音在廣大北方地區通行，祇是寫法不同，以致人們沒有分清它實際是一個詞。比如有人寫成「掰夥」：「要買花生仁，這都是老田叔打的主意，是他要和我掰夥幹的。」[1]「說我們摳搜老百姓的錢，好掰夥著吃喝？」[2]還有人寫成「擱夥兒」：「你和韓孬他娘擱夥宰羊趕集，耽誤農活兒，有沒有這事？」[3]《漢語方言常用詞詞典》釋這兩個詞都是「合夥」，讀音分別注為「géhuǒ」和「gēhuǒr」，聲調稍有不同。實際上就是古代小說中的「合夥」。

「合伴」也與此相類，如《初刻拍案驚奇》卷十二：「兩客人也做完了生意，仍舊合伴同歸。」《九命奇冤》第三十一回：「同去也好，他兩位氣色極佳，兄同著合伴，也可以仗著他兩位，逢凶化吉。」《漢語大詞典》釋意作「結伴」「合夥」是對的，但注音為「hébàn」也值得商榷。這裏的「合」不但在北方口語中讀作「gé」，在吳語中也一樣。《漢語方言常用詞詞典》：「合：gé 吳方言。約；邀。合仔一班小弟兄。」[4]

由此可見，某些詞典注音並沒有作詳細的方言調查，不知道它的真正讀音，祇是坐在研究室裏搞紙上談兵，祇從字面上想當然。搞語言研究而不熟悉民間的習慣讀法，祇靠聽廣播搞規範，祇能破壞傳統，貽害後人。

1　《獨幕劇選》。
2　呂劇《碧水長流》。
3　《北方文藝》1964 年第 3 期。
4　倪海曙《雜格嚨咚》。

二、李瓶「兒」

　　李瓶兒是《金瓶梅》主人公之一，所謂「金瓶梅」，中間那個「瓶」字就是指她。那麼，我為什麼要在「兒」字加上引號呢？這也正是這篇短文所要談的話題，即李瓶兒名字中的這個「兒」字，要不要讀出來？

　　不用說，金學的同行大多可能認為我在故弄玄虛，大家都把她的名字讀成「李瓶兒」，如不讀出來，豈不少了一個字，變成了「李瓶」，那麼「兒」字還有什麼用？問題正在這裏，《金瓶梅》第六十三回的回題就是「親朋祭奠開筵宴，西門慶觀戲感李瓶」，看來李瓶兒真正是名字正是叫「李瓶」。雖然大部分回題中寫的是「李瓶兒」，祇有這一處寫「李瓶」，但我們仍可以肯定她的名字其實是兩個字。那個「兒」字有什麼用？回答是：那祇是一個提示符號，提示在讀「李瓶兒」的時候，把「瓶」字讀成捲舌音，亦即我們平時說的兒化韻。兒化韻在《金瓶梅》中運用相當廣泛，不但人名中有，再如玉簪兒、王六兒、來旺兒、鐵棍兒等；各種物事也多帶「兒」字，如「碟兒碗兒」「桌兒椅兒」「餡餅兒」「人兒」，甚至連「龜卦」都說成「龜兒卦」。像《金瓶梅》兒化詞如此之多者，古代文獻中恐怕找不出第二部來。但這是否說明在《金瓶梅》創作的時代，祇有《金瓶梅》所描寫的地域口語中的兒化辭彙才最多呢？那倒不一定。一般而言，帶兒化的詞同時還有一個不兒化的發音，比如「碗兒」也可以不發捲舌音，這樣寫出來就是「碗」一個字。因為兒化音的口語性很強，而古代很多文人讀書著文以文言為正宗，最忌諱口語進入書面語，所以即使口語中有兒化音，他也不會反映出來。這就是經史等所謂「正規」文體中不見兒化辭彙的原因。即使宋元以來白話文學逐漸發達，一般文人也盡可能回避太俚俗的辭彙，其中就包括兒化詞。

　　還有一個重要原因，就是古代文人並非人人都懂得兒化詞的表示方法，即使現代的文人也很少有人懂。比如吾鄉口語中的兒化音也不少，但寫成文字沒有誰在某個兒化詞後面加個「兒」。因為在很多人看來，兒化音同樣是一個音，與非兒化音沒有什麼區別，讀出來也是一個音節，寫成文字當然也祇能寫成一個字。這恐怕不是一時一地存在的問題，即使在文人中，這在古代也應該是一個有帶傾向性的共識。否則，兒化辭彙何以那麼少？

　　按照語言學家的說法，兒化辭彙的產生與「兒」這個詞有關係，而且關係相當密切。簡言之，兒化辭彙都是「兒」滋生出來的；沒有「兒」這個詞，就沒有兒化辭彙。此說確否，我總覺得很可疑。敝以為，如果說兒化詞與「兒」有什麼關係的話，那就是它們都是捲舌音。至於意義上的聯繫，也就是「兒」字如何從實一步步「虛化」為一個詞尾，全是臆想出來的，這種所謂「虛化」根本就不存在。比如說「兒」的本義為「孫子」，

所以帶兒化詞均有小、親昵的含義等。《世說新語》中的「侍兒」「偷兒」是屬於最早出現的兒化詞，但既沒有「小」的含義，也沒有「親切」的含義。兒化詞中的「兒」與作為詞綴的「子」「頭」並不相同，它並不是一個音節。在口語中，「桌子、椅子」「前頭、後頭」中的「子」和「頭」都是發音的，但帶兒化詞的「兒」是不發音的。有人說歌詞中有「馬兒」「魚兒」「花兒」，其中的「兒」也是發音的。其實，歌詞也是書面語，歌唱與朗誦的時候雖然可以讀出聲來，但那衹是臨時的，是為了湊音節。回到正常的口語交流中，衹用捲舌的方式說「馬」「魚」即可，不可能把「兒」也說出來。馬玉濤唱「馬兒啊，你慢些走」時，「兒」字是唱出來的，但她在日常口語中，不會把「馬兒」說成兩個音節。《金瓶梅》中有小廝名「來旺」，有時又寫作「來旺兒」。雖然前是兩個字，後者是三個字，但在實際的口語發音中，都是兩個音節，衹是前「旺」不捲舌，後「旺」捲舌而已。在書面語中卻不同，前為兩個音節，後為三個音節，所以與之相對的詞也應該有兩字與三字之別。《金瓶梅》第二十五回的回題是「雪娥透露蝶蜂情，來旺醉謗西門慶」，「來旺」對「雪娥」。但緊挨著的第二十六回，回題是「來旺兒遞解徐州，宋惠連含羞自縊」，多加了一個「兒」字，以與「宋惠蓮」相對。文言中的很多虛詞，在詩詞中往往充當這種臨時的「足句」「足音」的作用，但不能因此認為口語中也是如此。有的語言學家為判斷詞中的兒化詞設置了一個標準，認為凡在詩詞中占一個音節者，皆非兒化詞，這裏的「兒」還有仍應作實義理解。事實上並非如此，《金瓶梅》凡帶「兒」字的人名，皆可自由變化，增刪自如，說明占不占一個音節與是否兒化並無關係。兒化詞中的「兒」字，衹是一個提示符號，就像標點中的問號「？」，它衹標誌著前面那個字的讀音。「？」提示前面那個字是疑問語氣，「兒」則提示前面那個字發捲舌音。王力先生早就說過，把「兒」字當作「詞尾」是不妥的，應作為「記號」的一種——名詞後附號。

還是回到題目上來，「李瓶兒」雖然寫成三個字，但應讀成兩個音節。《紅樓夢》借鑒模仿《金瓶梅》的地方不少，故事中王熙鳳跟前有個「平兒」，大多數人讀為兩個音節，其實這裏的「兒」字也是兒化標誌，並非名字的一部分。明清口語已與現代相差不大，「兒」字是罵人的話，潘金蓮就經常罵西門慶「我的兒」，如果那麼多的人名中都有個「兒」字，豈不是笑話！近年有港臺女藝人為求獵奇，多位藝名竟叫「××兒」，乃不懂此理之故。

「搞」字的造字者及其他
——讀《金瓶梅詞語溯源》

近些年報刊上廣泛傳播著幾則名人造字的故事，如魯迅造「猹」字，劉半農造「她」字，夏衍造「搞」字，齊白石造「烤」字等。名人造字，容易產生「轟動效應」，傳播較遠，也容易受到公眾承認，當然是好事情。不過奇怪的是，有些字在古籍中早就存在，不知何以說成「造」。比如有的報刊對夏衍造「搞」字的故事是這樣講的：抗戰期間，夏衍在桂林主辦救亡日報，一次撰文要用「搞」字，但翻檢《康熙字典》又沒有，於是臨時造出「搞」字，後被大家接受，並成為使用率極高的一個字。近日更有周振鶴先生一個說法，謂「搞」實乃「攪」字，是「攪」字的吳語方音。而實際上呢？「搞」字早在西漢賈誼的〈過秦論〉中就已經使用：「執搞朴而鞭笞天下」。不過注家釋其為「敲」的異體字，是「掄打」的意思，與現在使用的「搞」幾不相涉。明代著名小說《金瓶梅》第五十回寫西門慶家的小廝罵逃走的嫖客：「剛才把毛搞淨了他才好」，其中有「搞」字，在第八十九回又寫成「蒿」字。這兩處都是「薅」的借字，應為「拔」的意思。清初小說《醒世姻緣傳》中也用過「搞」字，是「銬」字的借字。以上例子說明，「搞」字早就存在，用不著再「造」。上面說的「造」，其實並非造，不過是借用而已。

作為現代含義的「搞」字，也不是從抗戰期間才使用的，而是早在清代就已經進入書面語。光緒年間四川人劉省三所著短篇小說集《躋春台》，起碼數十次使用了這個字。僅舉幾例：

> 近年來家綱隳風氣不好，一個個把宗祠當作蓬蒿。有門扇和窗格搞去賣了，有桌凳與木料伐作柴燒。（元集）

> 樊氏想到夢中之言，忘乎所以，打了一提，又打一提，壺滿流出，傾得滿地是酒。他女桂英走來曰：「媽為何搞得滿地是酒？恭喜你老人家，生個好孫兒，胖嘟嘟的。」（啞女配）

> 一日有人送《勸世文》一本，乃《三聖經》直講。德輝一看醒悟，想：「我平生

行為，多欺天害理之事，諒必罪大，所以越搞越窮，若不改悔，祇怕要耍脫人皮。」
於是立誓痛改前非。（利集）

可以看出，其中的音、義、用法與現在所用的「搞」字完全相同。按照語言規律，
口語中的「搞」作為四川及周圍地區方言，可能已經使用了很久，否則，進入書面語的
小說作品中，人們讀後也不會理解。而這個「搞」字用到書面語中，也不會自《躋春台》
才開始，民間應該用了一段時間。因此，說夏衍抗戰期間才造了「搞」字，顯然祇是傳
說而已，並不真實；說「搞」字是「攪」字的吳語方音，當然也是不正確的。

以上的考證並不是筆者做出來的，它來自鮑延毅教授的新著《金瓶梅語詞溯源》。
在這本書中，像這樣簡短而又有說服力的考證還很多，讀後讓人深受啟發。《金瓶梅》
的語言問題是近年《金瓶梅》研究的一個熱點。《金瓶梅》使用的何地方言？魯語，還
是吳語？書中大量難解語詞究竟是什麼意思？《金瓶梅》問世之初，沈德符就在《萬曆
野獲編》中注意到《金瓶梅》中的方言問題。他雖然並未明確指出作者使用的是何地方
言，但他對陋儒補人的幾回中「時作吳語」甚為不滿，並把它作為這幾回乃「贗作」的
證據之一。本世紀三十年代，魯迅、鄭振鐸先後明確指出《金瓶梅》使用的是山東方言。
但對《金瓶梅》中的語言進行研究釋義，應始於姚靈犀的《瓶外卮言》。近年來，隨著
《金瓶梅》研究的深人，有關《金瓶梅》語詞的研究也成為熱點之一。先後出版的幾種《金
瓶梅》辭書中都有語詞的釋義，對閱讀研究《金瓶梅》提供了方便條件。但有些難解詞
語，尤其是方言性較強的詞，有的辭典回避了，有的祇作為待考，有的釋義則較為牽強。
這些都是不能盡如人意的地方。

有鑒於此，鮑延毅先生選擇《金瓶梅》中最難解、也是最有爭議的部分方言詞，進
行「溯源」工作，力求從歷史演變的角度，揭示出這些詞的形態、意義等方面的發生、
發展、變化的基本脈絡，並結合這些詞在小說中的具體使用環境及其仍然「活著」的意
義，確定其讀音或含義。如《金瓶梅》中有一個詞：「抹牌」，在其他古代小說中也甚
常見；其義大家都明白，即如今的玩牌、來牌。但「抹」字如何讀？我翻檢了幾部辭書，
幾乎都注為「mǒ」。以前讀到這個詞雖覺彆扭，但總以為這是古代的說法，並未深究。
鮑延毅先生認為「抹」在此處應讀為「mǎ」，與「抹布」的「抹」讀音相同。看到這裏，
我心中豁然開朗，頓時想起蘇北、魯南一帶的鄉下口語中正是讀作「mǎ 牌」，從來沒有
「mǒ 牌」的說法。此外鮑延毅先生還根據「音隨義轉」的原則，結合魯南、蘇北方言的
實際，破解了「抹」字在《金瓶梅》中運用在不同情況下的其他三種讀音，及不同含義。
在我們看來很簡單的一個詞，在《金瓶梅》作者手裏卻變得含義是如此豐富，這在《金
瓶梅》中並不是個別現象。有人說《金瓶梅》是一座語言的寶庫，確然如此。

　　解決《金瓶梅》中的難解詞語，將會提高作品的校勘整理水準。《金瓶梅》至目前已出了多種版本，但都多多少少地存在這樣那樣的問題。原因之一，是作品的語言口語性極強，大量使用了方言詞，讀不懂這些方言詞，就難以進行正確的校勘。經過對現有幾種版本的比較，可以發現這樣一個規律：除了其他的因素之外，對山東方言愈熟悉，整理的本子愈準確；否則，則問題愈多。這裏再舉一例：《金瓶梅》第九十四回原刻本中有「苦了子鹹」一語，因為語意難通，所以有的校本改為「苦丁子鹹」，讀起來似乎順溜了一些。但「苦丁子」為何物？仍不明白。也有的校本乾脆去掉中間的兩個字，徑改為「苦鹹」。這樣改通則通矣，但問題回避了，卻並沒有解決。鮑延毅先生認為「苦了子鹹」中的「了」字乃「不」之誤刻，此語應作「苦不子鹹」，極是。魯南、蘇北一帶口語中，表示程度的副詞或形容詞以「不子」作中綴者甚多，如「血不子苦」「血不子酸」「漆不子黑」「焦不子黃」「通不子紅」等。這幾個詞當然也可說成「血苦」「血酸」「漆黑」「焦黃」「通紅」，但加上「不子」則語調變強，程度加深。「苦不子鹹」在《金瓶梅》中是春梅罵孫雪娥時說出來的：「叫你燒口子湯，不是精淡，就是苦不子鹹！」春梅在這裏是指責孫雪娥，巴不得把她的過錯說大一些，所以在表達「苦鹹」的意思時，又加入「不子」，以起誇張作用。可以說，鮑延毅先生的這個結論是可靠的。

　　《金瓶梅語詞溯源》不但解決了不少《金瓶梅》研究中的難題，也為一般讀者提供了趣味盎然的小故事。如書中的「先有桌，先有椅」「漫話火葬」「漢語若是少了這『東西』」「三說三解：關王賣豆腐」等，衹從題目上就可以看出它具有極強的知識性。我覺得，以「雅俗共賞」來評價《金瓶梅語詞溯源》，是最恰當不過的。《金瓶梅語詞溯源》雖衹是一本薄薄的小書，但它集中了鮑延毅先生十多年鑽研、探討的心得。作者嚴謹的考證態度，令人信服的結論，生動流暢的文筆，使它兼有科學性、知識性、趣味性的特點，不但極具可讀性，而且具有較高學術價值。

《金瓶梅》人物分類敘論

大官人

(一)

　　讀過《金瓶梅》的人總是罵西門慶是壞人。他為什麼是「壞人」呢？可能首先與他占有的女人太多有關係。其次，他的所謂官、商、霸「三位一體」也是人們議論的口舌。這些自然都是對的。但是如果再進一步地細細探索一下，就會發現他不僅僅是一個「壞人」，他還有另外的東西。比如他的仗義疏財，比如他與食客們近乎平等的關係，比如他對女人的體貼周到，等等。這些當然都算不上什麼了不起的美德，但起碼可以說明，作者並非有意將西門慶寫成一個單質的「壞人」，他是一個具有多種性格的複雜的人，所以他才如此栩栩如生，如此符合生活的真實。比如說他的占有女人，我們可以試問：為什麼西門慶有那麼大的吸引力？難道全都是因為他的權勢與金錢在起作用，才招致那麼多女人心甘情願地獻身於他嗎？顯然不是。對於女人，西門慶知道得很多，而且有一套成熟的手法；簡而言之，他摸透了女人的心理，並能投其所好，順其心而行之，而女人，最需要的也就是這個。這裏不妨以西門慶與李瓶兒的「隔牆密約」為例。

　　李瓶兒是西門慶把兄弟花子虛的老婆，住在西門慶家隔壁。對李瓶兒，西門慶先前祇是耳聞，並未見過。一次西門慶應邀到花家，正好花子虛不在，卻與李瓶兒「兩個撞了個滿懷」，對面一看，發現這小娘子「人生的甚是白淨，五短身材，瓜子面皮，生的細彎彎兩道眉兒」。這一看不要緊，西門慶「不覺魂飛天外，魄散九霄」，再也忘懷不下。不想李瓶兒也十分知趣，第一次見面就託付西門慶負起看管自己丈夫的責任。她說：「今日他請大官人往那邊吃酒去，好歹看奴之面，勸他早些來家。兩個小廝又都跟的去了，止是這兩個丫鬟和奴，家中無人。」[1]西門慶聽了此言，覺得話中有話，在酒席桌上故意將花子虛灌醉，又把他送回家裏。最能顯示西門慶才能的，是下面一段描寫：

---

[1]　《金瓶梅詞話》第十三回。

婦人旋走出來，拜謝西門慶，說道：「拙夫不才貪酒，多累看奴薄面，姑待來家，官人休要笑話。」那西門慶忙屈著還喏，說道：「不敢！嫂子這裏分付，早辰一面出門，將的軍去，將的軍來，在下敢不銘心刻骨，同哥一答裏來家。非嫂子耽心，顯的在下幹事不的了。你看哥在他家，被那些人纏住了，我強著催哥起身。走到樂星堂兒門首，粉頭鄭愛香兒家，——小名叫做鄭觀音，生的一表人物。——哥就往他家去，被我再三攔住了，說道：『哥家去罷，改日再來，家中嫂子放心不下。』方才一直來家。不然，若到鄭家，一夜不來。嫂子在上，不該我說，哥也糊突，嫂子又青年，偌大家室，如何便丟了去？成夜不在家，是何道理！」[2]

西門慶能說出這麼一通合情合理的話，雖然不免讓讀者感到意外，卻非常重要，因為這正是李瓶兒願意聽到的。果然，婦人極其贊成他的高見，說道：「正是如此。奴為他這等在外胡行，不聽人說，奴也氣了一身病痛在這裏。」並且又一次託付他：「往後大官人但遇他在院中，好歹看奴薄面，勸他早早回家。奴恩有重報，不敢有忘。」西門慶自然是滿口答應。他心裏很明白，婦人的所謂「恩有重報」的真正含義就是向他暗許私情。西門慶在這方面的腦袋極靈，按照書上的說法，他是「頭上打一下腳底板響的，積年風月中走，甚麼事兒不知道。可可今日婦人到明明開了一條大路，教他入港」[3]。這樣的理解是絕對不會錯的。

西門慶的話雖然說得入情入理，但相信者並不多。他自己心裏當然很明白，這一切都是說給李瓶兒聽的，他本人並非像自己說的那樣正直和道德高尚，他對花子虛也沒有那麼多的照顧；相反，他故意將花子虛灌醉，送子虛回家，不過是為了多看一眼李瓶兒罷了。他的正頭娘子吳月娘聽到自己的男人說出這番典雅斯文的話，先是吃了一驚，接著以諷刺的口吻對他說：「我的哥哥，你自顧了你罷，又泥佛勸土佛！你也成日不著個家，在外養女調婦，又勸人家漢子！」[4]連吳月娘也覺得，讓西門慶去勸教花子虛改邪歸正，簡直是個笑話！其實，二者好比「泥佛」和「土佛」的關係，本質是相同的；而在程度上，西門慶則有過之而無不及！但這一切都並不重要，重要的是讓李瓶兒聽著順耳。難道李瓶兒就相信西門慶的這套甜言蜜語嗎？其實不見得。李瓶兒雖然也是第一次見到西門慶，但對這位大名鼎鼎的風月老手應該是心儀已久的，對他的所作所為也應該是有所聞的，她不會僅據幾句話就斷定西門慶是位誠實正直的斯文君子。話說得真實還是虛假是一回事，話說得受聽不受聽是另外一回事；李瓶兒更注意的是後者而不是前者。對

2　《金瓶梅詞話》第十三回。

3　《金瓶梅詞話》第十三回。

4　《金瓶梅詞話》第十三回。

李瓶兒來說，這是不是一種自欺行為呢？不是。誠實與否對李瓶兒用處不大，她關心的是西門慶對她放出的試探性「氣球」有否反應？他究竟是不是一個知趣之人？結果，她從西門慶一連串乖覺的言和行中，得到了肯定的答復。當他們兩個都摸清了對方的真正心意後，行動的步伐便大大加快了。西門慶每日讓應伯爵、謝希大等騙住花子虛，在妓院裏吃酒留宿，他便乘虛而入，來花家門口走來踅去，重演當年勾引潘金蓮的故技。而李瓶兒這裏早已心領神會，便將西門慶叫至家裏，雖然心已許之，但不好明講，祇好拐彎抹角地閒扯淡而已！請看下面這段文字是如何寫出二人就要入港而尚未入港時的神態：

> 一日，西門慶門首正站立間，婦人使過小丫鬟繡春來請。西門慶故意問道：「姐姐，你請我做甚麼？你爹在家裏不在？」繡春道：「俺爹不在家，娘請西門爹問句話兒。」這西門慶得不的此一聲，連忙走過來，讓到客位裏坐下。良久，婦人出來，道了萬福，便道：「前日多承官人厚意，奴銘刻於心，知感不盡。拙夫從昨日出去，一連兩日不來家了，不知官人曾會見他來不曾？」西門慶道：「他昨日同三四個在鄭家吃酒，我偶然有些小事就來了。今日我不曾得進去，不知他還在那裏沒在。若是我在那裏，有個不催促哥早早來家的，恐怕嫂子憂心。」婦人道：「正是這般說。祇是奴吃他怎不聽人說，常時在前邊眠花臥柳不顧家事的虧！」西門慶道：「論起哥來，仁義上也好，祇是有這一件兒。」說著，小丫鬟拿茶來吃了。那西門慶恐子虛來家，不敢久戀，就要告歸。婦人千叮萬囑，央西門慶：「明日到那裏，好歹勸他早來家，奴恩有報，已定重謝官人！」西門慶道：「嫂子沒的說，我與哥是那樣相交。」說畢，西門慶家去了。[5]

雖然二人見面的話題仍然是那個不爭氣的花子虛，但兩個心裏都很明白，這不過是話頭罷了！其實，誰還在關心花子虛到底怎樣呢？婦人嘴上說「好歹勸他早來家」，心裏實在是希望花子虛不要來家；而且她也肯定知道丈夫「常時在前邊眠花臥柳」，正與這位「官人」有關係。所以二人成姦後，李瓶兒的一個重要手法就是把花子虛打發到妓院裏去，好為西門慶騰出空來。其實這方法就是跟西門慶學來的。

對於西門慶與李瓶兒的姦情，說是「勾引」其實並不恰當。這不比西門慶當年對付潘金蓮的十件「挨光計」，那是有計劃的陰謀，設下圈套，讓潘金蓮一步步鑽進套中。而李瓶兒則帶著明顯的主動性，第一次見到西門慶「撞了個滿懷」且不說，還「立在角門首，半露嬌容」地與西門慶「隔門」說話，不斷地用「奴恩有重報」的雙關語暗示西

5　《金瓶梅詞話》第十三回。

門慶。當見到西門慶連日在門首走來走去，這婦人便也「影身在門裏，見他來便閃進裏面；他過去了，又探頭去瞧」。在這種情景之下，李瓶兒的所謂勸戒丈夫早早回家的要求，西門慶爽快的答復，難道不都是無稽之談嗎？果然，重陽節的晚上在花子盧家飲酒賞菊，當西門慶又一次與李瓶兒「撞了個滿懷」之後，這婦人終於按捺不住了，叫丫頭繡春找到西門慶說：「俺娘使我對西門爹說，少吃酒，早早回家。如今便打發我爹往院裏歇去，晚夕娘如此這般，要和西門爹說話哩！」[6]西門慶聽了自然歡喜不盡，因為他知道李瓶兒找他不僅僅是要「說話」，還有比這更重要的事情！於是我們看到，花子盧被應伯爵幾個拉到妓院裏吳銀兒家裏，西門慶則推醉重新扒過牆來；李瓶兒正「亂挽烏雲，素體濃妝，立於穿廊下」等他呢！

西門慶的性格雖然很複雜，但其核心則是女色。通觀全書，作者在這一點上下的功夫最大，用筆最多，所以西門慶才被塑造成一個千古色魔的形象。西門慶之於女色，並不像有人說的是「霸占」，這樣說過於簡單化，我們應該根據作品的具體描寫，實事求是地看待這一問題。

(二)

在女色上很自信的西門慶勾上李瓶兒之後，竟被蔣竹山旁生枝節，這使他十分氣惱。而李瓶兒在經歷了蔣竹山之後，前後對比，優劣自見，把心思又回到西門慶的身上。但她心裏明白，中間插進了蔣竹山這一槓子，是西門慶難以容忍的；所以要想與漢子恢復先前的關係，必須做出十倍的努力。為此，李瓶兒採取了兩個步驟：一是要馮媽媽給吳月娘送生日禮物，四盤羹果，兩盤壽桃麵，一匹尺頭，外加一雙鞋。雖然此時吳月娘與西門慶仍不說話，關係還處在緊張之中，但李瓶兒明白，這絲毫不影響月娘在家中的固有地位，所以這禮節上是必須做到的。更何況，送禮物袛是形式，真正的意思是要與西門慶重修舊好，這一信息西門慶不會不知道。另外李瓶兒又對玳安格外下了一番功夫。她知道玳安雖袛是奴才小廝，卻是西門慶的心腹，他說的話往往對西門慶有特殊的影響力，所以瓶兒叫馮媽媽將玳安請到家裏，酒食款待，要他轉達自己的後悔之意。果然李瓶兒的功夫沒有白下。玳安見到西門慶便說：「如今二娘倒悔過來，對著小的好不哭哩。前日我告爹說，爹還不信。從那日提刑所出來，就把蔣文蕙打發去了。二娘甚是後悔，一心還要嫁爹，比舊瘦了好些兒，央及小的好歹請爹過去，討爹示下。爹若吐了口兒，還教小的回他聲去。」[7]玳安此話說的倒是實情，李瓶兒現在確實後悔莫及，她要嫁西門

6　《金瓶梅詞話》第十三回。
7　《金瓶梅詞話》第十九回。

慶也是真心實意。但西門慶是否會輕易答應,他能咽下這口氣嗎?李瓶兒心裏沒有底。

還好,西門慶竟然出人意料地答應下來。他聽了玳安的一番話後說:「賊賤淫婦,既嫁漢子去罷了,又來纏我怎的?既是如此,我也不得閒去,你對他說,甚麼下茶下禮,揀個好日子,抬了那淫婦來罷。」[8]

西門慶為什麼輕易答應重娶李瓶兒呢?他忘掉了瓶兒與蔣竹山的這段姻緣了嗎?原因有二:一是西門慶心底對李瓶兒還是很留戀的,他已經錯過了一次機會,不願意再錯過第二次。瓶兒嫁給蔣竹山,確實出於西門慶意料之外,所以應伯爵等人問他時,他還說「親事另改了日子了」。其實這時瓶兒已把蔣竹山招進了家門。所以西門慶聽說後惱得不行,這是他仍戀瓶兒的表現。其二是西門慶要把李瓶兒娶過來嚴厲懲罰一頓。西門慶已運用流氓手段將蔣竹山打跑,出了一口惡氣;但李瓶兒還在「逍遙法外」,沒受到懲處,故西門慶要把她弄進家門再算賬。

果不其然,李瓶兒剛進西門慶的家門就嘗到了漢子的手段。先是轎子停在大門口,沒有人去迎接。好心的孟玉樓去提醒吳月娘,吳月娘正與西門慶不說話,猶豫再三才屈身將轎子接進門來。這無疑是給李瓶兒當頭一盆涼水。接著是晚夕西門慶不進瓶兒房中歇息,一連三天,這對一個新進門的女人來說,簡直是莫大的侮辱!連潘金蓮都覺得這樣過分,勸說西門慶:「他是個新人兒,才來了頭一日,你就空了他房?」但西門慶覺得祇有用此法才能解他心中之恨!他說得好:「你不知,淫婦有些眼裏火,等我奈何他兩日,慢慢進去。」言下之意是說,賊淫婦連那幾天都等不的,又另找了漢子,今天偏偏讓你再等幾日,看你還去找漢子!他對孟玉樓說的一番話恰反映了這種心理:「待過三日兒我去。你不知道,淫婦有些吃著碗裏,看著鍋裏。想起來,你惱不過我來。曾你漢子死了,相交到如今,甚麼話兒沒告訴我,臨了招進蔣太醫去了。我不如那廝?今日卻怎的又尋將我來?」[9]

這一招實在厲害!真是應了蔣竹山說的那句話:「就是打老婆的班頭,坑婦女的領袖。」李瓶兒對西門慶的連續兩招竟承受不了,上吊尋死了!多虧丫頭們發現及時,又救活過來。西門慶聽說,並不當一回事,對眾人說:「你們休信那淫婦,裝死兒唬人,我手裏放不過他!」在西門慶看來,李瓶兒的上吊不過是對他的兩招的對應措施罷了,根本用不著當真。

緊接著,西門慶又使出了第三招。晚夕他拿著馬鞭子進到李瓶兒房裏,他要親自拷打審問她,出盡全部惡氣!書中這樣寫:

8　《金瓶梅詞話》第十九回。
9　《金瓶梅詞話》第十九回。

且說西門慶見婦人在床上，倒胸著身子哭泣，見他進去不起身，心中就有幾分不悅。先把兩個丫頭都趕去空房裏住了。西門慶走來椅子上坐下，指著婦人罵道：「淫婦，你既然虧心，何消來我家上吊？你跟著那矮王八過去便了，誰請你來？我又不曾把人坑了你甚麼，緣何流那秘尿怎的？我自來不曾見人上吊，我今日看著你上個吊兒我瞧！」於是拿一繩子丟在他面前，叫婦人上吊。那婦人想起蔣竹山說的話來，說西門慶打老婆的班頭，降婦女的領袖，思量我那世裏晦氣，今日大睜眼又撞入火坑裏來了，越發煩惱，痛哭起來。這西門慶心中大怒，教他下床來，脫了衣裳跪著。婦人祇顧延捱不脫。被西門慶拖番在床地平上，袖中抽出鞭子來，抽了幾鞭子。婦人方才脫去上下衣裳，戰兢兢跪在地平上。西門慶坐著，從頭至尾問婦人：「我那等對你說過，教你略等等兒，我家中有些事兒，如何不依我，慌忙就嫁了蔣太醫那廝？你嫁了別人，我倒也不惱，那矮王八有甚麼起解？你把他倒踏進門去，拿本錢與他開鋪子，在我眼皮子根前開鋪，要撑我的買賣？」婦人道：「奴不說的，悔也是遲了。祇因你一去了不見來，把奴想的心斜了。……後來把奴攝的看看至死，不久身亡，才請這蔣太醫來看。恰吊在麵糊盆內一般，乞那廝局騙了，說你家中有事，上東京去了。奴不得已，才幹下這條路。誰知這廝砍了頭是個債椿，被人打上門來，經官動府。奴忍氣吞聲，丟了幾兩銀子，吃奴即時攆出去了。」[10]

氣惱的西門慶急於瞭解事情的來龍去脈，他尤其想知道那個「矮王八」是用什麼辦法中途截走了他的懷中之物？他覺得這是一種恥辱，一種前所未有的恥辱；而使他蒙受恥辱的李瓶兒必須說說清楚！李瓶兒自然也理解他的這種心理，所以她首先承認了自己的罪責。但她接著解釋說，這一切都是在西門慶一去不見來，自己思念他，「想的心斜了」之後出現的事情，所以本質上還是一場「誤會」。西門慶對這種解釋不會完全滿意，所以他還要李瓶兒回答「我比蔣太醫那廝誰強」？婦人說：「他拿甚麼來比你？你是個天，他是塊磚。你在三十三天之上，他在九十九地之下。休說你仗義疏財，敲金擊玉，伶牙俐齒，穿羅著錦，行三坐五，這等為人上之人，自你每日吃用稀奇之物，他在世幾百年，還沒曾看見哩！他拿甚麼來比你？你是醫奴的藥一般，一經你手，教奴沒日沒夜祇是想你。」[11]這應該是李瓶兒的肺腑之言！是的，無論從財上，還是從勢上，蔣竹山都無法與西門慶相比，確實像李瓶兒所說的，一個在天上，一個在地下，差得實在太遠。

---

10 《金瓶梅詞話》第十九回。
11 《金瓶梅詞話》第十九回。

就說在性的能力上吧，難道蔣竹山能與西門慶同日而語嗎？當然不能。一個是「中看不中吃蠟槍頭」，一個是「狂風驟雨」；一個是「幹事不稱其意，漸漸頗生憎惡」，一個則是「醫奴的藥一般，一經你手，教奴沒日沒夜祇是想你」，那效果也是絕然不同的。李瓶兒說出這些話，雖然有贖罪的意圖，但確實是她的心裏話，並無虛飾。西門慶聽了婦人這些話，知道她對這些「原則問題」認識十分清楚，並未糊塗得將他與蔣竹山混為一談，頓時高興起來，「自這一句話，把西門慶歡喜無盡，即丟了鞭子，用手把婦人拉將起來，穿上衣裳，摟在懷裏，說道：『我的兒，你說的是。果然這廝，他見甚麼碟兒天來大！』」[12]其實西門慶是一個要求並不高的人，他祇要求別人對他服氣；祇要服氣，他便高興，他便可以滿足你的一切要求。這就是《金瓶梅》開始時談到「酒、色、財、氣」中的「氣」。李瓶兒中途甩下他與蔣竹山成婚，這是「長敵人的威風，滅自己的志氣」，所以他氣惱異常；打跑蔣竹山、嚴懲李瓶兒，是出一口惡氣；既然李瓶兒現在口服心服，西門慶覺得這乃是爭了一口氣，故一切好說。

（三）

　　西門慶雖然有錢有勢，但畢竟祇是一介鄉民，土財主式的人物，政治上並沒有顯赫的地位。西門慶當然意識到了這一點，尤其是當他生意越做越大，吃穿不愁，女色也愈來愈多，生活上幾乎沒有什麼可再追求的時候，他又慢慢把目光瞄準了政治上的權力。西門慶覺得，如果僅僅做一個商人，做一個富甲一方的財主，就太沒意思了，他還要在政治舞台上顯示一下自己的能量。但在「學而優則仕」的封建社會，目不識丁的西門大官人怎樣才能達到自己的目的呢？寒窗苦讀顯然已經來不及，進京趕考也與西門慶無緣，但是西門慶有他自己的絕招。祇要有錢，即使無能無德也能買到官位。第二十二回寫西門慶為了勾引宋惠蓮，把來旺兒派到杭州「替蔡太師製造慶賀生辰錦繡蟒衣」，第二十六回又寫「西門慶就把生辰擔，並細軟銀兩，馱垛書信，交付與來保和吳主管，五月廿八日起身，往東京去了」。其實西門慶與蔡太師並非親故，一個是清河縣的富商，一個是一人之下、萬人之上的朝中宰相，雙方既無來往，西門慶何需為蔡太師的生日大費心事，花費錢財呢？這正是西門慶走向政治舞台的重要一步。我們看書中的有關段落：

> 少頃，太師出廳，翟謙先稟知太師。太師然後令來保、吳主管進見，跪於階下。翟謙先把壽禮揭帖呈遞與太師觀看，來保、吳主管各捧獻禮物。但見黃烘烘金壺玉盞，白晃晃減鈒仙人，良工製造費工夫，巧匠鑽鏨人罕見；錦繡蟒衣，五彩奪

12　《金瓶梅詞話》第十九回。

目;南京紵段,金碧交輝;湯羊美酒,盡帖封皮;異果時新,高堆盤槛,如何不喜?便道:「這禮物決不好受的,你還將回去。」於是慌了來保等,在下叩頭說道:「小的主人西門慶,沒甚孝順,些小微物,進獻老爺賞人便了。」太師道:「既是如此,令左右收了。」[13]

雖然蔡太師位居高官,銀錢珠寶並不稀罕,但當他看到黃的是金,白的是銀,五彩奪目的綾羅綢緞的時候,還是止不住心中的高興。他在假意客套了一番之後,便痛快地收下來。然而收下禮物並沒有完事,這不是西門慶的最終目的,蔡太師當然是明白的,於是便又有了下面的對話:

太師因向來保說道:「禮物我故收了,累次承你主人費心,無物可伸,如何是好?你主人身上可有甚官役?」來保道:「小的主人一介鄉民,有何官役。」太師說:「既無官役,昨日朝廷欽賜了我幾張空名告身劄付,我安你主人在你那山東理刑所,做個理刑副千戶,頂補千戶賀金的員缺,好不好?」來保慌的叩頭謝道:「蒙老爺莫大之恩,小的家主舉家粉首碎身,莫能報答。」於是喚堂後官抬書案過來,即時僉押了一道空名告身劄付,把西門慶名字填注上面,列銜金吾衛衣左所副千戶、山東等處提刑所理刑。[14]

一場交易就這樣完成了,不法之徒成了執法之官,西門慶輕而易舉地當上了理刑副千戶,實現了他要在政治上發展的願望。不但如此,連來保和吳主管也因蔡太師一時高興,分別送給他倆校尉和驛丞的官職,真使二人又驚又喜。蔡太師是朝中重臣,極得朝廷信任,皇帝竟然賜給他空名的任命書,讓他隨意任命官吏,以便從中漁利,中飽私囊,當時政治的黑暗可想而知。所以作者在作了這段描寫後氣憤地評論道:「看官聽說:那時徽宗天下失政,奸臣當道,讒佞盈朝。高、楊、童、蔡四個奸黨,在朝中賣官鬻獄,賄賂公行,懸秤升官,指方補價。夤緣鑽刺者,驟升美任;賢能廉直者,經歲不除。以致風俗頹敗,贓官汙吏,遍滿天下;役煩賦重,民窮盜起,天下騷然。不因奸佞居台輔,合是中原血染人。」[15]作者的這段議論,既道出了西門慶從一個富有的商人變成執法官的真正原因,也深刻揭示了封建政治的本質。既然像蔡太師這樣的高官都公然賣官鬻爵,而且還得到皇帝的縱容,那麼下級官吏們的為非作歹就是必然的了,對加官後的西門慶的種種惡行也就不必奇怪了。

13　《金瓶梅詞話》第三十回。
14　《金瓶梅詞話》第三十回。
15　《金瓶梅詞話》第三十回。

　　西門慶剛剛得了兒子，又升了官，心中有說不出的高興，乾脆就為兒子起名叫官哥兒。上任之日，在衙門裏大擺酒筵以示慶賀。自此之後，每日騎著大白馬，頭戴烏紗帽，排軍喝道，前呼後擁，從街上招搖而過，威風十足！在此之前，西門慶就與當地官員有些來往，但那是作為富商的身分；從此以後，他要作為統治階級的一員，與那些官府的要員們平起平坐，結納往返。果然，先是本縣的李知縣差人送來賀禮，並投西門慶所好，送給他一名漂亮的小廝。接著薛太監又派人送來內酒、金緞、壽桃等東西。西門慶又在皇莊擺酒，回請清河縣的各種頭面人物，像劉、薛二位太監，帥府周守備、荊都監、夏提刑、張團練、范千戶以及知縣、縣丞、主簿、典史等四大要員。這些人掌握著當地的軍政大權，都是以後用得著的人，所以都成了西門慶的座上客。西門慶雖然是初次做官，但他對官場上的應酬卻十分在行，他精通「關係學」，這決定了他的官會越做越大。這是他做官的訣竅，其實也是他做人的訣竅。他上任後辦的第一件案子就是韓道國的老婆與小叔子通姦的案子，在應伯爵的聯絡下，受了韓道國的人情，便徇情枉法，放了通姦人，卻把捉姦人關了起來。根據書中的描寫，西門慶在台上沒有什麼政績，但他善於拉關係，尤擅長「走上層路線」，所以官做得安安穩穩，而且勢頭愈來愈好。不久，他又結交了蔡狀元。蔡狀元是蔡太師的假子，西門慶一是為感激蔡太師送給他官做，二是為進一步巴結，所以對蔡狀元招待得十分周到，臨走又送給他厚禮。後來蔡狀元升了御史，西門慶又第二次接待，一次就送給他一張大桌席，兩罈酒，兩牽羊，兩對金絲花，兩匹段紅，一副金台盤，兩把銀執壺，十個銀酒杯，兩個銀折盂，一雙牙箸；同去的宋御史也是一樣。西門慶的「關係學」其實也很簡單，就是以金銀財寶作開路先鋒，以達到自己的目的。就是在接待蔡御史的宴會上，西門慶向蔡御史要求早取一個月的鹽引，蔡御史馬上便痛快地答應下來；而三萬鹽引提前一個月取出，所得到的利潤比送給蔡御史的禮物不知要多出多少倍。也是在這一次，西門慶請求蔡御史說情，將犯人苗青放掉，蔡又轉托宋御史將他放了。西門慶是個很精明的商人，也是個很聰明的官吏。他把商業上的利潤規律運用到官場上，同樣取得了成功。他精通政治與經濟的關係，用錢買到官，又因官得到更多的錢，小量的投入和巨大的利潤，成了商場和官場上的共同規律。稍稍看一眼西門慶為官的歷史就會發現，他這個理刑之官除貪贓枉法之外，就是借著這個位置到處交結以得到經濟上的好處。後來他的生意愈做愈大，臨死時家裏已經有十萬銀子的家產，就是他不斷「滾雪球」的結果。

（四）

　　西門慶聽信了潘金蓮的挑唆，決定除掉來旺兒。但用什麼辦法才能不動聲色地達到目的呢？書中沒有直接描寫西門慶與誰定計，及定計的整個過程，但從後來發生的事情

看，西門慶是借用了《水滸傳》中高太尉陷害林沖的「白虎堂之計」。西門慶是怎樣借用這個計策的呢？書中寫他有一天把來旺兒叫來，給了他三百兩銀子，讓他在門首開個酒店，每月得些利錢。來旺兒聽了滿心歡喜，將銀子拿回家裏，交惠蓮收了，便找人喝酒去了，直喝得大醉才回家：

> 也是合當有事，剛睡下沒多大回，約一更多天氣，將人才初靜時分，祇聽得後邊一片聲叫趕賊。老婆忙推睡醒來旺兒，酒還未醒，楞楞睜睜扒起來，就去取床前防身稍棒，要往後邊趕賊。婦人道：「夜晚了，須看個動靜，你不可輕易就進去。」來旺兒道：「養軍千日，用在一時。豈可聽見家有賊，怎不行趕！」於是拖著稍棒，大叔步走入儀門裏面。祇見玉簫在廳堂台上站立，大叫：「一個賊往花園中去了！」這來旺兒徑往花園中趕來。趕到廂房中角門首，不防黑影拋出一條凳子來，把來旺兒絆倒了一交。祇見響亮了一聲，一把刀子落地。左右閃過四五個小廝，大叫捉賊，一齊向前，把來旺兒一把捉住了。來旺兒道：「我是來旺兒，進來趕賊，如何顛倒把我拿住了？」眾人不由分說，一步兩棍打到廳上。祇見大廳上燈燭熒煌，西門慶坐在上面，即叫拿上來。來旺兒跪在地下，說道：「小的聽見有賊，進來捉賊，如何倒把小的拿住了？」那來興兒就把刀子放在面前，與西門慶看。西門慶大怒，罵道：「眾生好度人難度，這廝真個殺人賊！我倒見你杭州來家，教你領三百兩銀子做買賣，如何黑夜進內來要殺我？不然，拿這刀子做甚麼？取過來我看。」燈下觀看，是一把背厚刃薄扎尖刀，鋒霜般快，越看越怒，喝令左右：「與我押到他房中，取我那三百兩銀子來。」眾小廝隨即押到房中。[16]

由這一件事情的全過程來看，一切都是有預謀的。作為主人，西門慶要趕走自家的一個奴僕，本來是不費力氣的事。但來旺兒畢竟是跟了他多年的小廝，一向忠心耿耿，並沒有什麼過錯，雖然醉後罵了主人，那畢竟是西門慶姦了他的妻子。西門慶總還有些心虛，所以要趕走來旺兒，就不好無緣無故地把他一趕了之，總還要找點兒藉口什麼的。不過，這種藉口也實在太勉強，祇能起到自欺的作用，而欺人則是做不到的。所以事情剛發生，宋惠蓮便看出這是一個設好的圈套，布下的陷阱。她對來旺兒說：「我教你休去，你不聽，祇當暗中了人的拖刀之計。」並且罵捉他的人：「他去後邊捉賊，如何拿他做賊？」惠蓮又跪到西門慶跟前去說理，可西門慶不理她那一套，祇是假惺惺地安慰她，把來旺兒的事寫成狀子，讓來興兒作證，以欲害家主、抵換銀兩的罪名送到提刑院去。西門慶玩的這個把戲畢竟太假了，不但被宋惠蓮當時看破，連吳月娘也看不上眼，

16　《金瓶梅詞話》第二十六回。

所以婉言建議不要把來旺兒送到官府,祇在家裏處罰一下也就罷了。可西門慶根本不聽,還罵吳月娘:「你婦人家不曉道理!奴才安心要殺我,你倒還教饒了他罷!」吳月娘無奈,祇好偷罵道:「你就賴他做賊,萬物也要個著實才好,拿紙棺材糊人,成個道理?恁沒道理昏君行貨!」吳月娘認為西門慶陷害來旺兒十分不道德,而且手法也不高明,簡直就是地地道道的強盜行徑!

西門慶對來旺兒和宋惠蓮是區別對待的,他要加害於來旺兒,卻百般安慰宋惠蓮——其實他趕走來旺兒的目的之一,就是要完全占有宋惠蓮,所以這兩點是不矛盾的。而宋惠蓮既然早已獻身於西門慶,又何必對來旺兒的結局那麼關心呢?出人意料的是,她一方面偷偷背叛了自己的丈夫,投入了主人的懷抱;另一方面,她在丈夫處於危難之際卻不願拋棄他,而是千方百計地為他求情,替他謀求一個更好的出路。書的第二十六回寫惠蓮在西門慶的再三勸慰下不再哭泣,而且主動邀西門慶到她屋裏來,再一次向他獻出自己的肉體。她說:「我的親達達,你好歹看奴之面,奈何他兩日,放他出來。隨你教他做買賣,不教他做買賣也罷,這一出來,我教他把酒斷了,隨你去近到遠,使他往那去,他敢不去?再不,你若嫌不自便,替他尋上個老婆,他也罷了。我常遠不是他的人了。」[17]在這裏,宋惠蓮不但已經背叛了自己的丈夫,而且正準備永遠離開他。但與此同時,她又希望來旺兒能儘快放出來,而且還建議西門慶再為丈夫另找一個老婆,這無疑又是對來旺兒的關心。我們不禁要問,宋惠蓮對待來旺兒,對待來旺兒的被陷害,究竟是一種怎樣的態度?

其實,宋惠蓮對來旺兒的態度並不矛盾。從「情」的角度來說,她對來旺兒顯然是沒有感情的,否則她不會背著自己的男人與西門慶苟且。但從「理」的角度看,她覺得西門慶是不講天理的,而自己的丈夫則是無端受冤屈,遭陷害,所以她要為他鳴冤叫屈。這後一種態度,在來旺兒被遞解原籍之後以火山爆發的形式表現出來。書中寫宋惠蓮呼天搶地大罵西門慶:

> 爹,你好人兒!你瞞著我幹的好勾當兒!還說甚麼孩子不孩子,你原來就是個弄人的劊子手,把人活埋慣了!害死人,還看出殯的!……你也要合憑個天理!你就信著人,幹下這等絕戶計!把圈套兒做的成,你還瞞著我。你就打發,兩個人都打發了,如何留下我做甚麼?[18]

如果說宋惠蓮先前還對西門慶抱有幻想,希望借助自己與他的特殊關係,幫助丈夫脫離

17　《金瓶梅詞話》第二十六回。
18　《金瓶梅詞話》第二十六回。

危難的話，那麼現在才明白，她受騙了！她沒能救下自己的丈夫，西門慶原先許下的一切都是騙人的鬼話！受騙和受辱給了宋惠蓮難以承受的刺激，也給了她從來沒有過的勇氣！她不顧一切地痛罵西門慶，發洩她滿腹的怨恨和憤怒！宋惠蓮抱著一腔幻想投靠了西門慶，在生命的最後關頭才認清了西門慶的真正面目。

其實，宋惠蓮祇認清了台前的西門慶，卻沒能看透幕後的潘金蓮，這也正是金蓮的狡猾處。按照西門慶的原意，來旺兒是不至落得這個下場的，全是金蓮一次兩次在西門慶耳邊吹風，挑唆慫恿，才讓西門慶起了害人之心。金蓮讓西門慶趕走來旺兒的理由之一，是說「把奴才結果了，你就摟著他老婆也放心」。但當來旺兒被遞解回原籍之後，潘金蓮能讓西門慶安安穩穩地摟著宋惠蓮嗎？她又集中力量整治宋惠蓮，在惠蓮與孫雪娥之間大行挑撥離間的能事，引得這兩個女人大打出手，惠蓮氣不過，竟然上吊自盡了。而潘金蓮的目的，也這樣輕而易舉地實現了。這一切，宋惠蓮至死也不知道。

宋惠蓮的死，表面上看是與孫雪娥打架而致，實際上是因為來旺兒被誣陷的事件。她忘不掉自己的丈夫，更忘不掉那個不講天理的西門慶。宋惠蓮當然算不上什麼貞節的婦人，但她的良心並沒有泯滅，她還懂得「天理」，她知道按照「天理」來旺兒是不該受到這種陷害的。當她眼睜睜見到「天理」行不通，自己的卑微希望被人擊碎的時候，她再也沒有勇氣活下去了！

宋惠蓮是個很有個性的女人，她的反抗精神在《金瓶梅》寫到的女僕中是最強的。她的性格中當然也有不少淺薄、卑賤的因素，但她面對強暴而敢於維護「天理」，並且為此而殉了自己的性命，這是很令人驚異的，同時也使她的結局變得很有悲劇意味。

(五)

第七十九回有一首詩說：「二八佳人體似酥，腰間仗劍斬愚夫。雖然不見人頭落，暗裏教君骨髓枯。」其意是說好色的厲害。其實《金瓶梅》一書的主題之一就是寫女人是禍水。西門慶是《金瓶梅》中的第一淫人，一生以女人為生命，最後也為女人而喪命。西門慶一輩子為了占有女人，為了能更多地占有女人，費盡心機，不惜錢財，可謂聰明極矣；然聰明反被聰明誤，到頭來不免命喪黃泉，可惜了那一群美色妻妾，偌大的產業！

西門慶死前得病露出徵象，最早是在第七十八回「兩戰林太太」之後。這一次西門慶特別賣力，結果回到家後便對月娘說：「明日我也不往那裏去，薛太監請我門外看春，我也懶待去。這兩日春氣發也怎的，祇害這邊腰腿疼。」月娘以為是痰火，要請任醫官討兩服藥吃，西門慶卻要強不肯，說是過了這兩日心靜些就好了。後來他又對應伯爵說起：「這兩日不知酒多了也怎的，祇害腰疼，懶待動旦。」應伯爵便也信口答曰：「哥，你還是酒之過，濕疾流注在這下部。」其實，西門慶並不僅僅是因為飲酒過度，更主要

的是他淫欲過度造成了體力與精神的極大虧損。西門慶自己心裏不清楚嗎？還是他自欺欺人不願公開承認這一點？他為什麼在精力如此不濟的情況下，還保持著那麼強烈的性欲呢？他因為害腿疼想起任醫官用人乳服藥的話，便叫如意兒擠奶，竟又乘機與她大戰了一場。晚上又進潘金蓮房裏，與她共度良宵，自然也少不了雲雨之事。第二天晚上飲酒到很晚才回家，又到前邊如意兒房裏歇了。緊接著又發生了一件大事，對西門慶的病起了很大的促進作用，這就是他遇見了何千戶的娘子藍氏。

藍氏是應吳月娘之邀，與諸位地方官員的夫人們一起來赴席的。西門慶以前沒有見過，這次躲在簾後見了，立時「魂飛天外，魄喪九霄，未曾體交，精魄先失」。後來月娘把藍氏迎進後堂，請西門慶來拜見，西門慶「連忙整衣冠行禮，恍若瓊林玉樹臨凡，神女巫山降下，躬身施禮，心搖目蕩，不能禁止」。西門慶的魂就像被藍氏勾走了一樣，精神恍惚起來，而這是以往從來沒有過的。這種異常現象，是否預示著西門慶的死期臨近了呢？書中沒有明說，但在情節敘述過程中突然加入了這麼一段議論：「次第明月圓，容易彩雲散。樂極悲生，否極泰來，自然之理。西門慶但知爭名奪利，縱意奢淫，殊不知天道惡盈，鬼錄來追，死限臨頭。」[19]如此說來，西門慶遇藍氏確是他就要亡命的徵兆。結果當晚後堂中點燈，有小優彈唱燈詞，西門慶就堅持不住了，連連打瞌睡，嘴裏還念叨：「不知怎的，今日祇是沒精神，打睡。」宴會散後，藍氏上轎回家，西門慶又在黑影裏走到門口，目送著她離去。西門慶對待其他女人，似乎從來沒有這麼鍾情過，為什麼對藍氏竟是如此異常的愛慕？送完藍氏回來，他在夾道裏遇上來爵的媳婦，又乘興將她姦要了。這一回的回後詩云：「未曾得遇鶯娘面，且把紅娘去解饞。」意思是說西門慶雖然姦的是來爵媳婦，心裏想的還是藍氏。

可怕的是，西門慶對自己的身體和精神上的異常都沒加注意，尤其沒與死亡聯繫起來，這就使他在死亡的道路上愈滑愈快。第七十九回一開始就有八句詩，並解說「此八句詩，乃邵堯夫所作，皆言天道福善，鬼神惡盈，作善降之百祥，作不善降之百殃。西門慶自知淫人妻子，而不知死之將至」。這說明作者已把西門慶的死亡安排在近期，而西門慶在這短短的命限裏仍然為所欲為，酒色之欲絲毫未減。與此同時，吳月娘做了一個怪夢，與西門慶的死也是大有關係的。月娘告訴西門慶：「敢是我日裏看見他王太太穿著大紅絨袍兒，我黑夜就夢見你李大姐箱子內尋出一件大紅絨袍兒，與我穿在身，被潘六姐匹手奪了去，披在他身上。教我就惱了，說道：他的皮襖你要的去穿了罷了，這件袍兒你又來奪！他使性兒把袍兒上身扯了一道大口子，吃我大嚷喝，和他罵嚷，嚷嚷

---

19 《金瓶梅詞話》第七十九回。

著就醒了，不想都是南柯一夢。」[20]後來吳神仙圓夢時認為月娘紅衣罩體，正預示著孝服臨身，是極不吉利的。自此以後，西門慶愈發沒精神，祇是瞌睡，不想動彈。

如果說西門慶是因淫而死的話，那麼責任並不完全是他的，還有幾個淫蕩女人的責任。西門慶得了病，幾個性欲過剩的女人又加緊了對他的圍攻。先是韓道國的老婆王六兒，托王經捎來了一包東西，打開一看，竟是用自己的頭髮編成的一個同心結淫托子，行房時用的，編得十分精巧。西門慶見了滿心歡喜，又強打起精神來到王六兒房裏，被這老淫婦整纏了一夜。其實西門慶明是與王六兒交歡，心裏仍舊想的是藍氏，這一個秘密王六兒當然是不知道的，她還在一廂情願地為西門慶獻身呢！正是與王六兒完事之後，西門慶上馬回家，走到路上忽然眼前起了幻影，像是有個黑影向自己撲過來，險些栽下馬來，回到家便雙腿發軟，連路也走不了了。在這個關頭，潘金蓮又幹了些什麼呢？她竟然不顧男人的死活，當晚給他吃了過量的春藥，致使他精血流盡，昏死了過去。第二天一早起來梳頭，頭腦發暈，一頭搶到地上，自此便臥床不起，一直到死。

當吳月娘得知西門慶幾乎跌倒，知道病重了，便尋找病因，追查責任。一開始便懷疑與金蓮有關，問她：「他昨日來家不醉？再沒曾吃酒？與你行甚麼事？」金蓮在這個當口自然不能承認，回道：「姐姐，你沒的說，他那咱晚來了，醉的行禮兒也不顧的。還問我要燒酒吃，教我拿茶當酒與他吃，祇說沒了酒，好好打發他睡了。自從姐姐那等說了，誰和他有甚事來，倒沒的羞人子刺刺的。倒祇怕外邊別處有了事來，俺每不知道。若說家裏，可是沒絲毫事兒。」[21]接著月娘又叫來玳安審問，這才問出是在王六兒那裏吃酒來，又交待出前天和林太太的事。於是月娘、玉樓、金蓮都爭先恐後地罵王六兒和林太太是老淫婦。月娘說：「嗔道教我拿帖兒請他，我還說人生面不熟，他不肯來，怎知和他有聯手。我說恁大年紀，描眉畫鬢兒，搽的那臉倒相膩抹兒抹的一般，乾淨是個老浪貨！」玉樓也說：「姐姐，沒見一個兒子也長恁大，大兒大婦，還幹這個營生。忍不住，嫁了個漢子。」金蓮當然罵得更厲害，罵林太太老淫婦，罵王六兒「乾淨一家子都養漢，是個明王八」。不過她罵的目的與吳月娘、孟玉樓不同，吳、孟是出於真心，是愛護漢子的心，金蓮卻是為了掩飾自己，推脫自己的罪責。其實要說罪責，金蓮不比林太太、王六兒少，應該說是三人「共同犯罪」，才造成西門慶這種局面。當然，這並不意味著西門慶僅僅是個受害者，首要責任在他自身，這是他一生好淫的應有下場。書中說得好：「西門慶祇知貪淫樂色，更不知油枯燈盡，髓竭人亡。」說到底，是西門慶自尋死路。

20　《金瓶梅詞話》第七十九回。
21　《金瓶梅詞話》第七十九回。

眼見西門慶病得沉重，全家慌了，先後找了幾個醫生來看病，都說是病入膏肓，難以醫治。又請人算他的命數，原來氣數已盡，就是神仙也難救他的命了。就這樣，西門慶挨了幾日，便一命歸西，去見閻王了。

考西門慶的一生，他全在酒色財氣中做活計，用盡心力，終於使自己由一個普通的店鋪主人躍而為強者，不能說不是智者、勇者。但是最終，他又自己埋葬了自己，終生追求的女色成為置他於死地的「殺手」，這樣看來他又是個愚者、弱者。

(六)

西門慶就像一棵大樹，多少人跟著他乘涼受惠；西門慶又像一座大山，多少人背靠著他得以生存。整個西門家族，就是以西門慶為中心支撐起來的，構成了一個小小的世界。而當這棵大樹剎那間撲倒在地，這座大山突然冰消無蹤時，馬上便造成了一陣混亂和騷動，正常的秩序被打亂了，多少人和事突然間變了模樣，世界就像是翻了一個個兒，一切都與平時不一樣了。很難分清究竟是以前是假的，還是現在是假的。我們不妨按順序羅列一下西門慶死後的怪現象：

一，西門慶這邊剛咽氣，吳月娘便打發人趕快去看板材預備棺材。人剛打發走，月娘便一陣肚子疼，原來是要生孩子。玉樓叫小廝快去請蔡老娘，叫李嬌兒看著月娘。誰想在這個節骨眼上，李嬌兒竟趁著月娘昏迷不省人事，偷了她箱子裏的五錠元寶，藏到了自己屋裏。李嬌兒平時似乎沒有這個毛病，是見漢子死了，得撈一把則撈一把也。

二，接生婆蔡老娘來了之後，月娘登時生下一個男孩兒來。蔡老娘為孩子剪去臍帶，煎定心湯與月娘吃了，又把月娘扶到炕上坐定，月娘叫給了蔡老娘三兩賞銀。若在以前，蔡老娘收下銀子還要說許多客氣的話。而這次卻不同了，嫌給的少，說：「養那位哥兒賞了我多少，還與我多少便了。休說這位哥兒是大娘生養的。」月娘祇好向她解釋說：「比不的那時有當家的老爹在此，如今沒了老爹，將就收了罷。待洗三來，再與你一兩就是了。」蔡老娘還是不答應，結果又要了一套衣裳才作罷。如果西門慶活著，蔡老娘是不敢這樣要求的。

三，月娘生下孩子後，發現屋裏盛銀子的箱子大開著，便罵玉簫：「賊臭肉，我便昏了，你也昏了！箱子大開著，恁亂烘烘人走，就不說鎖鎖兒。」玉樓聽了此話多心起來，以為月娘懷疑自己，便生氣走了出來，對金蓮說：「原來大姐姐恁樣的！死了漢子頭一日，就防範起人來了！」不滿之意溢於言表。孟玉樓是極厚道的人，如果西門慶不死，玉樓是不會說出這種話來的；這種話本來只應在金蓮口中說出。其實吳月娘的擔心並不是多餘的，五錠銀子早就被李嬌兒偷走，祇是月娘還沒有發現罷了。

四，西門慶有病時，曾派來爵、春鴻跟著李三到兗州宋御史那裏討古器批文，原想

做下一筆大買賣。批文得到後，幾個人往返十餘日光景，回到清河縣，剛進城，就聽人說西門慶已經死了，正在念經做齋。李三聽了心生奸計，與其他兩個合計，每人給十兩銀子，不要聲張，自己拿著批文去投奔張二官，尋找新主子。後經春鴻回家報告，吳大舅要告到官府去。應伯爵聽說後自告奮勇前往做工作，把批文要回來。誰知應伯爵去後，又與李三、黃四合計，拿出一部分銀子來賄賂吳大舅，仍將批文交給張二官去。

這幾件事都發生在西門慶剛剛死去的時候，真叫人產生世紀末的感覺！想想西門慶在時，眾人趨附阿諛尚恐不及，哪有人敢於如此背叛他！以上幾件事還不算大的，這祇是序幕，在後來的幾天時間裏所發生的事情，更能讓人深刻領悟「樹倒猢猻散」的真正含義，讓人領略世態的冷暖人情！

我們先來看應伯爵這幫幫閒們是怎麼做的。西門慶生前，應伯爵之流已經做了充分表演，吹鬚拍馬，阿諛奉承，奴顏婢膝，出妻獻子，真是無所不用其極。現在西門慶死了，他們又重新聚到一塊兒，弔唁這個曾給予他們很多幫助的「大哥」。書中是這樣寫的：

> 這應伯爵約會了齋祀中幾位朋友，頭一個是應伯爵，第二個謝希大，第三個花子由，第四個祝日念，第五個孫天化，第六個常時節，第七個白來創。七人坐在一處，伯爵先開口說道：「大官人沒了，今二七光景。你我相交一場，當時也曾吃過他的，也曾用過他的，也曾使過他的，也曾借過他的，也曾嚼過他的。今日他沒了，莫非推不知道？灑土也眯了後人眼睛兒也！他就到五閻王根前，也不饒你我了。你我如今這等計較：每人各出一錢銀子，七人共湊上七錢。使一錢六分，連花兒買上一張桌面，五碗湯飯，五碟果子；使了一錢，一付三牲；使了一錢五分，一瓶酒；使了五分，一盤冥紙香燭；使了二錢，買一錢軸子；再求水先生作一篇祭文，使一錢二分銀子雇人抬了去，大官人靈前，眾人祭奠了。咱還便益，又討了他值七分銀一條孝絹，拿到家做裙腰子。他莫不白放咱每出來，咱還吃他一陣。到明日，出殯山頭，饒飽餐一頓，每人還得他半張靠山桌面，來家與老婆孩子吃著，兩三日省了買燒餅錢。這個好不好？」[22]

這是應伯爵向他的幾位狐朋狗友出的主意，結果眾人都贊成。前半截說的還挺像人話，後半部分說的就實在太不像話了！既然平時吃他的，用他的，借他的，受惠是那麼多，現在竟然每人祇出一錢銀子來祭奠他們的恩人！不僅如此，他們還準備在祭祀時連吃加拿，不但要把那一錢銀子賺回來，還要稍微賺上幾天的燒餅錢！應伯爵盤算得實在

22　《金瓶梅詞話》第八十回。

太精細了！西門慶的幾位結拜兄弟，雖然不是每個人都受過他的恩惠，像應伯爵、謝希大、常時節這幾位還是經常受到關照和幫助的，或在銀錢上，或在人情上。常時節買房一次就用了西門慶幾十兩銀子；而應伯爵平時從西門慶手裏得到的就更多了，老婆生孩子，西門慶一次就白送了五十兩足色紋銀。至於平時跟著西門慶吃喝的花費，簡直就難以計算了。可現在，應伯爵竟然提議每人祇出一錢銀子為西門慶祭奠，而且還想趁機再撈一把！西門慶若地下有知，一定會對結交下這麼一幫「兄弟」深感悔恨。

應伯爵之流的行為當然是不齒的，但倒也不值得大驚小怪，因為這是他們的職業決定的，是他們的本性決定的。幫閒不就是圍著有錢有勢的人轉悠，對著他們說些吹噓逗樂的話引得他們高興，以求賞給他們一口吃的，或者進一步再給他們幾兩銀子養家糊口嗎？食客不就是為了自己和老婆孩子都吃飽肚子嗎？他們沒有什麼高深的目的，也不需要什麼高超的技巧，一切都十分清楚明瞭，實實在在。他們的這種樸素而實在的目的，決定了必須採取實用主義的態度，他們的一切行為都要產生相應的看得見的效果，如果沒有這種效果，那他們還要白費力氣幹什麼？這在他們的邏輯裏，是再簡單不過的道理了。既然被吹捧的對象已經不存在了，那他們為什麼還要自作多情，對著一個空洞的靈魂大表忠誠呢？

這一回的回首有八句詩：「寺廢僧居少，橋塌客過稀。家貧奴婢懶，官滿吏民欺。水淺魚難住，林疏鳥不棲。世情看冷暖，人面逐高低。」作者認為「此八句詩，單說著這世態炎涼，人情冷暖，可歎之甚也」[23]。接著作者便以應伯爵這一夥幫閒祭祀西門慶為例，說明世間人與人的關係真是令人心寒齒冷。其實對應伯爵等人與西門慶的關係，旁眼人倒看得十分清楚。如水秀才與應伯爵是朋友，對他甚為瞭解，早就知道「應伯爵這起人與西門慶乃小人之朋」，所以在他為西門慶寫的祭文裏，用辛辣的比喻把西門慶說成是陽性生殖器，伯爵之流則是「受恩小子，常在胯下隨幫」，「見今你便長伸著腳子去了，丟下子如斑鳩跌彈，倚靠何方？」「撇的人垂頭跌腳，閃得人囊溫郎當」，對這夥無恥之徒進行了尖銳的諷刺嘲笑。在這一回的結尾，作者又這樣告誡世人：

但凡世上幫閒子弟，極是勢利小人。見他家豪富，希圖衣食，便竭力承奉，稱功誦德。或肯撒漫使用，說是疏財仗義，慷慨丈夫。脅肩諂笑，獻子出妻，無所不至。一見那門庭冷落，便唇譏腹誹，說他外務，不肯成家立業，祖宗不幸，有此敗兒。就是平日深恩，視如陌路。當初西門慶待應伯爵，如膠似漆，賽過同胞兄弟，那一日不吃他的，穿他的，受用他的。身死未幾，骨肉尚熱，便做出許多不

23　《金瓶梅詞話》第八十回。

義之事。正是：畫虎畫皮難畫骨，知人知面不知心。[24]

作者的這段憤激之詞，雖是針對應伯爵的忘恩負義行為而言，卻有著十分廣泛的意義。幫閒與主子的關係是這樣，夫妻呢？朋友呢？主奴呢？從作者的描寫中我們得知，無不如此。

妻妾們

（一）

看過《金瓶梅》的人，都知道潘金蓮是書中的一霸，在西門慶的眾妻妾中，數她最詭計多端，心狠手毒。不過就像任何事物都有一個發展過程一樣，潘金蓮這種性格的形成也有一個漸進過程，書中的情節為我們提供了其性格發展的軌跡。比如說金蓮在與西門慶偷情階段，金蓮剛嫁入西門慶家裏，以及金蓮漸漸在家裏站穩腳跟這幾個不同階段中，其性格表現是完全不同的。

當潘金蓮還是武大郎名義上的妻子的時候，她遇上了相貌堂堂、有錢有勢的西門慶，乾涸已久的感情得到這位風月老手的滋潤，她嘗到了在武大郎那裏從未嘗到過的被一雙有力的臂膀摟住的滋味；而與此同時，潘金蓮也癡情地將自己的終身託付給了這位新主人，為此，她甚至不惜冒險參與殺死了自己的原夫。不過此後不久，我們意外地發現這位凶殘殺死丈夫的女人，竟是一個感情極其豐富而又脆弱的人。這時正值西門慶與孟玉樓打得火熱，先是來往相親，接著又是娶親，足鬧了一個多月，直把潘金蓮閃得「芳容消瘦虛鸞鏡，雲鬢鬆墜玉釵」，茶飯無心，寢食無味。金蓮每日門兒倚遍，眼兒望穿，屢屢打發迎兒前往西門慶門首探看，無奈竟連西門慶個人影也見不到。她又用紅繡鞋打了相思卦，向玳安哭訴見不到漢子的悲傷，寫下情意綿綿的情書，彈著琵琶獨自唱出對西門慶的一腔癡情……總之，她被失戀搞得神魂顛倒，種種行為讓人確信她是世界上最多情的女人。

潘金蓮的種種行為都是裝出來的嗎？應該相信她的這些行為是可信的，確實是她此時內心世界的外露。潘金蓮此時的處境是：1、她終於遇到了西門慶這樣的男子漢，得到了她久欲得到的東西，這對她的不美滿婚姻是一個極大的補償；顯然，她不願意這麼快就失去這一切。2、她已與西門慶合夥殺死了自己的丈夫，堵死了自己的後路，所以祇有

24　《金瓶梅詞話》第八十回。

與西門慶結合才是今後的惟一出路；如果此時西門慶將她拋棄，無異於把她推向死地。鑒於這樣的處境，潘金蓮此時所具有的不僅是多情和悲傷，還有嚴重的恐懼心理，這兩種情緒相互交織，使潘金蓮的精神變得近乎混亂和顛狂。如果不是王婆終於找來了西門慶，潘金蓮說不定會發生什麼事情。

當潘金蓮終於成為西門慶眾妻妾中的一員的時候，又表現出性格的另一個側面。書中寫西門慶把潘金蓮娶到家裏，收拾花園內樓下三間與她做房，一個獨門小院，甚為幽靜。為她置買了一張黑漆歡門描金床，及帳幔、桌椅擺設等物。又將月娘房內的丫頭春梅交給金蓮使用，用六兩銀子新買了上灶丫頭秋菊。

金蓮的到來，顯然對西門慶的原有妻妾形成一股強有力的「衝擊波」，又像在平靜的湖水中投下了一塊巨石，引起了久久難以平息的震盪。先是金蓮進門第二天拜見大小，遞見面鞋腳，書中寫道：

> 月娘在坐上，仔細定睛觀看，這婦人年紀不上二十五六，生的這樣標緻，但見：眉似初春柳葉，常含著雨恨雲愁；臉如三月桃花，暗帶著風情月意。纖腰嫋娜，拘束的燕懶鶯慵；檀口輕盈，勾引得蜂狂蝶亂。玉貌妖嬈花解語，芳容窈窕玉生香。吳月娘從頭看到腳，風流往下跑；從腳看到頭，風流往上流。論風流，如水晶盤內走明珠；語態度，似紅杏枝頭籠曉日。看了一回，口中不言，心內暗道：「小廝每家來，祇說武大怎樣一個老婆，不曾看見，今日果然生的標緻，怪不的俺那強人愛他。」[25]

西門慶與潘金蓮的風流韻事，吳月娘早有所聞，對潘金蓮的美貌也聽小廝們說過。而今天吳月娘如此細細地端詳潘金蓮，意在解開心中的一個疙瘩：「俺那強人為什麼愛她？潘金蓮究竟是用什麼迷住了漢子的心？」看的結果，她不能不承認潘金蓮的美貌，不能不承認潘金蓮的風流，不能不承認潘金蓮確實有迷人的魅力！當她在心裏承認這些的同時，一股妒火同時也在她的心裏升起。所謂「今日果然生的標緻」，所謂「怪不的俺那強人愛他」，話裏明顯有一絲不甚情願的意思在，明顯有一絲醋意包含其中。

在吳月娘等人細觀潘金蓮的同時，潘金蓮也在細細地打量吳月娘等人——對潘金蓮這種性格的人來說，絕不是因為好奇，而是為了「戰略的需要」。書中寫道：

> 這婦人坐在旁邊，不轉睛把眼兒祇看吳月娘：約三九年紀，因是八月十五日生的，故小字叫做月娘。生的面若銀盆，眼如杏子，舉止溫柔，持重寡言。第二個李嬌

25　《金瓶梅詞話》第九回。

兒，乃院中唱的。生的肌膚豐肥，身體沉重，在人前多咳嗽一聲，上床賴追陪，解數名妓者之稱，而風月多不及金蓮也。第三個就是新娶的孟玉樓，約三十年紀。生的貌若梨花，腰如楊柳，長挑身材，瓜子臉兒，稀稀多幾點微麻，自是天然俏麗。唯裙下雙灣金蓮，無大小之分。第四個孫雪娥，乃房裏出身，五短身材，輕盈體態，能造五鮮湯水，善舞翠盤之妙。這婦人一抹兒多看到在心裏。[26]

好一個「多看到在心裏」！雖然吳月娘等人在看金蓮的同時，金蓮也在看她們，但雙方看的目的是大不相同的。如果說吳月娘是為了解開心中的困惑，其他人多是好奇的話，那麼潘金蓮則純粹為了制定今後的生活「戰略」，是大有深意的。

事實上，金蓮的這種意圖三天後就清楚地暴露出來：

過三日之後，每日清晨起來，就來房裏與月娘做針指，做鞋腳。凡事不拿強拿，不動強動。指著丫頭，趕著月娘一口一聲祇叫「大娘」，快把小意兒貼戀。幾次把月娘喜歡的沒入腳處，稱呼他做「六姐」，衣服首飾揀心愛的與他，吃飯吃茶和他同桌兒一處吃。因此，李嬌兒等眾人見月娘錯敬他，各人都不做喜歡，說：「俺們是舊人，倒不理論；他來了多少時，便這等慣了他，大姐好沒分曉。」[27]

讀過《金瓶梅》的人都知道，潘金蓮絕非那種低三下四之人，用她自己的話說，「我是個不戴頭巾的男子漢，叮叮噹噹響的婆娘」！那麼，她為什麼入門之後就趕忙向吳月娘「貼小意兒」呢？其實，這正是她的聰明處。如前所述，她已經殺死了自己的親夫，把一切交給了西門慶，而且她又剛剛經歷過一陣失戀的痛苦，好不容易重新抓住了西門慶，這使她對獲得正式進入西門慶家門的權利格外珍惜。當然，潘金蓮所考慮的不僅僅是進入這個家門，她考慮更多的是如何在這個家裏立住腳跟，在西門慶其他幾個妻妾面前占有一席之地，以便進一步擴大地盤。她心裏很明白，如果用財產的尺碼去衡量，她是無法與其他幾位娘子相比的；即使從根基上相比，她也處於明顯的劣勢；更何況她與西門慶的苟且、殺死原夫的惡行，也在心靈上蒙上一層濃重的陰影。這一切使她明白，要想在這個家裏取得平等的資格，並進而後來居上，她必須完全拋棄「不戴頭巾的男子漢」的姿態，採取謙恭甚至卑下的態度，跟每一個人建立良好的關係，尤其是主家娘子吳月娘。正是基於這樣的原因，潘金蓮「凡事不拿強拿，不動強動」，並不斷向吳月娘「貼小意兒」獻殷勤。果然，不論金蓮是真心還是假意，她在吳月娘那裏確確實實地收到

26　《金瓶梅詞話》第九回。
27　《金瓶梅詞話》第九回。

了實效。李嬌兒等人雖然對此不滿，但她們的「舊人、新人」的理論太缺乏說服力；事實上，潘金蓮的這些反常行為乃是一種陰謀手段。這一點，吳月娘是在李瓶兒死時才認識到的。

但不管怎麼說，潘金蓮初入西門之家，便贏得主家娘子吳月娘的好感，並與西門慶「如膠似漆，百依百隨」，很快地站穩了腳跟，為以後施展「全掛子的本事」打下了基礎，這不能不說是潘金蓮的初步勝利。

（二）

潘金蓮嫁到西門慶家之後，先是待人謙和，做事勤謹，頗得吳月娘的好感。這是她軟的一手。但過了不久，潘金蓮便迫不及待地暴露出了其性格的另一面，開始讓人們領教其硬的一手。第十一回「潘金蓮激打孫雪娥」將金蓮的這一手寫得很精彩，讓人初步認識了真正的潘金蓮。

這一回寫的是「潘金蓮在家恃寵生驕，顛寒作熱，鎮日夜不得個寧靜。性極多疑，專一聽籬察壁，尋些頭腦廝鬧」。潘金蓮進門不久，為什麼從謙恭和善的做人態度，突然變得「恃寵生驕，顛寒作熱」了呢？這是因為潘金蓮以為，進門時間雖不長，但一是抓住了吳月娘的心，二是勾住了漢子的心。書中寫金蓮「住著深宅大院，衣服頭面又相趁，二人女貌郎才，正在妙年之際」，「淫欲之事，無日無之」，金蓮幾乎達到專房的程度。對西門慶這個久戰情場的人來說，雖然經手的女人極多，但像金蓮這樣知心合意、如魚得水的女人，還從來沒有見過。潘金蓮不但以自己的身心討得了西門慶的歡心，還將貼身丫頭春梅讓西門慶收用了，這更讓西門慶欣喜異常，深為金蓮的寬廣胸懷而感動。而這春梅不但生有幾分顏色，性聰慧，而且喜謔浪，善應對，與金蓮可謂天生的一對。從此，二人相互配合，在西門慶大院裏掀起了一陣陣風浪。「激打孫雪娥」就是二人合夥的第一次表演。

這一次是金蓮為些零碎小事，罵了春梅幾句。春梅覺得心下委屈，又不敢跟這位新主人使性子，祇好跑到廚下拍盤摔碗，借出心中悶氣。正在廚下做飯的孫雪娥見她氣悶悶的樣子，開了一句不得體的玩笑：「怪行貨子，想漢子便別處去想，怎的在這裏硬氣？」不想春梅聽了這句話竟暴跳起來，怒吼：「那個歪廝纏我哄漢子！」並且走到前邊，添油加醋地告訴金蓮：「我和娘收了，俏一幫兒哄漢子。」這使金蓮心中甚為不快，但卻沒找到機會發作。

事有湊巧，第二天早上西門慶要吃荷花餅和銀絲鮮湯，使春梅廚下去取，金蓮趁機向西門慶告說孫雪娥罵她「俏成一幫兒哄漢子」的話，西門慶心中十分生氣。結果為因拿餅的事春梅又和孫雪娥罵將起來，孫雪娥認為是金蓮和春梅挑唆西門慶改換正常食

譜，故意與她為難。春梅回來後又一次添枝加葉地告訴潘金蓮和西門慶，使西門慶一怒之下痛打了孫雪娥一頓。挨了打的孫雪娥無處申說，跑到吳月娘那裏歷數潘金蓮的醜行，說她「比養漢老婆還浪，一夜沒漢子也成不的」，「當初在家把親漢子用毒藥擺死了，跟了來，如今把俺們也吃他活埋了。」誰知這話又被金蓮偷聽到，回房後即卸了濃妝，洗了脂粉，睡在床上大哭起來，非要向西門慶要休書不可。西門慶更怒，走到後邊又把孫雪娥狠打了一場。

事情的起因本來與潘金蓮關係不大，主要是春梅和孫雪娥鬥口引起來的。如果說到誰是誰非的話，孫雪娥除了玩笑話說得不太得體之外，似乎並無惡意。但春梅卻無中生有地反誣孫雪娥，將雪娥說的「想漢子」改成「俏一幫兒哄漢子」，並添加了「我和娘收了」云云。春梅被西門慶收用，是金蓮提議的，孫雪娥是否知道，書中沒有介紹，但孫雪娥提到「想漢子」一定引起了春梅的懷疑，以為雪娥是在含沙射影地指收用一事。看來做丫頭的被主人收用，並不是什麼值得炫耀之事，否則春梅不會像被人揭了短一樣暴跳如雷。但另一方面，春梅被西門慶收用不但改變了她的地位，「不令他上鍋抹灶，祇叫他在房中鋪床疊被，遞茶水」，更在心理上給了她一種優越感；否則，她作為一個丫頭，是屬於奴才輩的，怎敢向她的主人大發雷霆，以穢語相罵呢？孫雪娥雖然在家中的地位不高，但畢竟是主子輩的啊！原因祇能是，春梅自以為被主人收用，有了與孫雪娥平起平坐、決一雌雄的資本；起碼，不應該像以前一樣，連孫雪娥都敢「在灶上把刀背打他」！事實是，春梅自此以後充分利用了自己的這一優勢，跟著潘金蓮為非作歹，表現出咄咄逼人的勢頭！

對於潘金蓮來說，春梅與孫雪娥的爭鬥為她提供了一次極好的契機，使她由此而始，反守為攻，漸漸開始了爭奪「霸主」地位的鬥爭。選擇孫雪娥作為首要打擊對象，顯然也是很明智的。因為在西門慶的幾個妻妾中，數孫雪娥根基最淺，能耐最差，也最不討人喜歡。她被打入廚下做飯，與僕人幾乎沒有什麼區別，就是地位低下的明證。但是金蓮也知道，過門不久就與孫雪娥打鬧畢竟不太體面，於是暗暗地定下了借刀殺人之計，決定用西門慶之手達到自己的目的。她先是在西門慶使春梅到廚下拿餅時說：「你休使他。有人說我縱容他，教你收了，俏成一幫兒哄漢子，百般指豬罵狗，欺負俺娘兒們。你又使他後邊做甚麼去！」[28]

雖然她沒有將對手說明，但她知道西門慶心裏一定是清楚的。接著春梅沒有拿來餅、湯，卻與雪娥大罵起來。金蓮又趕忙不失時機地對西門慶道：「我說別要使他去，人自恁和他合氣，說俺娘兒兩個霸攔你在這屋裏，祇當吃人罵將來。」這一方面是表白自己

---

28 《金瓶梅詞話》第十一回。

說的都是事實，另一方面是往發怒的西門慶火上澆油，於是孫雪娥便不可避免地挨了幾腳。挨了打的孫雪娥實在不明白西門慶為何如此偏聽偏信，情急之下竟揭出潘金蓮毒死武大的醜事，這簡直是向金蓮的心上捅了一刀。金蓮羞辱交加，祇好潑婦般地哭叫著以要休書相威脅，實際上是在攛掇（或者逼迫！）西門慶對雪娥進行更嚴厲的懲罰。儘管這樣，金蓮仍覺得難消心頭之恨。對於自己的不光彩歷史，尤其是藥死武大一事，潘金蓮最怕別人念念不忘，更怕別人以此作為與之爭鬥的殺手鐧；而今天最沒地位的孫雪娥竟率先這樣做了，她除了反擊之外簡直無路可走——除非她甘願認輸，屈辱地度過後半生。反擊的方法似乎也祇有依靠西門慶，祇能依靠拳腳交加。因為那件人所共知的惡行，僅靠自己的利嘴頭子辯駁是不足以解決問題的，祇有靠「強拳」來對付。

「激打孫雪娥」一場，表面上看，似乎是潘金蓮取得了勝利，占了上風，但也向她提出警示，那就是：人們並未因為她進門後的「貼小意兒」而忘掉她的過去，她要想在西門家族中取得「霸主」地位，還會有艱苦的鬥爭。

（三）

在西門慶的眾妻妾中，孫雪娥是最受氣的一個，從「激打孫雪娥」的情節中可以看出。還有一個最不起眼兒的妾，這就是李嬌兒。李嬌兒的「不起眼」，不是她韜光斂形，為人謙恭，而是她在眾人眼裏似乎是可有可無，沒有什麼地位。嬌、娥二人為什麼處在這種地位呢？可能與她們的出身有關。李嬌兒原本是妓女，在妓院裏唱曲接客，賣笑追歡，後被西門慶娶到家裏。雖然當時是個思想意識頗具「開放」特點的時代，西門慶對妓女的身分並不太講究，但她在另外幾位妻妾眼裏，畢竟有「出身不好」的印象。至於孫雪娥，本為陪房丫頭，後升格為妾，長相既無可稱道之處，為人又頗不得體，惟「能造五鮮湯水，善舞翠盤」，由奴才而變為主人，總讓人覺得有點兒不服氣。既然這二位在西門大官人的家裏都處在不尷不尬的地位，所以她們便很自然地想到要聯合起來做事情。這樣的機會恰好就來了。

西門慶在妓院裏遇上了李桂姐，在應伯爵等人的一力攛掇下，梳籠了李桂姐，貪戀其姿色，約半月工夫不曾回家。儘管吳月娘使小廝去馬接了幾次，都沒有接回來。西門慶不在了，他的幾位妻妾都覺得難以忍受。尤其是潘金蓮，書中寫她「欲火難禁一丈高，每日和孟玉樓兩個，打扮粉妝玉琢，皓齒朱唇，無一日不走到大門首，倚門而望，等到黃昏時分。到晚來歸入房中，衾枕孤幃，鳳台無伴，睡不著」[29]。潘金蓮的亢奮情欲得不到宣洩，這對她來說是一件大事，便又與西門慶寫信，讓玳安送到院裏。不想這封信

---

[29] 《金瓶梅詞話》第十二回。

惹得桂姐起了醋意，故意裝出惱怒的樣子。西門慶一氣之下將信撕得粉碎，又把玳安踢了兩腳，趕他快回家。潘金蓮見玳安落荒而回，男人也沒請到，便氣惱地對月娘、玉樓等人說：「十個九個院中淫婦，和你有甚情實？常言說的好：船載的金銀，填不滿煙花寨。」金蓮罵妓女無情，不防此話卻被李嬌兒聽到，「李嬌兒從玳安自院中來家時分，走來窗下潛聽，見潘金蓮對著月娘罵他家千淫婦、萬淫婦，暗暗懷恨在心，從此二人結仇。」擅長「聽籬察壁」的潘金蓮做夢也沒想到被李嬌兒來了個「反偵察」！

禍不單行，正在這時，潘金蓮又有一件醜事被李嬌兒牢牢攥在手裏，成為報復的工具。原來孟玉樓身邊有個小廝，名喚琴童，「年約十六歲，才留起頭髮，生的眉目清秀，乖滑伶俐。……以此婦人喜他，常叫他入房，賞酒與他吃。兩個朝朝暮暮，眉來眼去，都有意了。」一日金蓮實在按捺不住，便將琴童叫進房來，給他酒吃，酒酣，兩個人便退衣解帶，幹做一處。自此為始，天天如此。

琴童能與主母「幹做一處」，自然心滿意足。巨大的自豪感讓他難以抑制，便在喝酒的時候洩露出來。風聲傳進剛剛挨打受辱的孫雪娥和剛與金蓮結仇的李嬌兒耳朵裏，二人感到意外的高興，齊說：「賊淫婦！往常言語假撇清，如何今日也做出來了？偷養小廝！」顯然，金蓮此事對二人來說，真可謂「天助我也」，自然不會放過這次絕好的報仇機會！於是，她們聯合起來到吳月娘處告狀，最終目的自然是使西門慶知道，用西門慶的手懲罰這個「假撇清」的淫婦，以解她們的心頭之恨。誰想吳月娘對二人的小報告竟然不相信，並以會得罪孟玉樓為藉口，將二人頂了回來。吳月娘不相信是符合邏輯的，因金蓮進門後常以小意兒貼戀月娘，早已攏住了她的心；而李嬌兒、孫雪娥則平素信譽就不佳，又兼與金蓮有矛盾，這是月娘知道的。嬌、娥看到月娘不信任自己，也無可奈何，「二人無言而退」。但並未死心，她們相信「若要人不知，除非己莫為」的古話。果然，有一天金蓮與小廝在房中行事，忘記關廚房門，被丫頭秋菊出來解手遇上了——秋菊雖然蠢笨，但這種事情也是能看出點兒眉目來的。第二天秋菊告訴小玉，小玉又告訴了雪娥。雪娥覺得這一次有人證，不似上次空口無憑，於是找到李嬌兒，再一次信心百倍地來找吳月娘，聲言：「他屋裏丫頭親口說出來，又不是俺們葬送他。大娘不說，俺們對他爹說。若是饒了這個淫婦，自除非饒了蠍子娘是的。」月娘見事態要擴大，趕緊聲明「我不管你」，以圖明哲保身。嬌、娥得了此話，索性大著膽子幹起來，等西門慶回來，將他叫進屋裏，一五一十地學了一遍。西門慶本是情場上的「進攻手」，攻城掠地，所向披靡，哪裏想到後院城池失守！所以聽了此話，「怒從心上起，惡向膽邊生。走到前邊坐下，一片聲叫琴童兒……被西門慶叫到前廳跪下，分付三四個小廝，選大板子伺候。」結果，琴童挨了三十大棍，被打得皮開肉綻，雙腿流血，最後又趕出了家門。

再說金蓮聞知東窗事發，一下子慌了手腳。她先是「使春梅忙叫小廝到房中，囑付千萬不要說出來，把頭上簪子都要過來收了」。接著又聽到琴童被趕了出去，知道事情不妙，渾身就像掉在冷水裏一般，直打哆嗦。書中接著寫道：

> 不一時，西門慶進房來，唬的戰戰兢兢，渾身無了脈息，小心在旁扶侍接衣服。被西門慶兜臉打了個耳刮子，把婦人打了一交。分付春梅，把前後角門頂了，不放一個人進來。拿張小椅兒坐在院內花架兒底下，取了一根馬鞭子拿在手裏，喝令淫婦脫了衣裳跪著。那婦人自知理虧，不敢不跪，倒是真個脫去了上下衣服，跪在面前，低垂粉面，不敢出一聲兒。西門慶便問：「賊淫婦，你休推睡裏夢裏，奴才我才已審問明白，他一一都供出來了。你實說，我不在家，你與他偷了幾遭？」婦人便哭道：「天麼，天麼！可不冤屈殺了我罷了！自從你不在家半個來月，奴白日裏祇和孟三姐做一處做針指，到晚夕早關了房門就睡了，沒勾當不敢出這角門邊兒來。你不信，祇問春梅便了。有甚和鹽和醋，他有個不知道的？」因叫春梅來：「姐姐，你過來，親對你爹說。」西門慶罵道：「賊淫婦！有人說你把頭上金裹頭簪子兩三根，都偷與了小廝。你如何不認？」婦人道：「就屈殺了奴罷了！是那個不逢好死的嚼舌根的淫婦，嚼他那旺跳的身子！見你常時進奴這屋裏來歇，無非都氣不憤，拿這有天沒日頭的事壓枉奴。就是你與的簪子，都有數兒，一五一十都在，你查不是！我平日想起甚麼來，與那奴才？好成樣的奴才！也不枉說的行，一個尿不出來的毛奴才，平空把我纂一篇舌頭。」[30]

好一個潘金蓮！她的這段辯詞編得何等合情合理，有聲有色！西門慶聽她說得並無漏洞，祇好說「簪子有沒罷了」。但又取出從琴童身上搜出來的錦香囊，不容淫婦分說，便「向他白馥馥香肌上颺的一馬鞭子來，打得婦人疼痛難忍，眼噙粉淚，沒口子叫道：『好爹爹！你饒了奴罷！……』」金蓮一面哭著求饒，一面又扯謊說錦香囊是丟在花園裏，被琴童拾去的。西門慶原本是怒火沖天，但見了婦人脫得赤條條的，又嬌聲嫩啼地跪在地上求饒，竟忽然由怒變憐，「那怒氣早已鑽入爪哇國去了，把心已回動了八九分」。西門慶既有憐愛之心，自然不願再打金蓮，便找了個台階，順勢拉過春梅來，摟在懷裏問她：「淫婦果然與小廝有首尾沒有？你說饒了淫婦，我就饒了罷。」於是竟真的饒了。一場暴風驟雨式的大事情，就這樣虎頭蛇尾地結束了。

潘金蓮這次皮肉受苦雖不多，但給她的屈辱是永遠不能忘的。所以她惡狠狠地對玉樓說：「三姐，你看小淫婦今日在背地裏白唆調漢子，打了我恁一頓。我到明日，和這

30　《金瓶梅詞話》第十二回。

兩個淫婦冤仇結的有海深。」[31]這確實是潘金蓮的性格！她喜歡記仇，她喜歡報復，她尤其不能容忍「裁」在李嬌兒、孫雪娥這樣的人手裏。其實，這也正是她的缺點。她不明白物極必反的道理，她缺乏能屈能伸的品格，她一生都是如此。所以結果也正死在這上面。她衹知道是李嬌兒、孫雪娥使她蒙受了這次奇恥大辱，但她卻沒想到正是她的「激打」才使孫雪娥受了皮肉之苦，正是她偷罵桂姐「淫婦」才使李嬌兒嫉恨在心。嬌、娥二人明知自己在西門慶家裏地位不如別人，心裏肯定早就存在著不平衡，如今又眼睜睜看著潘金蓮後來居上，並且欺負到了自己的頭上，這不能不激起她們的反抗。手法當然算不上高明——同樣是借西門慶之「矛」攻潘金蓮之「盾」，與潘金蓮的「激打」手法沒有什麼兩樣。其實，西門慶這幾位妻妾們的明爭暗鬥，差不多都是借西門慶作進攻武器或退卻的擋箭牌，這是幾位女人共同的聰明之處。因為事情明擺著，作為妻妾，她們之間雖然有主次之別，但畢竟同屬於一個男人，是他的附屬物，這是她們的共同點。衹靠她們中的某一個人制服另一個人，那是很困難的，或者衹能是吃力不討好。依靠西門慶去懲治對方，將有泰山壓頂之勢，而且勝利者並不是西門慶，而是自己，自己的智慧、力量和地位將會由此得以充分體現。她們都把西門慶作為一個槓桿的支點，壓下對方，抬高自己。對立的雙方此伏彼起，忽高而又低，這就是西門家的女人們的「悲喜劇」！

（四）

　　一天西門慶閑得無聊，聽玳安說賁四的娘子自從嫁了女兒以後，無所事事，十分孤悶，便對玳安說：「他既沒人使，你每替他勤勤兒也罷。」並且忽然心生一念，悄悄對玳安說：「你慢慢和他說：如此這般，爹要來你這屋裏來看你看兒，你心如何？看他怎的說。他若肯了，你問他討個汗巾兒來與我。」玳安為西門慶牽合已經很有經驗，所以爽快地答應下來，並且很快就聯繫停當，回來對西門慶說那邊的反應：「小的將爹言語對他說了。他笑了，約會晚上些伺候，等爹過去坐坐，叫小的拿了這汗巾兒來。」西門慶連忙將汗巾袖了，單等晚上赴會。到了晚上，西門慶見四外沒人，兩三步就走入賁四家裏。因賁四就住在對門，十分便利。書中說：

> 衹見賁四娘子兒在門首獨自站立已久，見對門關的門響，西門慶從黑影中走至跟前。這婦人連忙把封門一開，西門慶鑽入裏面。婦人還扯上封門，說道：「爹請裏邊紙門內坐罷。」原來裏間槅扇廂著後半間，紙門內又有個小炕兒，籠著旺旺的火，桌上點著燈，兩邊護炕從新糊的雪白，掛著四扇吊屏兒。那婦人頭上勒著

31　《金瓶梅詞話》第十二回。

翠藍銷金箍兒，鬆髻插著四根金簪兒，耳朵上兩個丁香兒，上穿紫綢襖，青綃絲披襖，玉色綃裙子，向前與西門慶道了萬福，連忙遞了一盞茶兒與西門慶吃，因悄悄說：「祇怕隔壁韓嫂兒知道。」西門慶道：「不妨事。黑影子他那裏曉的！」於是不由分說，把婦人摟到懷中就親嘴，……西門慶向袖中掏出五六兩一包碎銀子，又是兩對金頭簪兒，遞與婦人節間買花翠帶。婦人拜謝了，悄悄打發出來。[32]

兩人都以為神不知鬼不覺，不會有人知道，誰想隔壁的韓嫂兒聽到了動靜，並把事情告訴給了潘金蓮。金蓮當然不會善罷甘休，但她並沒有馬上發作出來，而是找了一個機會，先是暗暗地刺了西門慶一下。一天西門慶與月娘計畫明日是燈節，少不的要請請常來往的幾位官員、親朋的娘子們，並說「也祇在十二三，掛起燈來。還叫王皇親家那起小廝扮戲耍一日。爭耐去年還有賁四在家，扎了幾架煙火放，今年他東京去了，祇顧不見來了，卻交誰人看著扎」？西門慶話未落音，潘金蓮便接過來道：「賁四去了，他娘子兒扎也是一般。」西門慶本來以為與賁四娘子的事無人知曉，這時猛聽金蓮此話，不免吃了一驚。但是他又不好作什麼解釋，或許他覺得本不需作什麼解釋，祇是瞅了金蓮一眼說：「這個小淫婦兒，三句話就說下道兒去了。」好在月娘、玉樓都沒太注意，事情便過去了。

金蓮掌握了這一情報，一是有韓嫂兒報告，後來又由賁四娘子自己的行為得到了證實。原來這賁四娘子與西門慶的心腹玳安也是有姦情的，而且是先於西門慶。玳安見主子也勾上了自己的情婦，倒並無爭風吃醋之心。當天晚上西門慶走後玳安又進去與婦人相會，賁四老婆擔心道：「祇怕隔壁韓嫂兒傳嚷的後邊知道，也似韓夥計娘子，一時被你娘們說上幾句，羞人答答的，怎好相見？」玳安便替她出主意說：「如今家中，除了俺大娘和五娘不言語，別的不打緊。俺大娘倒也罷了，祇是五娘快出尖兒。你依我，節間買些甚麼兒進去，孝順俺大娘。別的不稀罕，他平昔好吃蒸酥，你買一錢銀子果餡蒸酥，一盒好大壯瓜子送進去。這初九日是俺五娘生日，你再送些禮去，梯己再送一盒瓜子與俺五娘。你到明日進來磕頭，管情就掩住許多口嘴。」[33]

玳安的這個主意並不高明，金蓮的嘴可不是一盒瓜子兒就能堵住的。她雖然管不住西門慶，說一說還是能夠做到的，她也認為這是自己的基本權利，誰也無法剝奪。所以她在上壽那天又對著琴童幾個小廝罵起賁四老婆來：「宮外有株松，宮內有口鐘。鐘的聲兒，松的影兒，我怎麼有個不知道的？昨日可是你爹對你大娘說，去年有賁四在家，

---

32 《金瓶梅詞話》第七十七回。
33 《金瓶梅詞話》第七十八回。

還扎了幾架煙火放，今年他不在家，就沒人會扎。乞我說了兩句：他不在家，左右有他老婆會扎，教他扎不是？」[34]玳安聽了金蓮的話，知道她已知曉此事，便掩飾說：「娘說的甚麼話，一個夥計家，那裏有此事！」婦人答道：「甚麼話？檀木靶！有此事？真個的畫一道兒，祇怕合過界兒去了。」琴童也在一旁說：「娘也休聽人說他，祇怕賁四來家知道。」金蓮聽到琴童提起賁四，就更來氣了，罵道：

> 瞞那個傻王八千來個！我祇說那王八也是明王八，怪不的他往東京去的放心，丟下老婆在家，料莫他也不肯把秘閒著。賊囚根子們，別要說嘴，打夥兒替你爹做牽頭，勾引上了道兒，你每好圖踩狗尾兒。說的是也不是？敢說我知道？嗔道賊淫婦買禮來，與我也罷了，又送蒸酥與他大娘，另外又送一大盒瓜子兒與我，小買住我的嘴頭子，他是會養漢兒。我就猜沒別人，就知道是玳安兒這賊囚根子，替他鋪謀定計。……我見那水眼淫婦，矮著個靶子，兩是半頭磚兒也是一個兒，把那水濟濟眼擠著，七八拿杓兒舀。好個怪淫婦！他便和那韓道國老婆，那長大摔瓜淫婦，我不知怎的，掐了眼兒不待見他！[35]

「不待見他」當然是可以理解的，任何一個與她爭寵的女人她都是「不待見」的，更何況一而再再而三地出現家人媳婦與她爭寵的糟糕局面呢！賁四娘子與漢子私通，金蓮是先從韓嫂那兒得知的；而賁四娘子無故給她送去一盒瓜子，更加證實了此事。她知道是賁四娘子心虛，想借此讓自己睜一隻眼閉一隻眼，手下留情。看來賁四老婆養漢子並非是個經驗豐富者，手法也不算太高明，所以被金蓮一眼便看出真正用心，並予以藐視。然而主意是玳安出的，說明玳安雖然跟了主人這麼多年，卻沒有學到他的精髓。使人感到奇怪的是，金蓮是如何知道玳安「替他鋪謀定計」的呢？書中並沒有交待，如果是金蓮猜想出來的，我們就會更加佩服金蓮在這些問題上的智慧了！玳安當然也不知道自己為賁四娘子出主意是如何洩漏出來的，他猜想是韓嫂搗的鬼，所以馬上就加以否認，說：「娘屈殺小的！小的平白管他這勾當怎的？小的等閒也不往他屋裏去。娘也少聽韓回子老婆說話，他兩個為孩子好不嚷亂。常言：要好不能勾，要歹登時就一篇。房倒壓不殺人，舌頭倒壓殺人。聽者有，不聽者無。論起來，賁四娘子為人和氣，在咱門首住著，家中大小沒曾惡識了一個人，誰人不在他屋裏討茶吃，莫不都養著，倒沒處放！」[36]玳安這小子否認此事，一是恐金蓮怪罪他的牽合作用，更主要的是怕連帶把自己的姦情也暴露

34　《金瓶梅詞話》第七十八回。

35　《金瓶梅詞話》第七十八回。

36　《金瓶梅詞話》第七十八回。

出來。如果是那樣的話，西門慶豈不氣得發昏嗎？主人平時是那樣信任自己，無話不說，無事不曉，弄到最後卻敢與主子共用同一個女人，這成什麼話！

好在此事並沒有進一步發展，潘金蓮雖然不滿，但畢竟對男子的行為也看得慣了，如果真的因此而生氣，不是早就氣死了嗎！所以金蓮罵過以後，出了一口氣，便也沒有繼續追究；而玳安與賁四娘子的好事竟也沒被主人知道，玳安還是玳安，依然深受男女主人的信任，最後還成了西門慶產業的法定繼承人。

（五）

《金瓶梅》第十九回寫西門慶鞭笞李瓶兒，以報「戴綠帽子」之仇，不想被李瓶兒的幾句柔情軟話說得回嗔轉喜，馬上丟了馬鞭子，摟住李瓶兒，極盡綢繆。誰想二人重歸於好，卻急壞了房外偷看的一個人，這個人就是潘金蓮。

原來潘金蓮聽說西門慶拿著馬鞭子進了李瓶兒房中，便猜想要有一場「好戲」看，於是拉著孟玉樓，同到角門首站立，偷聽房內的動靜。這時春梅潛到窗下，將聽來的消息隨時轉告潘、孟二人。金蓮不知出於一種什麼心理（好奇？幸災樂禍？關心？），急於知道房內動靜，不斷地問春梅：「房中怎的動靜？」「打了他，他脫了不曾？」玉樓恐被西門慶發現，拉著金蓮到遠些的地方站立。金蓮顯然是觸景生情，想起自己上次挨打的情形，對玉樓說：「我的姐姐，說好食果子。一心祇要來這裏，頭兒沒動，下馬威討了這幾下在身上。俺這個好不順臉的貨兒，你著他順順兒，他倒罷了，屬扭孤兒糖的，你扭扭兒也是錢，不扭也是錢。想著先前，乞小婦奴才壓枉造舌我那一行院，我陪下十二分小心，還乞他奈何的我那等哭哩。姐姐，你來了幾時，還不知他性格哩。」[37]想到上次的遭遇，潘金蓮在憤憤不平中似乎還心有餘悸。因此她認為，李瓶兒的所作所為比她上次還要嚴重，故西門慶絕不會放過她。正是懷著這樣一種急切的期待心理，她希望看到事情鬧得愈大愈好，起碼不應該低於她的上一次挨打。孟玉樓因沒有金蓮的這種經歷，所以她與金蓮的心境是不同的，起碼不至於有幸災樂禍的念頭。

正是懷著這樣的心境，金蓮發現春梅出來，一直往後院走去。書中接著寫道：

> 不防他娘站在黑影處，叫他問道：「小肉兒那去？」那春梅笑著祇顧走。那金蓮道：「怪小肉兒，你過來，我問你話，慌走怎的？」那春梅方才立住了腳，方說：「如此這般，他哭著對俺爹說了許多話說哩。爹喜歡，抱起他來，令他穿上衣裳，教我放了桌兒，如今往後邊取酒去。」金蓮聽了，便向玉樓說道：「賊沒廉恥的

37　《金瓶梅詞話》第二十回。

貨，頭裏那等雷聲大雨點小，打哩亂哩，及到其間，也不怎麼的。我猜也沒的想，
管情取了酒來，教他遞。……」[38]

這一段描寫把潘金蓮此時此地的獨特心理表現得惟妙惟肖，真令人拍案叫絕！當這位善妒的女人滿心指望屋裏出現馬鞭橫飛的駭人場面，傳出瓶兒淒厲的求饒聲的時候，春梅卻給她描述了另外一種場景——而這是金蓮壓根兒都沒想到的！

我們似乎看到了潘金蓮臉上的期待神色，一下子變成了失望，又由失望變成了惱怒，於是她開始大罵西門慶是個「沒廉恥的貨」！她還將惱怒轉移到春梅的身上，怪她為他們拿酒是「賣蘿蔔的跟著鹽擔子走，好個閑嘈心的小肉兒」！還又順帶罵上了孫雪娥，說她「那小婦奴才秘聲浪額」。總之，她覺得現在需要罵的人還很多，不罵實在沒法宣洩自己的懊喪心情。

潘金蓮覺得祇是在背後罵一罵還不解氣，她還要當面罵一次。第二天一早，她就兩眼盯住西門慶和李瓶兒歇息的房門，西門慶剛一出門，就被她叫住了。她先是問西門慶急急忙忙去幹甚事？接著發現他手裏的銀子包沉甸甸的——那是李瓶兒用來毀做頭面的金絲鬏髻。當金蓮知道李瓶兒的意圖時，便叫西門慶用剩下的金子依樣也為她打做一個。西門慶祇好笑著答應下來。最後潘金蓮又戲他道：「哥兒，你幹上了？」西門慶尚不明白：「我怎的幹上了？」金蓮接著說：「你既不幹，昨日那等雷聲大，雨點小，要打著教他上吊；今日拿出一頂鬏髻來，使的你狗油嘴，鬼推磨，不怕你不走。」西門慶祇好笑罵：「這小淫婦兒，單祇管胡說。」急忙往外走去。

西門慶對潘金蓮的這種不軟不硬、真假摻半的譏諷，總是無可奈何。不過具有這種特權和能力的，西門慶的幾位妻妾中也祇有潘金蓮一人。孟玉樓、李瓶兒似乎沒有這樣的靈巧腦瓜和口才，她們也從來沒有以這樣的口吻與西門慶說話。孫雪娥則沒有這種資格。吳月娘不善於開玩笑，說出來的話一般都是正正經經，所以也沒與西門慶開過玩笑。而潘金蓮仗著受寵，又有十分敏銳的目光和思維，加上一副伶牙俐齒，所以她敢於、也能夠將西門慶置於一種不尷不尬、哭笑不得的境地；而在西門慶看來，這正是她討人喜愛的地方之一。西門慶並不喜愛像吳月娘那種過分莊重正統的女性，更不喜歡像孫雪娥那種愚笨女人，他真正喜歡的是潘金蓮這種聰明女人和李瓶兒那種重感情的女人。所以當他被潘金蓮的刻薄尖酸行為弄得進退兩難的時候，他並沒有真正生氣。像這一次金蓮硬截下李瓶兒的金子，要他也為自己打一副頭面，西慶儘管嘴裏罵著「你這小淫婦兒，單管愛小便宜兒，隨處也掐個尖兒」，但心裏卻不能不承認金蓮的要求自有其合理處：

38　《金瓶梅詞話》第二十回。

金蓮不像李瓶兒那樣富有，她不過要求用別人剩下的東西為自己做副頭面打扮自己，有什麼不應該呢？作為她的男人，西門慶肯定不會拒絕這樣的要求。後來他果然照辦了。

對西門慶再娶李瓶兒，潘金蓮雖然也說了些酸話，但她基本上採取了寬容的態度，因為她自己也是剛進西門慶家門不久，又非什麼明媒正娶，所以不好說出什麼反對意見來，祇有採取「船多不礙港」的態度，這是明智的。比較而言，吳月娘在此問題上就顯得過於固執了。娶前，西門慶徵求她的意見，她便持反對態度。娶進家門，她更是耿耿於懷。她先是對西門慶派來旺兒看守李瓶兒原來的房子不滿，說：「一個人也拉剌將來了，那房子賣吊了就是了，平白扯淡，搖鈴打鼓的看守甚麼？」接著孟玉樓勸她與漢子家笑開了罷，月娘更是觸起了一腔心思，大大發洩了一番對西門慶的不滿：

> ……他背地對人罵我不賢良的淫婦，我怎的不賢良的來？如今聲六七個在屋裏，才知道我不賢良？自古道：順情說好話，干直惹人嫌。我當初大說攔你，也祇為好來。你既收了他許多東西，又買了房子，今日又圖謀他老婆，就著官兒也看喬了。何況他孝服不滿，你不好娶他的。誰知道人在背地裏，把圈套做的成成的，每日行茶過水，自瞞我一個兒，把我合在缸底下。今日也推在院裏歇，明日也推在院裏歇，誰想他祇當把個人兒歇了家裏來。端的好，在院裏歇！他自吃人在他根前那等花麗狐哨，喬龍畫虎的兩面刀哄他，就是千好萬好了。似俺每這等依老實，苦口良言，著他理你理兒！[39]

西門慶罵吳月娘「不賢良的淫婦」，是對著潘金蓮說的，且是夜間枕邊的話，吳月娘是如何知道的呢？書中沒有交代。但她既然知道了，她所不滿的就不祇西門慶一人，還應該包括潘金蓮；另外，對李瓶兒的妒忌之心也顯而易見。吳月娘反對西門慶娶瓶兒的理由是因為西門慶曾與她的男人是朋友，又因為收過她的許多東西，但更主要的恐怕還是出於女性的相互妒忌。吳月娘認為西門慶沒良心，允許他弄了六七個女人在屋裏，卻反罵她是「不賢良的淫婦」，這是吳月娘最為惱火的。其實，西門慶娶了那麼多女人，是他的財勢使然，是時代的風氣使然，這是吳月娘無力阻擋的。要知道，吳月娘本人也還是填房呢，她沒有理由阻止別的女人也踏進同一個家門。這就是麻煩的所在，在這個「群霸爭雄」的西門大院裏，女人為爭風吃醋而爭吵、打罵乃至起殺人之心，就不可避免了。

39　《金瓶梅詞話》第二十回。

（六）

　　潘金蓮的性格，按照她自己的話說，是眼裏揉不進沙子的人。如果她吃了虧，那是要千方百計想法報復的。「激打孫雪娥」已經證明了這一點。李嬌兒和孫雪娥使她受辱挨打，她也要在以後予以強烈報復。最初，金蓮的這些手段祇能施展在孫雪娥、李嬌兒這些人身上，隨著地位的鞏固，她開始打破這一界限，矛頭漸漸指向了主家娘子吳月娘。

　　正當西門慶緊鑼密鼓地蓋房子、修花園，準備迎娶李瓶兒的當兒，因親家陳洪那邊出事，西門慶嚇得遣走了工匠，停止了工程，緊閉大門而不出。李瓶兒等來等去不見來娶，竟憂愁得病。請來了一位大夫蔣竹山為其治病，不想一來二去二人成了親。蔣竹山招贅到李瓶兒家為婿，李瓶兒又拿出錢來為其開了個藥鋪，反把西門慶給甩了。這一切發生得太快，西門慶一點兒消息都沒得到；等他知道時，李瓶兒早已同蔣竹山成了夫妻。西門慶這一氣非同小可。書中寫道：

> 這西門慶不聽便罷，聽了氣的在馬上祇是跌腳，叫道：「苦哉！你嫁別人，我也不惱，如何嫁那矮王八，他有甚麼起解！」於是一直打馬來家。剛下馬進儀門，祇見吳月娘、孟玉樓、潘金蓮並西門大姐，四個在前廳天井內，月下跳馬索兒耍子。見西門慶來家，月娘、玉樓、大姐三個都往後走了。祇有金蓮不去，且扶著庭柱兜鞋，被西門慶帶酒罵道：「淫婦們閒的聲喚，平白跳甚麼百索兒！」趕上金蓮踢了兩腳。走到後邊，也不往月娘房中去脫衣裳，走在西廂稍間一間書房，要了鋪蓋，那裏宿歇。打丫頭，罵小廝，祇是沒好氣。眾婦人站在一處，都甚是著恐，不知是那緣故。吳月娘甚是埋怨金蓮：「你見他進門有酒了，兩三步权開一邊便了，還祇顧在跟前笑成一塊，且提鞋兒，卻教他蝗蟲螞蚱，一例都罵著。」玉樓道：「罵我每也罷，如何連大姐也罵起淫婦來了？沒槽道的行貨子！」金蓮接過來道：「這一家子，祇我是好欺負的。一般三個人在這裏，祇踢我一個兒。那個偏受用著甚麼也怎的？」月娘就惱了，說道：「你頭裏何不教他連我也踢不是？你沒偏受用，誰偏受用？惩的賊不識高低貨，我倒不言語，你祇顧嘴頭子嗶哩礴喇的！」那金蓮見月娘惱了，便轉把話兒來摭說道：「姐姐，不是這等說。他不知那裏因著甚麼由頭兒，祇拿我煞氣，要便睜著眼，望著我叫，千也要打個臭死，萬也要打個臭死。」月娘道：「誰教你祇要嘲他來？他不打你，卻打狗不成！」……孟玉樓道：「論起來，男子漢死了多少時兒，服也還未滿就嫁人，使不得的。」月娘道：「如今年程，論的甚麼使的使不的。漢子孝服未滿，浪著嫁

人的，才一個兒！淫婦成日和漢子酒裏眠酒裏臥底人，他原守的甚麼貞節！」[40]

潘金蓮剛進西門慶家門時，對吳月娘採取的是「貼小意兒」政策，故頗得吳月娘好感，為此還曾得罪過李嬌兒諸人，認為月娘是「錯敬他」。就是在金蓮與琴童私通的事情上，當嬌、娥向月娘彙報時，月娘竟採取了消極的態度，既有明哲保身的因素，也讓人覺得有包庇金蓮的嫌疑。而這一次就不同了。月娘覺得守著眾人讓西門慶不分「蝗蟲螞蚱，一例都罵著」，面子上十分過不去；以往她可能還沒有受到過這種屈辱。她認為這都是金蓮的過錯，所以一改平時的態度，氣惱地埋怨金蓮。然而潘金蓮也正委屈呢：為什麼三四個人跳百索兒，卻祇踢我一個？難道我是這麼好欺負的嗎？所以當她聽到吳月娘的怨言，便毫不猶豫地反駁起來。受辱的吳月娘聽到潘金蓮全不把自己這個主家娘子看在眼裏，覺得又一次受辱，終於忍受不住，罵將起來。令潘金蓮、孟玉樓難堪的是，吳月娘竟借罵李瓶兒把矛頭對準她們，揭出「孝服未滿，浪著嫁人」一節。孟玉樓與潘金蓮都是再醮嫁人，孝服都不曾滿，「聽了此言，未免各人懷著慚愧歸房」。孟玉樓是忠厚忍讓之人，雖挨了罵卻不見得以惡還惡；潘金蓮既是「眼裏揉不得沙子」之人，那麼她是不會「姑妄聽之」的。

果然，第二天的晚上金蓮就在西門慶枕邊大肆詆毀吳月娘。西門慶踢金蓮，不過是聽到李瓶兒嫁給蔣竹山的消息後一時氣惱所致，並非有意為之，所以這天晚上西門慶仍回金蓮處歇息。潘金蓮見男人來到，趕忙為他脫衣、置酒，夜間西門慶忽發奇想，行房時讓春梅在床前執壺而立，邊飲酒邊幹，而且對金蓮提起：「當初你瓶姨，和我常如此幹，叫他家迎春在旁執壺斟酒，倒好耍子。」金蓮聽他提到李瓶兒，頓時想起被月娘斥罵之事，惱怒地說：「我不好罵出來的！甚麼瓶姨鳥姨，題那淫婦則甚？奴好心不得好報，那淫婦等不的，浪著嫁漢子去了。你前日吃了酒，你來家，一般的三個人在院子裏跳百索兒，祇拿我煞氣，祇踢我一個兒，倒惹的人和我辦了回子嘴。想起來，奴是好欺負的。」[41]金蓮極會選擇時機，她知道此時與彼時說同一件事，效果是絕對不同的；趁此行房之機，向西門慶提出任何要求，差不多都可以得到滿足。事實確然如此。西門慶心平氣和地講出那天氣惱的原因，又一次大罵李瓶兒「若嫁了別人，我倒罷了。那蔣太醫賊矮王八，那花大怎不咬下他下截來？他有甚麼起解！」金蓮聽他仍罵李瓶兒，知道他仍然耿耿於懷，便巧妙地將他的怨恨轉移到吳月娘身上。她說：「虧你有臉兒還說哩！奴當初怎麼說來？先下米的先吃飯。你不聽，祇顧求他，問姐姐。常信人調，丟了瓢。

40　《金瓶梅詞話》第十八回。
41　《金瓶梅詞話》第十八回。

你做差了，你抱怨那個？」按照金蓮的說法，當初西門慶不該徵求吳月娘的意見，因吳月娘是反對娶李瓶兒的；現在李瓶兒改嫁他人，全是吳月娘將好事耽誤了。西門慶聽了金蓮此話，覺得有理，便將滿腔怨恨轉移到吳月娘身上，罵道：「你由他，教那不良的淫婦說去，到明日休想我這裏理他！」從此以後，西門慶與吳月娘果然關係疏遠，連見面也不說話。潘金蓮達到了自己的目的。而這些，吳月娘尚蒙在鼓裏，一直沒有搞清漢子何以與自己冷淡了。

吳月娘在家中的地位是與「大娘子」聯繫在一起的，若從智力和能力上來講，她在任何方面都難以與潘金蓮相比。金蓮是個爭強好勝，極其自信，知其不可而為之的人，她對一切能做到的不能做到的，都要試一試。對於吳月娘，她先是敬之，後是攻之；前者是為了鞏固自己的地位，後者則標誌著自己在西門慶心中的位置已達到與吳月娘相匹敵的程度。所以書中寫金蓮「自西門慶與月姐尚氣之後，見漢子偏聽己，於是以為得志，每日抖擻著精神，妝飾打扮，希寵市愛」。但金蓮的致命弱點是得意而容易忘形，所以往往一次勝利後緊接著一次失敗。潘金蓮自這次得逞之後，越發放肆，竟與陳經濟漸漸打得火熱，在道德淪喪的泥坑中愈陷愈深。

(七)

潘金蓮一生唱過不少情意綿綿的小曲，也寫過類似的情書，但她真正鍾情的人是誰呢？是西門慶嗎？是陳經濟嗎？好像都不是。金蓮對他們，有的是欲而缺少情，否則，西門慶死到臨頭，金蓮還跨到西門慶身上給他吃春藥行房，根本不顧他的死活，這是對待有情人該做的事嗎？她一邊用甜言蜜語哄住漢子，背地卻與琴童小廝甚至女婿亂來，這怎能說是有情於西門慶呢？至於對陳經濟，那純粹是潘金蓮的權宜之計，更說不上情字。而她對前小叔子武松的一番情意倒是真實的，雖然是一廂情願，並為此而付出了生命的代價，但她的一片真情實意不該埋沒，更不該被顛倒。

《金瓶梅》是把潘金蓮作為一個淫惡女性的典型來描寫的，而她的淫行的開始就是從看上武松開始的。這一點，《金瓶梅》是繼承了《水滸傳》，並無創新。潘金蓮是怎樣看上她的小叔子的呢？祇要看一看金蓮的出身，就會覺得金蓮的念頭並不是邪惡的，而是大可同情。金蓮出身貧寒，九歲時便被賣到王招宣府學彈唱，後又轉賣給張大戶，長大後被張大戶收用，主家婆知道後大為光火，張大戶賭氣把她送給武大為妻，並乘機仍有來往。無論是《水滸傳》的作者，還是《金瓶梅》的作者，都沒把潘金蓮寫成一個天生的淫蕩女人；相反，給人的印象是她被有錢人家無理霸占，後來又像轉賣貨物一樣轉到武大郎的手裏。這種遭遇當然值得同情。而金蓮嫁給武大郎後並沒給她帶來幸福，武大郎不但長相醜陋，而且行為齷齪，這使金蓮心裏十分痛苦。書中這樣寫道：「原來金

蓮自從嫁武大,見他一味老實,人物猥猿,甚是憎嫌,常與他合氣。報怨大戶:『普天世界斷生了男子,何故將奴嫁與這樣個貨?每日牽著不走,打著倒退的。祇是一味味酒,著緊處卻是錐扎也不動。奴端的那世裏悔氣,卻嫁了他!是好苦也!』」她認為與武大郎的姻緣絕對是個誤會,「不是奴自己誇獎,他烏鴉怎配鸞鳳對。奴真金子埋在土裏,他是塊高號銅,怎與俺金色比。」[42]其實金蓮的這種比喻並不是誇張,確實道出了他們二人間的差異。人們無不為這種荒唐的夫妻姻緣感到遺憾和不滿,所以常常叫著:「這一塊好羊肉,如何落在狗口裏?」在這種情況下,潘金蓮有「外心」,不滿於現在的婚姻,是理所當然的。

正在金蓮尋找感情的新出路時,武松如從天降,出現在她的面前。書中這樣描寫她當時的興奮和欣喜:「丟下婦人,獨自在樓上陪武松坐的,看了武松身材凜凜,相貌堂堂,身上恰似有千百斤氣力,不然如何打得那大蟲。心裏尋思道:一母所生的兄弟,又這般長大,人物壯健。奴若嫁得這個,胡亂也罷了。你看我家那身不滿尺的丁樹,三分似人,七分似鬼。奴那世裏遭瘟,直到如今。據看武松又好氣力,何不交他搬來我家住?誰想這段姻緣卻在這裏!」[43]這一段內心獨自十分精彩,表現了金蓮經過長期精神苦悶後發現一線光明的欣喜之情。我們能把金蓮的這種念頭視為淫邪嗎?當然不能。她本人是個如花似玉的美貌女人,又極聰明伶俐,且具有一定的文化素養——這在那個時代還是不多見的。她已經經歷了情感上的挫折和磨難,既被張大戶霸占,又接著跟了個七分似鬼、三分似人的武大郎,忍受著不平和屈辱,在這時突然出現了一個「身材凜凜,相貌堂堂」的真正男子漢武松,怎能阻止金蓮將自己與武松聯繫起來呢?這難道不是對美與愛的嚮往和追求嗎?雖然金蓮的美好想法被武松的一股正氣所沖散,導致金蓮第一次追求自由婚姻的行動失敗,但我們對金蓮的用心是不應該指責的。另外還應該注意到,金蓮以後的種種行動,與她這一次受到的心靈重創不是沒有關係。

《金瓶梅》中的武松,基本性格仍然延襲《水滸》,主要的還是一個中世紀的傳奇英雄,剛強漢子,所以他對來自金蓮的多情祇能用生硬的拒絕去回擊,不可能有別的選擇。就像我們不該責備金蓮一樣,同樣也不必責備武松。武松的剛直雖然令人佩服,但他的頭腦似乎忒簡單了些,這導致他第一次為兄復仇的行動不但沒有成功,自己反而身陷囹圄若干年。當武松發配孟州牢城充軍幾年之後,因遇朝廷郊天大赦,武松又回到清河縣,恢復了原職,還是在縣裏當差做都頭。武松為兄報仇之心還沒死,聽說西門慶已死,潘金蓮又被王婆領了出來,便又動了殺人之心。武松這幾年牢沒有白坐,腦子變得複雜了

42　《金瓶梅詞話》第一回。
43　《金瓶梅詞話》第一回。

一些，不像上次那樣大殺大砍，這次倒動了一些腦子。武松上次報仇基本上沒有什麼籌劃，聽到消息後便去急急忙忙地尋找仇人，連人還沒看清楚就動起了拳頭，結果仇沒報成卻因誤殺李外傳而被判了刑。他是想借景陽岡打虎的餘威解決問題，但人畢竟不同於虎，對付人比對付一隻猛虎更需要智慧。

這個道理武松現在已經弄明白了，所以他裝出一副若無其事的樣子先找到了王婆：

> 武松掀開簾子來，問：「王媽媽在家？」那婆子正在磨上掃面，連忙出來應道：「是誰叫老身？」見是武松，道了萬福；武松深深唱喏。婆子道：「武二哥，且喜幾時回家來了？」武松道：「遇赦回家，昨日才到。一向多累媽媽看家，改日相謝。」婆子笑嘻嘻道：「武二哥，比舊時保養，鬍子楂兒也有了，且是好身量，在外邊又學得這般知禮。」一面讓坐，點茶吃了。[44]

武松這樣做的目的是不願打草驚蛇，以免仇人聞訊逃遁，重犯上次的錯誤。他想先穩住對方，探出真實情況來，再作主張。王婆果然被他的假象所迷惑，還以為多年不見，武松去看望她老人家呢！

武松見王婆毫無警惕，便又說：「我有一莊事和媽媽說。」王婆說：「有甚事，武二哥祇顧說。」武松這才說：「我聞的人說，西門慶已是死了，我嫂子出來，在你老人家這裏居住。敢煩媽媽對嫂子說，他若不嫁人便罷，若是嫁人，如今迎兒大了，娶得嫂子家去，看管迎兒，早晚招個女婿，一家一計過日子，庶不教人笑話。」武松這番話是什麼時候編出來的，書中沒有說，想來也絕不是臨時編造，一定早在心中謀劃好了，這時才來實施罷了。王婆聽到武松的這個大膽想法，頗感意外，一時不知如何回答，祇答應不知金蓮嫁人不嫁人，要「考慮考慮」。

武松的這些話早已被潘金蓮聽到了，她見武松不提武大郎之死，卻要來娶自己，不免喜出望外：

> 那婦人便簾內聽見武松言語，要娶他看管迎兒；又見武松在外出落得長大，身材胖了，比昔時又會說話兒，舊心不改，心下暗道：「這段姻緣，還落在他家手裏。」就等不得王婆叫，他自己出來，向武松道了萬福，說道：「既是叔叔還要奴家去看管迎兒，招女婿成家，可知好哩！」[45]

一向精於心計的潘金蓮，在情欲面前總是變得頭腦簡單。她過於自信，誇大了自己

---

44 《金瓶梅詞話》第八十七回。
45 《金瓶梅詞話》第一回。

的魅力,她以為武松最終仍然要在她的美色面前投降,所以欣喜裏不免有幾分自鳴得意。但她萬萬沒有想到,頭腦簡單的武松這一次居然設下了一個小小的圈套,而向來足智多謀的潘金蓮則鑽進了這個圈套裏。武松按王婆說的價格,給了她一百兩銀子,王婆便把金蓮送到武松家裏,誰想進了這個家門便沒再出來。武松先把武大死因審明,便在武大靈前將金蓮開膛破肚,把心肝五臟都扯了下來,接著又殺了王婆,手段相當殘酷,慘不忍睹。但作者認為金蓮是罪有應得,「世間一命還一命,報應分明在眼前」。金蓮一生淫蕩狠毒,先後與幾條人命有直接或間接的關係,如此結局不能說不公。但從另一個角度看,金蓮也是死於對武松的一片癡情。在《金瓶梅》中,潘金蓮的性格過程是以看中武松而被拒絕始,以仍然癡情於武松終於被殺而結束,發展的軌跡是一個首尾相接的圓圈。

(八)

潘金蓮當初吸引西門慶,靠的是長相美麗。《金瓶梅》第二回專有一段帶「兒」化韻的文字,以輕佻的語氣描寫了潘金蓮的美貌妖嬈。進到西門慶家之後,潘金蓮「技壓群雌」,後來居上,取得專寵的地位,靠的是風流手段和那張伶俐的嘴巴。為了討西門慶歡心,金蓮在做愛過程中百般淫浪,喝尿吞陰,無所不用其極。但光靠這一點還不行,能做到這一點的不止金蓮一人。金蓮的腦瓜極靈,口才十分出色,常常幾句話便把怒氣衝衝的西門慶說得啞口無言,頓時安靜下來,這便不是一般人做得到的了。正是靠自己的聰明腦瓜和能說會道,潘金蓮深受西門慶的喜歡,一直保持著格外受寵的特殊地位。

李瓶兒則缺少潘金蓮的這種才能。她給人的印象是為人忠厚,少言寡語,膽小怕事(尤其是嫁到西門慶家之後),所以她要受到西門慶的寵愛,就得依靠其他的途徑。恰巧,她也有潘金蓮所沒有的東西,這就是銀錢。李瓶兒在與西門慶的最初交往中,將銀錢作為一種工具或曰武器,加以巧妙的運用。瓶兒與西門慶成姦不久,花子虛被捉進牢裏,李瓶兒祇好把西門慶請去想辦法,將家中的金銀財物,盡數告知了他,十分大方地讓他打點人情用,剩下的盡可自己拿去。書中寫道:「婦人便往房裏開箱子,搬出六十定大元寶,共計三千兩,教西門慶收去,尋人情上下使用。西門慶道:『祇消一半足矣,何消用得許多!』婦人道:『多的大官人收去。』」不僅如此,她還主動告知西門慶除了用作人情之外的其他財物:「奴床後邊有四口描金箱櫃,蟒衣玉帶,帽頂條環,提繫條脫,值錢珍寶玩好之物,亦發大官人替我收去,放在大官人那裏,奴用時取去。」[46]李瓶兒為什麼在金錢問題上表現得如此大方?難道因為西門慶給了她性的歡樂,所以便要

46　《金瓶梅詞話》第十四回。

傾囊獻出自己的全部家產？似乎不值得。不過婦人馬上透露出了自己的真正用心：「趁子奴不思個防身之計，信著他，往後過不出好日子來。眼見得三拳迓不得四手，到明日沒的把這些東西兒吃人暗算明奪了去，坑閃得奴三不歸。」原來李瓶兒在為自己準備退路！那麼蹲在牢裏的花子虛呢？李瓶兒似乎沒有把他考慮在內，相反，她認為跟著子虛「往後過不出好日子來」。那麼跟誰才能過出好日子來呢？自然是眼前這位大官人了！雖然書中這時尚未明寫李瓶兒將要甩掉花子虛，而投身於西門慶，但從她對家中財物上的態度來看，這種想法已經形成。在李瓶兒看來，用姿色吸引饞貓似的西門慶是極容易的事，但要想與西門慶建立永久的夫妻關係，非得用更有力的東西將二人聯繫在一起。這個東西就是金錢。應該說，李瓶兒的想法是符合邏輯的。

對李瓶兒的用意，西門慶當然是心有靈犀，所以當李瓶兒一再要他將自己家中的金銀財物弄走時，便爽快地答應下來，並於當晚祇與月娘、金蓮、春梅，那邊祇有李瓶兒和迎春、繡春，避開一切外人，合夥將裝著金銀細軟的箱櫃倒騰到自己家裏來。收下她的財物，實際上等於答應一併收下她這個人。不過李瓶兒做事畢竟含蓄，她並沒有馬上提出要西門慶娶她。祇是在花子虛出獄後，縣衙要變賣花家房屋田產，瓶兒才找西門慶計議說：「拿幾兩銀子買了所住的宅子罷，到明日奴不久也是你的人了。」稍稍表露了心跡。但此時花子虛尚在，如何處置花子虛呢？正好天假其便，子虛見錢財兩空，整天被瓶兒罵得狗血噴頭，氣病交加，竟一命歸天了。這對李瓶兒來說，當然又少了一點兒阻礙，多了一個便利條件。但是李瓶兒覺得仍有尚未做到的地方，這就是與西門慶已有的幾個妻妾的關係問題。她的辦法仍然是，使用金錢這個武器。她先是趁金蓮的生日前往賀壽，給吳月娘、李嬌兒、孟玉樓、孫雪娥每人一對貴重的金壽字簪兒，給了春梅一付金三事兒，惹得大家歡喜非常，給人留下了很好的印象。接著又趁正月十五自己的生日，將吳月娘、潘金蓮一應人等都請到家裏，飲酒賞燈，熱鬧了一整天。這些都可以說是李瓶兒做下的基礎工作，與將來能否進入西門慶家是頗有關係的。

當這一切做完之後，李瓶兒正式提出嫁給西門慶的要求，時間是瓶兒正月十五生日的晚上。書中這樣寫道：

> 堂中把花燈都點上，放下暖簾來。金爐添獸炭，寶篆熱龍涎。春台上高堆異品，看杯中香醪滿泛。婦人遞於西門慶酒，磕下頭去，說道：「拙夫已故，舉眼無親，今日此杯酒，祇靠官人與奴作個主兒。休要嫌奴醜陋，奴情願與官人鋪床疊被，與眾位娘子作個姊妹，奴死也甘心。不知官人心下如何？」說著，滿眼落淚。西門慶一壁接酒，一壁笑道：「你請起來。既蒙你厚愛，我西門慶銘刻於心。待你孝服滿時，我自有處，不勞你費心。今日是你的好日子，咱每且吃酒。」西門慶

於是吃畢，亦滿斟了一杯，回奉婦人。[47]

看得出，西門慶對李瓶兒的要求，並未正面回答。根據下文的描寫，我們知道西門慶還要去徵求吳月娘、潘金蓮等人的意見才能做出決定。也許看出了西門慶有某些顧慮而顯得猶豫，李瓶兒待與西門慶帳內看牌飲酒時，又一次提到嫁與他的要求，並又獻出了一批財物：「因問西門慶：『你那邊房子幾時收拾？』西門慶道：『且待二月間興工動土。連你這邊一所，通身打開，與那邊花園取齊。前邊起蓋山子捲棚、花園耍子去處，還蓋三間玩花樓。』婦人因指道：『奴這床後茶葉箱內，還藏著四十斤沉香，二百斤白蠟，兩罐子水銀，八十斤胡椒。你明日都搬出來，替我賣了銀子，湊著你蓋房子使。你若不嫌奴醜陋，到家好歹對大娘說，奴情願祇要與娘們做個姊妹，隨問把我做第幾個的也罷。親親，奴捨不的你！』說著，眼淚紛紛的落將下來。」[48]其實西門慶蓋房並不缺錢，何況前幾日搬過來的幾箱銀錢寶物足夠蓋房的了。那麼李瓶兒為什麼還要將剩下的東西盡數獻出呢？無非是向西門慶表明自己的一片誠心，意謂丈夫已死，家中財物已全數交給大官人，奴的後半生就指望你了。實際上，在李瓶兒的貌似「癡情」中總讓人覺得還有某種策略在，她用金錢作為誘餌造成了某種局勢，逼迫西門慶作出娶她進門的決定。兩個月後，西門慶那邊房子尚未蓋完，李瓶兒又一次央告，寧願先搬到金蓮的樓上暫住一些日子。西門慶祇好正式與吳月娘、潘金蓮商議，徵求二人的意見。誰想吳月娘竟然不同意，認為「影響不好」。潘金蓮不願阻漢子的好事，表示「船多不礙港，車多不礙路」。後來終於定下了娶親的日子，祇是中間突發西門慶親家陳洪受牽連事件，定好的日子又被沖斷了，李瓶兒費盡心機和錢財造就的計劃沒能如期實現。

(九)

宋惠蓮死後，潘金蓮少了一個對手，但這並沒有減輕她的負擔，她的性格決定了她絕不會就此消閑下來；她很快又找到了另一個對手，這就是李瓶兒。

李瓶兒娶進西門慶家裏，潘金蓮本來採取了較寬容的態度，即她說的所謂「船多不礙港」。李瓶兒進門之後，一改往日對花子虛的那種凶悍勁兒，變得溫柔敦厚，討人愛憐，連專好無事生非的潘金蓮都沒能說出她的什麼不是來。然而「樹欲靜而風不止」，李瓶兒的小心謹慎並沒使她的太平日子保持多久，便很快成了潘金蓮攻擊的對象，而且最終死在金蓮的手下！潘金蓮是怎樣把李瓶兒確定為最危險的對手的呢？那是因為她在

47　《金瓶梅詞話》第十六回。
48　《金瓶梅詞話》第十六回。

一個偶然的情況下發現李瓶兒有一張極有力的「王牌」，而這張「王牌」可能把金蓮置於一種不尷不尬的境地，李瓶兒則可能「不戰而勝」。

事情是這樣的：有一天天熱，西門慶沒有出門，便坐在花園中看小廝們澆花，不一會兒見潘金蓮和李瓶兒進來，西門慶便摘了幾朵花，送二人一人一朵戴在頭上，其餘的幾朵讓人送給吳月娘等人。本來這是一個極雅致的場面，頗有點兒詩情畫意。可西門慶是一個容易把「情」轉眼間轉變為「欲」的人，他缺乏高尚的審美情操，而祇會用低級的生理動作表達自己的欲望。於是，這一雅致的場面很快被他破壞了，變成了一個不堪入目的淫欲場。書中寫道：

> 金蓮簪於雲鬢之傍，方才往後邊去了，止撇下李瓶兒和西門慶二人在翡翠軒內。西門慶見他紗裙內單著大紅紗褲兒，日影中玲瓏剔透，露著玉骨冰肌，不覺淫心輒起，見左右無人，且不梳頭，把李瓶兒按在一張涼椅上，……曲盡于飛之樂。不想潘金蓮不曾往後邊叫玉樓去，走到花園角門首，把花兒遞於春梅送去，想了想，回來悄悄躡足，走到翡翠軒檻子外潛聽。……祇聽見西門慶向李瓶兒道：「我的心肝，你達不愛別的，愛你好個白屁股兒。」……李瓶兒道：「不瞞你說，奴身中已懷臨月孕。」[49]

引文中的「……」，是難以引出來的文字，以免汙了讀者的眼睛。剩下的文字傳遞的最重要的信息就是李瓶兒已「懷臨月孕」。對西門慶來說，這無疑是天大的喜訊，因為西門慶雖然有錢有勢，奴婢成群，但他到現在還沒有兒子，這不能不說是他的一塊心病，當他聽到李瓶兒懷孕的消息，心中的高興是可以想像出來的。而對於潘金蓮來說，這個消息卻無異於噩耗。為人妻妾，靠什麼來奠定自己的地位呢？當然是靠有兒子，尤其是在幾個妻妾爭寵的西門慶家裏，這一點就更加重要了。吳月娘雖說是正頭娘子，但如果她沒有兒子的話，所謂「正頭娘子」便成了虛名，是沒有實用價值的，所以她後來發下狠心，千方百計地也要懷孕生兒子爭口氣。對於不是正頭娘子的潘金蓮、李瓶兒等人來說，這一點更是直接關係著與西門慶的親疏，在家中地位的高下。在先前，西門慶跟前的這幾個妻妾全都「抱空窩」，沒有一個人生育，潘金蓮靠自己的姿色和手段，總算保持住了與西門慶更為親近的關係，而現在猛然聽到李瓶兒懷了孕，這一驚自然非同小可！

信息是偷聽來的，況且這件事對西門慶家族來說是件天大的喜事，因此金蓮不好說什麼。可金蓮的性格決定了她即使不能用公開的方式去發洩妒火，也一定要用含沙射影

---

49 《金瓶梅詞話》第二十七回。

的方法來表示不滿。金蓮畢竟是一個喜怒容易形於色、十分外露的人。她深知李瓶兒懷孕對她意味著什麼，所以她不能不表示表示。於是書中寫道：

> （金蓮與玉樓一起進屋）金蓮問西門慶：「我去了這半日，你做甚麼？恰好還沒曾梳頭洗臉哩！」西門慶道：「我等著丫頭取那茉莉花肥皂來我洗臉。」金蓮道：「我不好說的，巴巴尋那肥皂洗臉，怪不的你的臉洗的與人家屁股還白！」[50]

西門慶剛剛與李瓶兒交歡時說「愛你好個白屁股兒」，金蓮這裏便罵西門慶「臉洗的與人家屁股還白」，明明白白地諷刺西門慶在李瓶兒跟前的獻媚行為，意在提醒西門慶，剛才他與李瓶兒所做的一切，所說的一切，早被老娘我知道了！

緊接著，金蓮就把矛頭暗暗地指向了李瓶兒：「那潘金蓮放著椅兒不坐，衹坐豆青磁涼墩兒。孟玉樓叫道：『五姐，你過這椅兒上坐，那涼墩兒衹怕冷。』金蓮道：『不妨事。我老人家不怕冰了胎，怕甚麼？』」金蓮這些話明顯是針對李瓶兒剛才說的「懷臨月孕」而發，但孟玉樓卻聽不懂，西門慶和李瓶兒都裝作沒聽見；即使聽到了，也無言以對。又過了一會兒，「那潘金蓮不住在席上衹呷冰水，或吃生果子。玉樓道：『五姐，你今日怎的衹吃生冷？』金蓮笑道：『我老人家肚內沒閒事，怕甚麼冷糕麼！』」金蓮見剛才的那句隱語西門慶與李瓶兒都裝聾作啞，衹好又發了一箭。這一回起作用了，「羞的李瓶兒在旁臉上紅一塊，白一塊」；而西門慶則罵她：「你這小淫婦兒，單管衹胡說白道的。」[51]李瓶兒懷了孩子，這本來是她得以炫耀、鞏固地位的大好時機，如果換成金蓮，她不知要把自己的地位強化到什麼程度呢！可李瓶兒自從進了西門慶家門，已莫名其妙地變得懦弱起來，她不但白白放棄了這一大好機會，相反卻像做了什麼丟人的事，臉上竟羞得「紅一塊白一塊」；而這種懦弱的態度，正是她悲劇命運的開始。西門慶雖然明知金蓮是在大發醋意，但他在金蓮的伶牙利口面前，往往衹有招架之功而無還手之力，所以這一次也衹好罵一聲「小淫婦」而已！

潘金蓮攻擊李瓶兒的目的是防備她成為西門慶最心愛的人，動搖本屬自己的受寵地位。對於這一點，西門慶心知肚明，所以他很快對症下藥，給潘金蓮以補償，以求她心理上的平衡，其結果就是「潘金蓮醉鬧葡萄架」。潘金蓮在這場驚心動魄的鏖戰中得到了極大的性滿足，使她傾斜的心理得到了暫時的平衡。當天夜裏，西門慶仍然宿在潘金蓮屋裏，潘金蓮總算暫時忘卻了李瓶兒懷孕之事。不過，這種忘卻衹是暫時的，因為不久以後孩子落地，對潘金蓮形成了更大的衝擊，以致使她從此生下了殺人之心。

50　《金瓶梅詞話》第二十七回。
51　《金瓶梅詞話》第二十七回。

　　不久之後的一天，李瓶兒忽覺肚子疼，吳月娘等知道就要生孩子了，紛紛擠到屋裏看視，並趕忙派人去請接生婆。在這個匆忙的當兒，潘金蓮是怎樣表現的呢？第三十回寫道：

> 那潘金蓮見李瓶兒待養孩子，心中未免有幾分氣，在房裏看了一回，把孟玉樓拉出來，兩個站在西稍間簷柱兒底下，那裏歇涼，一處說話，說道：「耶嘍嘍！緊著熱剌剌的擠了一屋子裏人，也不是養孩子，都看著下象膽哩！」

　　潘金蓮一方面不得不進去看看，做做樣子，但她心裏妒火難禁，所以罵其他去看的人是「看著下象膽」。「下象膽」本指大象生小象，這裏是喻指稀罕之事。潘金蓮譏罵他人去看李瓶兒是大驚小怪，女人生孩子本屬正常，大家卻像遇見了什麼稀罕物，這便讓潘金蓮覺得可恨起來。其實潘金蓮不也是剛看過從屋裏出來嗎？不過此時的金蓮已經漸漸失去理智，她被這件事衝擊得不知如何是好。當玉樓提議再到屋裏看看時，金蓮斷然回絕：「你要看你去，我是不看他。他是有孩子的姐姐，又有時運，人怎的不看他？」接著又對李瓶兒生孩子的日子表示懷疑，認為李瓶兒肚裏的孩子不是西門慶的，言外之意是大家根本不必為這件事高興，李瓶兒也不應該因此而提高在家中的地位。當她看見小玉抱著草紙、繃接及小褥子匆忙趕來時，對小玉也罵上了：「一個是大老婆，一個是小老婆，明日兩個對養，十分養不出來，零碎出來也罷。俺每是買了個母雞不下蛋，莫不殺了我不成！」甚至說：「仰著合著，沒的狗咬尿胞虛喜歡。」喪失了理智的潘金蓮由氣到怒，終於忍不住咒罵起來，罵李瓶兒，罵小玉，罵尚未生下來的孩子，罵一切人。連厚道的玉樓也覺得她做得實在太過分了，說了聲：「五姐是甚麼話！」就再也不理她了。孟玉樓是與潘金蓮關係最密切的一位，連她都看不下去了，可見金蓮做得實在太不像樣了。孟玉樓是個厚道人，她覺得不論妯娌們誰生了孩子，總是一件值得慶賀的好事，並沒把這件事與自己的地位聯繫起來。可潘金蓮不是這樣，她憑著聰明的腦瓜早已把李瓶兒肚中的嬰孩與自己聯繫起來，她預感到這個嬰孩是對她的最大威脅。但她又怎麼阻止這件事的發生呢？實在是沒有辦法！她除了罵為此而高興的一切人之外，簡直是無可奈何！當她見孫雪娥從後院匆忙趕來，險些被台階絆倒的時候，便對玉樓道：「你看獻勤的小婦奴才！你慢慢走，慌怎的？搶命哩！黑影子絆倒了，磕了牙也是錢。姐姐，賣蘿蔔的拉鹽擔子，攘鹹嘈心。養下孩子來，明日賞你這小婦一個紗帽戴！」[52]

　　潘金蓮的氣惱、憤怒，都沒能阻止事情的發生，她不希望出現的事情仍然出現了：

52　《金瓶梅詞話》第三十回。

良久，祇聽房裏「呱」的一聲，養下來了。蔡老娘道：「對當家的老爹說，討喜錢，分娩了一位哥兒。」吳月娘報與西門慶，西門慶慌的連忙洗手，天地祖先位下滿爐降香，告許一百二十分清醮，要祈子母平安，臨盆有慶，坐草無虞。這潘金蓮聽見生下孩子來了，闔家歡喜，亂成一塊，越發怒氣生，走去了房裏，自閉門戶，向床上哭去了。[53]

全家都歡天喜地，惟獨潘金蓮一人傷心痛哭。如果說金蓮剛才罵眾人是出於惱怒的發洩的話，那麼這時的哭聲裏除了惱怒、怨恨外，更多地包含了絕望和恐懼。潘金蓮是一個爭強好勝又極有心計和手段的女人，她很自信，極有信心得到她想得到的東西，她以為自己是能夠把握自己命運的人。但她眼睜睜地見上帝賜給懦弱的李瓶兒一個寶貝兒子，以致很可能造成後來者居上，李瓶兒的地位扶搖直上的結局。她覺得這太可怕了，甚至埋怨上帝對她太不公平了！

其實，還不止這些。潘金蓮痛哭之後就善罷甘休了嗎？後來的事實證明，在她痛哭的時候，她的心中正在醞釀著殺機！

（十）

李瓶兒生下了孩子，惹得潘金蓮又哭又喊，滿腹惱怒，但孩子既已生下來了，又一時找不到茬口，金蓮想發作也找不到地方。於是，她又漸漸把目光對準了西門慶，看看他是否已經把心事轉到李瓶兒的身上。果然，她很快發現了這一點。西門慶生子得官，雙喜臨門，便設宴慶賀，宴後不想少了一把銀酒壺。金蓮不懷好意地認為是李瓶兒讓房裏的小廝昧下了這把壺，被西門慶罵了一頓。金蓮見西門慶果然向著李瓶兒，便馬上與生兒子的事聯繫起來，跑到孟玉樓跟前大罵道：「恁不逢好死三等九做賊強盜！這兩日作死也怎的？自從養了這種子，恰似他生了太子一般，見了俺每如同生剎神一般，越發通沒句好話兒說了，行動就睜著兩個祕窟窿唬喝人。誰不知姐姐有錢，明日慣的他每小廝丫頭養漢做賊，把人合遍了，也休要管他！」[54]當她見到西門慶又鑽進李瓶兒房中，就如火上澆油，又罵道：「賊強人，到明日永世千年，就跌折腳也別要進我那屋裏！踹踹門檻兒，教那牢拉的囚根子把懷子骨捽折了！」「都是你老婆，無故祇是多有了這點尿胞種子罷了，難道怎麼樣兒的，做甚麼恁抬一個滅一個，把人踩到泥裏！」[55]

潘金蓮覺得自己擔心的事已經發生了，李瓶兒因生了兒子而受到西門慶的厚待，而

53　《金瓶梅詞話》第三十回。
54　《金瓶梅詞話》第三十一回。
55　《金瓶梅詞話》第三十一回。

自己則因為「買了個母雞不下蛋」而受到冷遇。對於爭強好勝的潘金蓮來說，這是難以容忍的，無論如何也要發洩出來。她罵李瓶兒的兒子是「尿胞種子」，諷刺西門慶「恰似他生了太子一般」，罵他是「不逢好死三等九做賊強盜」「賊強人」「賊三寸貨強盜」，恨不得把天下一切最難聽的語言都擲到西門慶的身上。所以玉樓忍不住要問：「六姐，你今日怎的下恁毒口咒他？」潘金蓮並不隱瞞自己的用意。她就是要用這種公開的方式表示自己的不滿。這是金蓮的風格。

西門慶是否因為李瓶兒生了兒子而重新排定了妻妾們在他心中的「座次」呢？按照常理，不論是哪一位妻妾生了孩子，西門慶都應該是高興的，他不會有厚此薄彼的區別；但從感情上說，他必然要對生孩子的妻妾表示更多的關懷，多投入一部分感情。然若從封建禮法上來講，妻總歸是妻，妾到底是妾，妾生了孩子並不能改變妾的地位，妻不生兒子仍然還保持著妻的身分。所以吳月娘儘管不生兒子，而她作為正妻的地位並沒有動搖；李瓶兒雖然生了兒子，地位並不能超過吳月娘，也不會超過潘金蓮。但是多疑的潘金蓮不這樣想。她雖然常常表現得非常自信，但她心裏清楚李瓶兒有她自己的優勢，尤其是李瓶兒嫁進西門慶家時帶來了大量金銀珠寶，這在西門慶心理的天平上不能不是一個很重的砝碼；另外李瓶兒長得白淨，又溫柔多情，很快贏得西門慶的歡心。如今李瓶兒又在這些基礎上增加了一個更大的砝碼，為西門慶生了個兒子，這就使得潘金蓮再也沒有理由盲目自信了。

然而把矛頭指向西門慶也難以解決問題，他畢竟是自己的漢子，難道能用咒罵重新討回他的歡心嗎？當然不能。在這種情勢之下，她終於把目光盯住了那個最關鍵的因素、矛盾的核心──剛生下來不久的官哥兒。

第三十二回寫潘金蓮「自從李瓶兒生了孩子，見西門慶常在他房宿歇，於是常懷嫉妒之心，每蓄不平之意」。她開始把魔爪伸向這個剛剛滿月的嬰孩。她覺得要想恢復往日的光景，就必得除掉這個煩人的官哥兒。當然，究竟如何除掉他，什麼時候除掉他，這是潘金蓮心中的秘密，她不會告訴任何人，書中也沒有這方面的暗示。她要慢慢來，試著來，要做得不露聲色，要神不知鬼不覺地除掉這塊心病。有一天，西門慶在前廳擺酒請客，後院沒人。潘金蓮整妝出房，聽見李瓶兒房中孩子在哭，便走了過去，見李瓶兒不在，「笑嘻嘻的向前戲弄那孩兒，說道：『你這多少時初生的小人芽兒，就知道你媽媽？等我抱的後邊尋你媽媽去！』才待解開衫兒抱這孩子，奶子如意兒就說：『五娘休抱哥哥，祇怕一時撒了尿在五娘身上。』金蓮道：『怪臭肉，怕怎的！拿襖兒托著他，不妨事。』一面接過官兒來抱在懷裏，一直往後去了。走到儀門首，一徑把那孩兒舉得

高高的。」[56]

　　如果這裏不是潘金蓮而是換了另外一個人，比如孟玉樓、李嬌兒，甚至孫雪娥等，那麼誰都不會認為這樣逗引官哥兒有什麼惡意，相反，大家會認為這完全是喜愛嬰孩的表現。但是潘金蓮，便不能不讓人覺得意外，不能不讓人覺得她是另有企圖的。首先是引起了吳月娘的警覺，她見金蓮把孩子舉得高高的，便有些不滿意，說道：「早是他媽媽沒在跟前，這咱晚平白抱出他來做什麼？舉的恁高，祇怕唬著他。」接著李瓶兒也發現了，似乎是一種本能使她對金蓮此舉表示出懷疑和不滿：「小大官兒好好在房裏，奶子抱著，平白尋我怎的？」接著她又去問如意兒：「他哭，你慢慢哄著他，等我來；如何教五娘抱著他，到後邊尋我？」李瓶兒的話裏帶著明顯的警惕性。李瓶兒雖然不能完全摸透金蓮的真正心，但她朦朧地感到金蓮抱官哥兒可能不是善意的。果然，到夜間官哥兒就發起燒來，祇是哭鬧。按照作者的意圖，這正是金蓮把孩子舉到空中驚嚇了他，所以寫「月娘就知金蓮抱出來唬了他，就一字沒對西門慶說」。吳月娘在這件事情上表現得很能顧全大局，把金蓮的責任掩飾下來，否則西門慶還會有一場大鬧。好在官哥兒吃下劉婆子的藥隨即好了，這才沒釀成大禍。從後面的情節來看，潘金蓮這一次不過是初試手段，更殘忍的手段還在後面。

　　在以後的一段時間內，潘金蓮與李瓶兒時親時疏，與西門慶的關係也是時好時壞。祇要西門慶宿在她的屋裏，便萬事皆休；若宿在李瓶兒房中，便罵不絕口。在爭奪西門慶的戰鬥中，李瓶兒和潘金蓮各顯其能，分別利用自己的優勢，可謂使盡渾身解數。第四十回的題目叫做「抱孩童瓶兒希寵，妝丫鬟金蓮市愛」，就是寫的這種情景。李瓶兒用可愛的小兒引發西門慶的舐犢之情，並連及對自己的愛心；金蓮沒有這種有利條件，祇好出賣自己的智力來換取西門慶的愛憐。直到有一天，兩個爭寵的女人終於由不陰不陽的暗鬥發展為公開化的明爭。

　　事情是由官哥兒與喬大戶家的女兒定親引起的。一日吳月娘帶著全家女眷到喬大戶家做客，在玩笑中將官哥兒與喬家長姐結成姻緣。在定親的儀式上，吳月娘、李瓶兒以家長的身分披紅戴花，卻沒有潘金蓮等人的事，於是惹得金蓮十分氣憤，再加上又挨了西門慶幾句罵，便滿腔怒火又噴發出來，大罵西門慶：「賊不逢好死的強人，就睜著眼罵起我來，罵的人那絕情絕義！……多大的孩子，又是我一個懷抱了尿胞種子，平白子扳親家，有錢沒處施展的。爭破臥單沒的蓋，狗咬尿胞空喜歡！如今做濕親家還好，到明日休要做了乾親家才難。吹殺燈，擠眼兒，後來的事，看不見的勾當。做親時人家好，

---

[56]　《金瓶梅詞話》第三十二回。

過後三年五載妨了的，才一個兒？」[57]她不但罵西門慶偏向李瓶兒，對自己絕情絕義，還惡狠狠地預言說不定哪一會官哥兒就會死掉。她覺得這一切都是李瓶兒引起的，接著便又罵起李瓶兒：「你的便浪擁著圖扳親家耍子，平白教賊不合鈕的強人罵我！我養蝦蟆，得水蠱病，著什麼來由來？」她又一次攻擊官哥兒不是西門慶的骨血：「就是喬家孩子，是房裏生的，還有喬老頭子的些氣兒。你家失迷家鄉，還不知是誰家的種兒哩！」仍然覺得尚未出盡胸中惡氣，回去痛打秋菊，結果把官哥兒驚醒。李瓶兒剛讓繡春去勸了幾句，便又招來潘金蓮的惡言惡語：「人家打丫頭，也來看著你？好姐姐，對漢子說，把我別變了罷！」李瓶兒明知是罵自己，「把兩隻手氣的冰冷，忍氣吞聲，敢怒而不敢言」。自此之後，金蓮又多次打狗打秋菊，故意驚嚇官哥兒，並且冷言相諷：「你孩兒若沒命，休說捨經，隨你把萬里江山捨了，也成不的。正是：饒你有錢拜北斗，誰人買得不無常。」她分明是希望官哥兒這顆眼中釘能儘快拔去。

（十一）

李瓶兒的官哥兒生下來不長時間，就給潘金蓮帶來了無窮的煩惱，她一心要除之而後快。雖然小試了幾次手段，卻都是有驚無險，並沒對這個嬰孩造成致命的傷害；而祇要他存在一天，李瓶兒就會威風一天，潘金蓮就會不舒服一天。於是金蓮決心運用「鐵的手腕」，對官哥兒予以徹底解決。

有一次李瓶兒帶著孩子與吳月娘、潘金蓮、孟玉樓等人在花園裏玩，李瓶兒將孩子交給潘金蓮照看一會兒，金蓮不負責任，祇顧鑽進山洞裏與陳經濟親嘴，結果孩子被貓嚇著了，折騰了好長時間才看好。潘金蓮卻從這件事上看出了一點兒眉目，那就是官哥兒最怕的是貓，要想真正除掉自己的心腹之患，就該在這上面打主意。書中是這樣寫道：

> 卻說潘金蓮房中，養活的一隻白獅子貓兒，渾身純白，祇額兒上帶龜背一道黑，名喚「雪裏送炭」，又名「雪獅子」。又善會口銜汗巾兒，拾扇兒。西門慶不在房中，婦人晚夕常抱著他在被窩裏睡，又不撒尿屎在衣服上。婦人吃飯，常蹲在肩上喂他飯，呼之即至，揮之即去。婦人常喚他是「雪賊」。每日不吃牛肝乾魚，祇吃生肉半斤，調養得十分肥壯。[58]

潘金蓮養這隻獅子貓的最初目的倒不見得有什麼惡意，而祇是作為家庭寵物，調劑精神生活的。西門慶一人有六七個妻妾，還要插空到妓院裏走上一趟，難免有顧不到的

57　《金瓶梅詞話》第四十一回。
58　《金瓶梅詞話》第五十九回。

時候。其他女人尚可忍受，潘金蓮則不免精神空虛，所以把這隻貓作為替代物，晚上摟在懷裏。但自從金蓮發現官哥兒成了她受寵的一大障礙，並且發現官哥兒尤其怕貓之後，這隻貓便由她的寵物變成了實現陰險計謀的工具和武器。書中接著寫道：

> （金蓮）甚是愛惜他，終日抱在膝上摸弄。不是生好意，因李瓶兒官哥兒平昔怕貓，尋常無人處，在房裏用紅絹裹肉，令貓撲而搊食。也是合當有事，官哥兒心中不自在，連日吃劉婆子藥，略覺好些。李瓶兒與他穿上紅段衫兒，安頓在外間炕上，鋪著小褥兒玩耍。迎春守著，奶子便在旁拿著碗吃飯。不料金蓮房中這雪獅子，正蹲在護炕上，看見官哥兒在炕上穿著紅衫兒一動動的頑耍，祇當平日哄喂他肉食一般，猛然望下一跳，撲將官哥兒身上，皆抓破了。祇聽那官哥兒「呱」的一聲，倒咽了一口氣，就不言語了，手腳俱被風搐起來。[59]

這一次被貓嚇著不同往常，上一次官哥兒不過祇是見到貓，而這一次則是被貓猛撲過來，全身都抓傷了；而且這隻貓又是經過潘金蓮專門馴養過的，「假想敵」正是官哥兒。

潘金蓮這次遂了自己的心，但在表面上她是無論如何也不會承認的，她其實並無膽量公開承擔這件事的可怕後果。所以當吳月娘聽迎春和如意兒告知實情之後來問潘金蓮，金蓮死不承認，大罵奶子和迎春是「這等張睛」，「張眉瞪眼，六說白道的！」作者明明白白地告訴我們，貓抓官哥兒確實是潘金蓮有計劃的陰謀行為：「看官聽說：常言道花枝葉下猶藏刺，人心怎保不懷毒？這潘金蓮平日見李瓶兒從有了官哥兒，西門慶百依百隨，要一奉十，每日爭妍競寵，心中常懷嫉妒不平之氣，今日故行此陰謀之事。馴養此貓，必欲唬死其子，使李瓶兒寵衰，教西門慶復親於己，就如昔日屠岸賈養神獒，害趙盾丞相一般。」[60]

這是潘金蓮早就策劃好了的，而且她還借鑒了歷史上的一個罪惡陰謀。春秋時晉國的權奸屠岸賈要害忠良趙盾，便馴練了一隻高大凶猛的獒犬，撲咬趙盾。潘把自己心愛的獅子貓也馴成了打擊敵手的武器，而且實現了她的陰謀。

除了潘金蓮自己不承認之外，她的險惡用心可以說是司馬昭之心，路人皆知。李瓶兒剛一聽到官哥兒被貓抓的消息，便哭著說：「我的哥哥，你緊不可公婆意，今日你祇當脫不了，打這條路兒去了！」因為她平時對潘金蓮格外提防，上次官哥兒被金蓮舉得好高而嚇著時，李瓶兒就責怪奶子不該讓金蓮抱。後來李瓶兒又對西門大姐說過：「他

59　《金瓶梅詞話》第五十九回。
60　《金瓶梅詞話》第五十九回。

左右晝夜算計的我。衹是俺娘兒兩個，到明日科里吃他算計了一個去，也是了當。」李瓶兒雖然心中有所警惕和提防，但卻沒想到潘金蓮竟運用了「嗾犬之計」來對付一個嬰兒！

官哥兒被貓抓過之後抽搐不止，請來劉婆子先是灌藥，接著又針灸，不但毫無作用，反而是越來越重了；不幾天，竟然斷氣而亡。一個幼小的生命，就這樣被一個凶殘的女人扼殺了！

金蓮的險惡還在於，她害死了官哥兒，卻沒有被別人抓到把柄，沒有因此受到任何懲罰。西門慶聽到消息後，儘管氣得「三屍暴跳，五臟氣沖，怒從心上起，惡向膽邊生」，卻不敢對潘金蓮怎樣，衹能是捉住那隻獅子貓狠狠地摔死；對奶子如意兒和迎春，也衹能是大罵一通了事。因為貓抓官哥兒的時候金蓮是不在場的，從表面上看金蓮與這件事是沒有直接關係的；而當年屠岸賈要害趙盾，還要親自趕著狗去撲咬呢！——在這一點上，潘金蓮可以說超過了屠岸賈。對於其他人來說，雖然都朦朧地覺得事情與潘金蓮必有某種關係，但因沒見到真憑實據，所以也衹能是背後議論一番，難以公開指責金蓮什麼。這裏可以孫雪娥的態度作為代表，她在安慰痛哭的李瓶兒時這樣說：「你又年少青春，愁到明日養不出來也怎的！這裏牆有縫，壁有眼，俺每不好說的。他使心用心，反累己身。誰不知他氣不忿你養這孩子。若果是他害了，當當來世教他一還一報，問他要命。……俺每也不言語，每是洗著眼兒看著他，這個淫婦到明日還不知怎麼死哩！」[61]正因為大家既懷疑金蓮，又沒抓到證據，所以衹能採取這麼一種曖昧的態度，把懲罰她的希望寄託到來世，寄託在神靈的身上。

（十二）

潘金蓮用「嗾犬之計」害死了官哥兒，達到了自己的目的。其實，更準確地說，害死官哥兒還不是最終目的，而衹是一種手段；她的最終目的書中說得很明白，是「使李瓶兒寵衰，教西門慶復親於己」。也就是說要奪回失去的愛，或者說壟斷西門慶的愛心。官哥兒死了，潘金蓮掃除了第一個障礙，心中自然高興；但她同時也明白，這並不等於已經達到「使李瓶兒寵衰」的目的，除非李瓶兒步她兒子的後塵，便很難說一定能達到最終的目的。於是，潘金蓮又開始了她的第二個步驟，即把矛頭指向李瓶兒本人。她的方法很簡單，使剛剛喪子、精神恍惚的李瓶兒，在心理上和生理上再受到進一步的刺激：

> 那潘金蓮見孩子沒了，李瓶兒死了生兒，每日抖擻精神，百般的稱快，指著丫頭

61　《金瓶梅詞話》第五十九回。

馬道：「賊淫婦！我祇說你日頭常晌午，卻怎的今日也有錯了的時節？你斑鳩跌了彈，也嘴答谷了！春凳折了靠背兒，沒的倚了！王婆子賣了磨，推不的了！老鴇子死了粉頭，沒指望了！卻怎的也和我一般？」[62]

潘金蓮心裏知道，對於此時的李瓶兒來說，用這種惡毒的語言攻擊她，比用刀子剜她的心還要厲害！果然，李瓶兒「著了這暗氣暗惱，又加之煩惱憂戚，漸漸心神恍亂，夢魂顛倒兒，每日茶飯都減少了」。不僅如此，「李瓶兒一者思念孩兒，二者著了重氣，把舊時病症又發起來，……那消半月之間，漸漸容顏頓減，肌膚消瘦，而精彩豐標無復昔時之態矣。」李瓶兒當年除了用銀錢，也用自己的溫柔多情贏得了西門慶的心，尤其是嫁入西門慶家之後，確實把漢子對其他幾個妻妾的感情衝擊得七零八落。而當她生下兒子之後，儘管她本來並沒把兒子作為爭寵的一個砝碼，但在客觀上卻起到了這樣的作用，以致使西門慶的感情天平大大地傾向自己一邊。不過令李瓶兒沒有想到的是，這個砝碼同時也變成了一顆災難的種子，在不知不覺中膨脹、發芽，終於使兒子與自己都成了受害者。

在潘金蓮咄咄逼人的攻勢面前，李瓶兒是過於軟弱了！當孫雪娥勸她稍微作些反擊的時候，李瓶兒祇是說：「罷了，我也惹了一身病在這裏，不知在今日明日死也，和他也爭執不得了，隨他罷。」一副逆來順受的態度。如果說李瓶兒進到西門慶家裏以後，突然變得溫柔敦厚是為了博得漢子的愛心的話，那麼在潘金蓮的一次又一次險惡陰謀面前，就不該如此軟弱了。因為人們都記得，李瓶兒畢竟不是一個生來就如此溫柔賢淑的人，她還有性格的另一面，就是在花子虛生前對待自己的丈夫的那一面。那時她同樣是凶悍而殘忍的，花子虛難道不是死在她的手裏嗎？在強悍而可人心的西門慶懷中，李瓶兒一改往日對待花子虛的凶暴，甘願充當一個卑躬屈膝的角色。那麼她對待潘金蓮的這種軟弱態度，實在難以令人理解！

就這樣，李瓶兒成了潘金蓮陰謀的第二個受害者，她聽天由命，不做任何抵禦和反抗。她的身子很快垮了下來。先是請來任醫官，診斷說是「七情感傷，肝肺火太盛，以致木旺土虛，血熱妄行，猶如山崩而不能節制」。又請來胡太醫，吃下藥去也是如石沉大海。再請來何老人，也說是「精沖了血管起，然後著了氣惱，氣與血相搏，則血如崩」。最後又請吳神仙、黃真人算卦，都說是大為不妙。過了不久，李瓶兒便臥床不起，漸漸不行了。一日王姑子來家，見李瓶兒瘦得厲害，大吃了一驚，問是何故，如意兒便原原本本說出李瓶兒致病的因由：

62　《金瓶梅詞話》第六十回。

俺娘都因為著了那邊五娘一口氣。他那邊貓撾了哥兒手，生生的唬出風來。爹來家，那等問著娘，祇是不說。落後大娘說了，才把那貓來摔殺了。他還不承認，拿俺每煞氣。八月裏哥兒死了，他每日那邊指桑樹，罵槐樹，百般稱快。俺娘這屋裏分明聽見，有個不惱的？左右背地裏氣，祇是無眼淚。因此這樣暗氣暗惱，才致了這一場病。天知道罷了！[63]

　　奶子的話再次從旁觀者的角度證明，李瓶兒確是潘金蓮陰謀的受害者。當她聽到王姑子用好有好報的話安慰她時，便說：「王師父，還有甚麼好處，一個孩兒也存不住，去了。我如今又不得命，身底下弄這等疾，就是做鬼，走一步也不得個伶俐。我心裏還要與王師父些銀子兒，望你到明日我死了，你替我在家請幾位師父，多誦些《血盆經》，懺我這罪業。還不知墮多少罪業哩！」[64]雖然書中一再向讀者說明，潘金蓮是李瓶兒致病的主要因素，但李瓶兒本人卻更多地從自己身上找原因，認為自己積下的罪孽太深太重，這一切都是罪有應得，而且她相信這病是不會好的了，祇求王姑子多念些《血盆經》為她減些罪過。李瓶兒如此深深地進行自我懺悔，是不是完全沒有道理呢？不是。李瓶兒有病後便不斷告訴西門慶，說夢中老是見到花子虛糾纏她，罵她是「淫婦」，向她爭奪孩子，要找她索命。儘管西門慶一次又一次地安慰她，說這都是神經衰弱，自己心裏疑惑造成的，但李瓶兒總是不相信。為什麼在潘金蓮的一次次進攻面前，李瓶兒總是那麼軟弱無力，毫無反抗的信心？為什麼又在夢中一次次見到花子虛？這不能不使我們與李瓶兒來到西門慶家後突然變得溫柔敦厚聯繫起來考慮。其實李瓶兒在花子虛家時既輕浮又凶悍，她在丈夫入獄時與西門慶勾搭成姦，又合謀將家產全部轉移到西門慶家去；丈夫出獄後她又對花子虛辱罵不已，終於使花子虛連氣加惱，一命嗚呼。此後她嫁到西門慶家裏來，心裏對以往的事能完全忘卻嗎？她害死自己的丈夫之後沒有一點兒慚愧或心虛嗎？當然不應該排除這個可能。當她有病或心情憂悶之際，總是夢見花子虛，這自然與她心靈深處的某種悔恨或懼怕有關。西門慶常常用「夢是心頭想」一語來安慰李瓶兒，勸她不必怕花子虛的鬼魂來糾纏她，或是在陰司裏去告她的狀，這正說明李瓶兒從來都沒有忘記那一樁罪惡的行為，她時刻都在擔心上帝會懲罰她，要她自己去償還自己造下的罪孽。正因為這樣，李瓶兒對待自己的病，甚至對待自己的死，都沒有把罪責完全推到潘金蓮的身上，所以也沒有作出什麼反抗。她相信命運，既然自己已經造下了罪孽，上帝總是要來懲罰的，潘金蓮祇不過充當了一點兒由頭罷了！李瓶兒臨死之前還想

63　《金瓶梅詞話》第六十二回。

64　《金瓶梅詞話》第六十二回。

著官哥兒，自然又記起了潘金蓮，暗暗地對月娘說：「娘到明日好生看養著，與他爹做個根蒂兒，休要似奴心粗，吃人暗算了。」吳月娘正是聽了這句話，記在心裏，等西門慶死後，迅速把潘金蓮趕出了家門，她害怕孝哥兒會步官哥兒的後塵。潘金蓮被趕出去不久，便上了武松要娶她回家的圈套，丟掉了性命。這也算是她應有的報應吧？

（十三）

西門慶死後，春梅被吳月娘打發出門，又經薛嫂的手賣進周守備府裏，做了二房娘子。守備見她生得標緻伶俐，舉止動人，十分喜歡，給了她三間房子住，手下又有一個使喚的丫頭，接著又買了個使女侍候。周守備的大娘子一目失明，吃齋念佛，並不過問家事，所以春梅一到便成為家裏的實權派，各處鑰匙都由她來掌管，銀錢出入也都經她的手。當春梅聽說潘金蓮也被王婆領了出來待售時，曾哭哭啼啼地向守備求告說：「俺娘兒兩個，在一處廝守這幾年，他大氣兒不曾呵著我，把我當親女兒一般看承。自知拆散開了，不想今日他也出來了。你若肯娶將他來，俺娘兒們還在一處過好日子。」並且告訴守備說，金蓮長得「好模樣兒，諸家詞曲都會，又會彈琵琶。聰明俊俏，百伶百俐」。而且表示祇要把金蓮娶過來，寧願把自己的二房娘子的位置讓給她，「奴情願做第三的也罷」。周守備倒是同意了她的要求，派張勝、李安去辦理此事。誰想二人因價格問題與王婆鬧僵了，金蓮沒能弄來，卻被武松殺掉了。春梅知道後，整哭了兩三日，茶飯都不吃；後來又叫人收屍，掩埋在永福寺裏，也算盡了她的一片誠心。

春梅本為丫頭，雖因與西門慶的關係，地位頗特殊，倒像半個主子，但畢竟不脫下人的名分。而如今她到了周守備府，做了二房娘子，成了道道地地的主子，這種突然間的變化，連春梅自己都沒有料到，這也算是因禍得福吧？試想如果她仍舊待在西門慶家裏，不被吳月娘賣出來，她怎麼有可能變成主子？所以春梅還該反過來感謝月娘呢！而對春梅的這種變化，吳月娘當然也沒有想到，她是從薛嫂口中才得到的消息。當時薛嫂又到月娘那裏，說起金蓮被殺之事，這婆子道：「自古生有地兒死有處。五娘他老人家，不因那些事出去了，卻不好來！平日不守本分，幹出醜事來，出去了。若在咱家裏，他小叔兒怎得殺了他？還是仇有頭，債有主。倒還虧了咱家小大姐春梅，越不過娘兒們情腸，差人買了口棺材，領了他屍首葬埋了。不然，祇顧暴露著，又拿不著小叔子，誰去管他？」孫雪娥聽了薛嫂的這番話，不太相信，便說：「春梅賣在守備府裏多少時兒，就這等大了？手裏拿出銀子，替他買棺材埋葬，那守備也不嗔，當他甚麼人？」於是薛嫂便把春梅到了守備府裏如何得勢，守備如何寵她，又細細地說了一遍，最後才說：「如

今大小庫房鑰匙，倒都是他拿著，守備好不聽他說話哩。且說銀子，手裏拿不出來？」[65]
幾句話說的月娘和雪娥都不言語了。為什麼呢？春梅是她兩個人合謀賣出去的，當然希
望她混得愈差愈好，這樣才能泄她們心中之恨，也可以證明她們的做法是正確的。如果
春梅混得反而比原先好了，對月娘、雪娥來說，那才是事與願違，自打嘴巴呢！月娘、
雪娥認為薛嫂一定是在胡說八道，起碼是在誇大事實。薛嫂走後，雪娥便大罵：「老淫
婦說沒個行款兒！他賣守備家多少時，就有了半肚孩子？那守備身邊少說也有幾房頭，
莫就興起他來，這等大道？」最後二人共同認定是薛嫂說謊：「到底還是媒人嘴，一尺
水十丈波的。」不相信她的話。

　　但是事實不會因為她們不相信而有所改變。其實春梅的命運早已經吳神仙之口預示
過了：「此位小姐，五官端正，骨格清奇。髮細眉濃，稟性要強；神急眼圓，為人急躁。
山根不斷，必得貴夫而生子；兩額朝拱位，早年必戴珠冠。行步若飛仙，聲響神清，必
益夫而得祿，三九定然封贈。」對吳神仙的這些斷語，吳月娘當時就曾表示懷疑，「我
祇不信說他春梅後來戴珠冠，有夫人之分。端的咱家又沒官，那討珠冠來？就有珠冠，
也輪不到他頭上。」[66]月娘的意思是即使西門慶升了官，珠冠也祇能是我的，與你春梅
何干？春梅祇是她家的一個丫頭，憑什麼能越過主家娘子戴上珠冠呢？而今春梅被她趕
出西門家大院，她怎能想到春梅會就此發達起來呢？她又怎願意看到吳神仙的預言變成
現實呢？

　　如果說吳月娘和孫雪娥這時還可以「媒人嘴，一尺水十丈波」作為藉口來否認春梅
會真的改變命運的話，那麼過了幾天之後，在實實在在的事實面前，她們就不得不承認
了。這天是清明節，月娘與玉樓備辦了香燭、紙錢及三牲祭物，到五里原給西門慶上墳，
姊妹兩個鼻涕一把淚一把，都哭得十分慘切。月娘等上完墳，見此時春色正濃，到處是
桃紅柳綠，遊人如織，便在吳大舅的帶領下，也踏青遊玩。遠望綠槐影裏有一座庵院，
蓋造得十分齊整。月娘便問：「這座寺叫做甚麼寺？」吳大舅便說：「此是周秀老爺香
火院，名喚永福禪林。前日姐夫在日，曾捨幾十兩銀子在這寺中，重修佛殿，方是這般
新鮮。」月娘聽說丈夫曾捐過資重修佛殿，便提議進去看看。於是一簇男女進得寺中，
長老知道，忙出來招待，帶著他們前前後後參觀了一遍。然後到長老方丈中吃茶閑坐。
正在這時，忽然有兩個青衣漢子氣喘吁吁地進來，急急向長老報告：「長老還不快出來
迎接，府中小奶奶來祭祀來了！」長老聽了，慌得披袈裟、戴僧帽不迭，又讓月娘等人
快到側房中回避一下，迎接貴客要緊。月娘、玉樓都不知是誰人來了，但心想一定是貴

65　《金瓶梅詞話》第八十回。
66　《金瓶梅詞話》第二十九回。

夫人之類。

來人正是春梅。原來春梅頭天夜裏假裝哭醒了，對守備說夢中又見了金蓮，埋怨她清明節為何不給她燒紙上墳。守備聽了，便答應第二天讓春梅到永福寺，為金蓮燒紙上祭。因為永福寺是周守備家的香火院，是主要的施主，所以長老聽說小奶奶來了，慌得扔下了月娘、玉樓等人，忙去迎接，並向春梅致歉道：「小僧不知小奶奶前來，理合遠接。接待遲了，勿蒙見罪。」一副畢恭畢敬的口吻。

月娘、玉樓等人從僧房簾縫裏向外張望，這才發現來的小奶奶正是春梅，見她比往昔「出落得長大身材，面如滿月，打扮的粉妝玉琢，頭上戴著冠兒，珠翠堆滿，鳳釵半卸，上穿大紅妝花襖兒，下著翠藍縷金寬襴裙子，帶著玎璫禁步，比昔不同許多」。吳月娘親眼見到春梅確實戴上了珠玉冠兒，實現了吳神仙的預言，再想她當年非議春梅的那些話，心裏不知是一種什麼滋味？更令月娘難堪的是，她與春梅的地位似乎突然間顛倒了一下，長老等僧人一面給春梅斟茶，一面參拜，卻把月娘等人丟在側房裏再也不問，月娘感到悲涼。後來春梅發現側房有人，要叫出來見見，月娘等人卻像心虛理虧一樣，不願出來相見。月娘被眼前的事實弄得莫名其妙，她做夢也想不到自己與春梅的尊卑關係會一下子翻了個個兒，變成現在的這個樣子。她覺得自己沒有臉再出來見春梅，她忍受不了見面時的尷尬和難堪。

結果是，月娘不得不出來相見，好在春梅也變得大度起來，場面倒並未顯出格外的難堪來。這一回的回後詩云：「樹葉還有相逢處，豈可人無得運時。」說的就是春梅由卑到尊，由低到高的這種變化，告誡世人不要過於勢利，世事都不是永恆不變的。人們往往局限於一時的得失，被暫時的利害蒙住了眼睛，趨炎附勢，隨波逐流；一旦形勢發生變化，其自身常常被置於極其被動尷尬的境地。雖然春梅跟著金蓮為虎作倀，做了不少壞事，但吳月娘不該漢子一死，就拿出「一朝權在手，便把令來行」的姿態，迅速地處理掉春梅，表現得如此小肚雞腸。大部分人認為月娘寬厚仁慈，其實並不是那麼回事。至於孫雪娥，她在漢子活著時鬥不過金蓮、春梅，卻在他死後與月娘共謀對金蓮、春梅下手。但她後來為自己的行為又付出了高昂的代價，被春梅整得死去活來。

（十四）

潘金蓮與吳月娘因為把攔漢子的問題吵鬧了一場，不但場面激烈，也驚動了全家。西門慶聽說，恐怕吳月娘生氣對懷中的胎兒有礙，急忙過來勸慰，並再三要請任醫官來看看。月娘則堅持不肯，並順勢說了一些死了罷了之類的喪氣話。西門慶硬是叫人請來任醫官，對症下藥，大家這才放下心來。一群女眷圍著月娘說話，裝果盒，搽抹銀器。這時李嬌兒、孟玉樓又說起剛才診病的事，道：「大娘，你頭裏還要不出去，怎麼知道

你心中如此這般病。」月娘此時還沒有完全消下氣去，所以又氣憤地說：「甚麼好成樣的老婆，由他死便死了罷。可是他說的：行動管著俺們，你是我婆婆？無故祇是大小之分罷了，我還大他八個月哩！漢子疼我，你祇好看我一眼兒罷了。他不討了他口裏話，他怎麼和我大嚷大鬧？若不是你們攛掇我出去，我後十年也不出去。隨他死，教他死去！常言道：一雞死，一雞鳴。新來雞兒打鳴不好聽？我死了，把他立起來，也不亂，也不嚷，才拔了蘿蔔地皮寬！」玉樓在一旁聽了說道：「大娘，耶嗕耶嗕，那裏有此話，俺每就代他賭個大誓。這六姐，不是我說他，要的不知好歹，行事兒有些勉強，恰似咬群出尖兒的一般，一個大有口沒心的貨子。大娘，你若惱他，可是錯惱了。」[67]

很明顯，玉樓在這裏是替金蓮說話。金蓮與月娘鬧這場氣，本來是與孟玉樓有些關係的，是月娘為玉樓打抱不平才引起來的，為什麼玉樓反而站在金蓮一邊為她辯護呢？這要從金蓮與玉樓的特殊親密關係說起。金蓮自從進了西門慶的家門以後，接連不斷地與人衝突，到處樹敵，幾乎沒有消停過。先是與孫雪娥打罵，接著又因為罵妓女無情意得罪了李嬌兒，再下來又是與李瓶兒的一場生死搏鬥，現在又輪上了吳月娘。她天生的性格是爭強好勝，自以為是漢子跟前最受寵的人，所以眼裏沒有任何人。她接連二三地得罪人，一點兒也不考慮後果。但她惟有一人沒得罪，這就是孟玉樓。其實孟玉樓的性格與金蓮是完全不同的。她不但長得慈眉善目，而且心地也確實善良厚道，幾乎與任何人都沒有衝突。在性的問題上，她也表現得極為寬厚謙讓。當吳月娘為她生日時竟沒能與漢子同宿而鳴不平時，她卻說：「沒的羞人子刺刺的，誰耐煩爭他。左右是這幾房兒，隨他串去。」這倒並不是虛情假意，她平時確是這麼做的。就是這麼一對性格完全不同的人，卻結成了最要好的妯娌。當潘金蓮與小廝私通的事被孫雪娥、李嬌兒聯合告發而挨打受辱時，祇有孟玉樓一個人去偷偷看視她安慰她。二人的相互稱呼也不同於別人，玉樓稱金蓮是「六丫頭」，金蓮稱玉樓為「孟三兒」。兩個性格完全不同的人，為什麼關係如此親密，可能是所謂的「性格互補」吧？

不管是什麼原因，玉樓與金蓮是一對好朋友這是肯定的。所以當她聽到吳月娘在數落金蓮的不是時，便馬上接過來說金蓮其實是有口無心，容易得罪人，但並沒有什麼惡意。吳月娘不同意玉樓的這種看法，她說：「他是比你沒心？他一團兒心哩！他怎的會悄悄聽人兒，行動拿話兒譏諷著人說話。」玉樓又說：「娘，你是個當家人，惡水缸兒，不恁大量些罷了，卻怎樣兒的。常言一個君子待了十個小人。你手放高些，他敢過去了；你若與他一般見識起來，他敢過不去。」後來她又百般勸吳月娘饒恕金蓮，並自告奮勇去把金蓮叫來。玉樓採取這種調和的態度是可以理解的。其一，她本來就是很慈善的人，

---

67 《金瓶梅詞話》第七十六回。

不希望妯娌間鬧得不可開交；如果換成孫雪娥、李嬌兒，說不定還巴著事情鬧大呢！其二，玉樓既與金蓮關係密切，也與月娘從無過節，況且這一次又是為著她而得罪了金蓮，她當然不希望她們因為自己而落下仇場。鑒於這兩點，玉樓非要把金蓮弄來給月娘磕頭陪不是，並且向月娘保證說：「他不敢不來；若不來，我可拿豬毛繩子套了他來。」「豬毛繩子」是金蓮與月娘吵架時剛剛用過的詞，原來是用在漢子身上的，惹得月娘一陣惱怒。聰明的玉樓現在把它反用在金蓮的身上，明顯的是想討月娘的歡心，為她泄胸中之氣。這樣，他首先贏得了吳月娘的信任；玉樓要想調解成功，這一點是前提條件。

接著孟玉樓又去潘金蓮那裏進行勸解，再贏得她的信任。當然，她對金蓮說話的口吻和方法都與月娘不同；換句話說，她與金蓮的密切關係決定了她應該採取這種態度才能取得最佳效果。她到潘金蓮那裏，見她頭也沒梳，臉也沒洗，正坐在炕沿上發愣，便二話不說，對她道：

> 六姐，你怎的裝憨兒？把頭梳起來，今日前邊擺酒，後邊怎忙亂，你也進去走走兒，怎的祇顧使性兒起來？剛才如此這般，俺每對大娘說了，勸了他這一回。你去到後邊，把惡氣兒揣在懷裏，將出好氣兒來，看怎的與他下個禮，賠了不是兒罷。你我既在簷底下，怎敢不低頭。常言甜言美語三冬暖，惡語傷人六月寒。你兩個已是見過話，祇顧使性兒到幾時？人受一口氣，佛受一爐香。你去與他陪過不是兒，天大事卻了。不然，你不教他爹兩下裏也難？待要往你這邊來，他又惱。……嫁了你的漢子，也不是趁將來的，當初也有個三媒六證，白恁就跟了往你家來來！砍一枝，損百株。兔死狐悲，物傷其類。就是六姐惱了你，還有沒惱你的。有勢休要使盡，有話休要說盡。凡事看上顧下，留些兒防後才好，不管蝗蟲螞蚱，一例都說著。對著他三位師父、郁大姐，人人有面，樹樹有皮，俺每臉上就沒些血兒？一切來往都罷了，你不去卻怎樣兒的？少不的逐日唇不離腮，還在一處兒。你快些把頭梳了，咱兩個一答兒後邊去。[68]

玉樓這一大段話說得夠學問！她先是泛泛而談，把團結的重要性說了一通，用大道理說明應該向月娘賠禮道歉，和為貴麼！後來她又有一句畫龍點睛之筆，話不多，極有深意，就是說西門慶兩下裏作難，以後就不好再到你這裏來了。這句話很頂用，金蓮今天與這個打，明天跟那個鬧，惟一目的就是爭漢子的寵愛，使他多到自己這裏來；如果因為與月娘不和而導致漢子不敢再來，那不是適得其反嗎？那又何苦來！就是沖這一句，金蓮也必須按玉樓說的去做。在此之後，玉樓又對著金蓮說了月娘一通不是。月娘

---

68 《金瓶梅詞話》第七十六回。

罵金蓮是後婚老婆，是趁來的，這也引起玉樓的不悅。因為孟玉樓也是後婚老婆，是死了男人才嫁到這裏來的。吳月娘祇顧標榜自己是女兒嫁來的，是「真材實料」，卻忘記了自己的幾位妯娌大多是後婚再嫁，所以這句話一下子得罪了三四個人。玉樓覺得吳月娘這樣不分青紅皂白地打擊一大片，無異指著和尚罵禿驢，心裏自然也很惱火。不過玉樓對著金蓮說月娘的不是，主要還是出於策略的考慮，是使金蓮消一消氣，以便去與月娘賠禮和好；她在月娘跟前也曾說金蓮「恰似咬群出尖兒的一般，一個大有口沒心的貨子」這一類話，目的是相同的。

果然，在孟玉樓的說合之下，潘金蓮給月娘磕了頭。玉樓在一旁以諧謔的口吻道：「我兒，還不過來與你娘磕頭！……親家，孩兒年幼，不識好歹，衝撞親家，高抬貴手，將就他罷，饒過這一遭兒。到明日再無禮，犯到親家手裏，隨親家打，我老身卻不敢說了。」以玩笑的方式使氣氛變得活躍起來，金蓮與月娘握手言和。

（十五）

西門慶的幾個妻妾在性格上各有特點，如潘金蓮聰明伶俐，李瓶兒溫柔懦弱，吳月娘端莊沉穩。孟玉樓的主要特點是心地善良，以誠待人，對誰都不願意得罪，所以她的人緣也最好。當然，玉樓也表現了性格的另一面，這就是薛嫂在介紹了西門慶與她相識後，母舅張四出來阻撓，被孟玉樓沒頭沒臉地狠說了一頓，結果張四無顏而去。自此之後，孟玉樓始終是一副富貴安詳、心慈面善的形象。她與大家的關係都很好，幾乎沒有誰能說出她的不是來。金蓮的性格倔強，跟人很難合得來，卻與玉樓是一對好姊妹。因為玉樓寬厚，不與金蓮爭寵，所以金蓮就不把她視作「情敵」；但玉樓並不是對金蓮的一切行為都加以支持。如金蓮在李瓶兒生孩子時，氣急敗壞，說了些極難聽的話，玉樓並不附和，而是責備她：「五姐是甚麼話！」以後便「祇低著頭弄裙子，並不作聲應答他」。這說明玉樓對金蓮惡狠狠詛咒李瓶兒的行為是不滿意的。玉樓為人正直，絕不因與金蓮關係密切而支持她的這類行為；但她又有一定的容忍之心，不會因此而與金蓮斷絕來往，或以激烈的言辭反駁她。對待吳月娘也是如此。玉樓與月娘之間並無芥蒂，當月娘與西門慶不和時，玉樓一力主張二人重歸於好，並且做了不少工作。但對月娘當面撐勁，背後卻自己與漢子好了的「撇清」行為，她也略表不滿。西門慶死後，月娘大罵玉簫沒鎖箱子，恐人亂哄哄地偷走銀子。玉樓對此也很不滿，走出來對金蓮說，漢子才剛死了不多時，便防範起人來了！因為屋裏當時祇有玉樓、李嬌兒在，玉樓認為這樣無端懷疑人是令人討厭的。

玉樓對待西門慶，根據書中的描寫，還是很有夫婦韻致的，有情而不淫，不像金蓮與西門慶的關係顯得過於淫濫，也不像月娘與西門慶那樣過於倫理化。她從沒因為爭寵

而與其他姊妹爭執過，在情愛上表現得十分理智，十分大度。西門慶病重時，玉樓曾與月娘一起向天禱告，祇要丈夫能好，情願逢七拜斗。西門慶死後，李嬌兒歸院，金蓮、春梅被賣了出來，家裏祇剩下月娘、玉樓、雪娥三人，也算是相依為命。不久雪娥又因跟來旺兒私奔，被官府拿住，變賣到守備府裏，受春梅管轄打罵。結果祇剩下月娘與玉樓二人，誰想玉樓不久也要離她而去，最後月娘落了個孤家寡人。

　　事情的原委是清明節那天月娘與玉樓為西門慶上墳後遊賞春色，遇到了本縣李知縣的相公李衙內，這衙內也是「一生風流博浪，懶習詩書，專好鷹犬走馬，打毬蹴鞠，常在三瓦兩巷中走，人稱他為李棍子」。李棍子當時也在杏花莊大酒樓遊玩，遇見玉樓，隨即情有獨鍾，「不覺心搖目蕩，觀之不足，看之有餘」，於是派人打聽是誰家婦女，得知是西門慶的三娘子，現正守寡。李衙內正好剛剛喪偶，一向著媒人到處求親，並沒有中意的，這次見了孟玉樓，便一心迷上了，想方設法使官媒婆陶媽媽前往訪求親事。陶媽媽到了西門慶門口，向看門的來昭兒說明來意，並說明是李衙內「清明那日郊外曾看見來，是面上有幾點白麻子兒的那位奶奶」。來昭兒到後邊說給月娘，月娘大吃一驚，困惑道：「我家裏並沒半個字兒迸出，外邊人怎得曉的？」當聽說是臉上有幾點白麻子的奶奶，又在心裏嘀咕：「莫不孟三姐也臘月裏蘿蔔動個心，忽剌八要往前進嫁人？正是世間海水知深淺，唯有人心難忖量。」於是月娘便忍不住找玉樓當面問清楚：「孟三姐，奴有件事兒來問你。外邊有個保山媒人，說是縣中小衙內，清明那日曾見你一面，說你要往前進。端的有此話麼？」這時書中對玉樓的心理活動進行了描寫：

> 看官所說：當時沒巧不成話，自古姻緣著線牽。那日郊外，孟玉樓看見衙內生的一表人物，風流博浪，兩家年甲多相仿佛，又會走馬拈弓弄箭，彼此兩情四目都有意，已在不言之表。但未知有妻子無妻子，口中不言，心中暗想：「況男子漢已死，奴身邊又無所出。雖故大娘有孩兒，到明日長大了，各肉兒各疼，歸他娘去了。閃的我樹倒無陰，竹籃兒打水。」又見月娘自有了孝哥兒，心腸兒都改變，不似往時，「我不如往前進一步，尋上個葉落歸根之處，還祇顧傻傻的守些甚麼？倒沒的耽擱了奴的青春，辜負了奴的年少。」[69]

　　連最老實巴腳的孟玉樓也不願為西門慶傻守，要背叛他而去了！其實，孟玉樓的想法是很實際的。她經過分析，認為為西門慶守節是下策，改嫁是上策。一個主要的問題是吳月娘生了孩子，守下去還值得，老了有兒子來照顧，養老送終。而玉樓沒有孩子，孝哥兒將來雖然也會按照封建禮教稱她為母親，但總不如對自己的親母親，這是明擺著

69　《金瓶梅詞話》第九十一回。

的事實。如果說吳月娘守下去還有點兒目標，還有些價值的話，那麼玉樓再守下去就真的是「傻守」了，沒有任何價值和意義，祇有為別人去作無謂的犧牲。相反，如果趁年輕找下新的丈夫，則既沒耽誤青春年華，晚年又有所歸。兩種選擇的利弊十分清楚，所以玉樓暗暗地選擇了改嫁。

當然，這一切都是玉樓在心裏定下的，並沒有說出來，所以當吳月娘當面問她時，她嘴裏還在否認：「大娘休聽人胡說，奴並沒此話。」不過吳月娘已經心中有數，便讓來昭到門口請來官媒陶媽媽，將事情問明。月娘見事已至此，勸阻已是不可能，祇好順水推舟，權充好人，幫著玉樓向陶媽媽打探李衙內家的情況。陶媽媽見玉樓樂意，爽性耍開媒婆的手段，把李衙內說得天花亂墜，把玉樓的前程說得燦爛如錦：「俺衙內老爹身邊，兒花女花沒有，好不單徑。原籍是北京真定府棗強縣人氏，過了黃河不上六七百里。他家中田連阡陌，驟馬成群，人丁無數，走馬牌樓，都是撫按明文，聖旨在上，好不赫耀驚人。如今娶娘子到家做了正房，扶正房入門為正。過後他得了官，娘子便是五花官誥，坐七香車，為命婦夫人，有何不好？」[70]一番話說得玉樓心花怒放，連忙喚人倒茶款待。就這樣，玉樓與衙內的婚事很快便定下來，幾天後一頂大轎便把玉樓抬過去了。臨行前，吳月娘說出了心裏話：「孟三姐，你好狠也！你去了，撇的奴孤另另獨自一個，和誰做伴兒？」並拉著玉樓的手哭了一會兒。月娘此時的心情應該是很複雜的。

西門慶的這幾房妻妾，從封建倫理的角度來衡量，月娘是最忠於西門慶的；她雖然在西門慶生前並沒充分表現出來，但在他死後為他守節，矢志不移。西門慶死時交待她：「我死後，你若生下一男半女，你姊妹好好待著，一處居住，休要失散了，惹人家笑話。」西門慶雖然一輩子不行人事，卻十分重視身後的名譽。那麼月娘完成了丈夫的囑託了沒有？自李嬌兒自動跑掉後，她先是賣掉春梅，又處理掉金蓮；孫雪娥卻是自己隨人私奔了；現在孟玉樓又離她而去，如今還有誰在為那個荒唐之鬼守節呢？祇有她一個人了！這時她無論如何會有對不起丈夫的感覺，但同時她又會為自己的矢志不移而自豪。至於西門慶身後的「名譽」，至此已喪失殆盡了。因為當時滿街的人見玉樓又改嫁給李衙內，都議論紛紛，有的說好，有的說歹。說好的認為吳月娘這樣放她們各自改嫁，是寬容大度，有主張的做法；說歹的認為西門慶生前專一違天害理，如今死了，幾個老婆嫁人的嫁人，拐帶的拐帶，養漢的養漢，做賊的做賊，都四分五裂作鳥獸散了，滿街人無不拍手稱快。事實上，西門慶是全家的支柱，他一死，這個大廈自然要轟然倒塌，沒有誰能挽救這個頹勢。吳月娘想在此條件下保持一定程度的「繁榮」的想法是不現實的，也是根本做不到的，玉樓的改嫁便是明證。

70　《金瓶梅詞話》第九十一回。

(十六)

在西門慶的眾多妻妾中，吳月娘作為主家娘子備受作者的關照，著筆之處，無不寫她的莊重慈善，寬容大度。雖然月娘在協助西門慶轉移李瓶兒的財物上頗有「侵吞」之嫌，但這並不影響人們對她的總的印象。在第二十一回裏，作者又在吳月娘的寬容慈善上狠下了一番功夫，著了不少筆墨。這一回寫西門慶在妓院裏與老鴇鬧了氣，把妓院打了個稀巴爛，然後回到家裏，猛然間發現了一個十分動人的場面。原來吳月娘自從因潘金蓮的挑撥，與西門慶不說話以來，暗地裏卻在為西門慶還沒有後代而操心，為此她每月吃齋三次，逢七對天祝禱，願上天保佑丈夫改邪歸正，早生兒子，以為終身之計。這一次又是吳月娘正祝拜的時候，被西門慶撞見。書中寫道：

> 祇見丫鬟小玉放畢香桌兒，少頃月娘整衣出房，向天井內滿爐炷了香，望空深深禮拜，祝道：「妾身吳氏，作配西門，奈因夫主流戀煙花，中年無子。妾等妻妾六人，俱無所出，缺少墳前拜掃之人。妾夙夜憂心，恐無所托。是以瞞著兒夫，發心每逢夜於星月之下，祝贊三光，要祈保佑兒夫，早早回心，棄卻繁華，齊心家事。不拘妾等六人之中，早見嗣息，以為終身之計，乃妾之素願也。」[71]

且不說吳月娘的心願究竟因何而發，祇說西門慶偷聽到了吳月娘這一番對天表白，馬上被感動得熱淚盈眶，大步跑過去，一把就將月娘抱住，趕忙賠不是，說道：「我的姐姐，我西門慶死不曉的，你一片好心都是為我的！一向錯見了，丟冷了你的心，到今悔之晚矣！」西門慶與吳月娘鬧氣不說話，主要是潘金蓮挑撥造成的。西門慶聽信了金蓮的話，以為是因為吳月娘再三阻止他娶李瓶兒，所以才鬧得李瓶兒被蔣竹山那個死王八娶去，恨得心裏直罵吳月娘是「不賢良的淫婦」，並發誓以後不再理她，故意冷她的心。今天在這一動人的場面感化下，西門慶省悟過來，明白了吳月娘對自己的一片真心，自然是要好好地報答她，將功補過。補過的最好方式自然莫過於留宿在月娘屋裏，用自己的愛欲澆灌她那過於乾渴的心。正是在這段情節裏，作者用二百多字細細描寫了西門慶與吳月娘的做愛場面──而在此之前，這種場面祇在潘金蓮、李瓶兒身上出現，作者是不願把它與吳月娘這種「正面形象」聯繫在一起的。自從這晚以後，吳月娘與西門慶重歸於好。

吳月娘燒香之事，一般讀者都會認為是作者寫月娘慈善的筆墨。既然已與西門慶不睦，卻又背後為他祈求嗣息，這不是慈善又是什麼？不過張竹坡在批評《金瓶梅》的時

71　《金瓶梅詞話》第二十一回。

候卻有不同的看法：

> 寫月娘燒香，吾欲定其真偽，以窺作者用筆之意，乃翻卷靡日，不得其故。忽於
> 前瓶兒初來，要來旺看宅子，先被月娘使之送王姑子廟油米去，而知其假也。何
> 則？月娘好佛，起先未著一筆，今忽於瓶兒來之第三日，即出王姑子。後文王姑
> 子引薛姑子，乃至符藥等，無所不為，而先劉婆子引理星，又其明鑒。然則燒香
> 一事，殆王姑子所授之奸謀，而月娘用之而效，故後文紛紛好佛無已，蓋為此也。
> 況王姑子引薛姑子來後，瓶兒念斷七經，薛姑子攬去，而月娘且深惱王姑子，是
> 為薛姑子弄符水，故左袒之也。然則其引尼宣卷，無非欲隱為此奸險之事，則燒
> 香為王姑所授之計，以欺西門無疑也。[72]

竹坡先生認為吳月娘燒香，並不是對西門慶忠誠的舉動，而是一場騙局，是為西門
慶設下的一個陰險的圈套！竹坡的理由是，吳月娘是好佛之人，與那兩位無惡不作的女
尼王姑子、薛姑子來往極頻，後來吳月娘還求王姑子配了符藥，吃下以後懷了孕；她當
時還惡狠狠地說：「我沒有兒子，受人這樣懊惱。我求天拜地，也要求一個來，羞那些
賊淫婦的屎臉！」以她後來的這種行為推測，她這一次的對天禱拜，要為西門慶求得子
息的真正用心，很可能祇是為了自己，或者說主要為了自己。其實她說的「恐無所托」
「以為終身之計」正是從自己的後半生來考慮的。至於「不拘妾等六人之中」，表面上看
似乎大度，但實際上不論是哪一位妾生了兒子，按照封建禮法都應該是屬於她的；作為
正頭娘子，她有這種特權，這是她心裏十分清楚的。既然吳月娘急於得個兒子，卻又眼
睜睜地見丈夫把心全貼在潘金蓮、李瓶兒身上，一年半載不見來自己房內一次；而且更
要命的是現在還與丈夫不說話，要想打破這種僵局，祇有自己採取主動行動。張竹坡認
為，這種對天禱告、念念有詞的方式正是王姑子為她制定的錦囊妙計。試想，既然月娘
「夜夜焚香祝禱穹蒼」，總有被丈夫發現的時候；而她那番似乎發自肺腑的禱詞，無疑會
感化西門慶。果然，這一次西門慶被感化了，趕忙向她下跪求饒，賠禮道歉，說盡了甜
言蜜語，這才得到了吳月娘的諒解——但嚴格地說，是使吳月娘的計謀得以實現。

以上祇是竹坡先生的一面之詞，《金瓶梅》作者的真正用心如何，還是讓書中的內
容來加以證明。其實，在這一段描寫後面，果然就有了這種暗示。原來吳月娘與西門慶
重歸於好並歇了一夜的秘密馬上就被孟玉樓發現了，而且第二天一大早就跑到潘金蓮房
裏叫開門，把這件事告訴給了潘金蓮。

72　《金瓶梅》回評第二十一回。

玉樓道：「他爹昨日二更來家，走到上房裏，和吳家的好了，在他房裏歇了一夜。」
金蓮道：「俺每那等勸著，他說一百年二百年，又和怎的？平白浪擄著自家又好
了，又沒有人勸他。」玉樓道：「今早我才知道。俺大丫頭蘭香，在廚房內聽見
小廝每說，昨日他爹和應二在院裏李桂兒家吃酒，看出淫婦家甚麼破綻，把淫婦
每門窗戶壁都打了。大雪裏著惱來家，進儀門看見上房燒夜香，想必聽見些甚麼
話兒，兩個才到一答裏。丫頭學說，兩個說了一夜話，說他爹怎的跪著上房的叫
媽媽，上房的又怎的聲喚，擺話的磣死了！相他這等就沒的話說，若是別人，又
不知怎的說浪。」金蓮接過來說道：「早時與人家做大老婆，還不知怎樣久慣鬼
牢成！一個燒夜香，祇該默默禱祝，誰家一徑倡揚，使漢子知道了，有這個道理
來？又沒人勸，自家暗裏又和漢子好了。硬到底才好，乾淨假撇清！」[73]

好個「祇該默默禱祝」！好個「假撇清」！金蓮此話可以說是一針見血地揭出了吳
月娘的真意。既然是燒香表願，對天祝禱，祇在心裏進行就可以了，根本不需要念出聲
來；既然半夜裏念出聲來，必然是想讓誰聽到——當然不僅是讓上天聽到，更重要的還
是想讓漢子聽到。我們早已知道，潘金蓮是位聰明透頂的女人，她往往能看破別人看不
破的事理。她在這件事上，又一次表現出了自己的才能。其實連憨厚的孟玉樓也感覺到
此事確實有點兒異常，看出吳月娘「有心也要和，祇是不好說出來的」，所以才用了這
個法兒。由此可見，作者補寫金蓮、玉樓對吳月娘燒香一事的反應，既保證了故事情節
的連貫，也有揭示吳月娘虛偽性格的作用。雖然金蓮與月娘之間有隱蔽的矛盾衝突，作
者通過金蓮之口提供給我們的這一信息是可信的。所以張竹坡又根據吳月娘對西門慶說
的「咱兩個永世千年休要見面」一類虛言評她道：「況轉身其挾制西門處，全是一團做
作，一團權詐，愈襯得燒香數語之假也。故反覆觀之，全是作者用陽秋寫月娘，真是權
詐不堪之人也。」[74]剛剛為他禱求子息，轉臉又說「永世千年休要見面」，這不正應了
金蓮說的「假撇清」了嗎！

玉樓和金蓮見西門慶和吳月娘又好起來了，便商議幾個娘們湊分子請他們兩位喝
酒，以示慶賀。酒席上，春梅、迎春等四個家樂唱起了小曲，潘金蓮吩咐唱一套〈南石
榴花〉「佳期重會」。誰知剛唱了幾句，便被西門慶聽出來，並追問「誰叫他唱這一套
詞來」？當得知是金蓮讓唱的，西門慶便笑罵：「你這小淫婦，單管胡枝扯葉的。」潘
金蓮為什麼讓唱這套詞，而西門慶偏偏忌諱呢？其實此事也與月娘燒香有關，是金蓮對

73　《金瓶梅詞話》第二十一回。
74　《金瓶梅》回評第二十一回。

月娘燒香真正用心的揭露。看看下文的情節就很明白了。下文寫到西門慶全家為玉樓慶賀生日，酒席散後金蓮與李瓶兒一起回房，瓶兒不慎滑倒，金蓮罵她：「袛相個瞎子」，「我攙你去，倒把我一隻腳蹂在雪裏，把人的鞋也蹂泥了。」西門慶聽到後在房裏對玉樓說：「你看賊小淫婦兒，蹦在泥裏把人絆了一交，他還說人跐泥了他的鞋。恰是那一個兒，就沒些嘴抹兒。恁一個小淫婦，昨日教丫頭每平白唱『佳期重會』，我就猜是他幹的營生。」玉樓問：「『佳期重會』是怎的說？」西門慶說：「他說吳家的不是正經相會，是私下相會，恰似燒夜香有意等著我一般。」西門慶在這裏表面上是在罵潘金蓮，但實際上卻是在讚揚她的聰明敏銳。孟玉樓是憨厚之人，卻聽不出這一層意思。我們在《金瓶梅》中發現了這樣的規律：當西門慶極力否認某一件事的時候，很可能這件事就是真的，尤其是他與潘金蓮的關係更是如此。這裏西門慶表面上認為潘金蓮讓唱「佳期重會」是「胡枝扯葉」，實際上正是承認潘金蓮是對的，吳月娘燒夜香正是她預先定下的計謀！

食客們

（一）

　　作為食客，應伯爵的嘴上功夫是十分出色的。這有兩重含義：一是應伯爵很能吃，很會吃，他的大部分活動都是為了滿足口福；第二個含義是應伯爵很能說，很會說，他用流利的口才作為乞食的銳利武器。

　　書中寫西門慶自打發現妓女李桂姐瞞著自己又接外客，大鬧了一場之後，便發誓不再登李家的門。其實西門慶並非僅僅是嚇唬她們，他是能夠做到的；因為妓院並不止一家，與西門慶有染的妓女們也不止一人，何必非到李家去呢？李家的鴇母雖然有板有眼地用〈滿庭芳〉與西門大官人對罵了一場，但不久她便發現這是欠考慮的行為。西門慶不來李家可以照樣過日子，可以照樣嫖女人，可李家缺了西門慶就等於斷了一大財源，這對她們的經濟收入是很大的影響。雖然院裏也來外地客人，但那些都不是常客，不是固定收入，自然遠不及西門慶每月用二十兩銀子包著可靠。當老鴇想到這一層的時候，才開始後悔起來。面對有錢有勢的西門慶，老虔婆除了賠禮道歉，沒有其他的選擇。而通過誰去說和呢？除了應伯爵之流外，也沒有其他的選擇。於是虔婆為應、謝送去了燒鵝和酒，請他們邀西門慶再進院裏來，向他賠禮。

　　應伯爵目睹了西門慶與虔婆的對罵，深知西門慶這一次火氣之大，而剛過了一天，便要他來說和，自然有些困難。但困難再大，他也得接下來──收了老虔婆的燒鵝瓶酒

且不說，如果西門慶真的不再到李家妓院去，應伯爵豈不是少了一個尋歡乞食的地方？難道以後天天到西門慶家裏去討飯吃嗎？其實應伯爵遇到了與虔婆同樣的問題。為此，應伯爵很費了一些腦筋，編出了一套動人的瞎話。書中是這樣描寫的：

> （應伯爵）說道：「哥昨日著惱家來了，俺每甚是怪他家：『從前已往，哥在你家使錢費物，故一時不來，休要改了腔兒才好。許你家粉頭背地偷接蠻子！冤家路兒窄，又被他親眼看見，他怎的不惱？休說哥惱，俺每心裏也看不過！』盡力說了他娘兒幾句，他也甚是都沒意思，今日早請了俺兩個到他家，娘兒每哭哭啼啼跪著，恐怕你動意，置了一杯水酒兒，好歹請你去，賠個不是。」西門慶道：「我也不動意，我再也不進去了。」伯爵道：「哥惱有理。但說起來，也不干桂姐事。這個丁二官兒，原先是他姐姐桂卿的孤老，也沒說要請桂姐。祇因他父親貨船，搭在他鄉里陳監生船上，才到了不多兩日。這陳監生號兩淮，乃是秘山省陳參政的兒子。丁二官見拿了十兩銀子，在他家擺酒，請陳監生。才送這銀子來，不想你我到了。他家就慌了，躲不及，把個蠻子藏在後邊，被你看見了。實告不曾和桂姐沾身。今日他娘兒每賭身發咒，磕頭禮拜，央俺二人好歹請哥到那裏，把這委曲情由也對哥表出，也把惱解了一半。」西門慶道：「我已是對房下賭誓，再也不去，又惱甚麼？你上覆他家，倒不消費心。我家中今日有些小事，委的不得去。」慌的二人一齊跪下，說道：「哥甚麼話？不爭你不去，既他央了俺兩個一場，顯的我每請哥不的。哥去到那裏，略坐坐兒就來也罷。」當下二人死告活央，說的西門慶肯了。[75]

在《金瓶梅》全書的八百號人中，誰最瞭解西門慶呢？我覺得一是潘金蓮，二是應伯爵。所謂「瞭解」，一是知道他的好惡，二是能夠制住他。潘金蓮和應伯爵在不同的方面表現出這種能力。比如這一次，雖然任務很艱巨，但應伯爵卻在轉眼間便順利地完成了，這難道不需要一定的才能嗎？但祇要我們稍加注意，便會發現應伯爵對西門慶的這段勸說，其實是很有技巧的，是對症下藥；否則，不一定能成功。第一，應伯爵首先肯定了西門慶昨天的做法是有理的，而老鴇讓粉頭背地接客是背信棄義的行為。這一肯定十分重要，首先給西門慶心理上的感覺是，應伯爵是為自己說話的，而不是為老鴇說話的。第二，應伯爵又誇張地轉述老鴇和粉頭都已認識到自己的錯誤，並且表現得很沉痛，「娘兒每哭哭啼啼跪著」。因為應伯爵知道，西門慶雖然專橫霸道，但在女人的眼淚面前常常變得感情脆弱。第三，應伯爵又說蠻子其實是來送銀子借妓院擺酒請客的，

---

[75] 《金瓶梅詞話》第二十一回。

其實並沒與桂姐沾身，因此，這是一場誤會。第四，應伯爵見西門慶還是不答應，祇好拿出與西門慶的交情來作保證，而且是與謝希大一齊跪下相求，這種方法在西門慶面前往往也是起作用的。另外，應伯爵還不動聲色地編造了陳監生和他的父親陳參政的故事，這也是大有深意的。應伯爵十分清楚，西門慶現在正值政治上往上爬的時期，任何一位朝中大臣對他都是有吸引力的，抬出這麼一位陳參政，會使西門慶產生一種幻覺，從而對李家虔婆不再注意。當然，也有可能是另外一種用意，就是用陳參政對西門慶形成一定的心理威懾，因為丁二官——陳監生——陳參政，是有直接關係的。不論是哪種可能，都可以看出應伯爵的狡黠之處。總而言之，應伯爵用這種種辦法終於使西門慶答應下來。

現在我們來看一下西門慶到妓院後應伯爵的表演。應伯爵知道，大家既然已經來到妓院，那麼與在西門慶家就完全不同了。在西門慶家他的任務是說和，而對能否成功他並沒有十分的把握，所以不得不鄭重其事，軟硬兼施，即使跪下來哀求也在所不辭。現在西門慶又重新踏進李家的大門，說明他已經原諒了虔婆和桂姐的行為，那麼應伯爵便不再需要賠小心，祇要縱情地吃喝玩笑。因此，應伯爵、謝希大剛一回到妓院，便又露出插科打諢的本相來。應伯爵向桂姐表功：「還虧我把嘴頭上皮也磨了半邊去，請了你家漢子來，就不用著人兒，連酒兒也不替我遞一杯兒，自認你家漢子。剛才若他撅了不來，休說你哭瞎了你眼，唱門詞兒，到明日諸人不要你，祇我好說話兒，將就罷了。」緊接著，應伯爵又摟過桂姐來親了個嘴，被桂姐罵道：「怪攘刀子的，看推撒了酒在爹身上！」伯爵又道：「小淫婦兒會喬張致的，這回就疼漢子，『看撒了爹身上酒』，叫的爹那甜。我是後娘養的，怎的不叫我一聲兒？」[76]桂姐接著又回罵，伯爵又講了個田雞和螃蟹比賽跳水溝的故事。這一切，都是做給西門慶看的，是慰他的心，討他的好。淫婦李桂姐固然會「喬張致」，緊趕著叫爹；應伯爵又何嘗不是如此？他們二人一唱一和，都是想讓西門慶與桂姐的關係恢復到從前，盡快忘掉那不愉快的打鬧場面。好在西門慶在「色」與「氣」的關係上，還是以色為重的，所以很快便又與李家恢復了融洽關係，應伯爵的一個笑話又把西門慶「笑的要不的」，目的總算達到了。

為了生存的需要，應伯爵練就了一套過硬的拍馬溜鬚的技巧。他阿諛奉承的一個突出特點是能察顏觀色，審時度勢，吹得及時而又恰到好處，可以說是不瘟不火。太瘟了起不到應有的效果，太火了可能失去真實感，起到相反的作用。正因為應伯爵技巧十分高超，分寸掌握得非常適宜，所以總是惹得西門慶滿心歡喜。這裏我們以他對李瓶兒的態度來看他怎樣迎合西門慶。

李瓶兒當初被西門慶娶進家門後，曾請應伯爵、謝希大等一幫幫閒朋友前來喝會親

76　《金瓶梅詞話》第二十一回。

酒。飲到半酣，應伯爵便要求將新嫂子請出來見見，那用意是很明顯的，無非是借此為西門慶臉上貼金。如果沒有人提出見見新娘子，這會親酒便吃得沒有意義了，西門慶臉上也沒有光彩。應伯爵當然懂得這個道理，所以西門慶愈假裝推託，說是「小妾醜陋，不堪拜見」。應伯爵偏偏強烈要求，而且再三說明這是來客們的共同願望。結果李瓶兒打扮了一番，出來見了。這時應伯爵、謝希大便迫不及待地吹乎起來：「我這嫂子，端的寰中少有，蓋世無雙。休說德性溫良，舉止沉重，自這一表人物，普天之下，也尋不出來。那裏有哥這樣大福！俺每今日得見嫂子一面，明日死也得好處。」[77]在他的口裏，李瓶兒成了天下第一等美人，西門慶自然也是天下有第一等豔福的人；而伯爵自己，則因見了這樣的美人尤物，就是現在死了也不算白活了。西門慶對他這種話雖然不會相信，但心裏總還是很高興的，起碼不會像吳月娘幾個婆娘一樣大罵應伯爵是「扯淡輕嘴的囚根子」。

應伯爵不但吹捧活著的李瓶兒，討西門慶的歡心，還對死去的李瓶兒繼續吹捧，目的自然還是一樣。他來弔喪的時候，進門便哭「我的有仁義的嫂子」，結果引來玉樓和金蓮兩人的痛罵。這且不說，他又順口編造了一場夢，說自己夢見西門慶從袖中取出兩根玉簪兒瞧，其中一根折了。更離奇的還在後面。原來西門慶在瓶兒的五七請來吳道官和黃真人念經，超度瓶兒的靈魂升入天堂。當日念完經，設完道場，晚上西門慶在大廳裏擺酒，慰勞僧人及幫忙的諸位親朋夥計：

> 西門慶與道眾遞酒已畢，然後吳大舅、應伯爵等上來，與西門慶散福遞酒。吳大舅把盞，伯爵執壺，謝希大捧菜，一齊跪下。伯爵道：「兄為嫂子，今日做此好事，請得真人在此，又是吳師父費心。方才化財，見嫂子頭戴鳳冠，身穿素衣，手執羽扇，騎著白鶴，望空騰雲而去。此賴真人追薦之力，哥的虔心，嫂子的造化，連我好不快活。」於是滿斟一杯送與西門慶。[78]

西門慶請來黃真人、吳道官念經追薦，其心至誠，其情可感，但追薦的結果如何，大家心下都應該是明白的，無非使活人心安而已，於死人無絲毫作用。但應伯爵不顧這一切，還是在眾目睽睽之下撒了一個彌天大謊，說親見李瓶兒騎著白鶴飛天成仙去了。當伯爵說出此話的時候，我們可以設想一下，黃真人心裏會怎麼想？譏笑伯爵愚昧無知，還是感謝伯爵幫了他的大忙？西門慶又會怎樣想？可能與黃真人有些不同，會把伯爵此話當作他平時說出的那些笑話一樣看待，畢竟這種話聽慣了，倒可能見怪不怪。事實上，

---

77 《金瓶梅詞話》第二十回。

78 《金瓶梅詞話》第六十六回。

更引起我們注意的根本不是黃真人或西門慶的反應，而是應伯爵撒這種謊時的心態，以及在特定情勢下引起的反諷效果。伯爵說此話是為了討西門慶的歡心，但僅僅如此嗎？不是。他想的比這還要周到得多，他說：「此賴真人追薦之力，哥的虔心，嫂子的造化，連我好不快活。」先把黃真人的追薦之功肯定下來，意思是即使西門慶有滿腔虔誠，李瓶兒也確有那份福分，但缺了黃真人，還是上不了天，成不了仙，還祇能到地獄裏做一個平凡的鬼。西門慶的虔誠之心自然也不該埋沒，西門慶不請來黃真人念經超拔，這一切也都無從談起。第三個是李瓶兒的造化，其實這個才是根本原因，沒有這個造化，沒有這個福分，再虔誠地追薦也都沒有用。但既然李瓶兒已經死了，不妨放在第三位。可笑的是應伯爵還順口談到了自己。李瓶兒成仙升天難道與應伯爵還有什麼關係嗎？如果說有的話，祇能說李瓶兒「成仙」全是應伯爵的創作，不可能有其他什麼關係。但是這個真相當然不好說出來，所以談到自己的時候突然改成「連我好不快活」。這樣，不論邏輯上通不通，黃真人、西門慶、李瓶兒、應伯爵，便建立起一種關係。當然，這種「關係」同樣是應伯爵的創作。

吹捧李瓶兒並不是應伯爵的真正目的，吹捧死了的李瓶兒，是給活著的西門慶聽的。而這一切的一切，其實又都是為了生計著想。吹拍溜鬚逗笑話，如果祇做到使大家一笑了之，對於應伯爵來說，那是完全不可取的。誰要認為應伯爵所做的一切僅是精神上的娛樂，那就大錯特錯了，這是一種謀生手段，一種能轉化為物質的精神產品。

第二天一大早，應伯爵還未吃早飯，又被來安兒請到西門慶家裏，見他正在梳頭，便在火盆旁邊坐下，對西門慶說：「哥，你好漢，還起的早。若著我，成不的。」過了一會兒畫童兒端來兩盞牛奶，應伯爵先把自己的一碗吃進肚裏，見西門慶祇顧不吃，便又催道：「哥且吃些不是，可惜放冷了。相你清辰吃恁一盞兒，倒也滋補身子。」西門慶看出伯爵還想吃，便讓他連自己的一盞也吃了下去。雖然應伯爵整日泡在西門慶家裏，混著酒肉吃，但他總像一個貪嘴的孩子，無時無刻不表現出自己的嘴饞，永遠保持著旺盛的食欲。後來看看天下了雪，西門慶留下溫秀才和應伯爵在書房內賞雪。一會鄭春來替鄭愛月送兩盒茶食給西門慶，一盒是果餡頂皮酥，一盒酥油泡螺兒。伯爵一眼瞧見，便道：「好呀，拿過來，我正要嘗嘗。死了我一個女兒會揀泡螺兒，如今又是一個女兒會揀了。」伯爵不但自己吃，還遞給溫秀才同吃。西門慶又讓鄭春揭開一個小盒，問鄭春裏面是什麼，鄭春悄悄告訴他：「此是月姐稍與爹的物事。」西門慶正要拿來觀看，卻被應伯爵一手抓過去，打開見是一隻回紋錦汗巾兒，裏面包著鄭愛月親口磕的瓜仁兒。這伯爵不等西門慶動手，便把瓜仁兒一口喃進嘴裏。西門慶見狀，便罵道：「怪狗才，你害饞癆饞痞？留些兒與我見見兒，也是人心。」伯爵回答道：「我女兒送來，不孝順我，再孝順誰？我兒，你尋常吃的勾了。」西門慶看看沒法，祇好說：「溫先兒在此，

我不好罵出來。你這狗材，忒不相模樣！」雖說應伯爵有高超的拍馬技巧，並趁機得好處，但有時也不免過分，這一次就屬於這種情況。強烈的食慾常常使他變得沒有理智，破壞了應有的分寸感。像這一次，如果能給西門慶剩下一些，「留些兒與我見見兒，也是人心」，那麼效果便會好得多。不過畢竟祇是一把瓜仁兒，西門慶雖然不滿意也不會因為這一點兒小事真的氣惱起來，但心裏總有些不痛快。所謂「智者千慮，必有一失」，應伯爵的溜鬚拍馬也是如此。不過過了不大一會兒，西門慶便在另外的地方彌補了過來。原來三人繼續飲酒，溫秀才順口問伯爵：「老翁尊號？」伯爵回答道：「在下號南坡。」西門慶聽了，便戲道：「老先生，你不知，他家孤老多，到晚夕桶子撅出屎來，不敢在左近倒，恐怕街坊人罵，教丫頭直撅到大南首縣倉牆底下那裏潑去，因起號叫做『南潑』。」這是一個粗俗的玩笑，不過出自西門慶之口，玩笑的對象是應伯爵，倒也十分般配。溫秀才明知他是開玩笑，卻故作認真地說：「此『坡』字不同。那『潑』字乃是點水邊之發，這『坡』字卻是土字傍邊著個皮字。」西門慶又接上道：「老先兒倒猜的著，他娘子鎮日著皮子纏著哩。」溫秀才聽了祇好笑著說：「豈有此說。」伯爵道：「葵軒，你不知道，他自來有些快傷叔人家。」溫秀才見他們罵得有趣，又不好說什麼，祇好又說：「自古言不褻不笑。」[79]其實溫秀才這話說得也滿有水準，他認為開玩笑即使有些下流，也能引人高興，自古便是如此。經過這麼一場笑鬧，西門慶很快便忘記了剛才心中的不快。

（二）

應伯爵充當西門慶的幫閒，幫嫖貼食，無所不至，其人格自然是不值一提的。但他也有可愛之處，除了天才的幽默才能，還極其坦誠，對自己的所作所為有著十分清醒的認識，絕不文過飾非。他的一切都做得光明磊落，即使溜鬚拍馬、阿諛奉承，也都做得那麼公開坦蕩，讓人一覽無餘。第七十二回寫了他對唱曲兒的李銘的一番教導，表達了他對自己的行為的清醒認識，可以視為一段精彩的內心獨白。

原來自從西門慶藉故打了糾纏王三官的一夥光棍之後，生氣與李桂姐也斷了來往。因為這夥人都是在李桂姐家裏吃喝嫖弄，並與王三官關係不明。西門慶不但拒絕與李桂姐來往，而且又株連到她的弟弟李銘，再也不請他到府裏來唱曲。李銘是靠唱曲度日的，西門大官人不請，便等於少了一個大主顧，生意大受影響，並且還因此受到同行的欺負。李銘忍受不了，便買了兩隻燒鴨、兩瓶燒酒，到了應伯爵家裏，請他到西門慶跟前去說情。李銘說：「小的從小兒在爹宅內答應這幾年，如今爹倒看顧別人，不用小的了。就

79　《金瓶梅詞話》第六十七回。

是桂姐那邊的事，各門各戶，小的一家兒是不知道。不爭爹因著那邊怪我，難為小的了。這負屈銜冤，沒處聲訴，徑來告二爹。二爹倘到宅內，見了爹，替小的加句美語兒說說。就是桂姐有些一差半錯，不干小的事。爹動意惱小的不打緊，同行中人越發欺負小的了。」[80]李銘知道，要說和此事，非應伯爵莫屬。應伯爵聽了李銘的這番求告，大動惻隱之心，說：「我沒有個不替你說的。我從前已往，不知替人完美了多少勾當，你央及我這些事兒，我不替你說？你依著我，把這禮兒你還拿回去。你自那裏錢兒，我受你的？你如今親跟了我去，等我慢慢和你爹說。」[80]伯爵這番話也說得十分動人，完全是一副敦厚老者的口吻；他自己也是以乞食為生，對李銘的處境深表理解與同情。於是應伯爵領上李銘，到了西門慶家裏。伯爵先說別的話題，慢慢才轉到李銘身上，其實這是應伯爵說話的一個重要技巧。尤其是當他到西門慶跟前求情或借東西時，他總要先以別的話題探探西門慶的口氣，看看他的心情如何，再婉轉地道出實質性問題。這一回他見西門慶正在擺席桌，便問：「哥定這桌席做什麼？」然後又問明天是請戲子還是請小優；當聽說請了四個小優而沒有李銘時，故意裝出驚訝的樣子問：「哥，怎的不用李銘？」西門慶說：「他已有了高枝兒，又稀罕我這裏做什麼！」接著應伯爵便用他如簧之舌勸西門慶：

> 哥怎的說這個話？你喚他，他才來，也不知道你一向惱他。但是各人勾當，不干他事，三嬸那邊幹事，他怎得曉的，你倒休要屈了他。他今早到我那裏，哭哭啼啼告訴我：休說小的姐姐在爹宅內，祇小的答應這幾年，今日有了別人，倒沒小的。他再三賭神發咒，並不知他三嬸在那邊一字兒。你若惱他，卻不難為他了。他小人，有什麼大湯水，你若動動意兒，他怎的禁得。[81]

　　緊接著不等西門慶說話，應伯爵便拉過李銘來趕快跪下磕頭，讓他賠不是。李銘也配合得很妙，一邊認不是，一邊嚎啕大哭，跪在地上祇不起身。應伯爵又在一旁打著圓場，西門慶終於原諒了李銘。這件事在應伯爵的導演下十分成功，充分表現了伯爵的才能。其實此事伯爵還是動了一番腦筋，進行了一番設計的。他把領李銘賠禮道歉之事與到西門慶家請諸位娘子來他家吃酒同時進行。當西門慶原諒了李銘之後，伯爵隨即拿出五個請帖來，「請列位嫂子過舍，光降光降。」西門慶故意說到時候都要看夏大人娘子去，難以去成。伯爵便知道是哄他，說：「哥，剛才你就哄我起來。若是嫂子不去，我就把頭磕爛了，也好歹請嫂子走走去。」結果雙方都很愉快，李銘的事也愈加圓滿。
　　妙的是，當應伯爵為李銘做完這件好事以後，並沒有僅僅承受了他的謝意而一走了

80　《金瓶梅詞話》第七十二回。
81　《金瓶梅詞話》第七十二回。

之，而是不失時機地又對李銘進行了一番有理論深度的人生哲學教育。他這樣對李銘說：

> 如何？剛才不是我這般說著，他甚是惱你。他有錢的性兒，隨他說幾句罷了。常言嗔拳不打笑面。如今時年尚個奉承的，拿著大本錢做買賣，還放三分和氣。你若撐硬船兒，誰理你？休說你每！隨機應變，全要四水活兒，才得轉出錢來。你若撞東牆，別人吃飯飽了，你還忍餓。你答應他幾年，還不知他性兒？明日交你桂姐趕熱腳來，兩當一兒，就與三娘做生日，就與他賠了禮來兒，一天事多了了。[82]

實在太精闢了！這既是應伯爵的經驗之談，也是他對當時社會人際關係的總結。明代是個資本主義萌芽出現，商業經濟湧動的時代，金錢成為左右一切的權威因素，可以說有了錢就有了一切。這一觀點應伯爵早在十兄弟排座次時就已經清楚表達過，他說如今這年時，結拜兄弟也按不得年紀大小，而衹能論財勢。在這一點上，應伯爵始終有著十分清醒的認識，並自覺地以此調節自己的行為。他認為有錢的人理所當然地也要性兒大些，而像自己和李銘這樣看著他們的臉色吃飯的人，理所當然地要作為他們指責、數落的對象，而不應該有什麼不悅或不好意思。他覺得這一切都是那麼正常，根本不該有任何不快。所謂「如今時年尚個奉承」當然也是指富人，因為窮人根本不會有受人奉承的奢望，也沒有誰來奉承他。既然奉承人已成為一種時尚，所以伯爵平時所做的一切都是十分正常的，談不上什麼人格的墮落或道德的淪喪。

當然，伯爵說這些話的目的更主要的不是為自己的行為辯護，而是教導李銘，卻無意中為我們展示了他的人生觀念。我們原來總以為伯爵以溜鬚拍馬為生，一定是忍辱負重，飽含著辛酸和悲涼，看來並不是這樣。恰恰相反，伯爵認為這一切都是很正常的，是他的生存技巧，奉承人和被人奉承都是由他們的經濟地位決定的，談不上什麼人格和道德問題。他不但自己這樣做，也用這種人生體驗來教導下一輩。今天李銘這樣做了，果然得到了西門慶的諒解；如果明天李桂姐也照此辦理，一定還靈。在伯爵看來，這些並不是他一個人的經驗，而是放之四海而皆準的真理，衹要能「隨機應變」，衹要能做出「四水兒活」來，就能夠吃飽飯，賺錢養家糊口；再大的事都會大事化小，小事化了。

（三）

西門慶的幾個相好夥計裏，有個常時節，其實是諧音「常時借」。他是一個窮光蛋，衹好常常借錢度日，為此，作者專在第五十六回裏寫了西門慶周濟常時節的情節，讚揚他「仗義疏財，救人貧難」的高尚行為。常時節原來住的是別人的房屋，被房東趕走，

82　《金瓶梅詞話》第七十二回。

必須另找新地方住。無奈，祇好找西門慶幫忙。常時節雖然也是「十兄弟」之一，但與西門慶的關係遠遠不如應伯爵，甚至也不如謝希大。他自己當然也明白這一點，知道自己在西門慶心目中的位置，何況又有「常時借」這種醜名，所以不敢親自開口向西門慶借銀，讓應伯爵陪著同去，由應伯爵提出借錢的要求。這天常時節把應伯爵請到一個小酒店裏，酒過三巡，對伯爵說：「小弟向求哥和西門大官人說的事情，這幾日通不能勾會。房子又催進的緊，昨晚被房下聒絮了半夜，耐不的，五更抽身，專求哥趁早大官人還沒出門時，慢慢地候他，不知哥意下如何？」[83]應伯爵一聽，爽快地答應了，領著常時節便直奔西門慶家。二人到了西門慶家，自然是應伯爵提起話頭，果然一說即行。應伯爵不愧為一位千古「食客」，他的一張嘴除了會吃東西，也很會說話。比如這一次，他進了門先跟西門慶說了一會兒閒話，與常時節一齊吹噓西門慶是財大氣粗的財主，惹得西門慶笑了起來。然後應伯爵湊近西門慶坐下，乘機說道：「常二哥那一日在哥席上求的事情，一向哥又沒的空，不曾說的。常二哥被房主催進慌了，每日被嫂子埋怨，二哥祇麻做一團，沒個理會。如今又是秋涼了，身上皮襖兒又當在典鋪裏。哥若有好心，常言道救人須救時無，省的他嫂子日夜在屋裏絮絮叨叨。況且尋的房子住著了，人走動，也祇是哥的體面。因此常二哥央小弟，特地來求哥，早些周濟他罷。」[84]應伯爵十分強調常二哥的難堪處境——既被房主催逼，又受老婆的絮叨，這夾板氣令他毫無辦法，祇能是「麻做一團」。西門慶也爽快地答應下來，並且先給了常時節十二兩零碎銀子，要他雜用，買房錢等尋下房子一併交給。西門慶是個會賺大錢的新興資產者，但他並不是那種有傳統色彩的守財奴、吝嗇鬼。他敢於大把花錢，或是用來賺取更大的利潤，或是尋求物質上、精神上的極大享樂，或是接濟他的親朋好友。西門慶在這裏還表現了一下他的金錢觀念：「（金錢）兀那東西是好動不喜靜的，曾肯埋沒在一處？也是天生應人用的，一個人堆積，就有一個人缺少了。因此積下財寶，極有罪的。」

常時節之所以落下個「常時借」的名聲，與他有個忍不了貧、耐不了富的老婆，是有關係的。應伯爵說這個老婆把常時節聒絮得連家門都不敢進，其實這並不是誇張。讓我們來看一下書中的客觀描寫：

> 常時節作謝起身，袖著銀子，歡的走到家來。剛剛進門，祇見那渾家鬧炒炒嚷將出來，罵道：「梧桐葉落滿身光棍的行貨子！出去一日，把老婆餓在家裏，尚兀是千歡萬喜到家來，可不害羞哩？房子沒的住，受別人許多酸嘔氣，祇教老婆耳

83　《金瓶梅詞話》第五十六回。
84　《金瓶梅詞話》第五十六回。

朵裏受用？」那常二衹是不開口，任老婆罵的完了，輕輕把袖裏銀子摸將出來，放在桌兒上，打開瞧著道：「孔方兄，孔方兄！我瞧你光閃閃響噹噹的無價之寶，滿身通麻了，恨沒口水咽你下去。你早些來時，不受這淫婦幾場合氣了。」那婦人明明看見包裏十二三兩銀子一堆，喜的搶近前來，就想要在老公手裏奪去。常二道：「你生世要罵漢子，見了銀子就來親近哩！我明日把銀子去買些衣服穿，好自去別處過活，卻再不和你鬼混了。」那婦人陪著笑臉道：「我的哥，端的此是哪裏來的這些銀子？」常二也不做聲。婦人又問道：「我的哥，難道你便怨了我？我衹是要你成家。今番有了銀子，和你商量停當，買房子安身卻不好？倒忒地喬張智！我做老婆的，不曾有失花兒，憑你怨我，也是枉了。」常二也不開口。那婦人衹顧饒舌，又見常二不揪不采，自家也有幾分慚愧了，禁不的吊下淚來。常二看了歎口氣道：「婦人家不耕不織，把老公恁地發作！」那婦人一發吊下淚來。兩個人都閉著口，又沒個人勸解，悶悶的坐著。常二尋思道：「婦人家也是難做，受了辛苦埋怨人，也怪他不的。我今日有了銀子不采他，人就道我薄情，便大官人知道，也須斷我不是。」就對那婦人笑道：「我自要你，誰怪你來！衹你時常聒噪，我衹得忍著出門去了，卻誰怨你來。我明白和你說，這銀子……」[85]

這是一個多麼生動的場面！一個被老婆罵得跑出家門的男人，在外邊弄了十幾兩銀子回來，便馬上端起了架子，擺起了窮譜，一副氣宇軒昂的神態，而那個原本氣吞山河的「河東吼」，卻被這十幾兩銀子的亮光照得頓時矮了半截！如果說世態炎涼的話，如果要討論金錢在明代社會的作用的話，根本用不著去研究明代的歷史文獻，用不著去翻檢那些有關明代社會經濟狀況的研究著作，衹要從這幅小小的畫面中就可以找到答案，而且是最準確、極生動的答案。不錯，常時節肯定是個無用的傢伙，否則便不會連幾間自己的房子都沒有，而且還要把老婆餓在家裏。但他有他的辦法，他雖然是通過應伯爵作中介人才借到了銀子，但畢竟比他那個衹會在家裏絮聒吵鬧的渾家還要強一些；似乎渾家也意識到了這一點，所以當她見到桌上的那包銀子後，「喜的搶近前來，就想要在老公手裏奪去」，而且話頭也馬上軟了下來，態度來了個180度的大轉彎。常二哥發現正像他想像的那樣，形勢突然變得對自己有利起來（而這種情況是不常出現的），他當然要及時地抓住這個機會，出出平時受欺的惡氣。令人驚訝的是，常時節雖然在全書中沒有表現出特別的智慧，但他這次選擇的報復渾家的方法卻實在令人叫絕！他既非罵，更非打，也沒有像一般人想像的那樣來幾句尖酸刻薄的挖苦，他出人意料地採取了沉默！渾

85　《金瓶梅詞話》第五十六回。

家先是賠著笑臉問他銀子是從哪裏來的，他不做聲；婦人又來了一番自我表白，他還是不開口！雖然是沉默，此時卻比說話更能說明問題，包含著更多的內容；他用這種方式對付渾家，其實比打罵都更有用處。果然，婦人慚愧地滾下淚來。常時節見自己的目的已經達到，渾家已經對自己的行為進行了反省，並有悔改的表示，便也高姿態地饒恕了她。於是夫婦二人歡天喜地去買肉裁衣，再也聽不到吵鬧絮聒。

　　我們再來看一下第六十七回裏應伯爵為自己借銀子的情節，將他與常時節借銀的情節作一對比十分有趣。這一回是寫應伯爵好幾天沒到西門慶家裏來，這天來後西門慶便問：「你連日怎的不來？」應伯爵並不正面回答，卻虛張聲勢地說：「哥，惱的我要不的在這裏。」西門慶以為出了什麼令人懊惱的事情，忙說：「又怎的惱？你告我說。」伯爵這才說：「不好告你說，緊自家中沒錢，昨日俺房下那個又平白桶出個孩兒來。但是人家自日裏還好撧撓，半夜三更，房下又七痛八病，……我自家打著燈籠，叫了巷口兒上鄧老娘來，及至進門，養下來了。」[86]應伯爵這次來的本意是借銀子，但他並不把銀子作為主要話題，而是用誇張的語氣描述他的「房下」養孩子的故事，而且根據他的意思，養這孩子並不討他的喜歡。他祇是在談論上述故事的過程中，「順便」地提到「緊自家中沒錢」，而且故意表現得祇是無意中帶出了錢字。不知是西門慶沒有聽到應伯爵提到了錢，還是聽到了卻假裝沒聽見，他沒有作出相應的反應，還是問應伯爵「養個甚麼」？並罵他「傻狗材，生了兒子倒不好，如何反惱」！應伯爵見西門慶沒注意到他話中提到的錢，祇好更進一步說得明白一些：「哥，你不知，冬寒時月，比不的你每有錢的人家，家道又有錢，又偌大前程官職，生個兒子上來，錦上添花，便喜歡。俺如今自家還多著個影兒哩！家中一窩子人口要吃穿盤攪，自這兩日媒巴劫的魂也沒了。……緊自焦的魂也沒了，猛可半夜又鑽出這個業障來。那黑天摸地，那裏活變錢去？房下見我抱怨，沒計奈何，把他一根銀插兒與了老娘，發落去了。明日洗三，嚷的人家知道了，到滿月拿甚麼使？到那日我也不在家，信信拖拖，往那寺院裏且住幾日去罷。」[87]如果說伯爵剛才表達得還較含蓄的話，那麼這一次說得就是很明白的了。西門慶見他又說了一通沒錢的意思，笑罵了一句，便說：「我的兒，不要惱，你用多少銀，一對我說，等我與你處。」於是馬上給了他五十兩銀子，連借條都不要打。畢竟西門慶與應伯爵的關係更為密切，所以辦起來更爽利，數量也更多。二人間的相互信任似乎已經達到了這樣一種程度，即伯爵缺錢花理所當然要去找西門慶解決，而西門慶也覺得幫助應伯爵確實是義不容辭。在西門慶的「十兄弟」中，能達到這一步的還祇有應伯爵。

86　《金瓶梅詞話》第六十七回。
87　《金瓶梅詞話》第六十七回。

　　不過儘管如此，應伯爵畢竟是登門借銀子，所以他還是經過了一定的考慮，採取了一些較為策略的說法。比如他為常時節借銀子時，強調的是常時節的老婆聒絮得厲害，而常時節實在是忍受不住，不得不登門借債。伯爵為自己借銀卻十分強調事情的突發性和偶然性，似乎老婆生孩子是他完全沒有想到的，而他也從來沒打算要孩子。既然這並非是他的本意，而事情卻又實實在在地發生了，所以他也不得不登門求助。伯爵與西門慶還有一個更有利的條件，就是二人關係密切，常常相互取笑嘲罵。在提出借銀求助這類事情時，相互的嘲罵取笑容易使氣氛變得融洽，心情變得舒暢。例如西門慶聽到伯爵又得了個兒子，便問「是春花兒那奴才生的」？伯爵則笑答：「是你春姨。」當應伯爵提出要打借條時，西門慶便說：「傻孩兒，誰和你一般計較。左右我是你老爺老娘家，不然你但有事來，就來纏我？這孩子也不是你的孩子，自是咱兩個分養的。實和你說過了，滿月把春花兒那奴才叫了來，且答應我些時兒，祇當利錢，不算發了眼。」伯爵又笑答：「你春姨這兩日瘦的相你娘那樣哩。」正是在這種笑罵中，應伯爵達到了自己的目的，而西門慶也覺得滿心高興。對應伯爵來說，這就是他的智慧，是他求生的本領。

奴才們

（一）

　　在西門慶淫過的女人中，宋惠蓮是個很有性格特點的人物。概括她的一生，頗與《紅樓夢》中的小紅相似，也是心比天高，命比紙薄，最終以悲劇結束了自己的一生。宋惠蓮是個出身社會底層的女性，家裏是開棺材鋪的，其父有一個與職業很相符的名字，叫宋仁（送人）。因家貧，惠蓮當初被賣到蔡通判府單做使喚丫頭，後因壞了事被趕出來。根據暗示，所謂「壞了事」是指與主人或小廝們有染而大了肚子。先是嫁給廚子蔣聰為妻，又漸漸與來旺兒認識並相通，蔣聰死後便嫁給來旺兒做了媳婦。惠蓮長得還算有姿色，「生的黃白淨面，身子兒不肥不瘦，模樣兒不短不長，比金蓮腳還小些兒。」至於她的性格，作者說成「性明敏，善機變，會妝飾。龍江虎浪，就是嘲漢子的班頭，壞家風的領袖」。看來也不是什麼本分之人。書中這樣描繪她的神態：

> 斜倚門兒立，人來倒目隨。托腮並咬指，無故整衣裳。坐立隨搖腿，無人曲唱低。開窗推戶牖，停針不語時。未言先欲笑，必定與人私。[88]

88　《金瓶梅詞話》第二十二回。

　　按照舊時的封建禮教規範，這些都是女人的大忌。其實這十句來自古代一本相面的書中，書中把這幾條說成是女人淫賤和克夫的標誌。既然作者一開始就把她寫成這樣的女人，那麼她身在西門慶之家，與這個蕩男的通情就是不言而喻的了。果然，西門慶剛見到她就打起了主意，先是把來旺派去杭州出差，又故意在席間問玉簫：「那個穿紅襖的是誰？」接著便讓人給她送做裙子的衣料，藉口是惠蓮穿紅襖配紫裙子「怪模怪樣」的，似乎是僅從審美角度來考慮的。緊接著又過了幾日，西門慶從門外進來，惠蓮卻正往外走，「兩個撞了滿懷」（實在讓人懷疑是兩人故意的），西門慶順勢將她摟過來，親了個嘴，口裏還喃喃說道：「我的兒，你若依了我，頭面衣服隨你揀著用。」正像西門慶預料的那樣，惠蓮並沒有任何不悅的表示，而這本身實際上正意味著她已經答應下來。過了不幾天，惠蓮果然與西門慶在藏春塢山子洞裏成了好事。

　　惠蓮如此輕易地鑽進西門慶懷裏，其動機如何呢？說起來其實很簡單，她不過是想在穿戴上改善一下，滿足作為一個女人的愛美之心（在另外一種意義上也可以說成是虛榮心），並沒有什麼其他的高深目的。她出身在社會的底層，雖然年齡很小時進過蔡通判府裏，很快便出事被趕了出來；而跟著廚子蔣聰也談不上見什麼世面。所以當她進入西門大官人的府中，在她面前展現的是一個全新的世界，尤其是西門慶的幾位如花似玉的妻妾，她們的吃喝穿戴，她們的行為舉止，都不能不使她心動，不能不引起她強烈的羨慕之情。所以她「初來時，同眾家人媳婦上灶，還沒有什麼妝飾，猶不作在意裏。後過了一個月有餘，看了玉樓、金蓮眾人打扮，他把鬚髻墊的高高的，梳的虛籠籠的頭髮，把水鬢描的長長的，在上邊遞茶遞水，被西門慶睃在眼裏」[89]。惠蓮這時還祇是露出點兒往上攀附的苗頭，出身又是那麼低微，實在沒有什麼資本，所以她初次與西門慶苟且，既無花燭明室，又無錦衾軟榻，竟躲到花園裏的山子洞裏完了事，這與西門慶與李瓶兒、林太太等人的通姦真是天差地遠了！所以惠蓮第二次與西門慶交合之際，便發出了怨言：「西門慶冷鋪中舍冰，把你賊受罪不渴的老花子，就沒本事尋個地方兒，走在這寒冰地獄裏來了。口裏銜著條繩子，凍死了往外拉。」但是西門慶心裏也知道與家奴的這種亂倫苟且是上不得台盤的事，害怕被幾位如狼似虎的妻妾知道，哪裏還敢有更多的講究！

　　其實，西門慶與惠蓮的姦情一開始就被潘金蓮偵破了。說起來巧得很，惠蓮與西門慶首次交合，便被多疑的金蓮碰上。原來當天金蓮到處找西門慶，找到藏春塢山子洞裏，見惠蓮正紅著臉繫裙子，金蓮罵她：「賊臭肉，你在這裏做甚麼？」惠蓮一邊匆忙回答：「我來叫畫童兒。」一邊急急忙忙溜掉了。金蓮進到裏面，又見西門慶正在繫褲子，便火冒三丈地大罵：「賊沒廉恥的貨，你和奴淫婦大白日裏在這裏端的幹的勾當兒！剛才我

89　《金瓶梅詞話》第二十二回。

打與那淫婦兩個耳刮子才好，不想他往外走了。原來你就是畫童兒，他來尋你。你與我實說，和這淫婦偷了幾遭？若不實說，等住回大姐姐來家，看我說不說。我若不把奴才淫婦臉打的脹豬，也不算。俺每閑的聲喚在這裏，你也來插一把子，老娘眼裏卻放不過。」[90]潘金蓮的性格決定了她不會容忍有人再來「插上一把子」！「俺每閑的聲喚」尤為點睛之筆，事實確是如此！試想西門慶一家妻妾五六人，再加上還要應付妓院裏的桂姐之流，偶爾還要與家奴鬼混，他哪裏有這麼多的精力！所以金蓮說的「閑的聲喚」真是切膚之言，這種怨言發在西門慶身上難免適得其反，發在惠蓮身上，找到這個替罪羊簡直再好不過了。因此金蓮是絕不會放過這隻替罪羊的。

但是，潘金蓮這一次卻出人意料地表現得寬容大度，並未對惠蓮施加進一步的迫害。「對玉樓亦不題起此事。這老婆每日在那邊，或替他造湯飯，或替他做針指鞋腳，或跟著李瓶兒下棋，常賊乖趨附金蓮；被西門慶撞在一處，無人，教他兩個苟合，圖漢子喜歡。」[91]惠蓮千方百計巴結金蓮是可以理解的，因為她知道在西門慶的這幾個妻妾中，數金蓮最厲害，更何況她上次已被金蓮當面撞見，所以她不能不趨附她，巴結她，以圖不被報復。奇怪的是，金蓮怎能在她的小意兒面前輕易改變了主意呢？她不但饒恕了惠蓮，還容忍她與西門慶繼續偷情，在無人處「教他兩個苟合」，其目的卻是「圖漢子喜歡」。後來西門慶再與惠蓮私通，就不避金蓮了。有一次他甚至請金蓮容惠蓮在她屋裏歇一夜，金蓮覺得有些太過分，不答應。西門慶又讓金蓮派丫頭們在山子洞裏生上火，佈置鋪蓋。金蓮倒答應了，派秋菊把山子洞裏佈置得十分停當，供西門慶和惠蓮偷歡。根據潘金蓮的性格邏輯，她突然變得如此寬容，實在難以讓人理解，也實在令人懷疑！根據作者的解釋，潘金蓮這樣做是討西門慶的好，這當然也有一定道理。既然西門慶已經與惠蓮勾搭成姦，生米已經做成熟飯，再來阻止他們，破壞他們，顯然是不明智的做法，除了得罪西門慶之外，對金蓮幾乎沒有什麼好處。但是我們仍然覺得，像潘金蓮這種嫉妒心極強，又極陰險的女人，竟坦然容忍丈夫與下人通姦，甚至為他們創造條件，總讓人懷疑她另有打算，她心底裏正在醞釀著什麼。事實果然如此。

原來金蓮派秋菊佈置好山子洞以後，知道二人都已進去，並估計二人已經入港，便悄悄潛入花園，躲在藏春塢的月窗下，偷聽西門慶與惠蓮的私房話。先聽到二人議論惠蓮的腳的大小，又與金蓮的腳相比較，這倒還無關大局；接著又聽到：

「你家第五的秋胡戲，你娶他來家多少時了？是女招的，是後婚兒來？」西門慶道：

90　《金瓶梅詞話》第二十二回。
91　《金瓶梅詞話》第二十二回。

「也是回頭人兒。」老婆道：「嗔道恁久慣老成，原來也是個意中人兒，露水夫妻。」這金蓮不聽便罷，聽了氣的在外兩隻胳膊都軟了，半日移腳不動，說道：「若教這奴才淫婦在裏面，把俺每都吃他撐下去了。」[92]

潘金蓮是怎樣想起來去聽西門慶與淫婦的私房話的呢？一種可能是因為好奇；另一種可能是，這是潘金蓮整個陰謀計畫的一部分，她是前去收集惠蓮的「罪證」的。她早已預料到二人的私房話裏必然要涉及到她，而且肯定有不利於自己的內容。當金蓮這樣去做的時候，果然發現了她要發現的東西。雖然當她聽到惠蓮罵自己是「意中人兒」「露水夫妻」之後，氣的「兩隻胳膊都軟了，半日移腳不動」，但同時，她要懲治宋惠蓮，拔掉這顆眼中釘的決心也就下定了。宋惠蓮，這個好虛榮的女人，哪裏知道她要成為潘金蓮的對手，而且最終被置於死地！

（二）

宋惠蓮自從攀上了西門慶這棵大樹，果然是背靠大樹好乘涼，生活待遇和在家中的地位都大有改善。「背地不算與他衣服、汗巾、首飾、香茶之類，祇銀子成兩家帶在身上，在門首買花翠胭粉，漸漸顯露，打扮的比往日不同。西門慶又對月娘說他做的好湯水，不教他上大灶，祇教他和玉簫兩個，在月娘房裏後邊小灶上，專頓茶水，整理菜蔬，打發月娘房裏吃飯，與月娘做針指。」[93]從幹粗活變成了「內勤」，這是地位提高的標誌。惠蓮也沒辜負了西門慶的抬舉，凡事更為盡心盡力；而且她還身懷「絕技」，能用一根長柴便把豬頭燒得皮脫肉化，連月娘、李瓶兒、玉樓等也變得對她好起來。

可是這種好日子沒過多久，惠蓮便因為這次與西門慶交歡時說潘金蓮的壞話而得罪了她。其實惠蓮說金蓮「是意中人，露水夫妻」，倒也並無惡意，祇不過想表示一下「你也不比我強多少」而已！但是惠蓮這話是在背後說的，又是與漢子交歡時說的，金蓮以為帶著明顯的挑撥與爭寵的意味，所以她當時便感到「若教這奴才淫婦在裏面，把俺每都吃他撐下去了」的威脅，而這正是金蓮最不能容忍的。於是，金蓮該有所動作了，她的暫時的「寬容大度」再也不願維持下去了。第二天一早，也不知是背後說人壞話心裏發虛還是怎麼的，惠蓮見金蓮正在梳妝，主動地上前獻殷勤，又是拿鏡子，又是端水，又是要幫金蓮收睡鞋裏腳。但金蓮卻一改往日的態度，先是說：「由他，你放著，教丫頭進來收。」接著便指桑罵槐說起來：「你別要管他，丟著罷，亦發等他每來拾掇。歪

---

92 《金瓶梅詞話》第二十三回。
93 《金瓶梅詞話》第二十二回。

蹄潑腳的，沒的展汙了嫂子的手。你去扶持你爹，爹也得你恁個人扶侍他，才可他的心。俺每都是露水夫妻，再醮貨兒，祇嫂子是正名正頂，轎子娶將來的，是他的正頭老婆，秋胡戲。」惠蓮當然能聽出來，這正是她昨晚與西門慶說過的話，就知大事不好，嚇得趕忙跪了下來，求她饒恕。金蓮又繼續道：「不是這等說，我眼子裏放不下砂子的人。漢子既要了你，俺每莫不與爭？不許你在漢子跟前弄鬼，輕言輕語的。你說把俺每躐下去，你要在中間踢跳。我的姐姐。對你說，把這等想心兒且吐了些兒罷！」[94]金蓮分明是在威嚇宋惠蓮，讓她放明白點兒，能與漢子睡已經不錯了，再想進一步排擠別人，那是白日做夢！金蓮說自己是「眼裏放不下砂子的人」，這確實是由衷之言，「眼裏放不下砂子」的一般含義是疾惡如仇，是一種美德；但對於潘金蓮來說，則主要是指她在性的問題上的強烈排他性，是她容不得別人，她對惠蓮的迫害是因此而起，她與李瓶兒、吳月娘、孫雪娥等人的關係的惡化，無不是由此而起。而且對金蓮來說，「眼裏放不下砂子」的更深一層的含義是說她對受到的任何侵害都不會坐視，都要進行猛烈反擊，甚至要想方設法置對手於死地。

不過這一次金蓮並沒有拿出全部手段，她祇是先向宋惠蓮發出了警告，要她不要滑得太遠，頗有「勿謂言之不預也」的意味。她為什麼不立即對惠蓮採取辣手腕呢？其實這正說明金蓮雖說是「眼裏放不下砂子的人」，但她並不是頭腦簡單、過於粗率的人，她還有精細的一面，在某些問題上甚至表現得「老謀深算」。對惠蓮，金蓮雖然知道了她在背後說自己的壞話，但畢竟還沒有更多的證據，還不具備更充分的條件；更何況，惠蓮是在與西門慶交歡時說這話的，在某種意義上說，西門慶是「同謀」。如果金蓮就此出擊惠蓮，必然要把西門慶置於自己的敵手一邊，這對自己是十分不利的。其實，金蓮在西門慶家中能夠依靠，能夠作為後盾的，祇有自己的男人。她要做成的一切事，都必須有男人的支持，起碼不應該反對。而當這座靠山倒掉後，金蓮就無所作為了，甚至連自己的生存地位都難以保障了。現在惠蓮剛剛與西門慶相通不久，正在如膠似漆之際，打擊宋惠蓮必然要得罪西門慶。金蓮明白，這是得不償失之舉，所以她不會去做。金蓮認為最策略的做法是先向惠蓮提出嚴重警告，對她形成一種心理上的威懾力量，引而不發。這樣既可以阻止她滑得太遠，又可以處處牽制她，控制她。書中這樣寫道：

> 這老婆自從被金蓮識破他機關，每日祇在金蓮房裏把小意兒帖戀，與他頓茶頓水，做鞋腳針指，不拿強拿，不動強動。正經月娘後邊，每日祇打個到面兒，就來前邊金蓮這邊來。每日和金蓮、瓶兒兩個下棋抹牌，行成夥兒。或一時撞見西門慶

94　《金瓶梅詞話》第二十三回。

來，金蓮故意令他旁邊斟酒，教他一處坐。每日大酒大肉頑耍，祇圖漢子喜歡。這婦人見抱金蓮腿兒。[95]

惠蓮抱金蓮的大腿，雖然是不得已而為之，但應該說是聰明之舉。惠蓮明白，在西門慶的諸多妻妾中，最有危險的便是潘金蓮，如今恰恰是被她抓住了把柄，除了俯首貼耳又有什麼辦法呢？而對於金蓮來說，這樣既能制約宋惠蓮，又不得罪西門慶；豈獨不得罪，當西門慶在的時候，金蓮還要故意讓惠蓮在旁邊陪坐，以此來進一步討漢子的歡心：這是一舉兩得的好事。

但是事情到此沒有完結，潘金蓮仍然在尋找時機，宋惠蓮的滅頂之災是難以避免的。這一點可以從第二十三回的回後詩裏得到證明：「金蓮好寵弄心機，宋氏姑容犯主闈。晨牝不圖今蓄禍，他日遭愆竟莫迫。」所謂「弄心機」就是指金蓮的這種種行為並不說明她有寬厚容忍的美德，而是說明這些不過是她的陰謀詭計的一部分，宋惠蓮幹下的事情早晚要受到報復，到時候後悔也來不及了。這些分明預示著一場血腥的迫害就要開始，潘金蓮的陰險殘忍，將會得到淋漓盡致的展示！

（三）

宋惠蓮因姦情被發現而受制於潘金蓮，這是不得已而為之；本來地位就有主奴之別，偏偏背後說壞話又被她聽到，所以祇好忍氣吞聲，百般殷勤，小心伏侍。但是作為一個女人，作為一個爭奪同一個男人的女人，她實在是不甘心的。巧的是，天假其便，老天讓宋惠蓮也抓住了潘金蓮一個把柄。正月十六，這一天西門慶全家歡坐飲酒。西門慶見女婿陳經濟沒酒，便吩咐潘金蓮為他斟上滿滿一杯遞過去。潘金蓮近日正與陳經濟眉來眼去，這時便笑嘻嘻遞過酒去，含情脈脈地說：「姐夫，你爹分付，好歹飲奴這杯酒兒。」而陳經濟則一面接酒，一面把眼兒不住斜溜婦人，並說：「五娘，請尊便，等兒子慢慢吃。」金蓮見狀，故意用身子擋住燈光，趁經濟來接酒的當兒，往他手背上捏了一把。陳經濟心知其意，眼睛望著眾人，故意假裝若無其事的樣子，卻在桌子下面踢了金蓮一腳。這一對丈母娘和女婿你一把我一腳地相互調戲，卻不知被旁邊一個人看在眼裏，記在心上。書中寫道：

> 看官聽說：兩個自知暗地裏調情頑耍，卻不知宋惠蓮這老婆又是一個兒，在槅子外窗眼裏被他瞧了個不亦樂乎。正是：當局者迷，傍觀者清。雖故席上眾人倒不曾看出來，卻被他向窗隙燈影下觀得仔細，口中不言，心下自思：「尋常時在俺

---

95 《金瓶梅詞話》第二十三回。

每根前，倒且提精細撇清，誰想暗地卻和這小夥兒勾搭。今日被我看出破綻，到明日再搜求我，是有話說。」[96]

惠蓮這幾日正被金蓮壓得喘不過氣來，而今天，竟然意外地發現了金蓮與陳經濟間的秘密。惠蓮心中的高興自不必說，她覺得今天抓住了金蓮一個重要把柄，這可以成為一件銳利武器，反擊今後金蓮可能對她的進攻。如果說宋惠蓮與西門慶的私情是悖亂主奴尊卑的亂倫行為的話，那麼金蓮作為名義上的丈母娘與女婿之間的私情，就更是一件醜事，其亂倫程度比前者有過之而無不及。惠蓮當然明白這個理，所以她得到這個秘密後祇是偷偷地藏在心裏，並不聲張，她要將此作為一張王牌在最需要的時候打出來。同時，惠蓮本來受壓的心理，因此事而得到些許寬鬆。她心裏在說：「原來你我都是半斤八兩，有什麼資格再來搜求我呢？」

在這種心理基礎上，宋惠蓮又稍稍放縱了一些。她似乎故意與金蓮針鋒相對，竟然也與陳經濟嘲戲開來，一會說：「姑夫，你好歹略等等兒」，「你不等，我就是惱你一生。」一會兒又嚷著：「姑夫，你放過桶子花我瞧！」「姑夫，你放過元宵炮仗我聽！」做得愈來愈不像，連玉樓都有些看不上眼兒。她甚至還跟金蓮要了一雙鞋，套在自己的鞋外面穿，那分明是在顯示自己的腳比金蓮還要小。第二十四回寫惠蓮怕地上有泥，把金蓮的鞋當成套鞋穿。如果說這還算不上惠蓮對金蓮示威的話，起碼已經包含了足夠的輕蔑味道。

緊接著，宋惠蓮又犯下了另一個錯誤。一天荊千戶來訪，西門慶陪著他說話，急著要茶。小廝走來向惠蓮要，惠蓮卻不理他，並罵他：「怪囚根子，爹要茶問廚房裏上灶的要去，如何祇在俺這裏纏？俺這後邊，祇是預備爹娘房裏用的茶，不管你外邊的賬。」誰知這話傳到正在廚房值班的來保媳婦惠祥那裏，又引起她一陣憤怒，大罵：「賊潑婦！他認定了他是爹娘房裏人，俺天生是上灶的來？……巴巴坐名兒來尋上灶的，『上灶的』是你叫的！」在西門慶家裏，在廚房上灶做飯屬於粗活，由家人媳婦負責，而一般有頭臉的丫頭如春梅，是不幹這類粗活的，她們專在主人房中幹些貼身侍候的活兒，較為輕閒，是地位高一等的標誌。宋惠蓮本來是幹粗活的，因與西門慶有私姦，被提拔上來專負責月娘後房的小灶，與惠祥負責的大灶相比，也稍微高一等。「上灶的」是一種稱呼，但是一種含有鄙視意味的稱呼，祇能由主人來稱下人。惠蓮剛剛由大灶升到小灶，竟然敢稱惠祥是「上灶的」，這不能不引起惠祥的極大激憤！所以惠祥除了大罵惠蓮之外，還針鋒相對地表示：「誤了茶也罷，我偏不打發上去！」結果還真地誤了茶，引起西門

96　《金瓶梅詞話》第二十四回。

慶大怒，讓月娘查一下是誰上灶，要加以嚴懲。惠祥被查出來後罰在當院子裏跪著，受到月娘的責罵。惠祥自然忍不下這口氣，指著惠蓮的鼻子大罵：

> 賊淫婦，趁了你的心了罷了！你天生的就是有時運的爹娘房裏人，俺每是上灶的？老婆來巴巴使小廝坐名問上灶要茶，「上灶的」是你叫的？你我生米做成熟飯，你識我見的；促織不吃癩蝦蟆肉，都是一鍬土上人！你恒數不是爹的小老婆就罷了，是爹的小老婆，我也不怕你！[97]

兩個女人一面吵，一面相互揭發隱私。惠祥說惠蓮養過的漢子有一拿小米數兒，惠蓮說惠祥也不是什麼「清淨姑姑兒」。惠祥最覺可恨的是惠蓮依仗與主子的私通關係，居然想反過來擠兌自己，所以必須揭揭她的痛處，免得她越發倡狂。但不想惠蓮正是依仗著與主子的特殊關係，對惠祥的揭露並不為意，一點兒也不害怕，卻反而表示：「若打我一下兒，我不把淫婦口裏腸勾了也不算。我破著這命，擠兌了你，也不差什麼。咱大家都離了這門罷！」還是不買賬。宋惠蓮這時已經與主子睡了幾次，又與陳經濟眉來眼去，幾乎是公開與潘金蓮爭寵。她既然連金蓮都不怕，又怎麼會懼怕惠祥呢？此時的宋惠蓮，已經有意無意地把自己當成了半個主子，這種心理上的自信使她漸漸得意忘形，就像書中說的：「這宋惠蓮越發倡狂起來，仗西門慶背地和他勾搭，把家中大小都看不到眼裏，逐日與玉樓、金蓮、李瓶兒、西門大姐、春梅在一處頑耍。」[98]漸漸混入了主人的行列，而這些主人們倒也不嫌棄她，有事無事便讓她跟上。偏偏惠蓮近來鍛煉得也頗討人喜歡，又有幾點特長，除了會用一根柴燒出皮脫骨化的豬頭肉，又會打得好秋千，也不用人推送，便能升起在半天雲裏，令這幾位女主人嘖嘖稱奇，幾乎起了敬慕之心。

這一切，正像惠蓮原先想像的那樣，都實現了。作為一個地位卑微的女傭，她所能做的，祇不過與身邊的幾個女人比起來，能像她們那樣吃喝穿戴，能像她們那樣受到男人的寵愛也就夠了。要做到這些，祇要向那個好色的主人供出自己的肉體，這一切都變得十分容易。宋惠蓮選擇了後者。當我們搖動著筆桿去評論宋惠蓮這個人物的時候，可能會指責她為了蠅頭小利竟然出賣自己的貞操，一定會對她的人格得出負面的評價。我們會說，作為一個女人，還有什麼比貞操更可寶貴的呢？但事實上，這是今人的看法，或許僅僅是男人們的看法。在西門慶的那個時代，在《金瓶梅》描寫的生活中，男人的尊嚴和女人的貞操，似乎都變得不是那麼重要，甚至有時會變成作者嘲諷的對象。試想，《金瓶梅》中有幾個孝子義士，有幾個貞女烈婦？似乎沒有這一類的形象。在這種背景下，

97　《金瓶梅詞話》第二十四回。
98　《金瓶梅詞話》第二十四回。

再來看宋惠蓮的種種行為，真是再自然不過，再合情合理不過了。正因為宋惠蓮是這樣想的，所以她並不把與主人的私情當作什麼恥辱，當惠祥想以此要脅她的時候，她根本不當一回事，還要反唇相譏惠祥「也不是什麼清淨姑姑兒」。後來她仍然是我行我素，索性打入女主人們的行列中來了。

（四）

宋惠蓮仗著與西門慶的私情，得意忘形，終於惹得家人媳婦惠祥一場大罵。但這一次惠祥說不上取勝，宋惠蓮仍然保持著那種說不出來的特殊地位。誰想惠蓮得罪的不止惠祥一人，西門慶那位最不得寵的妾孫雪娥也對她心存不滿，祇是沒有公開表示出來。但她背後給了宋惠蓮一支暗箭，竟然釀成了人命關天的大事。

宋惠蓮與西門慶成姦是在來旺去杭州出差期間，而來旺去杭州又是西門慶預先定下的計謀，所以二人的姦情來旺是不知道的。但當來旺從杭州回來後，孫雪娥卻主動把事情和盤托出。來旺剛回到家，向她打聽媳婦在哪裏，雪娥便冷笑一聲道：「你的媳婦兒，如今是那時的媳婦兒了？好不大了！他每日祇跟著他娘每夥兒裏，下棋、擲子兒、抹牌玩耍，他肯在灶上做活哩！」第二天，來旺又悄悄送給孫雪娥兩方綾汗巾，兩雙裝花膝褲，四匣杭州粉，二十個胭脂。雪娥便把惠蓮與西門慶通姦的來龍去脈說了個清清楚楚，其中還提到潘金蓮做的窩主，借房子讓二人交會。

孫雪娥為什麼要告發宋惠蓮呢？有兩個原因。第一，宋惠蓮前日叫惠祥「上灶的」，無意中得罪了孫雪娥。孫雪娥在諸妻妾中地位最低下，連春梅都不如，她幹的活兒竟與家人的媳婦們相同，也是在廚房燒火做飯。作為主人，幹的卻是下人的活，孫雪娥本來就憋了一肚子火，常常牢騷滿腹，先前與春梅鬧了一場，就是因此而起，而現在宋惠蓮竟然也敢喊「上灶的」，雖說不是針對她一人的，但她覺得即使罵的是惠祥，與她自己的名譽也是大有關係的。祇是她接受了上次因與春梅鬧而挨打的教訓，不再公開表現出來，而以隱蔽的方式告黑狀。第二，根據下文的描寫，孫雪娥與來旺勾搭成姦，最後還隨來旺兒私奔，被巡夜的抓住，看來二人的交情從現在就已經開始了。雪娥狀告宋惠蓮，實際上是趁此機會破壞他們的夫妻關係，以便自己乘虛而入的一個預先定下的步驟。至於孫雪娥為什麼看上了來旺兒，很可能這是雪娥對西門慶的一種報復。既然西門慶根本看不上孫雪娥，卻與家人媳婦胡混，那麼孫雪娥也來一個針鋒相對，也找一個小廝作自己的情人，這在心理上就會平衡。後來來旺兒與孫雪娥的姦情暴露，潘金蓮曾譏諷西門慶與來旺兒是二人「換著做」，就是指的這件事。孫雪娥與來旺兒都感到自己是受害者，不約而同地想到用相同的辦法對那對男女進行報復，這也是極自然的事。

孫雪娥告狀後，來旺兒便借著酒勁兒去訊問惠蓮，惠蓮自然不肯承認。相反，她還

一邊哭，一邊罵別人誣衊她。她哭著說：

> 賊不逢好死的囚根子，你做甚麼來家打我？我幹壞了你甚麼事來？你怎是言不是
> 語，丟塊磚瓦兒也要個下落。是那個嚼舌根的，沒空生有，枉口拔舌，調唆你來
> 欺負老娘？老娘不是那沒根基的貨，教人就欺負死，也揀個乾淨地方。誰說我就
> 不信，你問聲兒，宋家的丫頭若把腳略趄兒，把「宋」字兒倒過來。我也還雌著
> 嘴兒說人哩，賊淫婦王八，你來嚼說我！你這賊囚根子，得不的個風兒就雨兒，
> 萬物也要個實才好。人教你殺那個人，你就殺那個人？[99]

宋惠蓮這一頓暴風雨般的哭罵，竟將來旺兒鎮住了！本來是滿有理的事情，卻變得
像是理屈詞窮，祇好喃喃地說道：「不是我打你，一時被那廝局騙了……」惠蓮見局勢
已變，又緊接著罵了他幾句，這才算完。對於惠蓮的這種行為，作者是這樣評論的：「看
官聽說，但凡世上養漢子的婆娘，饒他男子漢十八分精細，咬斷鐵的漢子，吃他幾句左
話兒右說的話，十個九個，都著了他道兒。」並把她說成是「東淨裏磚兒，又臭又硬」。

來旺兒雖然被惠蓮罵得認了錯，但他心裏有自己的打算，他除了暗地裏與孫雪娥成
了姦情，在心理上取得了一定平衡之外，還趁一次喝醉酒的時候，口出狂言，大罵西門
慶和潘金蓮，並表示：「祇休要撞到我手裏，我教他白刀子進去，紅刀子出來。好不好
把潘家那淫婦也殺了，我也祇是個死。你看我說出來做的出來。潘家那淫婦，想著他在
家擺死了他頭漢子武大，他小叔武松因來告狀，多虧了誰替他上東京打點，把武松墊發
充軍去了？今日兩腳踏住平川路，落得他受用，還挑撥我的老婆養漢。我的仇恨與他結
的有天來大。常言道：一不做，二不休。到根前再說話，破著一命剮，便把皇帝打！」[100]
來旺兒既然與西門慶有了奪妻之恨，平時又不敢說出來，祇好趁著酒勁兒大出了一口氣。
但是來旺兒祇知要酒瘋，卻完全沒有想到將引起的一系列後果。原來這些話很快就被來
興兒原封不動地傳到潘金蓮那裏。金蓮「聽了此言，粉面通紅，銀牙咬碎，罵道：『這
犯死的奴才！我與他往日無冤，近日無仇，他主子耍了他的老婆，他怎的纏我？我若教
這奴才在西門慶家，永不算老婆。怎的我虧他救活了性命？』」金蓮還吩咐把這些話學
給西門慶聽。金蓮自稱是「眼裏放不下砂子的人」，一點兒小氣都不願意受，今天聽了
來旺兒這一通狂言，自然要怒火萬丈。其實，在西門慶與宋惠蓮的姦情中，潘金蓮算不
上什麼「窩主」，因為二人的勾搭並非金蓮牽線。金蓮所以暫時容忍而沒有張揚，也是
無可奈何。金蓮落下這個罪名，應該說是孫雪娥搗的鬼。她與金蓮有舊仇，先前因與金

99　《金瓶梅詞話》第二十五回。
100　《金瓶梅詞話》第二十五回。

蓮、春梅爭寵而敗北，還被西門慶打了一頓，這種恥辱雪娥是不會忘記的，所以當她向來旺兒密告西門慶與惠蓮的姦情時，順便把金蓮也拉扯上了，而且誇大了她在此事中的作用。潘金蓮本來就是無風三尺浪，無理攪三分的人，她又怎能容得了這種冤屈呢？所以她聽了來旺兒的詈詞，頓時「粉面通紅，銀牙咬碎」，發誓要把來旺兒趕出西門慶的家門。這倒不是潘金蓮虛張聲勢，言過其實，後來來旺兒確實在金蓮的挑唆下被西門慶趕出了家門，演出了「來旺兒遞解徐州」的一幕。

孫雪娥祇知用這種方法報復得意忘形的宋惠蓮，並順便給潘金蓮一擊，但她沒想到自己的目的並沒有完全實現。宋惠蓮固然最後因此而上吊自盡，但潘金蓮卻沒有受到絲毫損害。相反，卻引來潘金蓮瘋狂的反抗與報復，雪娥暗中的情人來旺兒首當其衝地成了受害人，這是她當初沒有料到的。

那麼潘金蓮是怎樣實施對來旺兒報復的計畫的呢？她第一步是先製造輿論，當孟玉樓向她打聽宋惠蓮與西門慶的姦情是否屬實時，潘金蓮便添枝加葉地向她說了一遍，結果引來了孟玉樓的同情，「這莊事咱對他爹說好，不對他爹說好？大姐姐又不管，倘忽那廝真個安心，咱每不言語，他爹又不知道，一時遭了他手怎的？正是有心算無心，不備怎提備。」於是金蓮又一次表示：「我若饒了這奴才，除非是他就合下我來。」金蓮的第二步是裝成受欺負而哭過的樣子，引起西門慶的注意，當西門慶問她時，她便一五一十地將來旺兒要動刀子的事轉述了一遍，而且索性連孫雪娥與來旺兒的姦情也說了出來——不久前，孫雪娥也是這樣告發潘金蓮與琴童的姦情的。西門慶聽了，這一怒自然又是非同小可，先是把孫雪娥打了一頓，然後「拘了他頭面衣服，祇教他伴著家人媳婦上灶，不許他見人」，一下子就被打到冷宮裏去了。孫雪娥向來旺兒學舌的目的是報復一下惠蓮與金蓮，哪知自己卻被金蓮一句「你背地圖要他老婆，他便背地要你家小娘子」擊翻在地，看來孫雪娥真的不是金蓮的對手！

對於竟敢聲言要「白刀子進去，紅刀子出來」的來旺兒，西門慶自然也是不會放過的。但出人意料的是，在如何處置他的問題上，西門慶居然願意先聽聽宋惠蓮的意見。惠蓮雖與主人通姦，卻從來沒有加害於丈夫的心思，不像潘金蓮當年對待武大郎那樣。所以當西門慶問她是怎麼回事時，惠蓮便矢口否認：「阿呀！爹你老人家沒的說，他可是沒有這個話，我就替他賭個誓。他酒便吃兩鍾，敢恁七個頭八個膽背地裏罵爹？又吃紂王水土，又說紂王無道，他靠那裏過日子？」西門慶本來在女人面前耳朵根子就軟，又聽惠蓮說得挺符合邏輯，這氣便消了一半。結果按照惠蓮出的主意，把來旺兒發上東京出差，還答應回來後給他一千兩銀子，到杭州販綢絹絲線做買賣，惠蓮聽了心中自然很滿意。但沒想這種處理辦法又被來興兒打聽到了，急忙報告給金蓮。金蓮見西門慶竟然被惠蓮說動了，眼看自己要把來旺兒趕出家門的誓言難以實現，又趕忙找到西門慶，

要他改變主意。這時候的宋惠蓮和潘金蓮，都在用盡全身的力氣把西門慶拉向自己的一邊。金蓮再三誇大來旺兒的危害性，認為他既然誇下了「白刀子進去，紅刀子出來」的海口，不知什麼時候就會突然揮起刀子，所以應該斬草除根，儘快把他打發出家門，這才是萬全之策。巧妙的是，金蓮認為，即使從占有宋惠蓮的角度來考慮，也應該把來旺兒除掉，這樣「就是你也不耽心，老婆他也死心塌地」。西門慶聽了，覺得金蓮說的比惠蓮說的更有道理，於是又變了卦，不派來旺兒東京去了。在這場「拔河」比賽中，金蓮又勝利了！

（五）

在西門慶的小廝中，以玳安的辦事能力最強，結局也最光彩，全書寫到結束時玳安過繼給吳月娘作兒子，繼承了西門慶的家業，改名叫做西門安。以一個奴才小廝，搖身變成一個有數萬產業的大家族的繼承人，這並不是一件簡單的事，我們有必要看看玳安的處世方法，看看他是如何做小廝的。

玳安在書中的重要地位可以從他出現的次數看出來。《金瓶梅》全書一百回，玳安竟在其中七十八個回目裏出現，僅次於西門慶、潘金蓮、吳月娘三人。僅從作者著筆的次數來看，他成為第四號的重點人物。他最早出現於第三回，結束於第一百回，幾乎是與主人西門慶（最早也現於第二回，結束於第一百回）相始終。事實上，他確實是西門慶的貼身心腹，對主人可以說是忠心耿耿，辦事又乾淨利索，是西門慶的得力幹將。西門慶幹的不少事，都有玳安參與，或者幫助出謀劃策，或者跟著看風瞭望，有時甚至起到十分關鍵的作用。比如說西門慶與潘金蓮的關係，從二人偶然相遇，到托王婆使出十件「挨光計」，再到最終娶回潘金蓮，玳安都是跟著跑前跑後的知情人。西門慶與潘金蓮成姦之後，二人又與王婆合夥害死了武大郎，斷了潘金蓮的後路，金蓮便一心撲到了西門慶身上。但不想中間突然插了一杠子，薛嫂又來提媒，很快便把孟玉樓娶回家裏做了三娘，真是後來居上。潘金蓮竟一度被西門慶忘在了腦後，這中間如果不是玳安重新為她牽上線，金蓮真是不知該怎樣辦。書中寫西門慶連提親、相親到娶孟玉樓到家，「三朝九日，足亂了約一個月多，不曾往潘金蓮家去。」潘金蓮每天到門前看幾遍，幾乎把眼睛望穿，卻連西門慶的影子也沒見到。使王婆去找，西門慶家看門的小廝卻連理也不理；打著迎兒去找，迎兒卻連西門慶家的大門也不敢進。婦人直弄得心煩意亂，無情無緒，幾乎要犯精神病。正在這個緊急關頭，玳安出現了：「也是天假其便，祗見西門慶家小廝玳安，夾著氈包，騎著馬，打婦人門首過的。婦人叫住他，問他往何處去來。那小廝平日說話乖覺，常跟西門慶在婦人家行走。」潘金蓮見了玳安，真像見了救星一般，連忙留住他，問他到底出了什麼事，西門慶竟這麼久不見個人影。待金蓮聽完玳安的話，知道西門慶

竟在背後又娶了個孟玉樓，一腔熱情頓時化作心灰意冷，止不住地哭了起來。這使玳安頓起惻隱之心，連忙安慰她：「六姨，你休哭。俺爹怕不的也祇在這兩日頭，他生日待來也。你寫幾個字兒，等我替你稍去，與俺爹瞧看了，必然就來。」金蓮聽了喜出望外，誇玳安：「你這小油嘴，倒是再來的紅娘，倒會成合事兒哩！」[101]並且馬上寫了一首情真意切的〈寄生草〉，讓玳安帶給西門慶。過了幾天西門慶便乘醉過來了，與金蓮重續舊緣。又過了幾天，聽說武松要回來，西門慶便趕忙一頂小轎把潘金蓮抬到家去了。正因為玳安對金蓮有這一恩情，所以後來金蓮對他也是格外看顧。

在西門慶與李瓶兒的姦情中，李瓶兒的小廝天福和玳安兩個，也都充當了不可替代的角色，所以李瓶兒對玳安也是滿心感謝。第十五回寫李瓶兒把玳安叫進屋裏，端出四盒茶食來款待他，並送給他銀子和手帕，再三託付他一定要在西門慶的幾位娘子面前多說好話，勸她們來自己家裏做客，以求能早日容她也進入她們的行列。潘金蓮和李瓶兒所以都不約而同地看中了玳安，正因為玳安在西門慶跟前的地位十分特殊，是西門慶最信任的小廝。另外也因為玳安誠懇、機靈、會說話，容易討主子的喜歡。李瓶兒曾因西門慶家中出事，長久不來，一度招了蔣竹山作倒踏門。後來又把他趕了出去，重新把一片真心回到西門慶的身上，但如何與西門慶重新掛上鉤呢？李瓶兒像潘金蓮一樣，同樣想到了玳安，把他請去吃酒，托他轉達自己的悔恨之意，表示下不為例。玳安回來便對西門慶說：「如今二娘倒悔過來，對著小的好不哭哩。前日我告爹說，爹還不信。從那日提刑所出來，就把蔣文蕙打發去了。二娘甚是後悔，一心還要嫁爹，比舊瘦了好些兒，央及小的好歹請爹過去，討爹示下。爹若吐了口兒，還叫小的回他聲去。」沒想到西門慶回答得十分爽快：「賊賤淫婦，既嫁漢子去罷了，又來纏我怎的！既是如此，我也不得閒去，你對他說，什麼下茶下禮，揀個好日子，抬了那淫婦來罷。」[102]當玳安去把這個喜訊告訴李瓶兒時，李瓶兒滿心歡喜，趕忙置酒做菜，感謝玳安。第二天玳安便帶著幾個小廝跟轎，把李瓶兒抬了過來。

玳安的辦事效率如此之高，有沒有訣竅？最主要的就是摸透了西門慶的心理，知道他內心深處在想些什麼，能夠投其所好，適時而且有度。平安兒所以挨打，正在於他成天與主人對著幹，背後說主人的壞話，加上幹事沒有一點兒利索勁兒。玳安就不是這樣，他不但忠實於主人，而且善於透過表面現象看到實質的東西，真正摸清了主人的想法。比如這次他主動為李瓶兒來說情，倒不在於吃了李瓶兒的酒飯過意不去，而在於他知道西門慶還是一心掛念著李瓶兒。儘管李瓶兒中間又與蔣竹山攪了一水，但他並不在乎這

---

101 《金瓶梅詞話》第八回。
102 《金瓶梅詞話》第十九回。

件事——當然，懲罰還是應該有的，娶進門來以後不是給了她個下馬威嗎？西門慶其實對李瓶兒還是談得上「愛」的，而這種苗頭已經露出來了。玳安正是看透了這一點，所以他敢於吃李瓶兒的酒，受她的情，敢於主動在西門慶跟前提出這件事，而且一提就准，西門慶授權給他，讓他用頂小轎把那「淫婦」抬過來。按道理說，作為一個奴才小廝，他所能做的就是聽差跑腿，並無權力向主人提出什麼建議，更不要說是在主人的「婚姻大事」問題上了。玳安願意這樣做，而且敢於這樣做，能熬到這個份兒上是不容易的。玳安忠於自己的主人，西門慶也相信這個奴才，這就是玳安在自己的份內所能達到的最高境界。

玳安不但瞭解西門慶，也瞭解其他的主子，像對潘金蓮、李瓶兒、吳月娘等。李瓶兒死後，玳安有一段與傅夥計的對話，對這幾位女主人有一個全面的評價：

> 傅夥計閒中因話題話，問起玳安，說道：「你六娘沒了，這等樣棺槨祭祀，念經發送，也勾他了。」玳安道：「一來他是福好，祇是不長壽。俺爹饒使了這些錢，還使不著俺爹的哩。俺六娘嫁俺爹，瞞不過你老人家是知道，該帶了多少帶頭來？別人不知道，我知道。把銀子休說，祇光金珠玩好，玉帶、條環、鬆髻，值錢寶石，還不知有多少。為甚俺爹心裏疼？不是疼人，是疼錢。是便是說起俺這過世的六娘性格兒，這一家子都不如他，又有謙讓，又和氣，見了人祇是一面兒笑。俺每下人，自來也不曾呵俺每一呵，並沒失口罵俺每一句奴才，要的誓也沒賭一個。使俺每買東西，祇拈塊兒。俺每但說：『娘拿等子你稱稱，俺每好使。』他便笑道：『拿去罷，稱甚麼。你不圖落，圖甚麼來？祇要替我買值著。』這一家子，都那個不借他銀使，祇有借出來，沒有個不進去的。還也罷，不還也罷。俺大娘和俺三娘使錢也好。祇是五娘和二娘慳吝些，他當家俺每就遭瘟來，會把腿磨細了。會勝買東西，也不與你個足數，綁著鬼，一錢銀子拿出來祇稱九分半，著緊祇九分，俺每莫不賠出來？」傅夥計道：「就是你大娘還好些。」玳安道：「雖做俺大娘好，毛司火性兒。一回家好，娘兒每親親噠噠說話兒。你祇休惱狠著他，不論誰，他也罵你幾句兒。總不如六娘，萬人無怨，又常在爹根前替俺每說方便兒。隨問天來大事，受不的人央，俺每央他央兒對爹說，無有個不依。祇是五娘快戳無路兒，行動就說『你看我對你爹說』，把這『打』祇題在口裏。如今春梅姐，又是個合氣星，天生的都出在他一屋裏。」[103]

根據全書的描寫來看，我們得承認玳安的評價是公允的，比較客觀地評論了這幾位

---

103 《金瓶梅詞話》第六十四回。

女主人。他既然對自己的男女主人都瞭解得是如此透徹，也就無怪乎他說話辦事總是那樣符合他們的心理，總是那樣討他們的喜歡。一句話，玳安懂得如何做奴才。

(六)

西門慶家除了有眾多婢女僕婦之外，還有不少夥計小廝，根據不完全統計，他家的男女奴僕共有四十餘人，其中一半為男僕小廝。按照一般人的理解，作為富人家的奴僕，不論男女，都沒有獨立的人格，依附於人，為主人服務要處處小心謹慎，地位十分卑下，命運是令人同情的，常被人視作「被侮辱被損害的人」。

然而事實上並非這麼簡單。根據《金瓶梅》的描寫，我們並沒有發現這些小廝或丫頭有什麼需要別人同情的遭遇。相反，他們都盡心盡力地為主人服務，維護主人的利益，還主動為主人出謀劃策，甚至向主人獻出自己的肉體——而這一切，似乎都不是被迫的。如果我們進一步觀察，就會發現西門慶家的男女奴僕就像一個獨立的階層，或者說是一個獨立的「圈子」，他們有自己的喜怒哀樂，自己的榮辱得失，也同樣有明爭暗鬥，有陰謀詭計。這裏不妨先以書童兒和平安兒兩個小廝為例，看看兩人是怎樣爭鬥的。

平安兒在西門慶家裏是個老資格的小廝，與玳安的資格大體相同，常幹一些送信跑腿的勾當。書童兒的資歷則比平安兒要淺得多，他是在第三十一回才出現的，書中這樣介紹他的出場：

> 那時本縣正堂李知縣，會了四衙同僚，差人送羊酒賀禮來；又拿帖兒送了一名小郎來答應，年方一十八歲。本貫蘇州府常熟縣人，喚名小張松，原是縣中門子出身。生的清俊，面如傅粉，齒白唇紅，又識字會寫，善能歌唱南曲；穿著青絹直裰，京鞋淨襪。西門慶一見小郎伶俐，滿心歡喜，就拿拜帖回復李知縣，留下他在家答應，改換了名字，叫做書童兒。與他做了一身衣裳，新靴新帽。不教他跟馬，教他專管書房收禮帖，拿花園門鑰匙。[104]

這書童雖然來得晚，但因是李知縣送來的，更因為他長得清俊，又識字善唱，所以一來便弄上了一份好工作，比平安兒整日跟著西門慶的馬後跑，或是到處送信輕鬆得多，體面得多了！但是書童兒並不因此而滿足，他還有另外的打算。因為他原本是門子出身，自己又長得「面如傅粉，齒白唇紅」，所以便想利用這個天生的優越條件，向主人進一步靠近。有一次玉簫進屋拿東西，發現他正在為自己描眉畫眼，用紅頭繩紮頭髮，把鬢角梳得虛籠籠的，身上還帶著銀紅色的香袋兒——而這一切都應該是女人所為。果然，

---

[104] 《金瓶梅詞話》第三十一回。

不久書童兒就吸引住了西門慶，充當了主人的男妓。我們搞不清書童兒的動機是什麼，也許是因為來得太晚，想用此法增強自己的實力。但也有可能僅僅是一種「職業病」，因為這對他來說並不是第一次。後來的事實證明，書童兒的「實力」果然是大大增強，以致使資深的平安兒吃了一次大虧。

原來事情不巧得很，當西門慶與書童兒「兩個在屋裏正做一處」的時候，卻被畫童兒與平安兒在窗外聽了個一乾二淨。當書童兒幹完事出來舀水給西門慶洗手的時候，見平安兒與畫童兒正站在窗下，便知道壞了事，醜事被人家知道了。但又無由發作，祇好記在心裏。

對於平安兒來說，這可真是天賜良機，讓他發現了書童兒還有這樣的秘密。原來平安兒正對書童兒不滿，起因是應伯爵為了車淡幾個光棍的事，帶著銀子禮物來說情，將十五兩銀子托書童兒交給西門慶。書童兒趁機扣下了五兩，買來酒菜到李瓶兒屋裏，讓李瓶兒把應伯爵的意思轉告西門慶。書童兒又把剩下的酒菜拿到鋪子裏，請傅夥計、賁四、陳經濟、來興兒、玳安兒等人吃，卻忘了請平安兒參加。平安兒認為是藐視自己，於是懷恨在心。接著恰好發現了書童兒原來與西門慶還「有一手」，他覺得是該說一說的時候了。

當晚春梅讓平安兒去接回娘家的潘金蓮，平安兒便對著潘金蓮說出西門慶與書童兒的醜事，不僅對書童兒發洩了不滿，還牽扯到西門慶。潘金蓮原來滿以為是西門慶派平安兒來接自己的，誰想平安兒回答說根本不是，是春梅讓接的。金蓮又問：「你爹想必衙門裏沒來家？」平安兒說：「沒來家？門外拜了人，從後晌就來家了，在六娘房裏吃的好酒兒。」金蓮聽了此言，一股怒火直沖胸膛，罵道：「賊強人！把我祇當亡故了的一般，一發在那淫婦屋裏睡了長覺也罷了。到明日，祇交長遠倚逞那尿胞種，祇休要晌午錯了。」金蓮的仇恨又由西門慶而及李瓶兒，由李瓶兒而及官哥兒。

平安兒還不甘休，他又把書童兒如何打酒買菜，如何到李瓶兒房中同吃，如何請眾夥計吃等都說了一遍，最後又說：「好不大膽的蠻奴才，把娘每還不放心上。不該小的說，還是爹慣了他，爹先不先和他在書房裏幹的齷齪營生；況他在縣裏當過門子，什麼事兒不知道？爹若不早把那蠻奴才打發了，到明日咱這一家子乞他弄的壞了。」[105]平安兒說話很有些技巧，他雖說是講書童兒的壞話，卻裝出十分公正的樣子。尤其是在不知不覺中和潘金蓮站到了同一陣線，似乎他與潘金蓮有共同的利害關係，書童兒是他們的共同敵人。他這一著還真有效，金蓮聽了破口大罵西門慶：「恁賊沒廉恥的昏君強盜！賣了兒子招女婿，彼此騰倒著做。你便圖銬他那屎屁股門子，奴才左右合你家愛娘子。」

---

105 《金瓶梅詞話》第三十四回。

類似的話潘金蓮曾罵過一次,那是因為西門慶與宋惠蓮有姦,而來旺兒背後卻又與孫雪娥勾搭上了,所以金蓮罵他們是「換著做」。這一次罵的「愛娘子」當然不是指孫雪娥,而是指李瓶兒。因為平安兒說書童兒在李瓶兒房中喝酒,而西門慶卻未加追究。其實書童兒與李瓶兒並無首尾,這全是金蓮心中發狠而罵出的話。

平安兒向潘金蓮學說書童兒的壞事,本意是借金蓮之手泄自己之憤。然而沒想到平安兒的憤不但沒泄成,卻為自己造下了禍殃。原來平安兒說的這些話,全被跟轎的來安兒聽到了,祇因有一天書童兒送給他一塊餉糖吃,他竟在感激之餘,把平安兒說過的話原原本本說了出來!書童兒聽到後,畢竟這種醜事難以張揚,祇暗暗地記在心裏——他要借西門慶之手懲罰平安兒!他要和平安兒比一下看誰的借刀殺人計能夠成功!

恰巧第二天便來了機會。西門慶又在書房裏與書童兒行完了「男風」,便問書童:「我兒,外邊沒人欺負你?」書童兒乘機便說出平安兒的事來:「前日爹叫小的在屋裏,他和畫童在窗外聽戲,小的出來舀水與爹洗手,親自看見。他又在外邊對著人罵小的蠻奴才,百般欺負小的。」西門慶聽了心中大怒,發狠說道:「我若不把奴才腿卸下來也不算。」更可氣的是,潘金蓮竟然當面對著西門慶揭穿了這件醜事:「賤沒廉恥的貨,你想有個廉恥,大白日和那奴才平白兩個關著門,在屋裏做什麼來?左右是奴才臭屁股門子,鑽了,到晚夕還進屋裏,還和俺每沾身睡,好乾淨兒!」西門慶雖然嘴上不承認,但他知道這一定是平安兒說的。正好平安兒因看門放進了白來創,被西門慶抓住了把柄,結果狠狠拶了一頓手指,還敲了五十敲,打了二十大棍,直打得皮開肉綻,雙腿鮮血淋漓才甘休。

西門慶自己心裏明白,打平安兒不過是找了個藉口罷了,實際上是在為書童兒出口氣,也是為自己遮羞。想想看吧,男人好女色尚屬可以理解,而男人好男色畢竟是一種不正常的行為,為輿論所不齒,這對在官場上耀武揚威的西門慶來說,該是多麼難堪的事!無論如何也要懲治一下平安兒,以儆效尤!

平安兒挨打,卻又牽動了潘金蓮的心。因為挨打的根本原因是平安兒把西門慶與書童兒的醜事說給了潘金蓮,所以金蓮雖然沒敢公開阻止西門慶對平安兒的懲罰,卻在背後進一步散佈:「也不是為放進白來創來,敢是為他打了象牙梳。不是打了象牙,平白為什麼打得小廝這樣的?賊沒廉恥的貨,亦發臉做了主了,想有些廉恥兒也怎的!」

兩個小廝間的一場爭鬥就這樣結束了。平安兒暫時吃了一次虧,書童兒則暫時領先。兩個小廝雖都不脫孩子的稚氣,卻都懂得為自己找一座靠山,用別人的手去達到自己的目的。由於兩人的靠山一是西門慶,一是潘金蓮,勢均力敵,所以兩個小廝間的明爭暗鬥構成了《金瓶梅》的一大關目,用去了兩回的篇幅。

夥計們

（一）

　　西門慶的家庭其實就是明代社會的縮影，是一個充滿各色人等的小世界。這裏的男男女女具備各種各樣的性格，淋漓盡致地施展自己的才能和手段，演出了一場又一場令人吃驚的活報劇。為了爭寵，西門慶的幾位妻妾明爭暗鬥，用盡心機，甚至不惜起殺人之心。為了得利，西門慶的幫閒們使盡渾身解數，插科打諢，捧哏逗樂。女人們不惜賣身投靠，男人們甘願出妻獻子。這後一個可以舉韓道國為例。

　　書中這樣介紹韓道國的出場：

> 且說西門慶新搭的開絨線鋪夥計，也不是守本分的人。姓韓，名道國，字希堯。乃是破落戶韓光頭的兒子，如今跌落下來，替了大爺的差使，亦在鄆王府做校尉，見在縣東街牛皮小巷居住。其人性本虛飄，言過其實，巧於詞色，善於言談。許人錢，如捉影捕風；騙人財，如探囊取物。因此街上人見他是般說謊，順口叫他做韓道國。自從西門慶家做了買賣，手裏財帛從容，新做了幾件虼炮皮，在街上虛飄說詐，撮著肩膊兒就搖擺起來。人見了，不叫他個韓希堯，祇叫他做「韓一搖」。他渾家乃是宰牲口王屠妹子，排行六姐，生的長挑身材，瓜子面皮，紫膛色，約二十八九年紀。[106]

　　韓道國的名字其實諧音「韓搗鬼」，可知他確不是一個安守本分的正經人；而他的老婆王六兒也是如此。她以前與韓道國的弟弟韓二有私情，趁韓道國出門不在家的時候，韓二就走來與王六兒吃酒，晚上便住在這裏。有一次韓二正與王六兒通姦的時候，被一夥光棍堵在屋裏，用繩子把二人捆在一塊兒，牽到了街上，鬧得滿城風雨，出了個大醜。韓道國自從到西門慶家做了夥計，自我感覺頗好，此時他正不無炫耀地向別人說：「今他府上大小買賣，出入貲本，那些兒不是學生算帳！言聽計從，禍福共知，通沒我一時兒也成不得。初大官人每日衙門中來家擺飯，常請去陪侍，沒我便吃不下飯去。俺兩個在他小書房裏，閑中吃果子說話兒，常坐半夜，他方進後邊去。昨日他家大夫人生日，房下坐轎子行人情，他夫人留飲至二更方回。彼此通家，再無忌憚。」[107]其實根本不是這麼回事兒。他如此吹噓自然有他的目的，是想借西門慶來抬高自己的地位，以求在眾

---

106 《金瓶梅詞話》第三十三回。
107 《金瓶梅詞話》第三十三回。

人面前臉上光彩些。老天偏偏不作美，故意給他些難堪。就在他正向外人吹噓炫耀的時候，話音剛落，忽然有人慌慌張張地找到他，說是他的老婆與小叔子被雙雙拴在了一起，明日就要解去見官！韓道國聽了大驚失色，祇好轉身去求應伯爵，托他到西門慶那裏說情，到官府裏去疏通一下。如果韓道國與西門慶真的像他說的那般親密，哪裏需要轉托應伯爵去求情呢？其實他說的這一切，不過是他的想像之詞，或說是他的願望罷了。

根據後面情節的發展，韓道國的某些願望倒是真的實現了。比如他說的「彼此通家，再無忌憚」，後來韓道國的老婆王六兒真的與西門慶有了私情，而韓道國則不惟不阻止，反而採取縱容鼓勵的態度，這不是「通家之誼」是什麼呢！事情的起因是東京的翟管家要西門慶幫他找一個妾，不講什麼姿色門第，祇要能生養就行。西門慶便讓馮媽媽去外邊尋找，可巧便找到了韓道國的女兒韓愛姐。一日西門慶到韓道國家去相看韓愛姐，卻被她的媽媽王六兒吸引住了，祇見她長得「兩彎眉畫遠山，一對眼如秋水。檀口輕開，勾引得蜂狂蝶亂；纖腰拘束，暗帶著月意風情。若非偷期崔氏女，定然聞瑟卓文君」[108]。以致西門慶見了竟然「心搖目蕩，不能定止」。過了不幾天，西門慶便在馮媽媽的牽合下，與王六兒成了好事。王六兒倒不像她的男人那般自信，當馮媽媽預先和她說知此意時，她卻懷疑地說：「他宅裏神道相似的幾房娘子，他肯要俺這醜貨兒？」馮媽媽回答得倒很有說服力：「你怎的這麼說？自古道：情人眼裏出西施。」到二人成事時，王六兒才算相信了。

王六兒與西門慶勾搭成姦，按理說，她是應該瞞著韓道國的。但奇怪的是，二人在這個問題上似乎早有默契，等韓道國從東京出差回來，王六兒竟原原本本地告訴了他：「老婆如此這般，把西門慶勾搭之事，告訴了一遍：『自從你去了，來行走了三四遭，才使四兩銀子買了這個丫頭。但來一遭，帶一二兩銀子來。……大官人見不方便，許了要替咱每大街上買一所房子，教咱搬到那裏住去。』」韓道國聽了並不感到意外，更沒有生氣，反而頗為理解地說：「嗔道他頭裏不受這銀子，教我拿回來，休要花了。原來就是這些話了。」婦人見丈夫並無不快，又進一步說：「這不是有了五十兩銀子，他到明日，一定與咱多添幾兩銀子，看所好房兒，也是我輸了身一場，且落他些好供給穿戴。」[109]王六兒這句話倒把自己的用心和盤托出，原來她與主人通姦是落些銀錢，是為了吃穿！應該說，這種表白是真實可信的。試想王六兒既非什麼天仙美女，又不是什麼多情的西施，主人剛一有意，便迫不及待地賣身與他，難道還會有什麼高深的目的不成？韓道國認為渾家說得十分實際，也十分在理，便進一步鼓勵她說：「等我明日往鋪子裏

---

108 《金瓶梅詞話》第三十七回。
109 《金瓶梅詞話》第三十八回。

去了，他若來時，你祇推我不知道。休要怠慢了他，凡事奉他些兒。如今好容易撰錢，怎麼趕的這個道路！」[110]看來韓道國與王六兒的認識是一致的，他也認為這是一條賺錢的好道兒，所以他諄諄囑咐老婆一定要侍候好西門慶，這樣才不致斷絕了這條掙錢的道兒。這時王六兒又笑罵自己的丈夫：「賊強人，倒路死的！你倒會吃自在飯兒，你還不知老娘怎樣受苦哩！」兩個人就此又說笑了一會兒，這才吃飯歇宿。

作為一種文學形象，韓道國和王六兒這樣一對夫婦，是比較罕見的。但是我們又得承認，作者塑造的這一對夫婦形象，是有生活根據的。雖然他們的所作所為與儒家倫理觀念格格不入，卻是生活現實的真實反映，尤其是明代中後期市俗生活的反映。這時的所謂夫婦綱常，早已被時代的流俗破壞殆盡，出現這種事情其實是不奇怪的。既然西門慶嫖妓，他的幾位妻妾都認為是正常的，絲毫不感到奇怪。潘金蓮偷小廝，西門慶也不過是打一頓了事。那麼對韓道國夫婦這樣地位低下的人來說，又為誰去守那個貞潔，維護那個綱常呢？

後來韓道國確實履行了自己的諾言，處處為西門慶提供方便。第六十一回寫韓道國夫婦一起商議請西門慶來家裏坐坐，因西門慶剛剛死了官哥兒，心情正不好；況且平時受他許多照顧，也該擺場酒「表示表示」。這天不但酒席準備得十分豐盛，王六兒還著意打扮了一番，又叫了一個申二姐在席前唱曲陪酒。等大家酒過三巡，韓道國倒是有眼色，自己與王六兒說了一聲，便往鋪子裏睡去了。他的意思極其明白，是給西門慶騰地方，讓他與王六兒兩個好自在玩耍。但他沒想到，他的一番捨己為人之心，竟未被西門慶與王六兒領情。這一對男女一邊幹一邊在商量著如何甩掉韓道國，好一心撲在自己的主人身上。婦人說：「等走過兩遭兒，回來卻教他去，省的閑著在家做甚麼！他說道倒在外邊走慣了，一心祇要外邊去。他江湖從小兒走過，甚麼買賣客貨中事兒不知道？你若下顧他，可知好哩。等他回來，我房裏替他尋下一個。我也不要他，一心撲在你身上，隨你把我安插在那裏就是了。我若說一句假，把淫婦不值錢身子就爛化了。」[111]如果說王六兒一開始祇是為了吃穿而與丈夫合謀私通主人的話，那麼現在則是為了主人而要甩掉自己的丈夫了！這肯定是韓道國一開始沒有想到的。

（二）

第八十一回的回前詩云：「萬事從天莫強尋，天公報應自分明。貪淫縱意姦人婦，背主侵財被不仁。莫道身亡人弄鬼，由來勢敗僕忘恩。堪歎西門成甚業，贏得奸徒富半

---

110 《金瓶梅詞話》第三十八回。
111 《金瓶梅詞話》第六十一回。

生。」其中說的「背主侵財」「僕忘恩」是指西門慶家的奴僕在他死後，各尋出路，拐跑銀錢，完全辜負了主人生前之恩。西門慶好不容易積聚起來的財產，卻成了這些人後半輩子的享用之物。

西門慶生前在家裏是具有絕對權威的，說一不二，言出令行，沒有誰敢說個不字，連幾個妻妾都如此，更不要說家人奴婢者流了。但是現在主人不在了，權威沒有了，眾奴僕不免像無王之蜂，亂當家起來。書中重點寫了兩個人，一個是韓道國，一個是湯來保。

韓道國在西門慶生前的所作所為，尤以挑唆妻子王六兒向主人出賣肉體最為精彩。正是因為王六兒與西門慶有一手，所以韓道國才得以到江南置辦貨物，手裏掌握著幾千兩銀子的東西。也是天假其便，韓道國從江南帶著貨船回到臨清閘上，聽說西門慶已經死了，馬上心生一計。韓道國這時心裏想的是，既然主人死了，船上的貨物又不易藏匿搬運，要拐去一些，祇有把貨物就地賣掉，換成銀子。於是假意與來保商量，說碼頭上價格正貴，每匹布可加三分利錢，應該及時脫手。來保勸阻不聽，結果被韓道國賣掉一千兩銀子的布匹，揣進懷裏，說是先到家裏通知主人，自己卻偷偷回家與老婆進一步商議。老婆王六兒聽男人說準備送一半銀子給主人家，罵他道：「呸！你這傻才，這遭再休要傻了！如今他已是死了，這裏無人，咱和他有甚瓜葛？不爭你送與他一半，交他招韶道兒，問你下落。倒不如一狠二狠，把他這一千兩，咱雇了頭口，拐了上東京，投奔咱孩兒那裏。愁咱親家太師爺府中，招放不下你我！」韓道國多少還有點兒良心，對老婆說：「爭奈我受大官人好處，怎好變心的，沒天理了。」王六兒卻說：

> 自古有天理倒沒飯吃哩！他占用著老娘，使他這幾兩銀子不差甚麼。想著他孝堂，我倒好意，備了一張插桌三牲，往他家燒紙。他家大老婆，那不賢良的淫婦，半日不出來，在屋裏罵的我好訕的。我出又出不來，坐又坐不住。落後他第三個老婆出來陪我坐，我不去坐，坐轎子來家。想著他這個情兒，我也該使他這幾兩銀子。[112]

王六兒說得十分理直氣壯，她認為，第一，西門慶與她有私通關係，所謂「占用著老娘」，理所當然地應該給報酬，現在的這些銀子就是賣身的報酬。第二，王六兒被吳月娘羞辱了一場，現在應該把這些銀子作為精神上的損失補回來。這後一件事是指西門慶死後，王六兒也曾備辦了一張祭桌，前往弔唁。誰知吳月娘早已認定西門慶得病身亡與王六兒有關，是與她宣淫的結果。當月娘聽說王六兒也來弔唁，便喝罵小廝：「怪賊

---

[112] 《金瓶梅詞話》第八十一回。

奴才，不與我走！還來甚麼韓大嬸、祕大嬸，賊狗攮的養漢的淫婦，把人家弄的家敗人亡，父南子北，夫逃妻散的，還來上甚麼祕紙！」結果王六兒被罵得十分難堪，祇坐了一會兒，便起身告辭了。既然丈夫手裏握著西門慶家的上千兩銀子，王六兒心裏不免產生「這下子你落到我手裏了」的感覺，當然不會同意再把銀子送回去。王六兒罵自己的丈夫是「傻才」，並公開主張「自古有天理倒沒飯吃」。她認為再回顧主人對自己的小恩小惠，仍對他忠心不二，講什麼「天理」，純屬傻瓜行為，聰明的做法是把這筆不義之財據為己有，老天爺又能把我怎樣！王六兒說的這一通話，真是強盜邏輯，但也自有其合理之處。既然她親眼看到西門慶幹了那麼多無法無天、傷天害理之事，卻一輩子過得舒舒服服，她又怎能不產生這樣的想法呢？既然她曾經為了幾兩銀子、幾件衣服而不得不向主人獻出自己的肉體，那麼她又為什麼不可以把這一大筆銀子作為自己的「精神損失費」呢？韓道國見老婆說得有理，便也不言語了。於是夫妻二人讓韓二搗鬼看著房子，雇兩輛車裝上銀子及細軟之物，直奔東京而去。次日吳月娘才知道，祇好徒喚奈何了。

韓道國拐騙了主人家的銀子逃走後，與韓道國一起去江南販貨的湯來保大罵他背信棄義，說：「這天殺原來連我也瞞了！嗔道路上賣了這一千兩銀子，乾淨要起毛心。正是人面咫尺，心隔千里。」說是這麼說，其實來保也不是傻子，他見主人已死，也想步韓道國的後塵，發一筆橫財。他一方面把月娘派去接貨的陳經濟引到妓院裏，吃喝嫖賭；一面暗暗將船上價值八百兩銀子的貨物偷偷卸下來，先封到客店裏，然後悄悄運回家裏藏起來。來保把剩下的貨物交到西門慶家裏，謊說韓道國賣了兩千兩銀子的貨物跑掉了，把自己藏匿起來的那批貨也一骨腦兒算到韓道國頭上。月娘讓他到東京找韓道國追回銀子，湯來保故意嚇唬月娘，說：「咱早休去！一個太師老爺府中，誰人敢到？沒的招是惹非。得他不來尋趁，咱家念佛。倒沒的招惹蝨子頭上撓。」結果此事祇好不了了之。剩下的貨物，也叫來保隨隨便便地低價處理掉了，這次生意賠進去了不少。

更令月娘可氣的是，湯來保見男主人入了土，竟來調戲月娘，吃得醉醺醺地問月娘：「你老人家青春少小，沒了爹，你自家守著這點孩兒子，不害孤另嗎？」月娘見他存心不良，祇好不言語。後來他又幾次喝醉酒後，到月娘跟前嘲戲無禮。多虧月娘心正，沒有著他的道兒。後來月娘見來保夫婦愈來愈不像話，漸漸欺負到自己頭上，便祇好將他們掃地出門。這倒正中來保夫婦的下懷，於是二人用拐盜主人的銀子，大大咧咧開起一家布店來。

韓道國、湯來保背恩欺主，拐盜主人家財事，有力地表現了主奴關係的實質。當主人有權有勢時，眾人趨之若鶩，對之忠心耿耿；而當主人失勢時，便馬上倒戈相向，恨不得將之置於死地，以泄平時之辱。對這種關係，我們可以運用階級分析的觀點，認為

這是統治階級與被統治階級之間的固有矛盾，是無法克服的。但作者的真正用心是在表現人情冷暖，世態炎涼。有兩句回末詩說：「勢敗奴欺主，時衰鬼弄人。」其實這是符合事物規律的。社會上所以有主奴之分，正在於權勢與財勢的巨大差別，當二者發生變化時，原有的人際關係自然要發生相應的變革。西門慶能當主人，不正是因為他有錢，並且政治上有地位嗎？當他命入黃泉後，權與錢都不再屬於他了，人們自然不再把他尊為「主人」，不再對他表示忠誠。儘管這樣的變化常常因為過於突然而使人難以接受，但它畢竟是事物發展的客觀規律，不接受是不行的，衹能慢慢去適應。其實，過去是這樣，現在不仍然是這樣嗎？

<h2 style="text-align:center">（三）</h2>

李瓶兒死後，玳安曾與傅夥計閒話時評價西門慶家的幾個妻妾，當說到春梅時，說：「如今春梅姐，又是個合氣星，天生的都出在他一屋裏。」所謂「合氣星」就是「吵架精」「罵架能手」之意。吵架居然能成「精」，可見不是安守本分之輩。當年潘金蓮初試鋒芒與孫雪娥幹仗時，就是龐春梅引的頭。其實作為丫鬟，如果是本分之人，本可以把一些妯娌間的矛盾大事化小，小事化了。可惜春梅不是省油的燈，她總是惟恐天下不亂，一點兒虧都不願意吃，專幹些煽風點火的勾當，常常能把星星之火，搞成燎原之勢。第七十二回寫了一場金蓮與如意兒的戰鬥，又是春梅引起來的，結果鬧了個雞飛狗跳，全家不寧。

這一天吳月娘找出許多西門慶的衣服，叫如意兒和韓嫂漿洗，就在李瓶兒那邊晾曬。恰好這天潘金蓮這邊也在洗衣服，春梅便讓秋菊走到那邊向她們借棒槌使。如意兒正與迎春捶衣服，不願意借，並且口裏說：「前日你拿了個棒槌使，秋菊使著罷了，又來要！趁韓嫂在這裏，替爹捶褲子和汗衫兒哩。」秋菊見話頭不對，便回來對春梅說：「平白教我借，他又不與。迎春倒說拿去，如意兒攔住了不肯。」春梅聽了便發起噓來：「耶噓，耶噓！這怎的這等生分，大白日裏借不出個乾燈盞來。娘不肯，還要教我洗裏腳。我漿了這黃絹裙子，問人家借棒槌使使兒，還不肯與將來，替娘洗了，拿什麼捶？」[113] 於是又使秋菊再去借。事態發展到這一步，一切都還算正常。雙方都是為主子幹事：如意兒是奉月娘之命為男主人漿洗衣服，春梅是奉金蓮之命為女主人洗裙子、裏腳，性質是相同的，所以借與不借都是正常的。

但這時突然加入了一個新的因素。而且是一個舉足輕重的因素：潘金蓮參與進來了。書中寫：

113　《金瓶梅詞話》第七十二回。

這潘金蓮正在房中炕上裹腳，忽然聽見，便問：「怎麼的？」這春梅便把借棒槌
如意兒不與來一節說了。祇這婦人因懷著舊時仇恨，尋了不著這個由頭，便罵道：
「賊淫婦怎的不與！他是丫頭，你自家問他要去，不與，罵那淫婦，不妨事。」[114]

那麼金蓮懷著的「舊時仇恨」是指什麼呢？我覺得應包含兩層意思：一是如意兒原
本是李瓶兒的心腹，是官哥兒的奶媽，她與李瓶兒有天然的感情上的聯繫，這對金蓮來
說當然是一種仇恨；二是李瓶兒死後，如意兒竟然神不知鬼不覺地與西門慶「搞上了」，
儘管金蓮心中十分惱火憤怒，卻一直沒找到機會發作。她曾經對吳月娘說過，想讓月娘
出頭來制止西門慶的這種混淆尊卑的亂倫行為，但吳月娘接受了上次的教訓，沒有上她
的當，結果不了了之。而這一次，潘金蓮碰上了這麼一個好茬口，是絕不會放過的，所
以竭力挑動春梅到後邊罵去，巴不得把事態擴大。春梅果然去了：

這春梅還是年壯，一沖性子，不由的激犯，一陣風走來李瓶兒那邊，說道：「那
個是世人也怎的，要棒槌兒使使不與他？如今這屋裏又鑽出個當家人來了。」如
意兒道：「耶嚛，耶嚛！這裏放著棒槌，拿去使不是？誰在這裏把住，就怒說起
來。大娘分付，趁韓媽在這裏，替爹漿出這汗衫子和綿綢褲子來，等著又抽出來
要捶。秋菊來要，我說待我把你爹這衣服捶兩下兒，作拿上使去。就架上許多誆，
說不與來，早是迎春姐這裏聽著。」[115]

如意兒一開始就採取守勢，面對來者不善的春梅，聽著她那些挑釁性的閒話，如意
兒祇是做解釋，不敢說出別的來。因為她自己心裏很清楚，她從哪方面說都不是春梅的
對手；更何況春梅的靠山是潘金蓮呢？不過如意兒的這番解釋並沒使事態平息下來，潘
金蓮還是出場了：

不想潘金蓮隨即就跟了來，便罵道：「你這個老婆不要說嘴！死了你家主子，如
今這屋裏就是你。你爹身上衣服，不著你恁個人兒拴束，誰應的上他那心？俺這
些老婆死絕了，教你替他漿洗衣服？你死拿這個法兒降伏俺每，我好耐驚耐怕
兒！」[116]

金蓮的這些話是帶著明顯的進攻性的，她首先要在氣勢上壓倒對方；事實上，她的
地位和實力決定了她能夠做到這一點。「你家主子」指的是李瓶兒，看來她對李瓶兒的

---

114 《金瓶梅詞話》第七十二回。
115 《金瓶梅詞話》第七十二回。
116 《金瓶梅詞話》第七十二回。

宿仇還沒有完全消失——其實，她對如意兒的不滿在很大程度上是因為李瓶兒是她的主子的緣故。

面對著潘金蓮的進攻，如意兒當然還祇能是守勢。但她覺得金蓮在用一些「實質性的」問題來對付她，她倒很坦然，說：「五娘怎的這說話？大娘不分付，俺每好意掉攬替爹整理也怎的？」話雖說得不尖銳，但倒像是軟中帶硬，綿裏藏針。金蓮見如意兒有不服氣的意思，更生氣了，進一步罵道：「賊挺剌骨，雌漢的淫婦，還強說什麼嘴！半夜替爹遞茶兒、扶被兒是誰來？討披襖兒穿是誰來？你背地幹的那繭兒，你說我不知道？偷就偷出肚子來，我也不怕！」[117]金蓮以為拋出這些具體的證據來，便會輕而易舉地制服她。但如意兒不但不怕，見金蓮提到「偷出肚子來」，就不痛不癢地甩出一句：「正景有孩子還死了哩，俺每到的那些兒！」這句話明顯影射李瓶兒的孩子被金蓮生生害死一事。想當初李瓶兒臨死之前，王姑子前來探望，如意兒就曾把官哥兒是怎樣死的及瓶兒得病的來龍去脈，原原本本地說給王姑子聽，結果反被瓶兒罵她多嘴。現在如意兒聽見潘金蓮對自己愈逼愈緊，索性不顧一切地往金蓮的要害處猛擊了一下。當然，如意兒膽敢如此，與她和西門慶的關係有關。然而這一切卻大出潘金蓮的意料之外，她在眾目睽睽之下被奶子如意兒戳在了痛處，便惱羞成怒起來：

> 這金蓮不聽便罷，聽了心頭火起，粉面通紅，走向前一把手把老婆頭髮扯住，祇用手摳他腹。這金蓮就被韓嫂兒向前勸開了，罵道：「沒廉恥的淫婦，嘲漢的淫婦！俺每這裏還閑的聲喚，你來雌漢子，合你在這屋裏是什麼人兒？你就是來旺兒媳婦子從新又出世來了，我也不怕你！」[118]

兩個淫婦因為難以言傳的原因，由吵鬧進而打將起來，這也算《金瓶梅》諸多精彩場面中的一個。金蓮為什麼一手扯住如意兒的頭髮，另一隻手卻去「摳他腹」呢？聯繫到剛才罵如意兒「偷出肚子來」的話，金蓮是惟恐如意兒懷了孕，想趁混亂之機把她肚裏的胎兒弄掉。但根據書中的描寫，如意兒似乎並沒有懷孕。由此可見潘金蓮對李瓶兒因生子而得寵的事還心有餘悸，她十分害怕瓶兒剛死，如意兒再生下孩子。金蓮被韓嫂拉開還在罵，罵得倒也坦白，說是我們這幾個妻妾還閑得發慌呢，你又加進來一個，這當然是不能允許的！金蓮又想起了宋惠蓮，當年宋惠蓮與如意兒的行為確實是一樣的，都是下人想擠進主婦的行列，惠蓮最終是失敗了，並且死在金蓮的計謀之下。其實金蓮此時提起宋惠蓮，有對如意兒進行威脅的意思，言外之意是說，難道你也想步宋惠蓮的

---

117 《金瓶梅詞話》第七十二回。
118 《金瓶梅詞話》第七十二回。

後塵嗎？

這場鬧劇過後，潘金蓮添油加醋地向孟玉樓學說事件的經過，明白無誤地道出了她仇恨如意兒的因由：一是如意兒確實在步宋惠蓮的後塵，「想著他把死的來旺兒賊奴才淫婦慣的有些折兒！……如今這個老婆，又是這般慣他，慣的恁沒張倒置的。」金蓮必須接受上次的教訓，把危險消滅在萌芽狀態。二是如意兒確實令金蓮想起了李瓶兒，「你看一向在人眼前花哨星那樣花哨，就別模改樣的。你看又是個李瓶兒出世了！」這兩個仇人都曾經為金蓮惹了麻煩，所以她不能眼睜睜地看著宋惠蓮再世和李瓶兒再世的如意兒腰杆子再硬將起來！

（四）

自從潘金蓮與如意兒的那場惡戰以後，金蓮總算出了一口氣，緊接著又在與西門慶交歡之際與漢子達成了一個妥協方案，即允許西門慶與如意兒有私情，但必須事先報告，並徵得金蓮的同意後才可實施；而且若如意兒索要東西的話，也要對金蓮說明白。否則，金蓮表示就要「嚷的塵鄧鄧的」！

過了不多日子，應伯爵新生的兒子過滿月，要請西門慶的幾位妻妾去賞光赴席。金蓮想想自己沒有什麼穿得出門的衣服，便想起了李瓶兒的那件貂皮大衣，於是向西門慶提出：「我有莊事兒央你，依不依？」西門慶道：「怪小淫婦兒，你有甚事說不是。」婦人道：「把李瓶兒那皮襖拿出來與我穿了罷。明日吃了酒回來，他們都穿著皮襖，祇奴沒件兒穿。」金蓮說的是實話，其他幾位妻妾在經濟上都強於金蓮，金蓮雖說聰明伶俐又有一副好容貌，卻是個「一無所有」的赤貧者。根據書中的描寫，每當有需要銀錢的事情出現時，金蓮總是顯得出手謹慎，小裏小氣，而李瓶兒就要大方得多。這倒並非金蓮天生如此，而是她確實沒有什麼積蓄。鑒於這種考慮，金蓮提出的這個要求有其合理性。可西門慶還記掛著李瓶兒，覺得這是她的遺物，一開始沒有答應，經金蓮再三勸說，才同意了。第二天一早，金蓮便催西門慶到那邊房裏把皮襖拿過來。西門慶到了李瓶兒那邊，正遇如意兒在，見她穿著玉色對衿襖兒，白布裙子，薄施朱粉，長目蛾眉，不免淫心又起，於是摟著她摸奶咂舌，無所不至。如意兒也很會選擇時機，趁這個機會忙把那天與金蓮激戰的事又重新提起，說：「我見爹常在五娘身邊，沒見爹往別的房裏去。他老人家別的罷了，祇是心多，容不的人。前日爹不在，為了棒槌，好不和我大嚷了一場。多虧韓嫂兒和三娘來勸開了。落後爹來家，也沒敢和爹說。不知什麼多嘴的人對他說，又說爹要了我。他也告爹來不曾？」西門慶道：「他也告我來。你到明日，替他陪個禮兒便了。他是恁行貨子，受不的人個甜棗兒就喜歡的。嘴頭子雖利害，倒也沒什麼心。」如意兒又說：「前日我和他嚷了，第二日爹到家，就和我說好話，說爹在他

身邊偏的多，『就是別的娘多讓我幾分。你凡事祇有個不瞞我，我放著河水不洗船，好做惡人？』」[119]西門慶想調解潘金蓮與如意兒的矛盾，而兩位女人在表面上都有兩相妥協相安無事的表示。於是西門慶忽然心生一計，把李瓶兒的皮襖拿出來後交給如意兒送與潘金蓮，同時也給了如意兒一些綢緞做衣服。當如意兒把皮襖送到金蓮屋裏時，金蓮已經猜知這是漢子的主意，是讓如意兒來賠不是，也要她放高姿態原諒如意兒。於是金蓮便問：「爹使你來？」如意兒道：「是爹教我送來與娘穿。」金蓮又問也送了些什麼給她，如意兒也如實答了。這時金蓮才說：「姐姐們，這般卻不好！你主子既愛你，常言船多不礙港，車多不礙路，那好做惡人。你祇不犯著我，我管你怎的？我這裏還多著個影兒哩。」「船多不礙港」「車多不礙路」是金蓮的口頭禪，當她見西門慶圖謀某一個婦人而自己又無法阻止時，常常以這句話來自我寬慰。她對如意兒原來是準備一棍子打下去，因為她不能容忍一個下人奴婢也混到和自己一樣。但當她看到吵鬧了一場並沒解決問題，西門慶仍然戀著如意兒時，便祇好後退一步，向西門慶妥協。而現在對如意兒，也祇好如此，所以她又重彈船多不礙港的老調，其實這不是她的心裏話，是不得已的無可奈何之語。如意兒見金蓮原諒了自己，以後與西門慶的私情有了某種程度的合法性，心中自然感激不淺，對金蓮說：「俺娘已是沒了，雖是後邊大娘承攬，娘在前邊還是主兒，早晚望娘抬舉。小媳婦敢欺心，那裏是葉落歸根之處？」就這樣，金蓮和如意兒在西門慶的導演下達成了諒解。

　　既然金蓮與如意兒和解了，那麼西門慶便覺得不必有什麼忌諱了，所以這天晚上西門慶便公開向金蓮提出，要大模大樣地與如意兒睡一夜。原來這天夜裏西門慶到了金蓮房裏，祇顧坐在床上卻不脫衣裳，金蓮便問：「你怎的不脫衣裳？」西門慶便過來摟定婦人，笑嘻嘻說道：「我特來對你說聲，我要過那邊歇一夜兒去。」「那邊」是指如意兒屋裏。既然金蓮已經規定祇要與如意兒去睡，就要事先打好招呼，得到批准才行，西門慶現在是老老實實按規定辦事，表明他確實在履行自己的諾言。儘管如此，金蓮似乎還是覺得意外，並隨即起了醋意，罵西門慶道：「賊牢，你在老婦手裏使巧兒，拿些面子話兒來哄我！我剛才不在角門首站著，你過去的不耐煩了，又肯來問我？這個是你早辰和那捱刺骨兩個商定了腔兒，好去和他個合窩去，一徑拿我扎筏子。嗔道頭裏不使丫頭，使他來送皮襖兒，又與我磕了頭兒來。小賊捱刺骨，把我當什麼人兒，在我手內弄刺子。我還是李瓶兒時，教你活埋我？雀兒不在那窩兒裏，我不醋了！」[120]金蓮此時猛然醒悟到，早晨如意兒給她送皮襖、磕頭賠不是，很可能是她與漢子兩個人定下的計策，

119　《金瓶梅詞話》第七十四回。
120　《金瓶梅詞話》第七十五回。

以此來作為交換條件，所以心裏頓時有了氣。其實，西門慶何必如此心急呢？早上才賠過不是，晚上就要公然同宿，這就無怪乎金蓮要將兩件事聯繫起來了。但金蓮雖是這樣吵罵，仍然無法阻止漢子要到那邊去睡，祇好又一次妥協，但又順便提出兩個條件：一是不准和如意兒睡一整夜，完了事還叫她睡一邊去；二是兩人幹事時不准說什麼閒話，否則明天打聽出來就要把西門慶的「下截咬下來」。另外還不准西門慶把淫器包帶去，以免弄髒了影響自己使用。後來經西門慶再三懇求，才扔給他一個銀托子了事。其實金蓮的這幾個條件都提得甚是無謂，既然你沒有能力阻止他與如意兒同宿，又怎能管得了他們是否停眠整宿以及是否會說閒話呢？金蓮說的「閒話」是指如意兒背後說她的壞話，她知道自己的所作所為容易成為別人的話柄，更何況剛與如意兒打過架，為爭寵而激烈廝殺過一場呢？後來的描寫證明，西門慶與如意兒交歡時雖然沒說金蓮的閒話，卻商量著要把如意兒扶起來，頂李瓶兒的窩，成為與金蓮平起平坐的正式角色。這話倒也不是如意兒說的，而是出自西門慶之口，他說：「章四兒，我的兒，你用心伏侍我，等明日你大娘生了孩兒，你好生看奶著。你若有造化，也生長一男半女，我就扶你起來，與我做一房小，就頂你娘的窩兒，你心下如何？」這婦人自然是巴不得的，忙說：「奴男子漢已是沒了，娘家又沒人，奴情願一心祇伏侍爹，再有什麼二心，就死了不出爹這門。若爹可憐見，可知好哩。」[121]這些話雖然算不上是說金蓮的「閒話」，但對金蓮來說，這比「閒話」更可怕！好在這些話是二位在行房時說的，金蓮並不知道。但是以後的發展並沒使他們的願望實現，西門慶還沒等到扶正如意兒便得病身亡；如意兒自然也是造化不到，沒能為西門慶生出孩子來。不過金蓮與如意兒的矛盾衝突倒告了一個段落。

媒婆、虔婆與尼姑

（一）

提到古代的媒人，人們自然會聯想到一個個纏綿悱惻的愛情故事，想到崔鶯鶯和張生，想到那個在崔、張之間穿針引線，善良而且足智多謀的紅娘，想到「月下老」的美好傳說。她（也可能是「他」，但似乎主要是「她」）們為那些多情的童男、懷春的少女帶來了幸福和希望。可以這麼說，每一個愛情故事的後面，都隱藏著一位善良的「愛情使者」。

不過，這樣說多少還帶著「理想化的色彩」。如果我們用這樣的觀念去閱讀《金瓶梅》，不免會感到失望，甚至會覺得憤慨！《金瓶梅》裏的幾位「媒人」，從她們的身

---

121 《金瓶梅詞話》第七十五回。

上既不會發現一絲一毫紅娘的影子，更體會不到一顆美好善良之心。在這裏，我們看到的祇是陰險、欺騙、圈套、陷坑……最有代表性的當然是王婆。

王婆正式出場是在《金瓶梅》的第二回。且說西門慶自打「叉竿事件」見了潘金蓮一面，就像著了魔一般，心中再難忘懷。就在他挖空心思地琢磨勾引潘金蓮之法時，「猛然想起那間壁賣茶王婆子來」，於是信心陡增，連飯也沒顧得吃，便直奔王婆的茶坊而來。王婆的首要職業是賣茶，但她除了賣茶還有不少「兼職」，書中介紹說是「積年通殷勤，做媒婆，做賣婆，做牙婆，又會收小的，也會抱腰，又善放刁。還有一件不可說，鬆髻上著綠，陽蠟灌腦袋」。書中沒有寫她的茶坊生意究竟做得如何，但對她的說媒本領卻有極其詳盡的描繪。我們看一段作者以韻文形式對王婆的介紹：

開言欺陸賈，出口勝隨何。祇憑說六國唇槍，全仗話三齊舌劍。隻鸞孤鳳，霎時間交仗成雙；寡婦鰥男，一席話搬唆擺對。解使三重門內女，遮麼九級殿中仙。玉皇殿上侍香金童，把臂拖來；王母宮中傳言玉女，攔腰抱住。略施奸計，使阿羅漢抱住比丘尼；才用機關，交李天王摟定鬼子母。甜言說誘，男如封陟也生心；軟語調和，女似麻姑須亂性。藏頭露尾，攛掇淑女害相思；送暖偷寒，調弄嫦娥偷漢子。[122]

作者的這段描繪雖然免不了誇張，但總不會離譜太遠，要不，西門慶遇到了那樣的難題，怎會想起王婆子來便信心大增呢？西門慶是慣弄風月的老手，「一個月倒在媒人家去二十餘遍」，對諸位媒人的本領自然了若指掌，他對王婆的信任必然有實實在在的根據，不會僅僅相信那些誇張過度的傳言而自欺欺人。

果然，西門大官人確實有眼力！「王乾娘」很快就以上乘的表演回報了西門慶的信任，她以一套完整而嚴密的「挨光計」使西門慶如願以償，樂得西門慶直誇王婆「智賽隨何，機強陸賈，女兵十個九個都出不了乾娘手」，使人心悅誠服地相信這王婆確實有使任何一對寡男孤女摟抱到一起的本領！

王婆的「挨光計」共有十分步驟，稱「十分光」，書中描繪得極其詳盡，這裏不妨簡而化之；但即便如此，仍可以看出其籌畫之周密，用心之險惡。這十分「挨光計」是：

一，第一步是由王婆假裝向潘金蓮借曆日，說明是請裁縫做壽衣之用。如果潘主動幫助裁制，此事便有了一分光。

二，到了裁衣的日子，如果金蓮一請即來，歡天喜地，此便有了二分光。

三，裁衣至午間，由王婆請金蓮吃酒，以致謝意。如金蓮並不推託，這就有了三分

---

122 《金瓶梅詞話》第二回。

光。

上面的「三分光」不過是開了個好頭，為下文創造了一個基本的條件。緊接著主角西門慶就要登場了！

四，第三日的中午，西門慶打扮齊整，假意來茶坊吃茶，由王婆請入房內坐，如金蓮並不回避，則此事便有了四分光。

五，由王婆從中介紹，西門慶故意吹噓金蓮的針指女工。若金蓮口內答應，就有了五分光。

六，由王婆提議，請「一個出錢，一個出力」的兩位「施主」吃酒。若金蓮並無反對的表示，這就有了六分光。

七，這時王婆出門買酒菜，要金蓮「相待官人坐一坐」，若金蓮並不起身，則有了七分光。

八，酒菜上桌，若金蓮祇是口中要去，實則並不動身，此事就到了八分光。

九，待酒吃得正濃，王婆推說酒沒了，出門打酒，隨手將門帶上，此事便有了九分光。

十，最後一分光最難。此時西門慶將筷子故意碰到地上，趁撿筷之機往金蓮腳上捏一捏，若金蓮並不做聲，此事便成了，西門慶即可將金蓮弄到手。

看得出，這十分「挨光計」的最大特點是完整、嚴密而有層次，步步為營，滴水不漏。前三分光不過是創造條件，從第四步開始就對金蓮展開了攻勢，第六分光已大體有了眉目，第八分光則說明好事已基本定局，最後二分光不過是求其穩妥保險而已。

王婆對女人的心理，對那些水性楊花的女人之心，摸得實在太透徹了！非但如此，她還根據她們的心理特點，制定出如此完備而嚴密的「挨光計」，就更令人歎為觀止了！後來的事實證明，她的這套「挨光計」確實厲害，他們按計而行，潘金蓮果然很快成了西門慶的懷中之物。「挨光計」純粹是一種心理戰術，它沒有明奪暗搶，不需要暴力，但在含蓄的表像下掩蓋著凌屬的進攻。它的每一步都是一個陷阱，一個圈套，而且一個比一個深，一個比一個緊。更妙的是，在每一次進攻的環節上，王婆都處在「進可攻，退可守」的有利位置上。如果金蓮有意，則緊接著進行下一步驟；如果金蓮拒絕，則王婆隨時可以體面地下台，不致將事情鬧得不可收拾——事實上，發生這種情況的可能性極小。在這場「挨光計」中，西門慶祇是一個前台的「演員」，全靠後台的王婆導演、指揮。但到了最後，當十分光做完之後，西門慶沒有想到，連他自己也做了王婆的俘虜。書中寫道：

當下二人雲雨才罷，正欲各整衣襟，祇見王婆推開房門入來，大驚小怪，拍手打

掌說道：「你兩個做得好事！」西門慶和那婦人都吃了一驚。那婆子便向婦人道：
「好呀，好呀！我請你來做衣裳，不曾交你偷漢子。你家武大郎知，須連累我。不
若我先去對武大說去。」回身便走。那婦人慌的扯住他裙子，便雙膝跪下說道：
「乾娘饒恕！」王婆道：「你們都要依我一件事。」婦人便道：「休說一件，便是
十件，奴也依乾娘。」王婆道：「從今日為始，瞞著武大，每日休要失了大官人
的意。早叫你早來，晚叫你晚來，我便甘休；若是一日不來，我便就對你武大說。」
那婦人說：「我祇依著乾娘說便了。」王婆又道：「西門大官人，你自不用著老
身說得，這十分好事已都完了，所許之物不可失信。你若負心，一去了不來，我
也要對武大說。」西門慶道：「乾娘放心，並不失信。」[123]

於是當潘金蓮成為西門慶的性俘虜的同時，她和西門慶也都成了乾娘手中的人質。
因為王婆當初見西門慶在門前轉來轉去就發下了誓言：「這刷子踅得緊！你看我著些甜
糖抹在這厮鼻子上，交他舐不著。那厮全討縣裏人便益，且交他來老娘手裏納些敗缺，
撰他幾貫風流錢使。」[124]現在她果然如願以償，得了那麼多絲物銀錢，這是她做賣茶生
意不容易做到的。為了使這筆不義之財不致隨著二人的事成而斷絕，王婆又一改平素的
面孔，變幻了手段，將試探、欺騙換作明目張膽的威脅和敲詐，結果，這一對淫男女祇
好答應「依著乾娘」，「並不失信」。

作為另一種意義上的「媒人」，王婆將「愛情的天使」蛻化為「人性的魔鬼」，自
然是沒有什麼道德價值可言，她的惟一目的是為了錢，她的一切行為都是為著錢而進行
的；換一句話說，為了錢她可以幹任何一件事情。她不但在剛剛發現西門慶的想法時就
打算「撰他幾貫風流錢使」，而且在「挨光計」實施的整個過程中，一直持續不斷地向
西門慶提出金錢上的要求，再三再四地叮囑「所許之物，不可失信」，「所許老身東西，
不要忘了」等等。好在西門慶為此事極肯破費，也願意以錢作誘餌，使王婆為自己服務。
最後仍然是為了錢，當這對男女的事情敗露後，又是王婆最先想出了藥死武大，使二人
「長做夫妻」的毒計，使一場尋常的男女偷情，演變為一場勾姦夫害本夫的命案！她自己
也由一個不道德的「馬泊六」，變成一個心狠手毒的殺人凶手！

對於王婆，沒有必要作出什麼道德上的評價，也很難作出這類的評價，因為，她畢
竟距離傳統道德太遙遠了！她雖然是一個女人，卻沒有女性的溫情和柔弱；她雖然是一
位老人，卻沒有老者的慈愛和善良；她雖然是一位母親，卻沒有舐犢般的深情。相反，

---

[123] 《金瓶梅詞話》第四回。
[124] 《金瓶梅詞話》第二回。

她有的是陰險、毒辣和詭計多端，有的是陰謀、圈套和罪惡的陷阱。

（二）

嚴格說來，說媒是一種「技術」，不是什麼人都可以幹得來的。尤其是當說媒成為一種職業之後，它的「技術性」「專業化」要求也就更高了。雖然王婆沒有什麼道德水準可言，但她的「挨光計」應該說是一種高水準的誘人之法，這是不能不承認的。《金瓶梅》寫了好幾位媒人，在我們領略了王婆的「挨光計」之後，再來看一下另一位媒人薛嫂的說媒術。

第七回寫薛嫂出場時，故事的正文前有八句回前詩，以自報家門的形式介紹薛嫂：「我做媒人實可能，全憑兩腿走殷勤。唇槍慣把鰥男配，舌劍能調烈女心。利市花常頭上帶，喜筵餅定袖中撐。祇有一件不堪處：半是成人半敗人。」媒人的本領大體有兩點：一是腿能跑，二是嘴能說。薛嫂在第二點上表現尤為突出。

在此之前，西門慶曾囑託薛嫂再替他尋一門親事，所以當薛嫂得知孟玉樓新死了丈夫之後，便急急忙忙尋到西門慶，告訴他這一消息。她說：

> 我來有一件親事，來對大官人說，管情中得你老人家意，就頂死了的三娘窩兒。方才我在大娘房裏，買我的花翠，留我吃茶，坐了這一日，我就不曾敢題起，徑來尋你老人家，和你說。這位娘子，說起來你老人家也知道，是咱這南門外販布楊家的正頭娘子。手裏有一分好錢，南京拔步床也有兩張，四季衣服、妝花袍兒，插不下手去，也有四五隻箱子。珠子箍兒、胡珠環子、金寶石頭面、金鐲銀釧不消說，手裏現銀子，他也有上千兩。好三梭布也有三二百筒。不幸他男子漢去販布，死在外邊。他守寡了一年多，身邊又沒子女，止有一個小叔兒，還小，才十歲。青春年少，守他甚麼！有他家一個嫡親的姑娘，要主張著他嫁人。這娘子今年不上二十五六歲，生的長挑身材，一表人物。打扮起來，就是個燈人兒，風流俊俏，百伶百俐。當家立紀，針指女工，雙陸棋子，不消說。不瞞大官人說，他娘家姓孟，排行三姐，就住在臭水巷。又會彈了一手好月琴。大官人若見了，管情一箭就上垛。誰似你老人家有福，好得這許多帶頭，又得一個娘子。[125]

薛嫂肯定對孟玉樓家的全部情況做過詳細調查，所以才會知道得如此詳盡具體——當然，這也是她的職業特點所決定的。然而，更引起我們興趣的是，薛嫂介紹的重點卻不是孟玉樓的人品、才能，而是她家的財物、銀錢。介紹的先後也是先說銀錢、衣物等，

---

125 《金瓶梅詞話》第七回。

最後才說到長相、針指女工等。她提到孟玉樓的第一句話是「是咱這南門外販布楊家的正頭娘子，手裏有一分好錢」。接著歷數南京拔步床、四季衣服、珠子籮兒、金鐲銀釧等，一直說到「三梭布也有三二百筒」，仿佛在向西門慶大官人開列孟玉樓家的財產清單。

按照一般人的觀念，男女情事當以才貌為先，《詩經》所謂「窈窕淑女，君子好逑」，後世的所謂「郎才女貌」，都是把男子的才學和女性的相貌放在首位的。而薛嫂這裏卻大談錢財，對孟玉樓的長相則輕描淡寫，豈非本末倒置？其實這正是薛嫂的聰明伶俐處。對薛嫂來說，為人扯媒拉縴，並不包含絲毫「愛情」的因素，因而她沒有必要、也想不到用那些愛情的標準去衡量自己經手的男男女女。在薛嫂看來，說媒祇是一種生意，與其他的生意並無多少區別，要緊的是摸清「顧客」的心理，提供給他滿意的「商品」。那麼對西門慶來說，怎樣的「商品」才更適合他的「消費心理」呢？

薛嫂的聰明正表現在這裏！她準確無誤地摸到了西門慶的真正想法。因為西門慶是一個目不識丁的俗人，胸無點墨，自然不會以「郎才女貌」作為自己的擇婚標準。又因為西門慶出身市井，並無根基，所以他也不會用門戶、地位一類標準去衡量對方。西門慶祇是一個商人，一個整天與金錢、財物打交道的新興商人，他衡量世事、世人的惟一標準就是錢，就是錢的多和少！因此，薛嫂要想成事，就要投西門慶之所好，把金錢、財物作為尋親事首先要考慮的問題。現在她果然這樣做了，她用稍帶誇張的語氣描述了孟玉樓的富有，先為西門慶留下了一個十分良好的印象，然後才說到她的「長挑身材，一表人物」。最後又假裝出羨慕的口吻說：「誰似你老人家有福，好得這許多帶頭，又得一個娘子。」仍然先強調「帶頭」，後才說到「娘子」。看來在薛嫂的眼裏，「帶頭」顯然比孟玉樓本人更有價值，更有吸引人的力量，更值得一提。毫無疑問，這也正是西門慶的觀念。

其實，以金錢為中心的觀念並非西門慶所獨有，它是《金瓶梅》所描寫的明代中後期整個社會的普遍意識。薛嫂當然很明白這一點，所以她在提親的整個過程中，一直是緊緊抓住金錢這個「綱」的。當她向西門慶介紹孟玉樓時。極力強調孟玉樓的富有；而向孟玉樓等介紹西門慶時，又強調西門慶的富有。她先是對楊姑娘說：

> 我才對你老人家說，就忘了！便是咱清河縣數一數二的財主，西門慶大官人！在縣前開著個大生藥鋪，又放官吏債。家中錢過北斗，米爛陳倉，沒個當家立紀娘子。聞得咱家門外大娘子要嫁，特來見姑奶奶講說親事。[126]

---

[126] 《金瓶梅詞話》第七回。

　　為什麼要對楊姑娘誇張西門慶的暴富呢？因為薛嫂對這位楊姑娘的貪財早已打聽得十分明白，她向西門慶提議：「這婆子愛的是錢財，明知道他侄兒媳婦有東西，隨問什麼人家他也不管，祇指望要幾兩銀子。大官人多許他幾兩銀子，家裏有的是那囂段子，拿上一段，買上一擔禮物，親去見他。和他講過，一拳打倒他。」[127]楊姑娘支持孟玉樓改嫁，並不是真關心她的後半生幸福，乃是想趁機索要一些錢財。西門慶第一次拜訪她時，她便直言不諱地提出「就與上我一個棺材本，也不曾要了你家的」。西門慶當然不在乎這種小小的要求，答應「就是十個棺材本，小人也來得起」，並順手掏出三十兩雪花銀作為買茶之資，直樂得楊姑娘眼花繚亂，滿臉堆下笑容來。薛嫂既然瞭解到楊姑娘乃玉樓改嫁的最後拍板人，又掌握了她的貪財心理，所以對症下藥，使這場親事辦得格外順利。薛嫂自己當然也是很貪財的，而且也絲毫不掩飾這一點。她在誇張描述西門慶和孟玉樓雙方家產的同時，一直沒有忘記要西門慶厚報她。她一次又一次叮囑西門慶：「我替你老人家說成這親事，指望典兩間房住」，「你老人家去年買春梅，許我幾匹大布，還沒與我，到明是不管一總謝罷了」[128]。絮絮叨叨，不厭其煩。

　　薛嫂在向孟玉樓介紹西門慶時，除了仍然強調他的富有，又加上了他正在崛起的權勢。她神氣活現地向孟玉樓道：

> 好奶奶，就有房裏人，那個是成頭腦的！我說是謊，你過去就看出來。他老人家名目，誰是不知道的！清河縣數一數二的財主，有名賣生藥、放官吏債西門大官人，知縣、知府都和他往來。近日又與東京楊提督結親，都是西門親家，誰人敢惹他！[129]

　　孟玉樓對這番介紹沒有作出明確的反應，但她馬上安排酒飯與薛嫂吃，並又送給她禮物，看來對這些情況是滿意的。幾天後，孟玉樓就以閃電般的速度嫁到西門慶家裏，恐怕主要考慮的就是西門慶顯赫的財勢和權勢。

　　王婆和薛嫂雖同為媒婆，卻頗有不同之處。比較而言，薛嫂的特長是口才好，瞎話順嘴淌，所謂「無官的說做有官，把偏房說做正房，一味瞞天大謊，全無半點兒真實」。王婆則突出在有心計，善用機關，所謂「略施奸計，使阿羅漢抱住比丘尼；才用機關，交李天王攪定鬼子母」。薛嫂成事全靠喋喋不休的吹噓，誇大事實並偶有捏飾，如她給西門慶說孟玉樓「今年不上二十五六歲」，而孟玉樓自己說「奴家青春是三十歲」，比

127　《金瓶梅詞話》第七回。
128　《金瓶梅詞話》第七回。
129　《金瓶梅詞話》第七回。

西門慶還要大兩歲。當薛嫂看到自己的謊話露餡時，又趕忙在旁插話：「妻大兩，黃金日日長；妻大三，黃金積如山。」正是她的這種如簧巧舌，說得男女雙方都格外滿意，親事竟一拍即合。王婆的手法則不同，她全是心裏做事，暗暗制定好一套嚴密的心理戰術，執行起來按部就班，紋絲不亂，一切都像預料的那樣準確無誤，真正所謂「孫武子捉女兵——十捉八九著」！當然，二者的不同之處也可能與她們的「職業特點」有差別相關：王婆雖名為「媒婆」，實則為不正當的男女牽線，應正其名「馬泊六」或現代所說的「皮條客」；而薛嫂才是嚴格意義上的媒婆。王婆幹的是見不得人的勾當，祇可「意會」而不可「言傳」，祇可偷偷摸摸地搞陰謀，不可大張旗鼓地進行。所以當鄆哥兒在無意中揭穿了西門慶和潘金蓮的姦情後，便引起王婆的極大恐慌和憤怒，被她痛打了一頓，並因此引起了一場殺人的血案。但薛嫂則沒有這種擔心，她雖然常常說謊，隱瞞事實，目的卻是撮合男女雙方，從中圖些錢財，一般不會造成十分嚴重的後果。

（三）

第十二回，西門慶及一夥幫閒在妓院裏飲酒調笑，謝希大講了一個泥水匠墁地的故事，結論是「有錢便流，無錢不流」，影射妓院虔婆見錢眼開。第二十回，書中又一次說：「原來世上唯有和尚、道士並唱的人家，這三行人不見錢眼不開，嫌貧取富，不說謊調詖也成不的。」這裏說的「唱的人家」也是指的妓院，因為妓女一般兼唱曲，即賣藝兼賣身的那種。西門慶所處的時代，似乎賣藝的歌女們大都兼賣身。西門慶在妓院裏包占的李桂姐就是如此。

且說有一天，西門慶在常時節家裏會茶飲酒之後，由應伯爵、祝日念、常時節陪著，冒著雪花趕到妓院裏。因為西門慶每月拿銀子包著李桂姐，按道理是隨時都可以到妓院留宿的。祝日念就對他這樣說：「應二哥說的是。你每月風雨不阻出二十銀子包錢包著他，你不去，落得他自在。」但當西門慶等人到了妓院後，發現李桂姐不在。老虔婆一面讓丫鬟設酒，一面解釋說：「桂姐連日在家伺候姐夫，不見姐夫來到。不想今日他五姨媽生日，拿轎子接了，與他五姨媽做生日去了。」虔婆隨口編出的這幾句瞎話，並無什麼破綻，所以西門慶也沒有察覺出來。其實並不是這麼回事。原來李桂姐這幾天見西門慶不來，便又接下了杭州的綢絹商人丁二官人，已經歇了兩夜，現在正在後房吃酒歡樂呢！西門慶白拿著銀子包她，她卻背地裏又跟了別人，誰想不一會兒竟露了餡兒。原來西門慶席間到後院解手，聽見房裏有人說笑，便走到窗前偷看，這一看不要緊，西門慶不由得心頭火起。想不到屋裏竟是李桂姐，正陪著一個南蠻子喝酒調笑。於是他領著幾個小廝推倒了酒席，打碎了妓院的窗戶床帳，而且大叫著要把蠻子和粉頭都用繩子捆起來。丁二官人是個膽小之人，聽見外面吵鬧，早已嚇得鑽到床底下，祇喊桂姐救命。

桂姐到底心中有數，並不害怕，祇叫丁蠻子趴在床下別出來，由老虔婆來對付。虔婆果然老練，她「見西門慶打的不相模樣，不慌不忙拄拐而出，說了幾句閒話」。所謂「閒話」，其實並不「閒」，而是指責西門慶過於無理。於是，就演出了一場西門慶與虔婆對罵的熱鬧場面。書中寫：

> 西門慶心中越怒起來，指著虔婆大罵，有〈滿庭芳〉為證：虔婆你不良，迎新送舊，靠色為娼。巧言詞將咱誆，說短論長。我在你家使勾有黃金千兩，怎禁賣狗懸羊？我罵你句真伎倆媚人狐黨，沖一片假心腸！[130]

西門慶罵的是，我既然拿銀子包著桂姐，你們怎能背地裏去幹這種勾當？雖然你們妓家是靠賣色為生，又怎能幹這不情不義之事？西門慶有一種被愚弄、被欺騙了的感覺，而這種感覺往常是不曾有過的。作為一個時代的新人，他有權有勢有錢，能夠做到很多別人不能做到的事情，基本上沒碰過壁，沒受到過什麼屈辱，更何況今天竟然是被妓院老鴇、被他包占著的李桂姐欺騙呢？所以他非常憤怒。不過西門慶不明白的是，既然知道妓家「靠色為娼」，是「媚人狐黨」，為什麼又要求她們忠於你西門慶一人呢？要求李桂姐為你西門慶保持「貞節」，那不是天大的笑話嗎？果然，老虔婆正是這樣回答的：

> 官人聽知：你若不來，我接下別的，一家兒指望他為活計。吃飯穿衣，全憑他供柴糴米。沒來由暴叫如雷，你怪俺全無意。不思量自己，不是你憑媒娶的妻。[131]

老虔婆的意思是，既然大官人不明事理，那麼就請聽聽我們妓家的邏輯。虔婆認為西門慶的大發雷霆全無道理，妓家賣身掙錢，養活自己，當然講究錢掙得愈多愈好，就像西門大官人開鋪子搞販運一樣。雖然你用銀兩包著桂姐，但你為何不來呢？你不來難道還能擋著我們去掙點兒「外塊」嗎？要我們為你淫蕩子保持貞節嗎？休想！

面對著老虔婆的另一種邏輯，西門慶感到無力反駁，祇是發怒，差點兒和老虔婆打將起來。西門慶用商業經濟的頭腦思考問題，覺得自己既然花銀子包住了桂姐，就像自己花錢買定了一件貨物一樣，理所當然地屬於自己，別人是不得侵占的。不用說，這自有他的道理。而虔婆考慮問題並不按照西門慶的思路，她認為既然我們是賣身的人，祇要能掙到錢，怎樣做都不過分，哪裏還要講什麼信義？又不是你明媒正娶的妻子，憑什麼要為你守節？從虔婆的角度來看，她也不是全無道理。

兩個不同的邏輯體系碰撞的結果，祇能是亂了一場之後不了了之。西門慶被應伯爵

---

130 《金瓶梅詞話》第二十回。
131 《金瓶梅詞話》第二十回。

幾個人死勸活拉沒有與虔婆打起來，但發誓以後再也不踏進她們的家門，於是冒雪趕回家中。使人感興趣的是，西門慶與虔婆的對罵是借助兩首〈滿庭芳〉來進行的，不但詞的內容很有滑稽意味，而用韻語對罵的獨特方式也很別致，能產生強烈的諷刺諧謔效果。這段對罵如果用散文語言，祇能客觀記述二人的吵鬧場面，卻不如用這兩段〈滿庭芳〉更能表現西門慶的氣急敗壞，虔婆的老奸巨猾，這樣也容易給讀者造成一種鬧劇的感覺；事實上，一個嫖客與一個老鴇之間的糾紛，也祇能是一場鬧劇！

（四）

西門慶雖然妻妾成群，但他的精力過於旺盛，還要靠常往幾家妓院裏跑來釋放多餘的精力。妓女們對西門慶都表示格外歡迎，一是他精通房中術，喜歡花樣翻新，使妓女們有一種新鮮感；但更主要的是西門慶出手大方，花起銀子來根本不在乎。這兩點決定了西門慶成為清河縣各家妓院的常客和貴客，祇要西門慶一進門，老鴇和粉頭都慌得不亦樂乎，惟恐有照顧不周之處。而妓女們為了討得西門慶的歡心，多掙些銀錢、首飾，也不免勾心鬥角，暗地裏展開爭鬥。

第六十八回寫「鄭月兒賣俏透密意」，我們看一下鄭愛月幹了些什麼。由於應伯爵幫忙在西門慶跟前說情，轉托雷兵備解決了黃四的舅子孫文相的官司，黃四便在妓院裏設宴感謝西門慶，由鄭愛月兒等人陪著。這天西門慶帶著應伯爵前去，老鴇、粉頭無不歡迎，李智、黃四也都各見完禮，便坐下飲酒。席上應伯爵與鄭愛香、鄭愛月姊妹倆打鬧調笑，這且不說。飲到半截兒，西門慶出來解手，愛月兒也隨了出來，兩人手牽手到了愛月房中。愛月忽然向西門慶提起李桂姐的事，說李桂姐又與王三官好上了，並與秦玉芝打得火熱，兩下裏使錢。但是王三官身處破落之家，財力自然難與西門慶相比，祇好當衣服，抵押他娘林太太的金鐲子作為嫖資。李桂姐本是西門慶梳籠並一直包占著的，前段時間曾因李桂姐偷接南蠻子惹惱了西門慶，結果引起西門慶大鬧麗春院，與老虔婆大罵了一場，後來李家好不容易來求情，西門慶才原諒了她們。現在鄭愛月又把李桂姐與王三官有情的消息告訴西門慶，故意往他敏感的傷口上撒鹽。西門慶聽了果然大怒，口中罵李桂姐：「恁小淫婦兒，我分付休和這小廝纏，他不聽，還對著我賭身發咒，恰好祇哄我！」

鄭愛月見西門慶果然生起氣來，便又安慰他說：「爹也別要惱，我說與爹個門路兒，管情叫王三官打了嘴，替爹出氣。」西門慶一聽鄭愛月要為自己出主意，報復王三官，自然滿意，忙問有什麼門路。這時鄭愛月才說：

王三官娘林太太，今年不上四十歲，生的好不喬樣，描眉畫眼，打扮狐狸也似。

他兒子鎮日在院裏，他專在家，祇送外賣，假託在個姑姑庵兒打齋，但去就他說媒的文嫂兒家落腳，文嫂單管與他做牽兒。祇說好風月，我說與爹，到明日遇他遇兒也不難。又一個巧宗兒：王三官兒娘子兒，今才十九歲，是東京六黃太尉侄女兒，上畫般標緻，雙陸棋子都會。三官常不在家，他如同守寡一般，好不氣生氣死，為他也上了兩三遭吊，救下來了。爹難得先刮剌上了他娘，不愁媳婦兒不是你的。[132]

西門慶聽鄭愛月說得如此詳細，一方面心裏歡喜，一方面不免又起了疑心：「難道你鄭愛月兒也與王三官兒有一手？否則，為何知道得如此詳細？」於是便追問是聽誰說的。愛月兒本來不願說，見西門慶緊追不放，祇好承認是聽那個曾梳籠自己的南蠻子說的，因這南蠻子也與林太太有一手，所以知道得很清楚。西門慶見愛月兒為自己出了這個好主意，感激不盡，愈發喜歡她了，說道：「我兒，你既貼戀我心，每月我送三十兩銀子與你媽盤纏，也不消接人了，我遇閑就來。」愛月兒道：「爹，你有我心時，甚麼三十兩、二十兩，兩日間掠幾兩銀子與媽，我自恁懶待留人，祇是伺候爹罷了。」西門慶執意說：「甚麼話！我決然送三十兩銀子來。」二人說畢，便上床交歡。

鄭愛月為什麼替西門慶出這麼個「刮剌上他娘」的餿主意呢？其一，正像鄭愛月已經公開說明的，「管情教王三官打了嘴，替爹出氣。」李桂姐是西門慶按月包下的妓女，銀子早已支出去了，即使西門慶不上門，李桂姐也不該接客，既然王三官占下了本來屬於西門慶的李桂姐，所以西門慶若能「刮剌上他娘」並他的娘子，使王三官後院失火，這當然會使西門慶出一口惡氣了！其二，是鄭愛月沒有公開說明的，其實也是為她自己出口氣。愛月兒與桂姐是同行，俗話說同行是冤家，她們要爭奪同一個主顧，都想從西門慶手裏摳出銀子來，就必然有利害衝突。李桂姐自被西門慶梳籠後，每月有二十兩包銀的固定收入，趁西門慶不去的時候，又可以接別的客人，等於又多了一份收入，這樣的好事誰不願意有？但鄭愛月自與西門慶有染之後，還沒有受到這樣的待遇，心裏能平衡嗎？所以她要想辦法扳平，最好能超過李桂姐。沒想到她這個主意一箭雙雕，西門慶既要去「刮剌他娘」，又要每月用三十兩銀子包起鄭愛月來，分明比李桂姐每月還多十兩呢！

西門慶自聽了鄭愛月的那些話，心裏放不下，第二天便讓玳安去打聽那個專門扯媒拉纖的文嫂在哪裏住，要他趕快找來面談。玳安好不容易找到文嫂，領到家裏來，西門慶便給了她五兩銀子，向她交待了任務。文嫂聽了西門慶的意思，也打心裏高興，並向

---

132 《金瓶梅詞話》第六十八回。

他介紹說：「若說起我這太太來，今年屬豬，三十五歲。端的上等婦人，百伶百俐，祇好三十歲的。他雖是幹這營生，好不幹的最密。就是往那裏去，主大轉伴當跟著，喝著路走，徑路兒來，徑路兒去。三老爹在外為人做人，他原在人家落腳？這個人說的訛了。倒祇是他家裏深宅大院，一時三老爹不在，藏掩個兒去，人不知鬼不覺，倒還許說。若是小媳婦那裏，窄門窄戶，敢招惹這個事？」[133]據文嫂的介紹，林太太與人私通，喜歡把漢子招到自己家裏，而不願意到外面來。不過西門慶祇要能得到女人，倒不在意是在什麼地方。於是文嫂又到林太太那裏，聽林太太正為兒子王三官跟著一幫人眼花臥柳而發愁，正中下懷，於是假裝為她出主意：「不打緊，太太寬心，小媳婦有個門路兒，管就打散了這干人，三爹收心，也再不進院裏去了。太太容小媳婦便敢說，不容定不敢說。」林太太雖然自己時常幹偷漢子的營生，卻經常為兒子的不端行為憂心忡忡，這也是個很有趣的矛盾。文嫂正好是利用了她的這種做母親的「責任感」，乘機亮出了自己的真意，把西門慶的情況全面介紹了一番，還特地強調了「今老爹不上三十四五年紀，正是當年漢子，大身材，一表人物，也曾吃藥養龜，慣調風情」，而且說明西門慶的一番仰慕之情。不想事情很順利，林太太竟一口答應。就這樣，西門慶與林太太得以成其好事。鄭愛月的「先刮剌上他娘」的計謀，不想如此快地就得逞了。

鄭愛月是個妓女，以出賣肉體為生。她不但出賣自己的肉體，還暗中策劃出賣別人的肉體，以實現自己的私欲。鄭愛月的本意是要西門慶勾搭林太太，好給王三官一個難堪，也是間接給桂姐的一點兒打擊。然而沒想到這種本意並未完全實現，因為對兩位當事人——西門慶和林太太來說，這正是天上掉餡餅，求之不得的好事。西門慶還受了林太太的囑託，第二天便把教唆王三官逛妓院的一幫無賴抓進衙門裏，狠打了一頓。王三官也嚇得沒命，求林太太快去尋人情，結果林太太又趁機提到了西門慶，並讓文嫂帶著去見西門慶。雖然王三官也曾難堪了一時，即鄭愛月說的「打自己的嘴」，但後來沒想到王三官竟認西門慶作了義父，關係非同一般起來——這肯定是鄭愛月原先沒想到的。但鄭愛月的另一個目的總算達到了，西門慶從此與李桂姐斷了來往，連李銘等也不准上門唱曲來了。

(五)

《金瓶梅》裏寫了兩個常在西門慶家走動的女僧人，巧的是，與上面說過的兩個媒婆一樣，也是一個姓王，一個姓薛。吳月娘與王、薛兩個女僧打得火熱，常請她們到家裏來念經宣卷。但西門慶卻不以為然，常對這兩個尼姑出言不遜，罵她們是「老淫婦」等

133　《金瓶梅詞話》第六十九回。

等。吳月娘常常警告西門慶不該這樣對待佛家子弟，弄不好要遭報應，但西門慶根本不信這一套。其實西門慶是對的。王、薛二姑子打著佛門的招牌，假公濟私，掛羊頭賣狗肉，實質上不過為了混吃混喝混銀子而已。在這一點上，她們與應伯爵之流是一樣的，祇是不如應伯爵表現得光明磊落罷了。而且，這兩個尼僧之間還存在嚴重的利害衝突，常常因化緣募捐的多少而發生爭吵。相比較而言，薛姑子的腦瓜似乎更靈，活動能力更強一些。「薛姑子勸舍陀羅經」一回，對兩個女僧極為反感的西門慶，愣被薛姑子說動了心，一下子捐出印造五千卷《陀羅經》的銀子，薛姑子大大地撈了一把。當時正值西門慶心情很好，剛剛捐給道長老五百兩銀子重修永福寺，他在跟長老談到捐銀的用意時說：「在下雖不成個人家，也有幾萬產業，忝居武職，交遊世輩盡有。不想偌大年紀，未曾生下兒子，房下們也有五六房，祇是放心不下，有意做些善果。去年第六房賤累，生下孩子，咱萬事已是足了。偶因餞送俺友，得到上方，因見廟宇傾頹，有個捨財助建的念頭。」[134]當西門慶把此意又向吳月娘說知時，吳月娘大不以為然，擔心「祇是那善念頭怕他不多，那惡念頭怕他不盡。哥，你日後那沒來回沒正經養婆兒，沒搭煞貪財好色的事體，少幹幾樁兒也好，攢下些陰功與那小的子也好。」恰好夫妻倆說這話時薛姑子進了門，聽說西門慶剛捐給道長老五百兩銀子，大為動心，也向西門慶提出捐募銀子印經的要求，並說：「你若幹了這件功德，就是那老瞿曇雪山修道，迦葉尊散發鋪地，二祖可投崖飼虎，給孤老滿地黃金，也比不的你的功德哩！」結果西門慶爽快地答應下來。後來《陀羅經》印成，李瓶兒獻出了自己壓被用的一個銀獅子和一個銀香球，都交給了薛姑子，這尼姑從中落了一筆。玉樓埋怨李瓶兒花冤枉錢，潘金蓮卻在一旁幸災樂禍。

這次印經，得利者是薛姑子，王姑子卻沒占上什麼便宜。所以過了幾天，當病著的李瓶兒向王姑子提起印經的事情，這主姑子氣憤憤地說：「我的奶奶，我通不知你不好。昨日他大娘使了大官兒到庵裏，我才曉得的。又說印經來，你不知道，我和薛姑子老淫婦合了一場好氣。與你老人家印了一場經，祇替他趕了網兒，背地裏和印經家打了一兩銀子夾帳，我通沒見一個錢兒。你老人家作福，這老淫婦到明日墮阿鼻地獄！為他氣的我不好了，把大娘的壽日都誤了，沒曾來。」[135]王姑子雖然在這次印經之事上敗給了薛姑子，但她準備把損失補過來，為此她動了一些心眼兒，為李瓶兒帶了點兒禮物來，說：「我說不知他六娘不好，沒甚麼，這盒粳米和些十香瓜，幾塊乳餅，與你老人家吃粥兒。」禮物雖少，但她的意思是以此打動心慈的李瓶兒。果然李瓶兒留下王姑子和馮媽媽晚上

---

134 《金瓶梅詞話》第五十七回。
135 《金瓶梅詞話》第六十二回。

在屋裏相伴，並偷偷地給了王姑子五兩一錠的銀子和一匹綢子，囑她：「等我死後，你好歹請幾位師父，與我誦《血盆經懺》。」王姑子心裏暗暗得意，竊喜這一次走到了薛姑子前面。可恨的是，李瓶兒死後，王姑子根本沒有兌現自己的諾言，李瓶兒的五兩銀子一匹綢等於白白被她昧下了。

在下一輪的競爭中，王姑子又一次敗給薛姑子。瓶兒死後的斷七，月娘曾許下薛姑子，要她領八個尼姑來念經，拜血盆懺。到了這一日的前幾天，薛姑子便瞞了王姑子，悄悄買了兩盒點心來見吳月娘。結果月娘留她住了一夜，跟西門慶要了五兩銀子交薛姑子收了。到了斷七這一天，薛姑子便請來了八位女僧，在花園捲棚內建起道場，誦念《華嚴》《金剛》諸經，禮拜血盆寶懺，最後還請來吳大妗子、花嫂及吳大舅、應伯爵、溫秀才吃了齋。為了保密，薛姑子不讓打動法事，「祇是敲木魚、擊手磬、念經而已」，一切都是悄悄地進行的，恐怕傳揚出去，被王姑子知道。為了弄幾兩銀子，薛姑子沒少費心思。

誰知王姑子第二天一大早就知道了，並且頂上門來，說薛姑子攬了經去，自己也理該有一份經錢。書中接著寫道：

> 月娘怪他：「你怎的昨日不來？他說你往王皇親家做生日去了。」王姑子道：「這個就是薛家老淫婦的鬼。他對著我說，咱家挪了日子，到初六念經。經錢他多拿的去了，一些兒不留下？」月娘道：「這咱裏未曾念經，經錢寫法都找完了與他了。早是我還與你留下一匹襯錢布在此。」教小玉連忙擺了些昨日剩下的齋食與他吃了，把與他一匹藍布。這王姑子口裏喃喃吶吶罵道：「我叫這老淫婦獨吃！他印造經，轉了六娘許多銀子。原說這個經兒咱兩個使，你獨自掉攬的去了。」月娘道：「老薛說你接了六娘血盆經五兩銀子，你怎的不替他念？」王姑子道：「他老人家五七時，我在家請了四位師父，念了半個月哩。」月娘道：「你念了怎的掛口兒不對我題？你就對我說，我還送些襯施兒與你。」那王姑子便一聲兒不言語，訕訕的坐了一回，往薛姑子家攘去了。[136]

王姑子得知薛姑子悄悄地獨攬了本來屬於兩人共同承擔的「項目」，把銀子獨吞掉了，自然有些氣急敗壞，所以頗有點兒理直氣壯地登門要經錢。她還以為薛姑子自個念了經幹完活，會把收入的銀子留給她一半呢！從吳月娘口裏我們可以得知，當前幾日薛姑子向月娘要求承攬念經時，也撒了個大謊，說王姑子要往王皇親家做生日去，沒有時間來，所以祇能由她個人來承擔。另外她又欺騙王姑子說，西門慶家為瓶兒斷七的念經

---

[136] 《金瓶梅詞話》第六十八回。

改了日子，由初五改成了初六。正是在這種兩邊都騙的情況下，薛姑子獨自完成了瓶兒斷七念經的法事，銀子自然全都裝入了她自己的腰包。王姑子發現自己成了薛姑子彌天大謊的受害者，又一次在這個老對手面前栽了跟頭，心中的惱怒是可想而知的。尤其是當她想起上一次印造《陀羅經》時白忙活了一次，更是氣不打一處來，連連破口大罵薛姑子是「老淫婦」！不過薛姑子更狡猾一些，她早已抓住了王姑子在瓶兒死前受了五兩銀子，卻並未替她念經的把柄，提供給了吳月娘。吳月娘對王姑子這種背信棄義的行為自然是很不滿意的，於是當面向她指出來。王姑子顯然對這一點沒有足夠的思想準備，祇好臨時又撒了一個謊，說請人在家念了半個月的經。可是到底誰見來？如果真的念了能不對西門慶家的人表白炫示嗎？這王姑子也發現此謊撒得不太高明，祇好悻悻而去。很明顯，這個回合王姑子又敗了。

　　本來佛家是最講究無欲的，對現世的一切都應該視若浮雲，這樣才能在來世得到幸福。王、薛二姑子都在這個最根本的問題上犯了錯誤。薛姑子的出身就有問題，「不是從幼出家的，少年間曾嫁丈夫，在廣成寺前居住，賣蒸餅兒生意。不料生意淺薄，那薛姑子就有些不尷不尬，專一與那些寺裏的和尚行童調嘴弄舌，眉來眼去，說長說短，弄的那些和尚們的懷中，個個是硬幫幫的。乘那丈夫出去了，茶前酒後，早與那和尚們刮上了四五六個。」後來做了姑子也不本分，「專一在些士夫人家往來，包攬經懺；又有那些不長進要偷漢子的婦人，叫他牽引和尚進門，他就做個馬八六兒，多得錢鈔。聞的那西門慶家裏豪富，見他侍妾多人，思想拐些用度，因此頻頻往來。」[137]吳月娘最不明白此理，反而以為她們是上帝的代表，總是熱情地款待，成了她們宣卷誦經的熱心聽眾。既然她們的真實目的並不是宣揚什麼佛法，而是「拐些用度」，說白了就是騙錢養家，那麼她們二人整日為銀錢鬧鬧嚷嚷就不奇怪了。

　　《金瓶梅》作者對和尚尼姑的本質看得最清楚，他這樣警告世人：

> 看官聽說：似這樣緇流之輩，最不該招惹他。臉雖尼姑臉，心同淫婦心。祇是他六根未淨，本性欠明，戒行全無，廉恥已喪。假以慈悲為主，一味利欲是貪。不管墮業輪回，一味眼下快樂。哄了些小門閨怨女，念了些大戶動情妻。前門接施主檀那，後門丟胎卵濕化。姻緣成好事，到此會佳期。有詩為證：
> 　　佛會僧尼是一家，法輪常轉度龍華。
> 　　此物祇好圖生育，枉使金刀剪落花。[138]

---

137 《金瓶梅詞話》第五十七回。
138 《金瓶梅詞話》第六十八回。

秀才們

(一)

　　應伯爵憑著與西門慶的特殊關係，再加上他插科打諢的本領，總能千方百計地討西門慶歡心，所以他說過的話西門慶都聽，他提出的要求西門慶都能滿足。不過有一次卻是例外，就是他向西門慶推薦的水秀才，沒能受到西門慶的雇用，頗令人覺得意外。

　　事情的緣起是，西門慶當上理刑千戶後，又結交了不少京城內外的朋友，還拜在蔡太師的門下做了義子，來往的書信便漸漸多了起來。西門慶好像並不識字，再說也沒有那麼多閒工夫，於是便想聘用一位秘書，專門負責往來書柬的收發，寫寫畫畫，這樣也才更符合他現在的身分。當他把此意向應伯爵說知時，伯爵便馬上回答說：「哥不說不知，你若要別樣卻有，要這個倒難。怎的要這個倒沒？第一要才學，第二就要人品了。又要好相處，沒些說是說非，翻唇弄舌，這就好了。若祇是平平才學，又做慣搗鬼的，怎用的他？」[139]應伯爵從德與才這兩方面來考慮，定下了錄用的標準，基本上是符合西門慶的想法的，所以西門慶並沒表示出什麼異議。應伯爵緊接著就推薦了一個相識的秀才，是他祖父的朋友的孫子，有滿腹的學問，人品幾乎與孔孟相等，祇是時運不濟，應了幾次舉都沒能考中。

　　應伯爵在向西門慶介紹水秀才的情況時，一直運用調侃的語氣，使人很難搞清他究竟是真心為水秀才找份工作呢，還是僅僅開一場玩笑，甚或乾脆就是壞他的事？他先是說水秀才家裏還有一百畝地，三四排房子，住的十分整潔。西門慶便說既有這麼好的條件，何必出來坐館？伯爵便又道地和房早被人家買走了，現在祇還剩下一雙空手。接著又介紹他還有個美貌的妻子，可惜偷漢子跟著人家跑了；有兩個三四歲的孩子，又都出痘死掉了。兜了一個大圈子，最後還是說他光棍一條，是個一無所有的窮秀才。至於說到他的才學，伯爵順口念了水秀才的一封來信，內容是一支小曲，說的是：「書寄應哥前，別來思不待言。滿門兒托賴都康健。舍字在邊，傍立著官，有時一定求方便。羨如椽，往來言疏，落筆起雲煙。」[140]寫信求職卻不規規矩矩地寫，而是寫了一支小曲，這是不禮貌的行為。可據應伯爵介紹，他與水秀才自小一起長大，又一塊兒上學，同受老師誇獎，是極相知的同窗。既然他自托相知，以曲代信，倒也沒有什麼，所以應伯爵原諒了他，並未因此懊惱。然而西門慶卻從中看出了問題，認為這是水秀才人品才學皆不

139　《金瓶梅詞話》第五十六回。

140　《金瓶梅詞話》第五十六回。

足道的證據，說：「他滿心正經。要你和他尋個主子，卻怎的不稍封書來，倒寫著一隻曲兒，又做的不好。可知道他才學荒疏，人品散蕩哩！」水秀才有無才學我們說不準，但他寫信卻寫成一支小曲兒，起碼是想炫耀一下自己的才學，讓他的老同學應伯爵欣賞一下。在當時的社會裏，正統的文人以經史時文作為自己的必修功課，科舉考的也是這些內容，詞曲小說都是為他們不屑一顧的東西。看來水秀才是個俗文學愛好者，他丟掉了科舉的正業，卻走上了寫曲的歪門邪道，連考幾次都沒有考中就是必然的了。不過水秀才寫給老同學的這封求職信，竟使西門慶對他的第一印象不怎麼佳。儘管伯爵又對小曲兒的內容逐字逐句地加以解說，認為他既表達得含蓄蘊藉，又非常生動，是絕妙的好作品。但西門慶這次沒有輕信應伯爵，要求再拿些水秀才寫的正經書劄來看，再決定是否雇用他。於是伯爵又背誦了水秀才寫的〈哀頭巾詩〉：

> 一戴頭巾心甚歡，豈知今日誤儒冠。別人戴你三五載，偏戀我頭三十年。要戴烏紗求閣下，做篇詩句別尊前。此番非是吾情薄，白髮臨期太不堪。今秋若不登高第，踹碎冤家學種田。[141]

下面還有很長一篇賦體〈哀頭巾文〉。這一詩一文均以一位老儒生的憤懣口氣，哭訴大半生陷於科舉泥淖不能自拔的痛苦遭遇。應伯爵把他的這兩篇大作念給西門慶聽，無非是想替他炫示一下文才，以求得西門慶的賞識。但沒想到這一次西門慶頗長了一些眼光，不再盲目相信應伯爵的吹噓之詞，竟然回絕了，對伯爵說：「他既前番被主人趕了出門，一定有些不停當哩。二哥雖與我相厚，那椿事不敢領教。前日敝僚友倪桂岩老先生，曾說他有個姓溫的秀才，且待他來時再處。」就這樣，水秀才沒能當成西門慶的秘書。

水秀才後來究竟找到工作了沒有，我們不得而知，後來的情節中也一直不再提起，祇是到了西門慶死後，水秀才才又一次出現。西門慶縱欲過度，得病而亡，應伯爵等人湊了七錢銀子，置辦祭物，並請水秀才作了一篇祭文。「這水秀才平昔知道應伯爵這起人，與西門慶乃小人之朋，於是包含著裏面，作就一篇祭文。」所謂「包含著裏面」是指把西門慶與應伯爵這種小人間相互利用的關係寫進祭文裏，也就是說祭文是有寓意的。祭文中說：

> 故錦衣西門大官人之靈曰：維靈生前梗直，秉性堅剛；軟的不怕，硬的不降。常濟人以點水，容人以瀝露，助人以精光。囊篋頗厚，氣概軒昂。逢藥而舉，遇陰

---

141 《金瓶梅詞話》第五十六回。

伏降。錦襠隊中居住，團天庫裏收藏。有八角而不用撓摑，逢虱蟣而騷癢難當。
受恩小子，常在胯下隨幫。也曾在章台而宿柳，也曾在謝館而倡狂。正宜撐頭活
腦，久戰熬場，胡何一疾，不起之殃？見今你便長伸著腳子去了，丟下子如班鳩
跌彈，倚靠何方？難上他煙花之寨，難靠他八字紅牆；再不得同席而偎軟玉，再
不得並馬而傍溫香。攛的人垂頭跌腳，閃得人囊溫郎當。今特奠茲白濁，次獻寸
觴。靈其不昧，來格來歆。尚享。[142]

這可真是一篇令人啼笑皆非的奇文！水秀才在祭文中名為悼念死者，實為死者的生
殖器大放悲聲。祭文一開始說是「維靈……」如何如何，下面卻都是寫的生殖器。水秀
才當然知道西門慶的所作所為，知道他是一個千古淫惡之徒，所以把他比作生殖器，把
他的靈魂比作生殖器，真是再恰當不過了！祭文中還把應伯爵這幫「常在胯下隨幫」的
「受恩小子」們狠狠地諷刺嘲罵了一通，挖苦他們失掉靠山以後的悲涼心情。水秀才在《金
瓶梅》中是一個不顯眼的人物，前後祇出現了兩次，而且並沒有對他進行直接的描寫，
我們甚至連他的形象都覺得很模糊。但不可否認，他僅有的這兩次出場表現不俗。由此
可以知道水秀才既是一個科舉制度的受害者，又是一個憤世嫉俗的知識分子，尚保留著
正直之心。他的哀頭巾詩文是他對科舉制度的控訴，發洩了胸中的憤怒，流露出對命運
的慨歎。而他的這篇祭文深刻剖析了西門慶的性格本質，以巧妙的比喻概括了西門慶的
靈魂，真是一針見血！這說明他是有深刻認識能力的。至於他的才學，雖然屢試屢敗，
時文上可能缺些功夫，但他的詩文表明，他絕非不學無術之徒，祇是他的專長與科舉制
度不相符合罷了。

(二)

《金瓶梅》寫盡了市井百態，也順便寫了幾個文人，給人印象最深的是水秀才和溫秀
才，而以後者著墨更多。水秀才的才學我們已經通過他的〈哀頭巾〉的一詩一文有所領
略。關於溫秀才，書中在他剛出現時這樣介紹：

雖抱不羈之才，慣遊非禮之地。功名蹭蹬，豪傑之志已灰；家業凋零，浩然之氣
先喪。把文章道學，一併送還了孔夫子；將致君澤民的事業，及榮華顯親的心念，
都撇在東洋大海。和光混俗，惟其利欲是前；隨方逐圓，不以廉恥為重。峨其冠，
博其帶，而眼底旁若無人；席上闊其論，高其談，而胸中實無一物。三年叫案，

---

142 《金瓶梅詞話》第八十回。

　　　而小考尚難，豈望月桂之高攀；廣坐銜杯，遁世無悶，且作岩穴之隱相。[143]

　　這一段對仗工整的賦體對溫秀才的人品才學等都作了介紹，語言誇張調侃，有開玩笑的成分。按照這裏描述的，他是一個空有雄心大志而實際上卻一無所成的失意文人，精神狀態和經濟狀況都不太好，早已灰心喪氣，於是便破罐子破摔，隨遇而安，完全失去了一個文人所常有的那份清高，變成了一個追逐利欲、不顧廉恥的市井之徒。如果說他還保留著某些知識分子的特點和標誌的話，可能就祇有頭上的高帽子、腰中的寬帶子，及在人場裏高談闊論的壞毛病了。

　　介紹歸介紹，我們在下文的情節裏見到的溫秀才，倒並非如此難堪，而是很有儒家風範，是一個斯文忠厚的長者。他不但知書，而且識禮，說話斯文典雅，作風也是很嚴謹的。他對自己的主人西門慶十分尊重，稱他作「老先生」，自己則謙稱「學生」；即使對應伯爵，溫秀才也尊稱為「老先生」，畢恭畢敬，從無半點兒越禮之處。西門慶對溫秀才也是很敬重的，來人請客總忘不了請他來作陪，並且不讓應伯爵跟他開玩笑，以免溫秀才的儒家面孔上掛不住。西門慶還常把溫秀才帶在身邊，讓他也認識了不少官吏豪紳等名人。西門慶這樣做當然有附庸風雅的意思，但常與這位知識分子在一起，畢竟受到感染，素質似乎也提高了一些，起碼在與溫秀才談話時，也常在白話中加幾句文言，頗給人以文縐縐的感覺。記得孔子有「興觀群怨」之說，這可能就是儒家文化的教化感染作用吧？

　　總而言之，溫秀才在來到西門慶家之後的很長一段時間裏，以他的儒雅君子之風贏得了大家的敬重，確實沒給文人丟面子。但不久，他卻被人意外地發現了骯髒的另一面，斯文典雅的面具一下子被撕了下來，一輩子的聲名毀於一旦，並被西門慶趕出了家門。

　　事情是這樣的：一日吳月娘正在打發大妗子回家，見小廝畫童兒躲在門旁大哭不止，另一個小廝平安兒祇顧扯他，畫童兒卻哭得更加厲害了。月娘覺得奇怪，送了大妗子出門便回來問平安兒：「賊囚，你平白拉他怎的？惹的他恁怪哭。」平安兒回答說是溫秀才那裏叫他去。月娘又問畫童兒為何不去，畫童兒卻又不言語。金蓮在一旁罵畫童道：「這賊小囚兒就是個肉侵賊。你大娘問你，怎的不言語？」幾個人正在這裏問不出個所以然來，玳安騎著馬過來了，問畫童兒為何痛哭。平安兒說溫師父叫他，不去，卻在這裏哭。玳安便說：「我的哥哥，溫師父叫你，仔細他有名的溫屁股，一日沒屁股也成不的。你每常怎麼挨他的，今日如何又躲起來了？」月娘在一旁還沒聽明白，罵道：「怪囚根子，怎麼溫屁股？」玳安故意不說。金蓮在一旁早已聽明白了是怎麼回事，急忙叫過畫

---

143 《金瓶梅詞話》第五十八回。

童兒來，問他：「小奴才，你實說，他呼你做甚麼？你不說，看我教你大娘打你。」小廝一聽要挨打，這才吞吞吐吐地說了出來。大家聽了，當然已經完全明白了是怎麼回事。月娘聽他說的不是話，連忙喝住：「怪賊小奴才兒，還不與我過一邊去！」月娘又氣又惱，又怪金蓮問了他：「也有這六姐，祇管好審問他，說的磣死了！我不知道，還當好話兒，側著耳朵聽。」事情已經很清楚了，原來溫秀才背後幹「南風的營生」。畫童兒雖然還不甚懂是怎麼回事，但顯然不是他自願自覺的，而是被迫而為，卻又沒敢告訴主人。因為話是出自畫童兒之口，他是受害者，所以大家就相信了，根本不需要進一步核實。溫秀才的這種醜惡行為引起月娘和金蓮的鄙視與憤慨。月娘當即罵道：「他也是個不上蘆葦的行貨子，人家小廝與你使，卻背地幹這個營生！」金蓮也附和道：「大娘，那個上蘆葦的肯幹這營生，冷鋪睡的花子才這般所為。」接著幾個女人又議論溫秀才既有老婆，為何卻要幹這種營生，結果自然是不得而知，大家祇好散了。其實金蓮、玉樓提出這種疑問也很奇怪，因為她們應該知道，這種癖好與有無老婆是沒有多大關係的。西門慶的妻妾丫鬟成群，不是與書童兒也有這種「營生」嗎？而且金蓮知道得一清二楚，還曾為此大罵過西門慶沒廉恥，並將事情告訴了孟玉樓。那麼她們現在為什麼又假裝奇怪呢？

當天傍晚西門慶從外邊飲酒回家，說到朋友升職了，要讓溫葵軒寫兩篇作賀的文章送去。月娘剛聽到這裏，便打斷他的話頭說道：「還纏甚麼溫葵軒、鳥葵軒哩！平白安扎恁樣行貨子，沒廉恥，傳出去教人家知道，把醜來出盡了。」西門慶聽了嚇了一跳，忙問「怎麼的？」月娘這才把事情說了。西門慶一開始還不信，便把畫童兒叫來，嚴加審問，這才弄清確是如此。西門慶這一氣非同小可，罵道：「畫虎畫龍難畫骨，知人知面不知心。我把他當個人看，誰知人皮包狗骨東西，要他何用！」更重要的是，溫秀才不但暴露了他在作風上存在的問題，還連帶透露了他曾洩露過西門慶的機密，險些誤了官場上的大事。畫童兒向西門慶交待問題時承認：「又某日，他望他倪師父去，拿爹的書稿兒與倪師父瞧，倪師父又與夏老爹瞧。」他說的「書稿兒」正是翟管家給西門慶來的一封信，信中透露出夏提刑將要遷升到京師，空出的正理刑由西門慶頂缺。這是朝中傳出的消息，十分機密。翟管家惟恐消息漏出去要生意外，所以信後叮囑：「此書可自省覽，不可使聞之於渠。謹密謹密。」可後來不知消息怎麼走漏了出去，使夏提刑得以到京中活動，險些兒把西門慶的正千戶之缺給耽誤了，翟管家好不埋怨西門慶的馬虎。當時西門慶也覺得莫名其妙，到現在聽畫童兒交待，才恍然大悟，知道事情壞在溫秀才身上，於是對月娘說：「怪道前日翟親家說我機事不密則害成，我想來沒人，原來是他把我的事透洩與人，我怎得曉的！這樣狗背石東西，平白養在家做甚麼！」西門慶的原意是找個文化人做秘書，一來提高些身分，與其他官員們來往也好看些；二來也可以提

高工作效率。現在竟然發現這位平時深受自己敬重的知識分子，不但幹出了那種叫人難
以啟齒的醜事，而且還出賣自己家裏的情報，這樣的人當然一刻也留不得，於是叫平安
兒立即通知溫秀才趕快捲起鋪蓋滾蛋。

　　溫秀才，這個《金瓶梅》中的知識分子代表，就這樣敲掉了自己的飯碗。過了兩日
應伯爵又來，發現不見了溫秀才，西門慶這才將端的告知。伯爵忙說：「哥，我說此人
言過其實，虛浮之甚。早時你有後眼，不然教調壞了咱家小兒們了。」而溫秀才「自知
慚愧，隨攜家小搬移舊家去了」。

附 錄

一、孟昭連小傳

　　江蘇沛縣人。自小家境貧困，「饑餓」是留下的最深刻的童年記憶。泰山廟小學畢業後入張寨中學，高一時遇「文革」爆發，後回鄉務農。1978 年入南開大學中文系讀書。1984 年隨魯德才先生讀研究生，1987 年畢業留校任教。現為南開大學文學院教授，古代文學專業博士生導師。曾在《中國社會科學》《中國語文》《文學遺產》等刊物上發表過文章。

　　主要著作：

1. 金瓶梅詩詞解析　吉林文史出版社，1991
2. 杜騙新書　校點整理　百花文藝出版社，1992
3. 中國小說學通論（與人合作）　安徽教育出版社，1995
4. 漫話金瓶梅　河北人民出版社，2000
5. 《三國演義》校注　嶽麓書社，2002
6. 中國小說藝術史　（與甯宗一合著）　浙江古籍出版社，2003
7. 毛宗崗批評本《三國演義》校注（合作）　嶽麓書社，2006
8. 蟋蟀秘譜　天津古籍書店，1992
9. 中國鳴蟲與葫蘆　天津古籍書店，1993
10. 中國蟲文化　天津人民出版社，1993
11. 蟋蟀文化大典　上海三聯書店，1997
12. 中國葫蘆器與鳴蟲　東方出版社，1998
13. 千年秋興話蟋蟀　山東教育出版社，2000
14. 中國蟲文化（新版）　天津人民出版社，2004
15. 中國鳴蟲（修訂版）　百花文藝出版社，2007
16. 中國葫蘆器（修訂版）　百花文藝出版社，2010

二、孟昭連《金瓶梅》研究專著、論文目錄

(一)專著

1. 金瓶梅詩詞解析，長春：吉林文史出版社 1991 年。

2. 漫話金瓶梅，石家莊：河北人民出版社 2000 年。

3. 中國小說學通論（甯宗一主編）有關章節，合肥：安徽教育出版社 1995 年。

4. 中國小說藝術史（與甯宗一合著）第五章，杭州：浙江古籍出版社 2003 年。

(二)論文

1. 《金瓶梅》對中國小說思想的變革
   金瓶梅研究集，齊魯書社 1988 年 1 月。

2. 從歷史走向現實──《金瓶梅》對古代小說審美領域之拓展
   南開學報，1988 年第 5 期。

3. 關於《金瓶梅》中的性描寫
   徐州教育學院學報，1988 年第 5 期。

4. 《金瓶梅》的諧謔因素及其喜劇風格
   南開學報，1990 年第 5 期。

5. 道德化與非道德化──論《金瓶梅》的典型觀念
   金瓶梅學刊（試刊號）

6. 論《金瓶梅》的人名諧音與成書
   徐州師院學報，1992 年第 1 期。

7. 《金瓶梅》是世代累積型作品嗎？
   明清小說研究，1993 年第 1 期。

8. 論《金瓶梅》的「大小說」觀念
   金瓶梅研究，第 4 輯，1993 年 7 月。

9. 「搞」字的造字者及其它
   中國語文，1999 年第 1 期。

10. 《金瓶梅》的「敘事結構」能說明什麼？
    金瓶梅研究，第 6 輯，1999 年 6 月。

11. 《金瓶梅》方言研究及其它
    南開學報，2005 年第 1 期。

12. 崇禎本《金瓶梅》詩詞來源新考

廈門教育學院學報，2005 年第 2 期。
13. 從道德化到性格化──明代小說典型觀念的演進
《中國古代小說研究》第二輯，人民文學出版社 2006。
14. 漫話《金瓶梅》十篇
天津每日新報連載，2007 年 2 月-4 月。

後　記

　　我與《金瓶梅》結緣，純屬偶然。1985 年，我跟魯德才先生讀研還不到一年，這年的大約三四月份的光景，他跟我說有一個學術會議的邀請，問我想不想去。我看是在徐州召開的《金瓶梅》會，馬上就答應了。與我同讀的還有師妹馬紅，我猜想魯先生可能考慮女同學不適合開這樣的會，我去比較合適，另外還可能是考慮徐州是我的老家。其實，我爽快的答應，說實在的主要倒還不是開會的主題，而是開會的地點，我可以順便回家一趟。沒想到，這一「私念」促成的機會，讓我認識了金學界的各位師長與同行，也決定了我以後若干年學術研究的重點。會上結識了很多師友：吳敢、劉輝先生既是會議的操辦者，又是我的豐沛老鄉，熟悉的鄉音將我們的學術與鄉情緊緊地聯繫在一起。王汝梅先生、張遠芬先生，我們同樣是一見如故。還有及巨濤、田秉鍔及徐州師院趙興勤兄等。七十年代初，在那一場徐州地區有名的「深挖」運動中，我備受打擊，險遭牢獄之災。萬念俱灰之餘，我撂下肩上的糞筐，遠離家鄉，跑到西域的山溝裏混生活。1978年，我以近三十歲的「高齡」，衝破層層關卡好不容易進入考場，橫跨大半個中國，來到渤海之濱的校園裏，重溫學生之夢。所以八五年的徐州金學會上，當我以南開學子的身分重回徐州，看著當年「拉腳」時曾灑下串串汗水的道路，心裏實在是五味雜陳。自此以後，我又踏上徐州替我鋪下的另一條路——《金瓶梅》研究之路。

　　在此後的二三十年間，相對於專注《金瓶梅》研究的諸位師友，我的研究成果非常一般，不論在數量還是品質上。這當然有職業方面的限制，因任職於高校，不可能祇把精力用在一部書上。更主要的，還是性格使然。我的愛好較廣泛，涉獵的東西很雜，雖然專業是古代文學，然舉凡語言、民俗、工藝都有興趣，光葫蘆、蟋蟀就寫了好幾本書。由於跨行太多，所涉東西往往全不搭界，確實是牽扯了很多精力。

　　當我將自己近三十餘年來的零散的金學文章收集在一起的時候，首先要感謝「金學叢書」的編輯及有關出版社，尤其要感謝一直組織、領導著中國《金瓶梅》研究，此次又是叢書發起人的吳敢先生：「永遠的《金瓶梅》」，兄的貢獻最大！

孟昭連 於南開大學

2014 年 2 月 4 日

國家圖書館出版品預行編目資料

孟昭連《金瓶梅》研究精選集

孟昭連著.－初版.－臺北市：臺灣學生，2015.06
面；公分（金學叢書第2輯；第19冊）

ISBN 978-957-15-1668-4 (精裝)

1. 金瓶梅　2. 研究考訂

857.48　　　　　　　　　　　　　　　104008097

孟昭連《金瓶梅》研究精選集

著　作　者：孟　　　　昭　　　　連
主　　　編：吳　敢、胡　衍　南、霍　現　俊
出　版　者：臺　灣　學　生　書　局　有　限　公　司
發　行　人：楊　　　　雲　　　　龍
發　行　所：臺　灣　學　生　書　局　有　限　公　司
　　　　　　臺北市和平東路一段七十五巷十一號
　　　　　　郵　政　劃　撥　帳　號：00024668
　　　　　　電　話　：（0 2）2 3 9 2 8 1 8 5
　　　　　　傳　眞　：（0 2）2 3 9 2 8 1 0 5
　　　　　　E-mail：student.book@msa.hinet.net
　　　　　　http://www.studentbook.com.tw

定價：精裝30冊不分售
　　　新臺幣45000元

二　〇　一　五　年　六　月　初　版

金學叢書 第二輯